D1145158

G⊙NE

Lees ook de andere delen uit deze serie:
Gone – Verlaten
Gone – Honger

Michael Grant

G◯NE

Leugens

Vertaald door Maria Postema

Van Holkema & Warendorf

Voor Katherine, Jake en Julia

Eerste druk september 2010
Tweede druk november 2010

ISBN 978 90 475 0907 3
NUR 285
© 2010 Van Holkema & Warendorf
Uitgeverij Unieboek | Het Spectrum bv,
Postbus 97, 3990 DB Houten

www.unieboekspectrum.nl
www.gone.nu

Oorspronkelijke titel: *Lies – A Gone Novel*
Oorspronkelijke uitgave: © 2010 HarperTeen, an imprint of
HarperCollins Publishers, New York

Tekst: Michael Grant
Vertaling: Maria Postema
Omslagontwerp: Teo van Gerwen Design, Waalre
Omslagfoto's: Shutterstock
Zetwerk binnenwerk: ZetSpiegel, Best

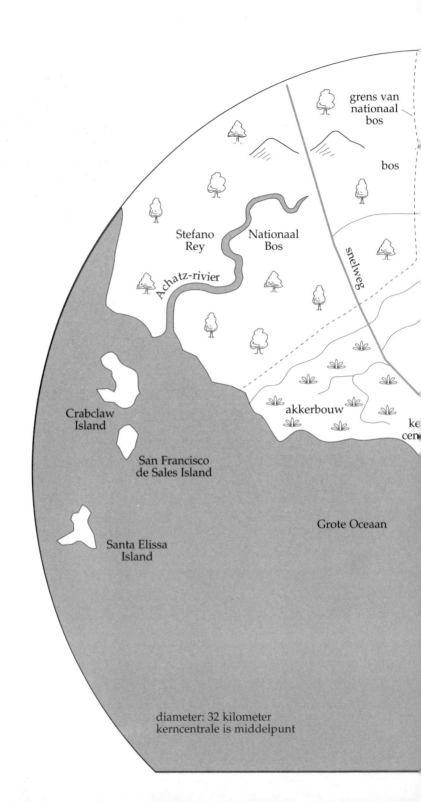

grens van
nationaal
bos

bos

Stefano
Rey

Nationaal
Bos

snelweg

Achatz-rivier

akkerbouw

ke
cen

Crabclaw
Island

San Francisco
de Sales Island

Grote Oceaan

Santa Elissa
Island

diameter: 32 kilometer
kerncentrale is middelpunt

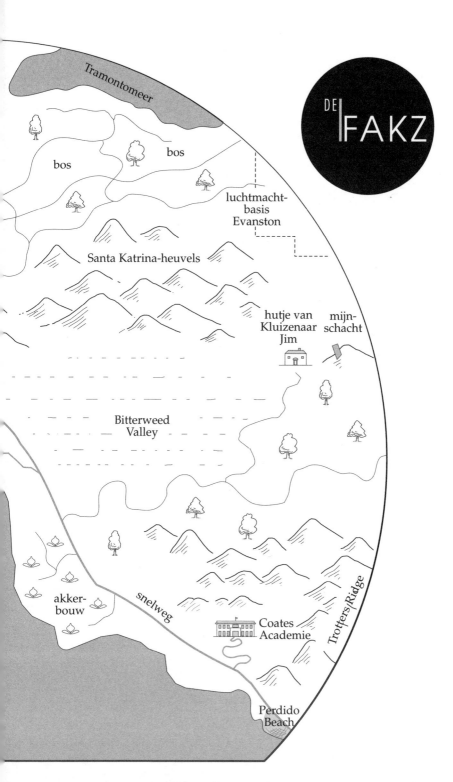

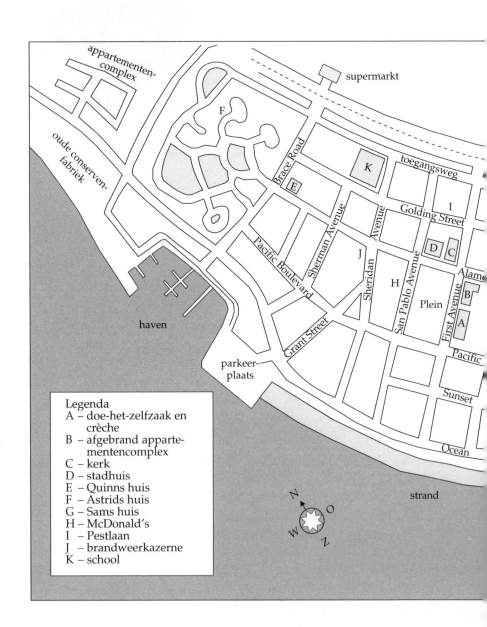

appartementen-
complex

supermarkt

oude conserven-
fabriek

F

Brace Road

K

toegangsweg

E

Golding Street

I

Sherman Avenue

Avenue

D C

Pacific Boulevard

J

Sheridan

San Pablo Avenue

H

Plein

Alame

First Avenue

B

A

haven

Grant Street

Pacific

parkeer-
plaats

Sunset

Ocean

Legenda
A – doe-het-zelfzaak en
    crèche
B – afgebrand apparte-
    mentencomplex
C – kerk
D – stadhuis
E – Quinns huis
F – Astrids huis
G – Sams huis
H – McDonald's
I – Pestlaan
J – brandweerkazerne
K – school

N
O
W
Z

strand

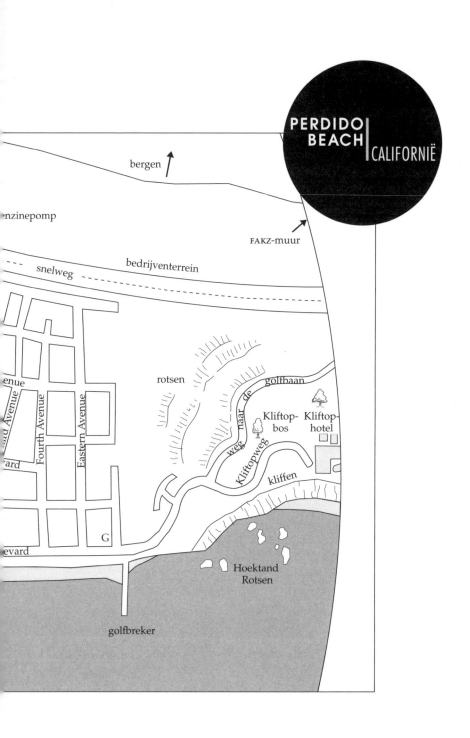

PERDIDO BEACH CALIFORNIË

bergen

nzinepomp

FAKZ-muur

bedrijventerrein

snelweg

rotsen

golfbaan

weg naar de

Kliftop-
bos

Kliftop-
hotel

Kliftopweg

kliffen

enue

Fourth Avenue

Eastern Avenue

Avenue

ard

evard

G

Hoektand
Rotsen

golfbreker

Een

Schunnige graffiti.

Ingegooide ruiten.

Het logo van de Mensenclub, met waarschuwende teksten ernaast dat de freaks moesten oprotten.

Een eind verderop in de straat, zo ver weg dat Sam geen zin had om erachteraan te gaan, een stel kinderen van een jaar of tien, misschien nog niet eens. Nauwelijks zichtbaar in het nepmaanlicht. Silhouetten. Kinderen die een fles aan elkaar doorgaven en wankelend grote slokken namen.

Overal gras. Onkruid dat zich door scheuren en kieren tussen de straatstenen omhoog worstelde. Afval: chipszakken, sixpack-ringen, plastic zakken, flarden papier, kledingstukken, losse schoenen, hamburgerverpakkingen, kapot speelgoed, gebroken flessen en gedeukte blikjes – alles wat je niet kon eten – in willekeurige, kleurige hopen. Het waren wrange herinneringen aan betere tijden.

Duisternis, zo zwart dat je vroeger diep de wildernis in had moeten trekken om iets te ervaren wat ook maar enigszins in de buurt kwam.

Nergens een straatlantaarn of een verandalichtje aan. Geen stroom. Misschien wel nooit meer.

Niemand verspilde nog batterijen. Ook die waren uiterst schaars.

En er waren maar weinig kinderen die kaarsen aanstaken of afvalvuurtjes probeerden te stoken. Niet na de brand die drie huizen in de as had gelegd en waarbij één jongen zo zwaargewond was

11

geraakt dat Lana, de Genezer, een halve dag nodig had gehad om hem te redden.

Geen waterdruk. Er kwam niets uit de brandkranen. Ze hadden niets om het vuur mee te bestrijden, je kon het alleen maar laten branden en zorgen dat het jou niet te pakken kreeg.

Perdido Beach, Californië.

Of wat vroeger tenminste Californië was geweest.

Nu was het Perdido Beach, de FAKZ. Waar, wat en waarom dat dan ook mocht zijn.

Sam had een gave waarmee hij licht kon maken. Hij kon het in dodelijke stralen uit zijn handen laten schieten. En hij kon bolletjes licht produceren die niet uitgingen en als lampjes in de lucht bleven hangen. Zijn eigen toverlantaarn.

Maar lang niet iedereen zat op Sams lichtjes te wachten, die door de kinderen Samzonnen werden genoemd. Zil Sperry, de leider van de Mensenclub, had zijn volgelingen verboden om de lichtbolletjes aan te nemen. De meeste normalo's gehoorzaamden hem. En sommige freaks wilden liever ook geen knipperend uithangbord dat aangaf wie en wat ze waren.

De angst verspreidde zich snel. Als een ziekte die van het ene kind op het andere oversprong.

Iedereen zat in het donker, bang. Altijd bang.

Sam was in het oostelijke deel van de stad, het gevaarlijke deel, het deel dat Zil tot verboden terrein voor de freaks had verklaard. En nu moest Sam zijn gezicht laten zien, om het zo maar te zeggen, om te bewijzen dat hij nog altijd de baas was. Om te laten merken dat hij zich niet liet intimideren door Zils angstzaaierij.

Dat hadden de kinderen nodig. Ze moesten zien dat er nog steeds iemand was die hen zou beschermen. En die iemand was híj.

Hij had zich tegen die rol verzet, maar op de een of andere manier kwam hij er niet onderuit. En hij was vastbesloten om zich er nu ook echt naar te gedragen. Elke keer dat hij even verslapte, als hij zijn aandacht er even niet bij had, een ander leven probeerde te leiden, gebeurde er iets verschrikkelijks.

En daarom liep hij nu om twee uur 's nachts over straat en was hij op alles voorbereid. Je wist maar nooit.

Sam liep vlak bij het strand. Er was natuurlijk geen branding. Niet meer. Geen weersveranderingen. Geen hoge golven die over de Grote Oceaan rolden om zich vervolgens in enorme schuimregens op de stranden van Perdido te storten.

De branding was een zacht gefluister geworden. *Ssst. Ssst. Ssst.* Beter dan niets. Maar niet veel beter.

Hij was op weg naar het Kliftophotel, waar Lana momenteel woonde. Háár had Zil met rust gelaten. Freak of niet: iedereen had respect voor de Genezer.

Het Kliftophotel stond recht tegen de FAKZ-muur aan, de grens van het gebied dat onder Sams verantwoordelijkheid viel, het laatste deel van zijn ronde.

Er kwam iemand op hem af gelopen. Hij vreesde het ergste en verstijfde. Hij was ervan overtuigd dat Zil het helemaal niet erg zou vinden als Sam dood zou gaan. En Caine, zijn halfbroer, die ook nog steeds ergens rondhing, ook niet. Caine had hem geholpen in het gevecht tegen de gaiaphage en Drake Merwin de psychopaat. Maar Sam was heus niet zo stom om te denken dat Caine veranderd was. Als Caine nog leefde, zouden ze elkaar ongetwijfeld weer tegenkomen.

En Joost mocht weten welke menselijke of onmenselijke verschrikkingen zich nog meer ophielden in de vervagende nacht. In de donkere bergen, de zwarte grotten, de woestijn, het bos in het noorden. De veel te kalme zee.

De FAKZ verslapte nooit.

Maar dit leek een heel gewoon meisje te zijn.

'Ik ben het maar, Sinder,' zei een stem, en Sam ontspande zich.

'Alles goed, Sinder? Is 't niet een beetje laat voor jou?'

Sinder was een lief gothic meisje dat erin geslaagd was zich grotendeels buiten de oorlogen en ruzies te houden die er in de FAKZ tussen alle verschillende groepen woedden.

'Ik ben blij dat ik je tegenkom,' zei Sinder. Ze had een stalen pijp in haar hand, die ze aan één kant omwikkeld had met *duct tape* om hem stevig vast te kunnen houden. Niemand ging ongewapend de straat op, zeker 's nachts niet.

'Alles oké? Nog gegeten?'

Dat was de standaardbegroeting geworden. Niet: 'Hoe gaat-ie?', maar: 'Nog gegeten?'

'Ja, we redden het wel,' zei Sinder. Door haar lijkbleke huid zag ze er heel jong en kwetsbaar uit, hoewel ze door de pijp, haar zwarte nagels en het keukenmes in haar riem natuurlijk ook weer niet al te schattig overkwam.

'Moet je horen, Sam. Ik ben normaal gesproken heus geen verklikker of zo,' zei Sinder ongemakkelijk.

'Dat weet ik,' zei hij. Hij wachtte af.

'Het gaat over Orsay,' zei Sinder met een schuldbewuste blik over haar schouder. 'Ik praat wel eens met haar. Ze is over het algemeen best wel cool. Interessant, zeg maar.'

'Zeker.'

'Over het algemeen.'

'Hm.'

'Maar misschien ook wel een beetje raar, zeg maar.' Sinder trok een wrange grimas. 'Moet je horen wie het zegt.'

Sam wachtte. Verderop in de straat hoorde hij een glazen fles kapotvallen, gevolgd door een schril gegiechel. De kinderen gooiden hun lege drankfles weg. Een poosje terug was er een jongen, K.B., dood gevonden met een fles wodka in zijn hand.

'Maar goed, Orsay is bij de muur.'

'Bij de muur?'

'Op het strand, bij de muur. Ze is... ze denkt... Ga nou maar gewoon even met haar praten, oké? Als je maar niet zegt dat je het van mij gehoord hebt. Goed?'

'Zit ze daar nu? Het is twee uur 's nachts!'

'Dan doen ze het. Ze willen niet dat Zil of... of jij, denk ik... ze lastig komen vallen. Ken je die plek waar de muur van Kliftop naar het strand loopt? Met die rotsen? Daar zit ze. Niet in haar eentje, er zijn ook andere kinderen bij.'

Sam voelde een onaangename rilling over zijn rug lopen. Hij

had de afgelopen maanden vrij goede voelsprieten voor problemen ontwikkeld. En dit voelde niet goed.

'Goed, ik ga wel even kijken.'

'Oké. Cool.'

'Trusten, Sinder. Hou je taai.'

Hij ging in zijn eentje verder en vroeg zich af wat hem nu weer voor raars of gevaarlijks te wachten stond. Hij liep de heuvel op, langs het Kliftop. Keek even omhoog naar Lana's balkon.

Lana's labrador Patrick had hem blijkbaar gehoord, want hij stootte een kort, waarschuwend geblaf uit.

'Ik ben het maar, Patrick,' zei Sam.

Er waren niet veel honden en katten meer over in de FAKZ. De enige reden waarom Patrick niet in de pot was beland, was dat hij de hond van de Genezer was.

Sam keek vanaf de klif naar beneden en meende meerdere mensen te onderscheiden op de rotsen in de branding die eigenlijk geen branding was. Het waren grote rotsen, die vroeger, toen Sam en Quinn daar altijd met hun surfplanken op die ene hoge golf hadden liggen wachten, gevaarlijk waren geweest.

Sam had geen licht nodig om over de rotsen naar beneden te klauteren. Hij kon het met zijn ogen dicht. Vroeger had hij het zelfs gedaan met al zijn surfspullen op zijn rug.

Toen hij op het zand stond, hoorde hij zachte stemmen. Iemand praatte. Iemand anders huilde.

De FAKZ-muur, de ondoordringbare, waterdichte, bizarre barrière die de FAKZ afbakende, straalde een haast onzichtbare gloed uit. Het was eigenlijk niet eens een gloed; de muur wekte bijna de illusie doorschijnend te zijn. Grijs en vlak.

Er brandde een kampvuurtje op het strand dat een zwak oranje licht over een kleine kring van zand, rotsen en water wierp.

Niemand had in de gaten dat Sam eraan kwam, waardoor hij rustig kon kijken naar het groepje kinderen dat rond het vuur zat: Francis, Sigaar, D-Con, een paar anderen en Orsay.

'Ik heb iets gezien...' begon Orsay.

'Hoe zit het nou met m'n moeder?' riep iemand uit.

Orsay stak in een kalmerend gebaar haar hand op. 'Rustig. Ik zal mijn best doen om met jullie dierbaren in contact te komen.'

'Ze is geen mobiele telefoon,' snauwde het donkere meisje dat naast Orsay zat. 'Het is heel moeilijk voor de Profetes om contact met de muur te maken. Jaag haar niet zo op. En luister naar wat ze zegt.'

Sam tuurde in het donker, maar hij zag in het flakkerende licht van het vuur niet zo gauw wie het donkerharige meisje was. Een vriendin van Orsay? Sam had eigenlijk gedacht dat hij alle kinderen in de FAKZ wel kende.

'Toe maar, Profetes,' zei het donkerharige meisje.

'Dank je, Nerezza,' zei Orsay.

Vol verbazing schudde Sam zijn hoofd. Hij had geen flauw idee gehad dat Orsay dit soort dingen deed, en hij was al helemaal niet op de hoogte geweest van de manager die ze tegenwoordig blijkbaar had. Hij herkende haar niet, die Nerezza.

'Ik heb iets gezien...' begon Orsay opnieuw, en haar stem stierf weg alsof ze verwachtte dat ze weer onderbroken zou worden. 'Een visioen.'

Dat veroorzaakte geroezemoes. Of misschien was het slechts het zachte geklots van het water op het strand.

'In mijn visioen zag ik alle kinderen van de FAKZ, de oudere kinderen en ook de kleintjes. Ik zag hoe ze boven op de klif stonden.'

Iedereen keek omhoog naar de klif. Sam dook in elkaar, maar voelde zich meteen een beetje stom: ze konden hem in het donker niet zien.

'De kinderen van de FAKZ, de gevángenen van de FAKZ, staarden naar de ondergaande zon. O, wat een prachtige zonsondergang. Zo rood en stralend als je nog nooit hebt gezien.' Ze leek gehypnotiseerd door haar eigen visioen. 'Wat een rode zonsondergang.'

Alle aandacht was weer op Orsay gericht. Het groepje toehoorders was muisstil.

'Een rode zonsondergang. De kinderen staarden allemaal naar die rode zon. Maar achter hen stond een duivel. Een demon.' Orsay kromp in elkaar alsof ze niet naar dat wezen kon kijken. 'Toen beseften de kinderen dat al hun dierbaren zich met uitgestrekte armen in die rode zon bevonden. Moeders en vaders. Allemaal verbonden door hun verlangen en liefde. Ze wachtten vol spanning op het moment dat hun kinderen weer thuiskwamen.'

'Dank je wel, Profetes,' zei Nerezza.

'Ze wachten...' zei Orsay. Ze hief haar hand en gebaarde wapperend naar de FAKZ-wand. 'Net achter de muur. Net achter de zonsondergang.'

Ze plofte neer als een marionet waarvan de touwtjes zijn doorgeknipt. Heel even bleef ze met gebogen hoofd in elkaar gezakt zitten, haar handen met de handpalmen omhoog in haar schoot.

Maar toen kwam ze met een bibberig glimlachje weer overeind.

'Ik ben er klaar voor,' zei Orsay.

Ze zette haar hand tegen de FAKZ-muur. Sam kromp in elkaar. Hij wist uit ervaring hoe pijnlijk dat was – alsof je een blootgelegde elektriciteitskabel vastpakte. Er gebeurde verder niets, maar het voelde alsof het ontzettend gevaarlijk was.

Orsays smalle gezicht was vertrokken van pijn. Maar toen ze begon te praten klonk haar stem helder en rustig. Alsof ze een gedicht voordroeg.

'Ze droomt over je, Bradley,' zei Orsay.

Bradley was de echte naam van Sigaar.

'Ze droomt over je... Je bent in een pretpark en je durft niet in de achtbaan... Ze weet nog hoe dapper je probeerde te zijn... Je moeder mist je...'

Sigaar snufte. Hij droeg een zelfgefabriceerd wapen, een plastic lichtzwaard waar hij dubbelzijdige scheermesjes in had gestoken. Zijn haar was met een elastiekje in een paardenstaart gebonden.

'Ze... ze weet dat je hier bent... Ze weet het... Ze wil dat je bij haar komt...'

'Dat gaat niet,' jammerde Sigaar en Orsays hulpje, wie dat dan ook mocht wezen, legde een troostende arm om zijn schouders.

'...als het zover is...' zei Orsay.

'Wanneer dan?' snikte Sigaar.

'Ze droomt dat je binnenkort bij haar zult komen... Ze droomt erover… Over drie dagen al, ze weet het, ze weet het zeker…' Orsays stem had een haast extatische, verrukte klank gekregen. 'Ze heeft het anderen ook zien doen.'

'Wat dan?' wilde Francis weten.

'…de anderen die teruggekomen zijn,' zei Orsay dromerig, alsof ze bijna in slaap viel. 'Ze heeft ze op tv gezien. De tweeling, die twee meisjes, Anna en Emma… Die heeft ze gezien… Ze geven interviews en zeggen…'

Orsay trok met een ruk haar hand weg van de muur, alsof ze nu pas merkte hoeveel pijn het deed.

Sam was nog steeds door niemand opgemerkt. Hij aarzelde. Hij moest eigenlijk uitzoeken wat hier aan de hand was. Maar het voelde raar, alsof hij een of ander heilig moment verstoorde. Alsof hij bij een kerkdienst naar binnen stormde.

Hij trok zich terug in de zwartste schaduwen van de rotswand, heel voorzichtig, om niet gehoord te worden boven het zachte *ssst…* *ssst… ssst…* van het water uit.

'Dat was het voor vanavond,' zei Orsay en ze liet haar hoofd hangen.

'Maar ik wil dat je over mijn vader vertelt,' drong D-Con aan. 'Je zei dat je vanavond mij zou doen. Ik ben aan de beurt!'

'Ze is moe,' zei Orsays hulpje beslist. 'Het is ontzettend zwaar voor haar, hoor!'

'Maar mijn vader probeert nu vast daar ergens met me te praten,' jammerde D-Con terwijl hij naar een bepaalde plek op de FAKZ-wand wees, alsof hij voor zich zag hoe zijn vader daar door matglas probeerde te turen. 'Hij staat vast precies aan de andere kant. Hij is vast…' Zijn stem stokte en hij kon niet verder praten, en nu trok Nerezza hem tegen zich aan om hem te troosten, net zoals ze bij Sigaar had gedaan.

'Ze wachten allemaal,' zei Orsay. 'Ze zijn er allemaal. Net achter de muur. Zo veel… zo veel…'

'Morgen zal de Profetes het nog een keer proberen,' zei het hulpje. Ze trok D-Con overeind. 'Hup, allemaal wegwezen nu. Vooruit. Weg!'

De groep stond onwillig op en Sam besefte dat ze straks zijn kant op zouden komen. Het kampvuurtje stortte in elkaar en liet een vonkenregen de lucht in schieten.

Hij deed een stap achteruit en ging in een nis staan. Hij kende elke vierkante centimeter van dit strand en deze rotswand. Hij wachtte en keek hoe Francis, Sigaar, D-Con en de anderen het pad op klauterden en in de nacht verdwenen.

De zichtbaar uitgeputte Orsay stapte van haar rots af. Toen ze gearmd voorbijliepen, zodat het hulpje Orsay kon ondersteunen, bleef Orsay staan. Ze keek Sam recht aan, ook al wist hij dat ze hem niet kon zien.

'Ik heb over haar gedroomd, Sam,' zei Orsay. 'Ik heb over haar gedroomd.'

Sams mond was droog en hij slikte moeizaam. Hij wilde het niet vragen, maar hij kon zich niet inhouden.

'Over mijn moeder?'

'Ze droomt over je... en ze zegt... ze zegt...' Orsay zakte door haar benen en viel bijna op haar knieën, maar haar hulpje hield haar overeind.

'Ze zegt... dat je hen moet laten gaan, Sam. Als het zover is, moet je hen laten gaan.'

'Hè?'

'Sam, er komt een moment waarop de wereld geen helden meer nodig zal hebben. En dan weet de ware held dat hij zich er niet meer mee moet bemoeien.'

Twee

Niet huilen, kindje, rustig maar,
doe je oogjes toe.
Als je straks weer wakker wordt
zijn alle lieve paardjes voor jou...

Het was waarschijnlijk sowieso een mooi slaapliedje, dacht Derek. Ook als gewone mensen het zongen was het waarschijnlijk mooi. Misschien kregen mensen er dan ook wel tranen van in hun ogen. Maar Dereks zus Jill was geen gewoon iemand.

Mooie liedjes konden je soms uit jezelf trekken en je meevoeren naar magische plekken. Maar als Jill zong deed het liedje er eigenlijk niet toe. Ze kon het telefoonboek zingen. Of een boodschappenlijstje. Als zij iets zong, ongeacht de tekst of de melodie, klonk het zo mooi, zo hartverscheurend prachtig, dat niemand er onaangedaan naar kon luisteren.

Hij wilde slapen.

Hij wilde dat alle lieve paardjes voor hem waren.

Als zij zong, was dat het enige wat hij wilde. Het enige wat hij ooit gewild had.

Derek had alle ramen hermetisch gesloten. Want als Jill zong, bleef iedereen binnen gehoorsafstand staan luisteren. Ze konden er niets aan doen.

In eerste instantie hadden ze geen van beiden in de gaten gehad wat er aan de hand was. Jill was nog maar negen en ze had nooit zangles of zo gehad. Maar op een dag, een week geleden ongeveer, was ze gaan zingen. Iets doms, wist Derek nog. De herkennings-melodie van *The Fairly OddParents*.

Derek was stokstijf blijven staan. Hij had zich niet meer kunnen bewegen. Hij moest blijven luisteren. Grijnzend had hij de razend-snelle opsomming van Timmy's wensen aangehoord, en hij had al die dingen zelf ook gewild. Hij wilde zelf ook feeënpeetouders. En toen Jill eindelijk weer zweeg, had hij het gevoel gehad dat hij uit een volmaakte droom ontwaakte, om weer terug te keren naar de grauwe, afschuwelijke werkelijkheid.

Nog geen dag later had Derek al door dat dit niet zomaar een talent was. Hij kon er niet onderuit: zijn kleine zusje was een freak.

Het was een angstaanjagende ontdekking. Derek was een nor-malo. Hij was bang voor de freaks – voor kinderen als Dekka, Brianna en Orc, en vooral voor Sam Temple. Door hun gaven kon-den ze alles doen waar ze zin in hadden. Niemand hield hen tegen.

Over het algemeen gedroegen de freaks zich best oké. Over het algemeen gebruikten ze hun krachten alleen om de dingen die moesten gebeuren gedaan te krijgen. Maar Derek had Sam wel eens zien vechten. In dat gevecht tegen die andere megafreak, Caine Soren. Ze hadden een groot gedeelte van het stadhuisplein verwoest in hun pogingen elkaar af te maken. Derek had zich tot een bolletje opgekruld en zich tijdens de hele strijd zo goed moge-lijk verstopt.

Iedereen wist dat de freaks zichzelf beter voelden dan de rest. Iedereen wist dat zij het beste eten kregen. Je zag nooit een freak die gedwongen was rattenvlees te eten. Je zag nooit een freak die insecten at. Een paar weken geleden, toen de honger op zijn hoog-tepunt was geweest, hadden Derek en Jill dat gedaan. Ze hadden een paar sprinkhanen gevangen en opgegeten.

De freaks? Die hoefden nooit zo ver te gaan. Dat wist iedereen. Dat zei Zil tenminste.

En waarom zou Zil liegen?

En nu was Dereks eigen zusje een van hén. Een mutant. Een freak.

Maar als ze zong... Als ze zong, was Derek niet meer in die donkere, verschrikkelijke FAKZ. Als Jill zong, scheen de zon, was het gras groen en waaide er een koel briesje. Als Jill zong, waren zijn vader en moeder er weer, samen met alle anderen die verdwenen waren.

Als Jill zong, verdween de nachtmerrieachtige werkelijkheid van het leven in de FAKZ, en daarvoor in de plaats kwam het liedje, het liedje, het liedje.

Op dit moment gebeurde dat ook weer en zeilde Derek op tovervleugels naar de hemel.

Als ik straks doodga, halleluja...

Derek wist dat het liedje over de dood ging. Maar het was zo mooi als Jill het zong. Het raakte hem recht in zijn hart.

O, wat heerlijk om elkaar dan weer te zien...

O, wat heerlijk, ook al zaten ze in het donker in een huis vol droevige herinneringen.

Hij schrok zich wild van de lichtbundel.

Jill hield op met zingen. De stilte was vernietigend.

De lichtbundel scheen door de vitrage en danste door de kamer. Vond Dereks gezicht. Zocht toen verder tot hij Jills gezicht vol sproetjes verlichtte en haar blauwe ogen glazig maakte.

De voordeur van het huis vloog met een harde dreun open. Het slot barstte kapot.

De indringers zeiden geen woord terwijl ze naar binnen stormden. Vijf jongens met honkbalknuppels en bandenlichters. Sommigen droegen een feestmasker, anderen hadden een panty over hun hoofd getrokken.

Maar Derek wist wie het waren.

'Nee! Nee!' riep hij.

De vijf jongens droegen allemaal van die grote gehoorbeschermers van de schietbaan. Ze hoorden hem niet. En, veel belangrijker, ze hoorden Jill ook niet.

Een van de jongens bleef in de deuropening staan. Hij had de leiding. Een kleine dwerg die Hank heette. Door de kous over zijn hoofd leek zijn gezicht wel van klei, maar het was Hank, dat wist Derek zeker.

Een andere jongen, een dikzak die toch heel snel bewoog en een paashazenmasker ophad, liep op Derek af en sloeg hem met een aluminium honkbalknuppel in zijn maag.

Derek viel op zijn knieën.

Een andere jongen greep Jill vast. Legde zijn hand over haar mond. Weer iemand anders haalde een rol duct tape tevoorschijn. Jill gilde. Derek probeerde overeind te komen, maar hij kreeg geen lucht meer door de klap in zijn maag. Toen hij op wilde staan duwde de dikke jongen hem weer naar de grond.

'Doe nou geen domme dingen, Derek. We komen niet voor jou.'

De rol plakband werd bij het licht van hun zaklampen keer op keer om Jills hoofd gewonden, over haar mond. Derek zag Jills ogen, panisch van angst. Ze smeekte geluidloos of haar grote broer haar wilde redden.

Toen haar mond was dichtgeplakt, trokken de bullebakken hun gehoorbeschermers af.

Hank deed een stap naar voren. 'Derek, Derek, Derek,' zei hij meewarig terwijl hij langzaam zijn hoofd schudde. 'Jij had toch beter moeten weten.'

'Laat haar met rust,' wist Derek uit te stoten terwijl hij naar zijn maag greep en zijn best deed om niet over te geven.

'Het is een freak,' zei Hank.

'Het is mijn zusje. Dit is ons huis.'

'Het is een freak,' herhaalde Hank. 'En dit huis ligt ten oosten van First Avenue. Dit is een freakvrije zone.'

'Ah, toe nou,' zei Derek smekend. 'Ze doet niemand kwaad.'

'Daar gaat het niet om,' zei een jongen die Turk heette. Hij had een mank been waaraan je hem onmiddellijk herkende. 'Freaks bij de freaks en normalo's bij de normalo's. Zo hoort het nou eenmaal.'

'Het enige wat ze doet is...'

Hanks klap deed pijn. 'Hou je bek. Verrader. Een normalo die voor een freak opkomt wordt ook als een freak behandeld. Wil je dat soms?'

'En trouwens,' zei de dikke jongen giechelend, 'we zijn nog hartstikke aardig voor haar. We moesten er eigenlijk voor zorgen dat ze nooit meer zou kunnen zingen. Of praten. Als je begrijpt wat ik bedoel.'

Hij trok een mes uit een schede die hij op zijn rug in de band van zijn broek had gestoken. 'Nou, Derek? Begrijp je dat?'

Derek verzette zich niet langer.

'De Leider was genadig,' zei Turk. 'Maar de Leider laat niet met zich sollen. Dus deze freak gaat nu meteen over de grens naar het westen, of…' Hij liet het dreigement in de lucht hangen.

Jill huilde tranen met tuiten. Ze kon nauwelijks ademhalen, omdat haar neus verstopt zat. Aan de manier waarop het plakband haar mond in werd gezogen zag Derek hoe wanhopig ze naar lucht snakte. Ze zou stikken als ze haar niet snel zouden laten gaan.

'Laat me dan in elk geval haar pop nog even pakken,' zei Derek.

'Er is iets met Panda.'

Caine werd wakker door lagen dromen en nachtmerries, alsof hij zich een weg moest banen door dikke gordijnen die zijn armen en benen bedekten, waardoor elke beweging moeite kostte.

Hij knipperde met zijn ogen. Nog steeds donker. Nacht.

De stem leek uit het niets te komen, maar Caine herkende hem meteen. Zelfs als er wel licht was geweest, had hij de jongen met de gave om te vervagen en bijna geheel te verdwijnen waarschijnlijk niet gezien. 'Worm. Wat moet je?'

'Panda. Volgens mij is Panda dood.'

'Heb je gekeken of hij nog ademt? Naar zijn hart geluisterd?' Toen bedacht hij opeens iets anders. 'Waarom maak je me wakker om te zeggen dat er iemand dood is?'

Worm gaf geen antwoord. Caine wachtte, maar Worm kon het nog altijd niet over zijn lippen krijgen.

'Doe wat je moet doen,' zei Caine.

'We kunnen niet bij hem komen. Hij is niet zomaar gestorven. Hij is in de auto gaan zitten, die ene, weet je wel? Die groene.'

Caine schudde zijn hoofd en probeerde helemaal wakker te worden, weer tot zijn volle bewustzijn te komen. Maar alle dromen en nachtmerries en herinneringen trokken hem weer omlaag en vertroebelden zijn gedachten.

'Die auto heeft geen benzine meer,' zei Caine.

'Panda heeft hem geduwd. Tot hij ging rollen,' zei Worm. 'Toen is hij erin gesprongen. Hij is de weg af gerold. Tot hij bij de bocht kwam.'

'Daar staat een vangrail,' zei Caine.

'Hij is er dwars doorheen gegaan. Bam. Hobbeldebobbel, helemaal naar beneden. Dat is een heel eind. Penny en ik zijn net naar beneden geklommen, dus ik weet dat het een heel eind is.'

Caine wilde dat dit ophield. Hij wilde niet horen wat hierna kwam. Panda was oké geweest. Geen afschuwelijke jongen of zo. Niet zoals sommige van Caines laatste paar overgebleven volgelingen.

Misschien verklaarde dat waarom hij zich in een auto van een afgrond had laten storten.

'Maar goed, hij is dus zo dood als een pier,' zei Worm. 'Penny en ik hebben hem eruit gekregen. Maar we krijgen hem de rots niet op.'

Caine kwam overeind. Hij stond te wankelen op zijn benen, zijn maag was een zwart gat, zijn hoofd zat vol met duisternis. 'Laat zien,' zei hij.

Ze liepen de nacht in. Hun voeten knerpten over het grind, waar nu overal hoog opgeschoten onkruid tussendoor groeide. Die arme Coates Academie toch, dacht Caine. Vroeger werd ze altijd zo perfect onderhouden. De rectrix zou beslist niet te spreken zijn geweest over het enorme gat dat in de gevel van het gebouw was geblazen, of over het afval dat overal in het ongemaaide gras lag.

Het was maar een kort stukje. Caine zweeg. Hij kon Worm soms goed gebruiken, en dat deed hij dan ook. Maar die kleine engerd was nou niet bepaald een vriend te noemen.

In het parelachtige licht van de sterren was goed te zien waar de vangrail aan flarden was gereden. Het leek net een stalen lint dat doormidden was gesneden en nu half krullend over de rand van de afgrond bungelde.

Caine tuurde in het donker. Hij zag de auto. Hij lag op zijn kop. Eén portier stond open.

Het duurde een paar minuten voor hij het lichaam gevonden had. Caine slaakte een zucht en stak zijn handen in de lucht. Panda lag bijna buiten zijn bereik, dus hij kwam niet meteen omhoog. Hij gleed en schoof eerst nog zo'n beetje over de grond, alsof een onzichtbaar roofdier hem mee naar zijn hol sleepte.

Maar toen kreeg Caine meer houvast op hem en zweefde Panda de lucht in. Hij lag op zijn rug en staarde met open ogen naar de nepsterren.

Caine liet de jongen opstijgen, steeds hoger, en legde hem toen zo voorzichtig mogelijk neer. Nu lag Panda op de weg.

Zonder nog iets te zeggen begon Caine weer terug te lopen richting Coates.

'Draag je hem niet terug?' jammerde Worm.

'Haal maar een kruiwagen,' zei Caine. 'Ik ga jouw vlees niet voor je dragen.'

Drie

De zweep kwam neer.

Het ding was van vlees, maar in zijn nachtmerrie was het een slang, een kronkelende python die het vel van zijn armen, rug en borst sloeg.

De pijn was ondraaglijk. Maar hij had hem verdragen.

Hij had om de dood gesmeekt. Sam Temple had gesmeekt of hij alsjeblieft mocht sterven. Hij had die psychopaat gesmeekt hem te vermoorden, er een eind aan te maken, hem de enig mogelijke verlichting te bieden.

Maar hij was niet doodgegaan. Hij had het doorstaan.

Pijn. Dat woord was te nietig. Pijn en verschrikkelijke vernedering.

En de zweep bleef maar neerkomen, telkens opnieuw, en Drake Merwin lachte.

Sam werd wakker in zijn bed, verstrikt in lakens die kletsnat van het zweet waren.

De nachtmerrie bleef hem achtervolgen. Zelfs nu Drake dood en begraven onder een berg rotsblokken lag, had hij Sam nog altijd in zijn macht met zijn zweephand.

'Gaat het wel?'

Astrid. Bijna onzichtbaar in het donker. Het kleine beetje licht van de sterren dat door het raam schemerde, tekende haar silhouet nog net af in de deuropening.

Hij wist hoe ze eruitzag. Mooi. Liefdevolle, intelligente blauwe

27

ogen. Blond haar dat warrig alle kanten op piekte omdat ze net uit haar eigen bed kwam.

Hij zag haar maar al te makkelijk voor zich. Gedetailleerder dan in het echt. Hij zag haar heel vaak voor zich als hij alleen in zijn bed lag. Veel te vaak en veel te lang. Te veel nachten.

'Het gaat prima,' loog Sam.

'Je had een nachtmerrie.' Het was geen vraag.

Ze kwam binnen. Hij hoorde haar nachtpon ruisen. Hij voelde haar warmte toen ze op de rand van zijn bed ging zitten. 'Weer dezelfde?' vroeg ze.

'Ja. Hij begint wel een beetje saai te worden,' zei hij als grapje. 'Ik ken het eind al.'

'Aan het eind ben jij nog springlevend en is alles weer goed,' zei Astrid.

Sam zweeg. Zo was het inderdaad afgelopen: hij had het gehaald. Dus ja, hij leefde nog. Maar of alles nu zo goed was?

'Ga maar weer slapen, Astrid,' zei hij.

Ze stak haar hand naar hem uit en tastte een beetje rond toen ze zijn gezicht niet kon vinden. Maar toen raakten haar vingers zijn wang. Hij draaide zijn hoofd weg, want hij wilde niet dat ze de nattigheid daar zou voelen. Maar ze liet haar hand niet wegduwen.

'Niet doen,' fluisterde hij. 'Ik heb het al zo zwaar.'

'Is dat een grapje?'

Hij lachte. De spanning werd doorbroken. 'Nou, niet expres in elk geval.'

'Ik wil het heus wel, Sam.' Ze boog zich voorover en kuste hem op zijn mond.

Hij duwde haar van zich af. 'Je probeert me af te leiden en me aan iets anders te laten denken.'

'En, lukt het?'

'Ja, dat lukt je erg goed, Astrid.'

'Dan wordt het tijd om te gaan.' Ze stond op en hij hoorde haar weglopen.

Hij rolde zijn bed uit en zijn voeten raakten de koude vloer. 'Ik moet een ronde maken.'

Ze bleef in de deuropening staan. 'Sam, ik heb je twee uur geleden thuis horen komen. Je hebt nauwelijks geslapen. En over een paar uur komt de zon alweer op. De stad redt het heus wel even zonder jou. Edilio's jongens lopen wacht.'

Sam trok een spijkerbroek aan en ritste hem dicht. Hij overwoog even om haar over Orsay te vertellen, de nieuwste bizarre ontwikkeling. Maar dat kwam later wel. Het had geen haast.

'Er gebeuren daar dingen die Edilio's jongens niet aankunnen,' zei Sam.

'Zil?' vroeg Astrid. Haar stem kreeg onmiddellijk een ijskoude ondertoon. 'Sam, ik heb net zo'n hekel aan Zil als jij. Maar je kunt nu nog niets tegen hem beginnen. We hebben een systeem nodig. Zil is eigenlijk gewoon een misdadiger, en daar hebben we een systeem voor nodig.'

'Zil is een eng stuk tuig, en tot jij dat geweldige systeem van je op poten hebt gezet, zal iemand hem in de gaten moeten houden,' snauwde Sam. Voor Astrid een boze opmerking terug kon maken, zei hij: 'Sorry. Het was niet mijn bedoeling om het op jou af te reageren.'

Astrid kwam de kamer weer in. Hij hoopte dat ze zich zó tot hem aangetrokken voelde dat ze gewoon niet weg kon, maar dat was helaas niet het geval. Hij kon haar nauwelijks zien, maar hij hoorde en voelde dat ze heel dichtbij was.

'Sam. Luister nou. Het komt niet meer allemaal op jou neer.'

'Ik kan me anders nog herinneren dat jij ooit maar al te graag wilde dat ik de leiding nam,' zei Sam. Hij trok een t-shirt over zijn hoofd. Het was stijf van het zout en rook naar zee. Dat kreeg je als je je kleren in zout water moest wassen.

'Dat klopt,' zei Astrid. 'Je bent een held. Je bent zonder enige twijfel de grootste held die we hebben. Maar, Sam, uiteindelijk hebben we meer nodig. We hebben wetten nodig en mensen die ervoor zorgen dat die wetten nageleefd worden. We hebben geen b...' Ze slikte haar woorden net op tijd in.

Sam trok een wrange grimas. 'Geen baas nodig? Tja, het is best lastig om je zomaar even een-twee-drie aan te passen. Het ene moment is er niks aan de hand en doe ik gewoon rustig mijn eigen ding. Dan zitten we in de FAKZ en zegt iedereen opeens dat ik de leiding moet nemen. En nu willen jullie allemaal weer dat ik me erbuiten hou.'

Plotseling schoot hem vanuit de wazige, slaperige uithoeken van zijn geheugen weer te binnen wat Orsay had gezegd. *De ware held weet dat hij zich er niet mee moet bemoeien.* Het hadden net zo goed de woorden van Astrid kunnen zijn.

'Ik wil alleen maar dat je weer naar bed gaat,' zei Astrid.

'Ik weet wel hoe je me het bed in kunt krijgen,' zei hij plagerig.

Astrid gaf hem met haar handpalm een speelse duw tegen zijn borst. 'Leuk geprobeerd.'

'Ik kan nu toch niet meer slapen, dat is nou juist het probleem,' zei Sam. 'Kan ik net zo goed nog een ronde doen.'

'Als je maar uitkijkt dat je niemand vermoordt,' zei Astrid.

Het was grappig bedoeld, maar toch zat die opmerking Sam niet lekker. Dacht ze echt zo over hem? Nee, natuurlijk niet – gewoon een grapje.

'Ik hou van je,' zei hij terwijl hij naar de trap liep.

'Ik ook van jou,' antwoordde ze.

Dekka kon haar dromen nooit navertellen. Ze wist zeker dat ze wel eens droomde, want soms werd ze wakker met een heel vage herinnering aan iets. Maar ze kon zich de details nooit meer voor de geest halen. De dromen of nachtmerries waren er ongetwijfeld – ze had wel eens gehoord dat iedereen droomde, zelfs honden – maar het enige wat Dekka onthield was een onheilspellend voorgevoel.

Haar dromen – en haar nachtmerries – speelden zich allemaal in de werkelijkheid af.

Dekka's ouders hadden haar weggestuurd. Ze hadden haar naar de Coates Academie gestuurd, een kostschool voor lastige kinderen. Dekka was niet zozeer 'lastig' omdat ze zich misschien een paar keer een beetje misdragen had. En ook niet omdat ze wel eens gevochten had – Dekka had de gewoonte om het voor meisjes op te nemen voor wie verder nooit iemand het opnam, en dat leidde soms tot een confrontatie. Negen van de tien keer liep zo'n ruzie met een sisser af. Dekka was groot, sterk en nergens bang voor, dus meestal zochten de pestkoppen gauw een excuus om zich terug te trekken zodra ze beseften dat Dekka dat niet van plan was. Maar een keer of vijf waren er wel degelijk klappen uitgedeeld. Dekka had een paar keer gewonnen en een paar keer verloren.

Maar over die gevechten deden haar ouders niet moeilijk. Dekka's ouders hadden haar geleerd voor zichzelf op te komen.

Ze hadden moeilijk gedaan over een zoen. Een docent had haar met een meisje zien zoenen en haar ouders gebeld. Het was niet eens op school gebeurd, maar op de parkeerplaats van een grillrestaurant.

Dekka kon zich die kus nog tot in detail herinneren. Het was haar eerste en ze was nog nooit ergens zo bang voor geweest. En later, toen ze weer op adem was gekomen, was ze nog nooit ergens zo opgewonden van geraakt.

Haar ouders waren erg van streek geweest, om het maar even zacht uit te drukken. Vooral toen Dekka voor de eerste keer het l-woord in de mond genomen had. Haar vader weigerde een lesbische dochter te hebben en daar had hij geen doekjes om gewonden. Hij had haar hard in haar gezicht geslagen, twee keer. Haar moeder had er nerveus en machteloos bij gestaan en niets gezegd.

Dus toen was het hup, naar Coates, waar een verscheidenheid aan medeleerlingen op zat, van heel normale kinderen die gewoon weggestuurd waren omdat hun ouders ze zat waren, tot aan de geniale, manipulatieve pestkop Caine en zijn doodenge hulpje Drake.

Haar ouders hadden het idee dat ze constant onder streng toezicht zou staan. Coates stond er immers om bekend dat het losgeslagen kinderen weer in het gareel kreeg. En een deel van Dekka wilde graag weer 'in het gareel', want dat zou het leven een stuk makkelijker maken. Maar ze had er nooit voor gekozen om te zijn wat ze was, net zoals ze er ook nooit voor gekozen had om zwart te zijn. Ze zou nooit meer 'in het gareel' kunnen komen.

Maar op Coates had Dekka Brianna ontmoet, en alle ideeën over dat ze moest veranderen, dat ze 'normaal' moest worden, waren op slag verdwenen.

Het was liefde op het eerste gezicht geweest voor Dekka. Ook toen al, lang voordat Brianna 'de Wind' was geworden, had Dekka haar stoere, eigenzinnige houding onweerstaanbaar gevonden. Dat had ze nooit tegen Brianna gezegd en dat zou ze waarschijnlijk nooit doen ook.

Dekka was somber en in zichzelf gekeerd; Brianna was aanwezig, vrijpostig en roekeloos. Dekka had geprobeerd signalen te ontdekken die erop wezen dat Brianna misschien ook lesbisch was. Maar als ze heel eerlijk was, moest Dekka toegeven dat dat kennelijk niet het geval was.

Maar liefde luistert niet naar het verstand. Liefde hoeft niet logisch te zijn. En hoop ook niet. En daarom hield Dekka vast aan haar liefde en haar hoop.

Droomde ze wel eens over Brianna? Ze zou het niet weten. Ze wilde het waarschijnlijk niet weten ook.

Ze rolde haar bed uit en stond op. Het was aardedonker. Ze liep op de tast naar het raam en trok de gordijnen open. Nog minstens een uur voor de zon opkwam. Ze had geen klok. Waarom zou ze?

Ze keek naar het strand. Ze kon nog net het zand en de flauwe fluorescerende gloed van de waterrand onderscheiden.

Dekka pakte het boek dat ze aan het lezen was, *De onbekende kust*. Het was een deel van een scheepvaartserie die ze in het huis had gevonden. Het was misschien een wat vreemde keuze, maar ze vond het opvallend rustgevend om elke dag een tijdje in een heel andere wereld te vertoeven.

Ze nam het boek mee naar beneden, naar het enige licht in huis. Het licht was een klein bolletje dat midden in haar 'woonkamer' hing. Een Samzon, zoals de kinderen ze noemden. Sam had hem voor haar gemaakt met die rare gave van hem. Het bolletje bleef dag en nacht branden. Het was niet heet, er zat geen draad aan en het had ook geen andere energiebron. Het brandde gewoon, als een gewichtloos peertje. Magie. Maar dat was niets nieuws in de FAKZ – Dekka had zo haar eigen toverkunsten.

Ze rommelde in een keukenkastje en vond een koude, gekookte artisjok. Er werden de laatste tijd heel veel artisjokken gegeten in de FAKZ. Het was wel even iets anders dan eieren, spek en gebakken aardappels, maar beter dan de andere optie: verhongeren. De voedselvoorraad in de FAKZ – de afkorting van de sarcastische benaming Fall-out Alley KinderZone – was klein, over het algemeen niet lekker en soms zelfs letterlijk misselijkmakend, maar Dekka had een paar maanden van langdurige honger meegemaakt, dus zij vond een artisjok als ontbijt helemaal geen probleem.

Ze was in elk geval afgevallen. Dat was eigenlijk best goed.

Ze voelde de windvlaag meer dan dat ze hem hoorde. De deur werd dichtgeslagen en het geluid bereikte haar op hetzelfde moment dat Brianna midden in de kamer recht voor haar neus trillend tot stilstand kwam.

'Jack hoest de longen uit zijn lijf! Ik heb hoestdrank nodig!'

'Hoi, Brianna,' zei Dekka. 'Het is zeg maar midden in de nacht.'

'Nou en. Leuke pyjama, trouwens. Heb je die bij de Gap voor vrachtwagenchauffeurs gehaald?'

'Hij zit lekker,' zei Dekka mild.

'Dat zal best – er passen nog makkelijk twaalf vrienden bij. Jij hebt tenminste rondingen, daar moet je trots op zijn.'

'Maar Jack is dus ziek?' riep Dekka Brianna weer bij de les terwijl ze op haar lippen beet om niet te glimlachen.

'O ja. Hij moet dus hoesten. Hij heeft overal pijn en is onwijs chagrijnig.'

Dekka onderdrukte haar jaloezie over het feit dat Brianna voor een zieke jongen zorgde. Voor Computer Jack, nota bene. Computer Jack was een technisch wonderkind dat voor zover Dekka wist geen enkel moreel besef had. Je hield een toetsenbord voor z'n neus en hij deed alles wat je vroeg.

'Klinkt als een griepje,' opperde Dekka.

'Ja, hè hè,' zei Brianna. 'Ik zei ook niet dat-ie miltvuur of de pest had of zo. Maar daar gaat het niet om: als Jack moet hoesten, klapt-ie dubbel, snap je? En hij stampt eens met zijn voet, of hij geeft een klap op het bed, om maar eens wat te noemen.'

'Aha.' Tot Jacks grote ontzetting had hij zelf ook een mutanten-gave ontwikkeld. Hij was sterker dan tien volwassen mannen bij elkaar.

'Hij heeft mijn bed in elkaar getrapt!'

'Ligt-ie dan in jouw bed?'

'Hij was bang dat hij die stomme computers in dat stomme huis van hem zou slopen, dus toen is hij naar mij toe gekomen. En nu sloopt hij míjn huis. Dus ik had iets bedacht: jij komt met mij mee. En dan til je hem op. Als hij in de lucht hangt, kan hij ook niks kapotmaken.'

Dekka keek Brianna onderzoekend aan. 'Je bent niet goed bij je hoofd, wist je dat? Als er iets is wat we hier in overvloed hebben dan zijn het wel huizen. Stop hem gewoon in een leegstaand pand.'

'Huh,' zei Brianna een beetje ontgoocheld. 'O ja.'

'Tenzij je graag wilt dat ik mee naar jouw huis kom om je gezel-schap te houden,' zei Dekka, en ze vervloekte de hoopvolle klank in haar stem.

'Neuh, hoeft niet. Ga maar weer slapen.'

'Wil je nog kijken of er boven misschien hoestdrank staat?'

Brianna hield een halfvolle fles met een rode vloeistof erin omhoog. 'Heb ik al gedaan. Jij was aan het praten. Over iets. Bedankt.'

'Ook goed,' zei Dekka, maar ze kon haar teleurstelling over het feit dat Brianna haar hulp had afgewezen niet helemaal verbergen. Niet dat Brianna het zou merken. 'Griep gaat meestal na een week of wat vanzelf weer over. Tenzij het zo'n vierentwintiguursding is. Maar Jack gaat er heus niet dood aan, hoor.'

'Ja, oké. Doei,' zei Brianna. En weg was ze. De deur viel met een klap dicht.

'Maar er sterven natuurlijk ook wel eens mensen aan de griep,' zei Dekka tegen het luchtledige. 'Ik mag toch zeker wel hopen?'

Vier
62 uur, 33 minuten

Ze waren hem een been komen brengen. Een kuit, om precies te zijn. Caine was immers nog altijd de leider van de steeds kleiner wordende troep Coatesleerlingen. Ze waren nog maar met z'n vijftienen, nu Panda dood was.

Worm had ergens een kruiwagen opgeduikeld en Panda naar school gereden. Met een paar anderen had hij een vuurtje gestookt van afgebroken takken en een paar tafeltjes.

De geur had iedereen de hele nacht wakker gehouden.

En nu, een uur voor zonsopgang, hadden ze hem met vettige gezichten een been gebracht. Het linker, gokte Caine. Een blijk van respect. En vanuit het onuitgesproken verlangen dat hij samen met hen zijn handen vuil zou maken.

Zodra Worm weg was, begon Caine te trillen.

Honger kon een bijzonder overheersende drijfveer zijn. Maar vernedering en woede waren dat ook.

Beneden in Perdido Beach was nog eten. Niet veel misschien, maar Caine wist dat het gevaar van de hongerdood daar geweken was. De kinderen in Perdido Beach kregen misschien niet goed te eten, maar het was veel beter dan wat de kinderen op Coates kregen.

Alle Coatesleerlingen die de kans hadden gekregen om over te lopen, hadden die allang gegrepen. De overgebleven kinderen hadden te veel op hun kerfstok, te veel bloed aan hun handen…

Het kwam nu eigenlijk allemaal aan op Caine en Diana. Samen

36

met twaalf engerds en losers. Er zat maar één iemand bij aan wie ze nog iets hadden in tijden van nood: Penny. Penny, de monsteroproeper.

Er waren momenten waarop Caine Drake Merwin bijna miste. Dat was een labiele, gestoorde gek geweest, maar hij was in elk geval wel van pas gekomen bij gevechten. Hij liet mensen niet denken dat ze monsters zagen, zoals Penny deed. Drake was zélf een monster.

Drake zou hier niet naar gestaard hebben... naar dat ding dat op tafel lag. Dat maar al te herkenbare stuk vlees, verkoold en zwartgeblakerd. Drake zou geen moment geaarzeld hebben.

Een uur later ging Caine op zoek naar Diana. Ze zat in haar kamer op een stoel en keek hoe de eerste zonnestralen over de boomtoppen streken. Hij ging op haar bed zitten. De springveren kraakten. Ze zat in de schaduw, nauwelijks zichtbaar in het zwakke licht, op de glinstering in haar ogen en de omtrek van een ingevallen wang na.

In het donker kon Caine doen alsof ze nog steeds de oude was. Mooie Diana. Maar hij wist dat haar weelderige donkere haar broos was geworden, met een roestbruine waas eroverheen. Haar huid was vaalgeel en ruw. Haar armen waren stokjes. Haar benen wankele staken. Ze zag er niet meer uit als veertien. Ze zag eruit als veertig.

'We moeten het proberen,' zei Caine zonder omhaal.

'Je weet dat hij liegt, Caine,' fluisterde Diana. 'Hij is nog nooit op dat eiland geweest.'

'Hij heeft erover gelezen in een of ander tijdschrift.'

Diana wist een zwakke afspiegeling van haar oude, zure lach te produceren. 'Heeft Worm een tijdschrift gelezen? Sjonge. Dol op grote verhalen, onze Worm.'

Caine zei niets. Hij bleef stil zitten en probeerde niet na te denken, het zich niet te herinneren. Hij probeerde het niet erg te vinden dat er niet méér te eten was geweest.

'We moeten naar Sam,' zei Diana. 'We moeten ons overgeven. Ze vermoorden ons heus niet. En dan moeten ze ons wel te eten geven.'

37

'Ze vermoorden ons wél als we ons overgeven. Sam misschien niet, maar de anderen wel. Het is onze schuld dat het licht uit is. Sam zal ze nooit tegen kunnen houden. Als freaks als Dekka, Orc en Brianna het niet doen, doet dat tuig van Zil het wel.'

Dat was het enige wat ze nog hadden op Coates: een vrij goed beeld van de situatie in de stad. Worm kon ongezien rondlopen. Elke paar dagen glipte hij even naar Perdido Beach, vooral om eten voor zichzelf te jatten. Maar hij hoorde ook wat de andere kinderen zeiden. En blijkbaar las hij ook flarden van tijdschriften, maar nam vervolgens niet de moeite ze mee terug naar Coates te smokkelen.

Diana ging er niet op in en bleef roerloos zitten. Caine luisterde naar haar ademhaling.

Had zij het gedaan? Had zij de zonde ook begaan? Of rook ze het nu bij hem en verachtte ze hem erom?

Wilde hij het wel weten? Zou hij achteraf kunnen vergeten dat haar lippen dat vlees hadden gegeten?

'Waarom gaan we nog door, Caine?' vroeg Diana. 'We kunnen net zo goed gewoon gaan liggen en doodgaan. Of jij... jij zou...'

Zijn maag draaide zich om toen hij zag hoe ze naar hem keek. 'Nee, Diana. Nee. Dat doe ik niet.'

'Je zou me er een plezier mee doen,' fluisterde Diana.

'Het mag niet. We zijn nog niet verslagen.'

'Nee, ik zou dit feest niet willen missen,' zei ze.

'Je mag me niet in de steek laten.'

'We laten elkaar allemaal in de steek, Caine. Wij allemaal. We gaan naar de stad om een voor een uitgeschakeld te worden, of we blijven hier om te verhongeren. Of we stappen eruit zodra we de kans krijgen.'

'Ik heb je leven gered,' zei hij, en hij haatte zichzelf omdat hij haar smeekte. 'Ik...'

'Je hebt een plan,' zei Diana droogjes. Spottend. Dat was een van de dingen die hij zo leuk aan haar vond, dat gemene, sarcastische trekje.

'Inderdaad,' zei hij. 'Inderdaad. Ik heb een plan.'

'Gebaseerd op een of ander debiel verhaal van Worm.'

'Meer heb ik niet, Diana. Ik heb dat, en ik heb jou.'

Sam liep door de stille straten.

Hij was van slag door de confrontatie met Orsay. En door de confrontatie met Astrid in zijn slaapkamer.

Waarom had hij haar niet over Orsay verteld? Omdat Orsay hetzelfde zei als Astrid?

Laat het los, Sam. Je moet niet proberen om er voor iedereen te zijn. Je hoeft de held niet meer uit te hangen, Sam. Dat hebben we nou wel gehad.

Hij moest het aan Astrid vertellen. Al was het maar om haar mening erover te horen, zodat hij dat hele gedoe met Orsay beter zou begrijpen. Astrid zou het heel helder kunnen analyseren.

Maar zo simpel lag het allemaal niet. Astrid was niet alleen zijn vriendin. Ze was ook de voorzitter van de stadsraad. Als hij nieuws had, moest hij daar officieel melding van maken. Daar moest hij nog steeds aan wennen. Astrid wilde wetten en systemen en een ordelijke structuur. Maandenlang had Sam de leiding gehad. Hij had er niet om gevraagd, hij had die leiding opeens gekregen, en dat had hij geaccepteerd.

En nu had hij de leiding niet meer. Het was bevrijdend. Dat zei hij tegen zichzelf: dat het bevrijdend was.

Maar het was ook frustrerend. Terwijl Astrid en de rest van de raad druk bezig waren met ministertje spelen, kon Zil ongestoord zijn schrikbewind voeren.

Sam was geschrokken van de situatie met Orsay op het strand. Zou het kunnen? Was er überhaupt een kans dat Orsay in contact met de buitenwereld stond?

Haar gave – waarmee ze in andermans dromen kon kruipen – was echt, dat wist iedereen. Sam had haar zelfs een keer door zijn eigen dromen zien wandelen. En hij had haar bij de grote vijand laten spioneren, bij de gaiaphage, voordat ze dat monsterlijke wezen vernietigd hadden.

39

Maar dit? Nu ze beweerde dat ze de dromen van mensen buiten de FAKZ kon zien?

Sam bleef midden op het plein staan en keek om zich heen. Hij had het grijze licht niet nodig om te weten dat de ooit zo keurige groene perkjes nu overwoekerd werden door onkruid. Overal lag glas. De ruiten die niet tijdens het gevecht waren gesneuveld, waren door vandalen ingegooid. De fontein lag vol troep. Dit was de kant waar de coyotes hadden aangevallen. Dit was de kant waar Zil geprobeerd had Hunter op te hangen, omdat Hunter een freak was.

De kerk was voor een groot deel verwoest. Het appartementencomplex was afgebrand. De winkelpuien en de trappen van het stadhuis waren volgekalkt met graffiti: loze kreten en romantische boodschappen, maar voornamelijk hatelijke, woedende teksten.

Elk raam was donker. Elke deur was in schaduwen gehuld. De McDonald's, waar Albert vroeger een soort nachtclub had gerund, was gesloten. Er was geen elektriciteit meer om muziek mee te draaien.

Kon het waar zijn? Had Orsay de dromen van zijn moeder gedroomd? Had zijn moeder iets tegen Sam gezegd? Had ze de vinger op een zere plek gelegd waar hij zichzelf helemaal niet bewust van was?

Waarom deed die gedachte zo veel pijn?

Het was gevaarlijk, besefte Sam. Wat zou er gebeuren als andere kinderen Orsay zo hoorden praten? Als het hém al zo dwarszat...

Hij moest met Orsay gaan praten. Zeggen dat ze ermee moest kappen. Samen met dat hulpje van haar. Als hij het tegen Astrid zou zeggen, zou het allemaal meteen weer zo opgeblazen worden. Nu kon hij nog gewoon een beetje druk op Orsay uitoefenen zodat ze ermee op zou houden.

Hij wist precies wat Astrid zou doen. Die zou natuurlijk een heel verhaal over vrijheid van meningsuiting houden en zo. Of misschien ook wel niet, misschien zou zij het gevaar er ook wel van inzien, maar theorieën bedenken ging Astrid altijd beter af dan op mensen af stappen om te zeggen dat ze ergens mee op moesten houden.

In een hoek van het plein lagen de graven. De geïmproviseerde gedenkplaten – houten kruisen, een onbeholpen davidsster, een paar planken die gewoon rechtop in de aarde waren gestoken. Iemand had een groot aantal grafstenen omver getrapt en niemand had nog tijd gehad om ze weer overeind te zetten.

Sam vond het vreselijk om hier te komen. Elk kind dat in deze aarde begraven lag – en dat waren er veel – voelde als een persoonlijke mislukking. Iemand die hij niet in leven had kunnen houden.

Zijn voeten stapten op zachte aarde en hij fronste zijn wenkbrauwen. Waarom lagen hier losse kluiten?

Sam hield zijn linkerhand boven zijn hoofd en er verscheen een lichtbol in zijn handpalm. Het was een groenachtig licht waar de schaduwen alleen maar donkerder van werden, maar hij zag wel dat de grond omgewoeld was. Overal lag losse aarde, niet in een grote hoop, maar meer alsof er lukraak met klonten en scheppen vol was gesmeten.

In het midden zat een gat. Sam liet het licht feller worden en hield zijn hand erboven. Hij gluurde over de rand, klaar om toe te slaan als iemand hem aanviel. Zijn hart bonkte in zijn borstkas.

Er bewoog iets!

Sam sprong achteruit en vuurde een lichtstraal op het gat af. Het licht maakte geen geluid, maar de kluiten aarde ploften en sisten terwijl ze tot glas smolten.

'Nee!' riep hij.

Hij struikelde, viel op zijn billen op de grond en wist dat hij een grote fout had gemaakt. Hij had iets zien bewegen, en toen hij de verschroeiende lichtbol had afgevuurd, had hij gezien wat het was.

Hij kroop terug naar het gat en keek over de rand terwijl hij zich met één behoedzame hand bijscheen.

Het kleine meisje keek doodsbang naar hem op. Haar haar was

vies. Haar kleren zaten onder de modder. Maar ze leefde nog. Ze was niet verbrand. Ze leefde.

Haar mond was afgeplakt met tape. Ze kon nauwelijks ademhalen. Ze klemde een pop tegen zich aan. Haar blauwe ogen stonden smekend.

Sam ging op zijn buik liggen, strekte zijn arm en pakte haar uitgestoken hand.

Hij was niet sterk genoeg om haar er in één keer uit te tillen. Hij moest sjorren, trekken, gaan verzitten, verder sjorren. Tegen de tijd dat ze uit het gat was, zat ze van top tot teen onder de aarde. Sam was bijna net zo vies en hijgde van inspanning.

Hij trok het plakband van haar gezicht. Dat viel niet mee – het was heel vaak om haar hoofd gewikkeld. Het meisje huilde toen hij het plakband uit haar haar trok.

'Wie ben jij?' vroeg Sam.

Hij zag iets vreemds. Hij liet het licht nog feller schijnen. Iemand had met viltstift iets op het voorhoofd van het meisje geschreven. Het woord FREAK.

Sams handpalm werd donker. Langzaam, om haar niet bang te maken, legde hij zijn arm om de schokkende schoudertjes van het meisje.

'Het komt wel goed,' loog hij.

'Ze… ze zeiden… Waarom…' Ze kon haar zin niet afmaken. Ze zakte tegen zijn lichaam in elkaar en huilde in zijn shirt.

'Jill. Nu zie ik het. Sorry, ik had je niet meteen herkend.'

'Jill,' zei ze knikkend, waarna ze weer verder huilde. 'Ze willen niet dat ik zing.'

Missie nummer één, zei Sam tegen zichzelf: iets aan Zil doen. Het was genoeg geweest. Of Astrid en de raad het nou leuk vonden of niet, het was tijd om iets aan Zil te doen.

Of niet.

Sam staarde naar het gat waar hij Jill uit had getrokken, en zag het nu eigenlijk pas echt. Een gat in de grond waar niemand in hoorde te liggen. Er klopte iets niet… hier was iets helemaal mis.

Sam hapte naar adem en zoog met een scherp geluid de lucht naar binnen. Er liep een rilling over zijn rug.

Het angstaanjagende was niet het feit dat een klein meisje in een gat was gevallen. Het angstaanjagende zat 'm in het gat zelf.

Vijf

62 uur, 6 minuten

Sam bracht Jill naar Maria Terrafino in de crèche. Toen ging hij naar Edilio, maakte hem wakker en liep met hem naar het plein. Naar het gat in de grond.

Edilio staarde erin.

'Dus dat meisje liep 's nachts rond en is erin gevallen,' zei Edilio. Hij wreef de slaap uit zijn ogen en schudde verwoed zijn hoofd.

'Klopt,' zei Sam. 'Ze heeft dat gat heus niet zelf gegraven. Ze is er gewoon in gevallen.'

'Wie heeft dat gat dan wel gegraven?' vroeg Edilio.

'Wie het weet mag het zeggen.'

Edilio keek nog eens wat beter naar het gat. Vanaf de eerste keer dat het nodig was geweest, had hij de akelige taak op zich genomen om de graven te delven. Hij kende ze allemaal, wist wie waar lag.

'*Madre de Dios*,' fluisterde Edilio en hij sloeg een kruis. Met grote ogen draaide hij zich om naar Sam. 'Denk jij wat ik denk?'

'Wat denk je dan?'

'Het is te diep om zo smal te zijn. Dit kan iemand nooit met een schop voor elkaar gekregen hebben. Jongen, dit gat is niet van bovenaf gegraven. Dit is van onderuit gedaan.'

Sam knikte. 'Jep.'

'Je blijft er behoorlijk rustig onder,' zei Edilio beverig.

'Niet echt,' zei Sam. 'Ik heb een rare nacht achter de rug. Wat... wie lag hier begraven?'

44

'Brittney,' antwoordde Edilio.

'Hebben we haar dan levend begraven?'

'Denk nou eens logisch na, joh. Het is al ruim een maand geleden. Niemand blijft zo lang leven onder de grond.'

Ze stonden naast elkaar in het gat te staren. Het te smalle, te diepe gat.

'Dat ding dat op haar lijf zat,' zei Edilio. 'Dat we er niet af kregen. En toen dachten we: ze is toch dood, dus wat maakt het uit.'

'Dat ding,' zei Sam toonloos. 'We zijn er nooit achter gekomen wat het was.'

'Sam, we weten allebei wat het was.'

Sam liet zijn hoofd hangen. 'We mogen dit tegen niemand zeggen, Edilio. Als we het naar buiten brengen gaat de hele stad door het lint. En ze hebben al genoeg aan hun hoofd.'

Edilio keek heel ongemakkelijk. 'Sam, het is niet meer zoals eerst. We hebben nu een stadsraad. Het is de bedoeling dat zij weten wat er speelt.'

'Als zij het te horen krijgen, hoort iedereen het,' zei Sam.

Edilio zweeg. Hij wist dat Sam gelijk had.

'Jij kent Orsay toch wel?' vroeg Sam.

'Tuurlijk,' zei Edilio. 'We zijn bijna doodgegaan samen.'

'Doe me een lol en hou haar een beetje in de gaten.'

'Wat is er dan met Orsay?'

Sam haalde zijn schouders op. 'Ze denkt dat ze een soort profeet is, geloof ik.'

'Een profeet? Zoals die ouwe kerels in de bijbel?'

'Ze doet alsof ze contact kan maken met mensen aan de andere kant. Ouders en zo.'

'En is dat zo?' vroeg Edilio.

'Ik weet het niet. Lijkt me niet. Ik bedoel, dat kan toch niet?'

'Misschien moeten we het aan Astrid vragen. Die heeft meer verstand van dat soort dingen dan wij.'

'Ja, nou ja, daar wil ik eigenlijk liever nog even mee wachten.'

'Ho eens even, Sam. Mag ik dat ook al niet tegen haar zeggen? Moet ik twee belangrijke dingen voor de raad verzwijgen?'

'Het is voor hun eigen bestwil,' zei Sam. 'Voor ieders bestwil.' Hij pakte Edilio bij zijn arm en trok hem naar zich toe. Heel zacht zei hij: 'Edilio, hoeveel ervaring hebben Astrid en Albert nou eigenlijk? En John? Om over Howard maar te zwijgen, dat is gewoon een eikel, dat weten we allebei. Jij en ik, wij hebben elk gevecht sinds het begin van de FAKZ meegemaakt. Ik hou van Astrid, maar ze is zo druk met haar ideeën over hoe we alles moeten regelen dat ze me niet de dingen laat doen die er moeten gebeuren.'

'Ja, maar we hebben nou eenmaal wel regels en dat soort dingen nodig.'

'Tuurlijk,' beaamde Sam. 'Dat is ook zo. Maar ondertussen schopt Zil de freaks hun huizen uit en heeft iets of iemand zich net uit een graf omhoog gegraven. Ik moet dat soort dingen kunnen aanpakken zonder dat iedereen de hele tijd over mijn schouder meekijkt.'

'Ja, maar ik vind het niet tof dat je mij daar dan vervolgens mee opzadelt,' zei Edilio. Sam gaf geen antwoord. Het zou niet eerlijk zijn om hem nog verder onder druk te zetten. Edilio had gelijk: dat mocht Sam niet van hem vragen.

'Dat weet ik wel,' zei Sam. 'Maar… luister, het is maar voor even. Tot de raad alles op een rijtje heeft en een soort wetboek opstelt, moet iemand ervoor zorgen dat de boel niet naar de knoppen gaat. Toch?'

Na een tijdje slaakte Edilio een zucht. 'Vooruit dan maar. Goed, ik zal een paar schoppen gaan halen. Kunnen we dit dichtgooien voor iedereen wakker wordt.'

Jill was te oud voor de crèche, dat wist Sam best. Maar hij had haar toch bij Maria gedumpt.

Fijn. Daar zat Maria echt op te wachten: nog een kind om voor te zorgen.

Maar ze vond het moeilijk om nee te zeggen. Vooral tegen Sam.

Vermoeid keek Maria de crèche rond. Wat een zooitje. Straks zou ze Francis, Eliza en nog een paar anderen erbij moeten roepen om maar weer eens een poging te doen om wat orde in de chaos te scheppen. Voor de zoveelste keer.

Ze staarde verbitterd naar het slappe stuk plastic dat over het grote gat in de muur tussen de crèche en de doe-het-zelfzaak was gespannen. Hoe vaak had Maria al niet gevraagd of iemand daar iets aan kon doen? De doe-het-zelfzaak was al ontelbare keren geplunderd en de bijlen, mokers en branders waren vrijwel allemaal verdwenen, maar er lagen nog steeds overal spijkers, schroeven en moertjes. De kinderen moesten constant in de gaten gehouden worden omdat ze anders meteen onder het plastic door zouden kruipen en elkaar met schroevendraaiers zouden prikken, en dan gingen ze weer huilen en vechten en hadden ze weer een pleister nodig, die er allang niet meer waren...

Maria haalde diep adem. De raad had het heel erg druk. Er waren heel veel problemen die opgelost moesten worden. Misschien had dit nu gewoon even niet de prioriteit.

Ze perste er een glimlach uit voor het meisje dat haar ernstig aanstaarde en haar pop tegen zich aan drukte.

'Sorry, lieverd, hoe heette je ook alweer?'

'Jill.'

'Nou, leuk dat je er bent, Jill. Je kunt hier een tijdje blijven tot we een andere oplossing hebben gevonden.'

'Ik wil naar huis,' zei Jill.

Maria wilde zeggen: *Ja, dat willen we allemaal wel, schat. We willen allemaal naar huis.* Maar ze wist inmiddels wel dat verbittering, ironie en sarcasme het er niet echt beter op maakten bij de kleintjes.

'Wat is er gebeurd? Waarom was je buiten op straat?' vroeg Maria.

Jill haalde haar schouders op. 'Ze zeiden dat ik weg moest.'

'Wie dan?'

Jill haalde weer haar schouders op en Maria knarste met haar tanden. Ze was het zat om altijd maar begripvol te moeten zijn. Ze was het zo verschrikkelijk zat om verantwoordelijk te zijn voor elk zwerfkind in Perdido Beach.

'Goed dan, weet je waarom je van huis bent weggelopen?'

'Ze zeiden dat ze... dat ze me pijn zouden doen, geloof ik.'

Maria wist niet zeker of ze wel door wilde vragen. De gemeenschap van Perdido Beach verkeerde in een constante staat van angst, zorgen en verdriet. Niet iedereen gedroeg zich altijd zoals het hoorde. Oudere kinderen hadden zichzelf soms niet meer in de hand in confrontaties met jongere broertjes en zusjes.

Maria had dingen meegemaakt... Dingen die ze nooit voor mogelijk had gehouden.

'Nou, voorlopig mag je bij ons blijven,' zei Maria. Ze sloeg haar armen even om het meisje heen. 'Francis zal je de regels uitleggen, goed? Dat is die grote jongen daar in de hoek.'

Jill draaide zich schoorvoetend om en deed een paar aarzelende stappen naar Francis toe. Toen draaide ze zich weer om. 'Maak je maar geen zorgen, ik zal niet zingen.'

Maria had bijna niet gereageerd. Maar er was iets aan de manier waarop Jill het zei...

'Natuurlijk mag je hier wel zingen,' zei Maria.

'Beter van niet,' zei Jill.

'Wat is je lievelingsliedje?' vroeg Maria.

Jill keek verlegen. 'Weet ik niet.'

Maria drong aan. 'Ik wil je graag horen zingen, Jill.'

Jill zong. Een kerstliedje.

Welk kind ligt hier op Maria's schoot
te slapen in de nacht?
Door engelen begroet met een lied zo zoet,
en de herders houden de wacht...

En de wereld stond stil.

Later – hoeveel later, dat wist Maria niet – ging Jill in een leeg bedje liggen, klemde haar pop tegen zich aan en viel in slaap.

De hele kamer was stil geworden toen ze zong. Elk kind stond als bevroren aan de grond genageld. Maar hun ogen glinsterden en om hun monden lagen dromerige glimlachjes.

Toen Jill uitgezongen was, keek Maria naar Francis.

'Had jij ook...'

Francis knikte. Er stonden tranen in zijn ogen. 'Maria, je moet echt even slapen, joh. Eliza en ik regelen het ontbijt wel.'

'Ik ga alleen even zitten, even uitrusten,' zei Maria. Maar ze werd meteen overmand door slaap.

Toen Francis haar wakker maakte leken er slechts een paar minuten verstreken. 'Ik moet weg,' zei hij.

'Is het al tijd?' Maria schudde haar hoofd om het helder te krijgen. Haar blik wilde maar niet scherp worden. 'Bijna. En ik moet eerst nog van een paar mensen afscheid nemen,' zei hij. Hij legde zijn hand op haar schouder en zei: 'Je bent een fantastisch mens, Maria. Er is iemand die met je wil praten, en zij is ook fantastisch.'

Maria begreep niet goed wat Francis bedoelde en stond op – ze wist alleen dat er iemand met haar wilde praten.

Orsay. Ze was zo tenger en broos dat Maria haar automatisch aardig vond. Ze zag er bijna uit als een van de kinderen, een van de kleintjes.

Francis raakte Orsays hand aan en het leek haast alsof hij zijn hoofd even boog, als in een gebed. 'Profetes,' zei hij.

'Moeder Maria, de Profetes,' zei Francis terwijl hij hen plechtig aan elkaar voorstelde. Maria had het gevoel dat ze de president ontmoette.

'Zeg alsjeblieft gewoon Orsay,' zei Orsay zacht. 'En dit is mijn vriendin Nerezza.'

Nerezza leek helemaal niet op Orsay. Ze had groene ogen, een olijfkleurige huid en zwart, weelderig haar dat in een soort losse rol over haar schouder hing. Maria kon zich niet herinneren dat ze haar al eens eerder had gezien. Maar Maria zat dan ook het grootste deel van de dag in de crèche; ze kwam niet zoveel onder de mensen.

Francis grijnsde. Maria had het idee dat hij een beetje zenuwachtig was.

'Gefeliciteerd met je wedergeboorte,' zei Nerezza.

'Ja. Dank je wel,' zei Francis. Hij rechtte zijn schouders, knikte Nerezza toe en zei tegen Orsay: 'Ik moet nog bij een paar mensen langs en ik heb niet veel tijd meer. Dank je wel dat je me het juiste pad hebt gewezen, Profetes.' En met die woorden draaide hij zich vlug om en liep weg.

Orsay leek een beetje misselijk. Alsof ze iets wilde uitspugen. Ze knikte gespannen naar Francis' rug en beet op haar tanden. Nerezza's gezicht stond ondoorgrondelijk. Met opzet, dacht Maria, alsof ze een heftige emotie wilde verbergen.

'Hoi... Orsay.' Maria wist niet zo goed hoe ze haar moest aanspreken. Ze had kinderen wel eens horen zeggen dat Orsay een soort profeet was, maar daar had ze verder geen aandacht aan besteed. Je hoorde zo veel rare dingen. Maar het meisje had duidelijk diepe indruk op Francis gemaakt.

Orsay leek niet goed te weten wat ze nu moest zeggen. Ze keek naar Nerezza, die gauw de stilte doorbrak. 'De Profetes wil je graag helpen, Maria.'

'Helpen?' Maria lachte. 'Ik heb eigenlijk net eens een keer genoeg vrijwilligers.'

'Niet op die manier.' Nerezza wuifde haar woorden ongeduldig weg. 'De Profetes wil graag een kind adopteren dat hier onlangs gekomen is.'

'Pardon?'

'Ze heet Jill,' zei Orsay. 'Ik heb gedroomd dat...' En toen stierf haar stem weg, alsof ze zich niet meer kon herinneren wist waar de droom over was gegaan. Ze fronste haar wenkbrauwen.

'Jill?' herhaalde Maria. 'Dat kleine meisje dat door Zil te grazen is genomen? Ze is hier pas een paar uur geleden gebracht. Hoe wist je überhaupt dat ze hier was?'

Nerezza zei: 'Ze is haar huis uit gejaagd omdat ze een freak was. Haar broer is nu te bang en te zwak om voor haar te zorgen. Maar ze is te oud voor de crèche, Maria. Dat weet jij ook.'

'Ja,' zei Maria. 'Ze is inderdaad te oud.'

'De Profetes kan voor haar zorgen. Dat wil ze graag.'

Maria keek naar Orsay voor bevestiging. Na een paar seconden besefte Orsay dat het haar beurt was om iets te zeggen en zei: 'Ja, dat wil ik heel graag.'

Maria had er geen goed gevoel bij. Ze wist niet wat er met Orsay aan de hand was, maar Nerezza was duidelijk een raar kind, nogal duister, een beetje dreigend zelfs, vond Maria.

Maar er was geen plek op de crèche voor oudere kinderen. Dat ging gewoon niet. En dit was beslist niet de eerste keer dat Maria tijdelijk een ouder kind had opgevangen dat vervolgens een andere plek vond waar het te eten kon krijgen.

Francis leek het volste vertrouwen in Orsay en Nerezza gehad te hebben. Hij was vast ook degene geweest die Orsay over Jill had verteld toen Maria lag te slapen.

Maria fronste haar wenkbrauwen en vroeg zich af waarom Francis zo'n haast had gehad. Gefeliciteerd met je wedergeboorte? Waar sloeg dat nou weer op?

'Goed dan,' zei Maria. 'Als Jill het geen probleem vindt, mag ze met jou mee.'

Orsay glimlachte. En Nerezza's ogen fonkelden voldaan.

Justin had 's nachts in zijn bed geplast. Als een baby. En hij was vijf, geen baby.

Maar het was overduidelijk dat hij het had gedaan.

Hij zei het tegen Moeder Maria en zij zei dat het helemaal niet erg was; dat soort dingen gebeurde nou eenmaal. Maar vroeger gebeurde dat nooit bij Justin. Niet toen hij nog een echte mama had gehad. Het was al heel lang geleden dat hij voor het laatst in bed had geplast.

Hij huilde toen hij het aan Moeder Maria vertelde. Hij vond het niet fijn om het tegen haar te moeten zeggen, want Moeder Maria leek zich de laatste tijd niet zo lekker te voelen of zo. Ze was niet zo aardig meer als eerst. Meestal zei hij het tegen Francis als er echt iets was. Soms plaste hij 's nachts niet omdat hij dan de hele dag bijna geen water had gedronken. Maar gisteravond was hij vergeten om niks te drinken. Dus toen had hij toch wat water genomen, een paar slokjes maar.

Hij was al vijf, ouder dan bijna alle kinderen op de crèche. En toch plaste hij nog steeds in bed.

Er waren twee grote meisjes gekomen die het zingende meisje hadden meegenomen. Justin had niemand die hem meenam.

Maar hij wist waar zijn huis was, zijn echte huis met zijn echte bed. In dat bed plaste hij nooit. Nu had hij een stom bed op de grond, gewoon een matras waar andere kinderen op trapten, en dat was vast de reden waarom hij weer in bed plaste.

Zijn oude huis was niet heel ver weg. Hij was er al een keer eerder heen gegaan. Gewoon om te kijken of het huis er wel echt was geweest. Want soms wist hij niet zeker meer of dat wel zo was. Hij was erheen gegaan om te kijken of zijn mama er was. Hij had haar niet gezien. En toen hij de deur open had gedaan en naar binnen was gegaan, was hij zo bang geworden dat hij heel hard terug naar Moeder Maria was gerend.

Maar nu was hij veel groter. Toen was hij pas vierenhalf geweest, en nu was hij al vijf. Nu zou hij vast niet bang meer zijn.

En hij zou vast niet meer in zijn bed plassen als hij in zijn echte huis was.

Zes | 57 uur, 17 minuten

Helder, stralend daglicht.

Sam en Astrid liepen door het winkelcentrum. Ze waren er zo doorheen. Er stond een viskraampje, dat nu al bijna helemaal leeg was en waarop alleen nog twee kleine inktvissen lagen, plus een stuk of tien schelpdieren en een klein visje dat er zo afstotelijk uitzag dat niemand vooralsnog de moed had gehad het te kopen.

Het viskraampje was gemaakt van een lange klaptafel die ze uit de schoolkantine hadden gesleept. Er stonden grote plastic bakken op, van die grijze waar normaal gesproken de vuile vaat in werd gezet. Aan de voorkant van de tafel was met plakband een slap kartonnen bordje opgehangen met daarop QUINNS VINTASTISCHE VIS. Daaronder stond met kleinere letters: EEN ALBERCO-ONDERNEMING.

'Wat is dat voor vis, denk je?' vroeg Sam aan Astrid. Die tuurde onderzoekend naar het beest in kwestie. 'Volgens mij behoort die tot de soort *Pisces Noneetbarus*,' zei ze.

'O ja?' Sam trok een grimas. 'Denk je dat we die kunnen eten?'

Astrid slaakte een overdreven zucht. '*Pisces Noneetbarus*? Oneetbaar? Grapje, hallo. Je moet wel je best blijven doen, Sam. Die was echt te simpel.'

Sam glimlachte. 'Maar een echt genie zou geweten hebben dat ik het niet zou snappen. Ergo: je bent geen echt genie. Ja, je hoort het goed: ik gooide er even een "ergo" tussendoor.'

Ze keek hem medelijdend aan. 'Heel indrukwekkend, Sam.

Vooral voor een jongen die tweeëntwintig verschillende beteke-
nissen voor het woord "gast" heeft.'

Sam bleef staan, pakte haar arm en draaide haar naar zich toe.
Hij trok haar dicht tegen zich aan. 'Gast,' fluisterde hij in haar oor.

'Goed dan, drieëntwintig,' verbeterde Astrid. Ze duwde hem
weg. 'Ik moet boodschappen doen. Wil je eten of wil je... gasten?'

'Gasten. Altijd.'

Ze keek hem streng aan. 'Ga je me nog vertellen waarom je vanochtend onder de modder zat?'

'Ik struikelde en toen ben ik gevallen. Ik ben in het donker over
mijn eigen voeten gestruikeld toen ik opeens dat meisje zag, Jill.'

Het was niet echt gelogen. Het was een deel van de waarheid. En
hij zou haar de hele waarheid vertellen zodra hij de kans had gekregen om alles op een rijtje te zetten. Het was een vreemde, onrustige nacht geweest en hij had tijd nodig om na te denken en een
plan te verzinnen. Je kon altijd veel beter pas naar de raad gaan als
je een goed plan had uitgedacht, dan hoefden ze het alleen nog
maar goed te keuren en kon hij daarna zijn gang gaan.

Het winkelcentrum stond op het speelplein van de school, want
dan konden de jongere kinderen op de toestellen spelen terwijl
de oudere kinderen boodschappen deden. Of roddelden. Of elkaar
bekeken. Sam merkte dat hij net iets langer naar alle gezichten
staarde. Hij verwachtte niet dat Brittney hier echt rondliep. Dat
was natuurlijk onzin. Er moest een andere verklaring zijn. Maar
toch hield hij alles scherp in de gaten.

Hij moest nog eens goed nadenken over wat hij zou doen als hij
echt een dood meisje zou zien lopen. Met dat probleem had hij nog
nooit te maken gehad, hoe vreemd het leven in de FAKZ soms ook
was.

Het winkelcentrum bestond, in willekeurige volgorde, uit Quinns
Vintastische Vis, de groentekraam Gaven van de Worm, een boe-
kenstalletje dat De Gebroken Rug werd genoemd, het met vliegen
overdekte Vreemde Vleeswaren, Het Zonnetje in Huis, opgericht
door twee ondernemende kinderen die een stuk of zes zonnepa-
nelen hadden opgeduikeld waar ze nu batterijen mee oplaadden,

en De Vuilbeurs, waar speelgoed, kleding en allerhande troep werden geruild en verkocht. In een apart hoekje was een met hout gestookte barbecue neergezet. Daar kon je voor een klein bedrag je vis, vlees of groenten laten grillen. Zodra het op de houtkooltjes had gelegen, smaakte alles – hertenvlees, wasbeer, duif, rat, coyote – vrijwel hetzelfde: rokerig en aangebrand. Maar de ovens en magnetrons deden het niet meer en de bakolie was op, om over de boter nog maar te zwijgen, dus zelfs de kinderen die ervoor kozen om hun eigen eten klaar te maken, kwamen uiteindelijk op deze methode uit. Het enige alternatief was koken, en de twee meisjes die de barbecue beheerden hadden altijd een grote pan kokend water klaarstaan. Maar iedereen was het erover eens dat gegrilde rat veel en veel lekkerder was dan gekookte.

Het 'restaurant' veranderde om de paar dagen van naam. Het had al Smokey Sue's geheten, Was-Perdido-Beach-maar-een-Pizza-Hut, de Smakbar, Opvreten en Wegwezen, Smokey Tom's en Le Grand Barbecue. Vandaag stond er WTF op het bordje, met daaronder in kleinere letters: WHAT THE FOOD?

Rond de paar wankele eettafeltjes had een aantal kinderen het zich gemakkelijk gemaakt, met hun voeten omhoog en hun stoelen naar achteren gekanteld. Sommigen zaten te eten, anderen waren gewoon een beetje aan het hangen. Niet voor het eerst bedacht Sam dat ze eruitzagen als een kindervariant op zo'n rampenfilm waarin de wereld vergaat. Ze waren gewapend en droegen absurde kledingcombinaties met vreemde hoofddeksels, mannenkleren, vrouwenkleren en capes van tafelkleden, en ze waren op blote voeten of hadden slecht passende schoenen aan.

Drinkwater moest tegenwoordig met een vrachtwagen vanuit het halflege spaarbekken in de heuvels buiten de stad worden gehaald. Benzine werd streng gerantsoeneerd, zodat de waterwagens zo lang mogelijk konden blijven rijden. De raad had al een plan voor als ook het laatste restje benzine op was: dan moest iedereen naar het spaarbekken verhuizen. Als daar dan nog water in zat. Ze hadden berekend dat ze nog een halfjaar met het water toe konden.

Net als de meeste raadsbesluiten klonk ook dit Sam als flauwekul in de oren. De raad besteedde minstens de helft van zijn tijd aan het beramen van allerlei plannen waar ze dan uren over discussieerden zonder ooit tot een besluit te komen. Zo waren ze ook zolang ze bestonden al bezig met het ontwerpen van een serie wetten. Sam had zijn best gedaan om zijn geduld niet te verliezen, maar terwijl zij zaten te teuten en te vergaderen moest híj nog altijd de orde bewaren. Zij hadden hun regels en hij had de zijne. En de meeste kinderen hielden zich aan de zijne.

Het winkelcentrum was opgesteld langs de westmuur van het gymlokaal, zodat ze optimaal van de schaduw konden profiteren. Later op de dag, als de zon steeds hoger kwam, raakte het eten in de stalletjes op en werden ze gesloten. Op sommige dagen was er heel weinig eten. Maar er was nog niemand écht doodgegaan van de honger.

Het water werd vervoerd in plastic tonnen van zeventienenhalve liter en gratis uitgedeeld – drieënhalve liter per persoon per dag. Er stonden driehonderdzes namen op de waterlijst.

Er gingen geruchten over een stel kinderen dat buiten de stad op een boerderij zou wonen, maar daar had Sam nooit bewijzen van gezien. En fantasiekinderen waren zijn probleem niet.

De overige zestien kinderen van wie bekend was dat ze in de FAKZ woonden, zaten op de heuvel in de Coates Academie: de laatste leden van Caines afgezonderde bende. Sam kon zich niet druk maken over wat zij aten en dronken.

Een eindje bij de schoolmuur vandaan, in het kleinere stukje schaduw van een noodgebouw, was een ander soort groep aan het werk. Een meisje legde tarotkaarten voor één berto. De 'berto' was een afkorting van 'Albert'. Albert had een nieuwe munteenheid ontworpen, gebaseerd op gouden kogels en speelkaartjes van de McDonald's. Hij had het geld eigenlijk een andere naam willen geven, maar die kon niemand zich meer herinneren. En dus waren het berto's geworden, naar een idee van Howard natuurlijk, die ook de uitdrukking 'FAKZ' had bedacht om hun rare, beperkte wereld mee aan te duiden.

Sam had Albert in eerste instantie voor gek verklaard vanwege de obsessieve manier waarop hij naar een nieuwe vorm van geld had gezocht. Maar het was bewezen: Alberts systeem zorgde voor net genoeg eten om iedereen in leven te houden. En er waren veel meer kinderen aan het werk, terwijl ze eerst allemaal maar een beetje rond hadden gelummeld. Het was geen onmogelijke opgave meer om de kinderen op de velden het slopende oogstwerk te laten doen. Ze werkten voor berto's en ze gaven die berto's ook weer uit, en voorlopig waren de tijden waarin ze verhongerden nog slechts een akelige herinnering uit het verleden.

Iedereen liep de tarotlezeres straal voorbij. Niemand had geld genoeg om het aan dat soort dingen te kunnen verspillen. Een jongen speelde op een krakkemikkige gitaar terwijl zijn kleine zusje achter een professioneel drumstel zat dat ze uit iemands huis hadden gejat. Het klonk bagger, maar ze maakten muziek, en in een Perdido Beach zonder elektriciteit, zonder opgenomen muziek, zonder iPods of stereo-installaties, een Perdido Beach waar een laagje stof verscheen op de harde schijven van computers en dvd-spelers onaangeroerd bleven, werd zelfs een deerniswekkende vorm van entertainment als deze enthousiast onthaald.

Sam zag hoe een meisje een kwart meloen in de fooienschaal van de muzikanten legde. Ze hielden onmiddellijk op met spelen, braken de meloen in stukken en schrokten hem naar binnen.

Sam wist dat er nóg een markt was, enigszins verborgen maar o zo makkelijk te vinden voor wie erin geïnteresseerd was. Op die markt werden alcohol, wiet en diverse andere verboden middelen verkocht. Sam had geprobeerd om het drugs- en alcoholgebruik een halt toe te roepen, maar erg veel had hij niet bereikt. Hij had belangrijker dingen aan zijn hoofd.

'Nieuwe graffiti,' zei Astrid terwijl ze naar de muur achter de vleeskraam keek.

Het zwart met rode logo bestond uit een grove M en C. Mensenclub. De haatgroep van Zil Sperry.

'Ja, dat logo zie je overal in de stad,' zei Sam. Hij wist dat hij beter zijn mond kon houden, maar hij praatte toch door. 'Als ik niet zo strak aan de lijn gehouden werd, kon ik naar die zogenaamde "zone" van Zil gaan om hier eens en voor altijd een eind aan te maken.'

'Hoe bedoel je? Wou je hem vermoorden?' vroeg Astrid – ze hield zich expres van de domme.

'Nee, Astrid. Ik wil hem aan zijn haren naar het stadhuis sleuren, hem daar ergens in een kantoor zetten en de deur op slot doen tot-ie dat kinderachtige gedrag heeft afgeleerd.'

'Oftewel, je wilt hem in de cel stoppen. Omdat jij dat zo besloten hebt. En jij besluit ook hoe lang hij daar moet blijven zitten,' zei Astrid. 'Jíj zei altijd dat je geen leider wilde zijn, maar met dictatorschap heb je blijkbaar een stuk minder moeite.'

Sam zuchtte. 'Oké, laat ook maar. Het zal allemaal wel. Ik heb geen zin in ruzie.'

'Hoe is het eigenlijk met dat meisje van vannacht?' vroeg Astrid om van onderwerp te veranderen.

'Ik heb haar naar Maria op de crèche gebracht.' Hij aarzelde even en keek over zijn schouder om zeker te weten dat niemand hen kon horen. 'Maria heeft gevraagd of ze wilde zingen. Ze zei dat de wereld stilstaat als Jill zingt. Niemand praat, niemand beweegt – de hele dagopvang verstijfde zo ongeveer. Maria zei dat het klinkt alsof er een engeltje voor je zingt. Alleen voor jou.'

'Een engeltje?' vroeg Astrid sceptisch.

'Zeg, ik dacht dat jij in engeltjes geloofde.'

'Dat is ook zo. Ik denk alleen niet dat dit meisje er een is.' Ze zuchtte. 'Eerder een soort sirene.'

Sam staarde haar wezenloos aan.

'Nee,' zei Astrid. 'Geen politiesirene. Net als in de *Odyssee*. Odysseus. De sirenen. Aan wie geen man weerstand kon bieden als ze zongen?'

'Wist ik heus wel.'

'Aha.'

'Echt wel! Bij *The Simpsons* hebben ze er een keer een persiflage op gedaan.'

Astrid zuchtte. 'Waarom heb ik ook alweer verkering met jou?'

'Omdat ik zo woest aantrekkelijk ben?'

'Je bent inderdaad licht aantrekkelijk, dat is waar,' zei Astrid plagerig.

'Dus ik ben eigenlijk een soort onwijs sexy dictator?'

'Ik kan me niet herinneren dat ik de woorden "onwijs sexy" in de mond heb genomen.'

Sam glimlachte. 'Dat was ook niet nodig. Je ogen zeiden genoeg.' Ze gaven elkaar een kus. Geen uitgebreide, gepassioneerde kus, maar gewoon een fijne, zoals het altijd fijn was om elkaar te kussen. Iemand liet een spottend gejoel horen. Iemand anders riep: 'Ga dat effe lekker thuis doen!'

Sam en Astrid luisterden niet. Ze waren zich er allebei van bewust dat ze het belangrijkste stel van de FAKZ waren en dat veel kinderen hun relatie als een teken van stabiliteit zagen. Alsof je je moeder en vader zag zoenen: vies, maar tegelijkertijd ook geruststellend.

'Maar wat moeten we met die Sirene aan?' vroeg Astrid. 'Ze is te oud om bij Maria te blijven.'

'Ze woont nu bij Orsay,' zei Sam. Hij wachtte even om te zien hoe Astrid op de naam Orsay zou reageren, maar er gebeurde niets. Astrid wist niet wat Orsay allemaal uitspookte.

'Pardon. Sam?'

Sam draaide zich om en zag Francis staan. Niet het beste moment om onderbroken te worden, net nu hij zijn aantrekkelijkheid met Astrid wilde gaan bespreken.

'Wat is er, Francis?'

Francis haalde zijn schouders op. Hij leek verward en niet op zijn gemak. Hij stak zijn hand uit. Sam aarzelde even voor hij hem schudde – hij voelde zich een beetje belachelijk.

'Ik wilde je gewoon even bedanken,' zei Francis.

'O. Nou, eh... prima.'

'En je moet niet denken dat het jouw schuld is, goed?' zei Francis. 'En je moet ook niet boos op me worden. Ik heb echt geprobeerd om...'

'Waar heb je het over?'

'Ik ben jarig vandaag,' legde Francis uit. 'Eén-vijf. Het is zover.'
Sam voelde een zweetdruppel over zijn rug lopen. 'Ben je er
klaar voor? Je hebt de instructies toch wel gelezen over wat je moet
doen?'
'Die heb ik inderdaad gelezen,' zei Francis, maar zijn stem ver-
ried hem.
Sam greep zijn arm vast. 'Nee, Francis. Niet doen.'
'Het komt allemaal goed,' zei Francis.
'Nee,' zei Astrid stellig. 'Dit wil je niet.'
Francis haalde zijn schouders op. Toen grijnsde hij verlegen.
'Mijn moeder heeft me nodig. Mijn vader en zij zijn net uit elkaar.
En ik mis haar gewoon.'
'Hoe bedoel je, ze zijn net uit elkaar?'
'Het ging al heel lang niet goed. Maar vorige week is mijn vader
er zomaar vandoor gegaan. En nu is ze helemaal alleen, dus, nou
ja...'
'Francis, waar heb je het over?' vroeg Astrid geërgerd. 'We zit-
ten al zeven maanden in de FAKZ. Je weet niet hoe het met je
ouders is.'
'Dat heeft de Profetes me verteld.'
'De wát?' snauwde Astrid. 'Francis, ben je dronken?'
Sam stond als aan de grond genageld en kon niet reageren. Hij
wist meteen wat hier aan de hand was.
'Dat heeft de Profetes me verteld,' herhaalde Francis. 'Zij heeft
het gezien... Ze weet het en ze heeft het aan mij verteld...' Hij
begon zich zichtbaar op te winden. 'Hoor eens, ik wil niet dat jullie boos op me worden.'
'Dan moet je niet zo debiel doen,' zei Sam, die eindelijk weer iets
uit kon brengen.
'Mijn moeder heeft me nodig,' zei Francis. 'Meer dan jullie. Ik
moet naar haar toe.'
'Hoe weet je zo zeker dat je na de poef naar je moeder toe gaat?'
'Het is een deur,' zei Francis, en zijn ogen werden wazig. Hij
keek niet meer naar Sam. Hij zat in zijn eigen hoofd en zijn stem
klonk zangerig, alsof hij iets declameerde wat hij had gehoord.

'Een deur, een opening, een uitweg naar het paradijs. Je viert niet je geboortedag, maar je wédergeboortedag.'

'Francis, ik weet niet wie je dit op de mouw heeft gespeld, maar het is niet waar,' zei Astrid. 'Niemand weet wat er gebeurt als je eruit stapt.'

'Zíj weet het wel,' zei Francis. 'Zij heeft het me uitgelegd.'

'Francis, je mag het niet doen,' zei Sam dringend. 'Luister, ik weet wat Orsay doet. Ik weet er alles van. En misschien denkt zij dat het waar is, maar je mag het risico niet nemen.'

Hij voelde Astrids doordringende blik. Hij weigerde haar onuitgesproken vraag te beantwoorden.

'Gast, ik weet dat jij de baas bent,' zei Francis met een liefdevolle glimlach. 'Maar zelfs jij kunt dit niet tegenhouden.'

Francis draaide zich om en liep met snelle stappen weg. Na een meter of drie bleef hij staan. Maria Terrafino kwam op hem af gerend. Ze zwaaide met haar broodmagere armen en riep: 'Francis! Nee!'

Francis bracht zijn arm omhoog en keek op zijn horloge. Er lag een serene glimlach om zijn lippen.

Toen Maria voor hem stond greep ze zijn t-shirt vast en gilde: 'Je mag die kinderen niet in de steek laten! Waag het niet om die kinderen in de steek te laten! Ze hebben al zoveel verloren. Ze houden van je.'

Francis trok zijn horloge van zijn pols en gaf het aan haar. 'Dit is het enige wat ik je kan geven.'

'Francis, doe het niet.'

Maar ze greep naar de lucht. Gilde tegen de lucht.

Het horloge lag op het gras.

Francis was weg.

Zeven

56 uur, 30 minuten

'Wat heb je nog meer voor ons achtergehouden, Sam?'

Astrid had onmiddellijk de stadsraad bijeengeroepen. Ze had niet eens tegen hem geschreeuwd toen ze weer alleen waren. Ze had hem alleen een giftige blik toegeworpen en gezegd: 'Ik roep de raad bijeen.'

Nu zaten ze in wat vroeger de vergaderruimte van de burgemeester was geweest. Het was er donker; het enige licht kwam door een raam aan de schaduwkant van het gebouw. De tafel was van massief hout, de stoelen waren groot en luxueus. De muren waren versierd – als je het zo kon noemen – met grote, ingelijste foto's van oud-burgemeesters van Perdido Beach.

Sam voelde zich altijd vreselijk idioot in deze kamer. Hij zat op een veel te grote stoel aan het ene hoofd van de tafel. Astrid zat aan het andere. Haar handen lagen op tafel, met haar slanke vingers plat op het blad.

Dekka keek met een norse, geïrriteerde blik voor zich uit, hoewel Sam niet goed wist wat de reden van haar duistere stemming was. Er zat iets blauws in een van de strakke vlechtjes op haar hoofd – niet dat iemand zo dom was om haar daarop te wijzen of erom te lachen, natuurlijk.

Dekka was een freak, de enige in deze ruimte, op Sam na. Ze bezat de gave om in een klein gebied tijdelijk de zwaartekracht uit te schakelen. Sam beschouwde haar als een bondgenoot. Dekka hield ook niet van eindeloos praten en niets doen.

Albert was de best geklede aanwezige: hij droeg een opvallend schone en schijnbaar ongezouten polo en een relatief kreukelvrije pantalon. Hij zag eruit als een piepjonge zakenman die onderweg naar de golfbaan even binnen was gewipt.

Albert was een normalo, maar leek over een haast bovennatuurlijk organisatietalent te beschikken: de gave om dingen in gang te zetten, handel te drijven. Terwijl hij met samengeknepen ogen de groep rond keek, besefte Sam dat Albert waarschijnlijk de machtigste persoon in deze kamer was. Albert had er meer dan wie dan ook voor gezorgd dat Perdido Beach niet was doodgehongerd.

Edilio hing in elkaar gezakt tegen de tafel, hield zijn hoofd in zijn handen en maakte met niemand oogcontact. Er stond een machinepistool tegen zijn stoel, iets waar tegenwoordig helaas niemand meer van opkeek.

Edilio was het officiële stadshoofd. Hij, waarschijnlijk het vriendelijkste, meest bescheiden en minst arrogante lid van de raad, moest ervoor zorgen dat de regels die de raad opstelde ook daadwerkelijk werden nageleefd. Als ze er überhaupt ooit aan toe kwamen om regels te bedénken.

Wat Howard hier deed was niemand duidelijk. Sam wist nog steeds niet goed hoe hij er ooit in geslaagd was om zich de raad in te kletsen. Iedereen zou toegeven dat Howard slim was. Maar iedereen was er ook van overtuigd dat hij geen greintje eerlijkheid of moreel besef in zijn lijf had. Howard was het opperslaafje van Orc, de stuurse, dronken jongen die in een monster was veranderd en een paar keer aan de goede kant had meegevochten toen het er echt op aan was gekomen.

Het jongste lid was een jongen met een lief gezicht, John Terrafino – Maria's broertje, ook een normalo. Hij deed bijna nooit zijn mond open en luisterde vooral. Iedereen ging ervan uit dat Maria tegen hem zei hoe hij moest stemmen. Maria had ook in de raad kunnen zitten, maar zij kon niet gemist worden en was bovendien te verzwakt.

Zeven raadsleden. Astrid als voorzitter. Vijf normalo's, twee freaks.

'Er is vannacht een aantal dingen gebeurd,' zei Sam zo rustig mogelijk. Hij had geen zin in ruzie. En al helemaal niet met Astrid. Hij hield van Astrid. Hij had Astrid verschrikkelijk hard nodig. Zij vormde de basis van al het goede in zijn leven, hielp hij zichzelf herinneren.

En nu was ze woedend.

'We weten al van Jill,' zei Astrid.

'Die eikels van Zil. Die dat soort dingen niet meer zouden doen als we ze hadden uitgeschakeld,' mopperde Dekka.

'Daar hebben we over gestemd,' zei Astrid.

'Ja, dat weet ik. Vier van de zeven waren ervóór om die geschifte engerd en zijn geschifte vriendjes de hele stad te laten terroriseren,' snauwde Dekka.

'Vier van de zeven waren ervoor om een bepaald wettensysteem op te zetten in plaats van vuur met vuur te bestrijden,' antwoordde Astrid.

'We kunnen niet zomaar mensen oppakken zonder een systeem,' zei Albert.

'Zo is dat, Sammie,' zei Howard meesmuilend. 'Je kunt niet telkens maar even met je laserhandjes wapperen als je iemand niet mag.'

Dekka ging verzitten en boog haar sterke schouders naar voren. 'Nee, dus in plaats daarvan staan we toe dat kleine meisjes uit hun huis getrapt en gemolesteerd worden.'

'Luister eens, ik zeg het nog één keer: een systeem waarin Sam rechter, jury en beul is, is gewoon ontoelaatbaar,' zei Astrid. Daarna zwakte ze haar uitspraak een beetje af: 'Hoewel ik natuurlijk wel het volste vertrouwen in hem heb, meer dan in wie ook. Sam is een held. Maar het gaat erom dat iedereen in de FAKZ moet weten wat wel en wat niet kan. We hebben regels nodig, in plaats van dat één persoon bepaalt wie over de schreef is gegaan en wie niet.'

'Hij was echt een goede crèchemedewerker,' fluisterde John. 'Francis. Hij was echt een heel goede crèchemedewerker. De kleintjes gaan hem onwijs missen. Ze waren dol op hem.'

'Ik ben hier ook vannacht pas achter gekomen. Of vanochtend vroeg, eigenlijk,' zei Sam. Hij beschreef kort wat hij had gezien en gehoord tijdens de bijeenkomst rond Orsay.

'Zou het kunnen?' vroeg Albert. Hij keek bezorgd. Sam begreep zijn dubbele gevoel wel. Albert was vroeger gewoon een van de velen geweest, een jongen die zelfs nauwelijks opviel, en nu was hij degene die in veel opzichten praktisch de leiding over Perdido Beach had.

'Ik ben bang dat we dat nooit zeker zullen weten,' zei Astrid.

Iedereen viel stil. Het idee dat ze misschien in contact zouden kunnen komen met hun ouders, vrienden en familie buiten de FAKZ ging hun verstand te boven. Het idee dat de mensen buiten misschien wisten wat er in de FAKZ gebeurde...

Zelfs nu hij al wat tijd had gehad om het te verwerken, werd Sam overweldigd door heftige en niet per definitie fijne gevoelens. Hij was al heel lang bang dat als de FAKZ-muur op een dag om de een of andere reden weer zou verdwijnen, hij dan verantwoordelijk zou worden gehouden. Voor de doden die hij op zijn geweten had. Voor de levens die hij niet had gered. Het idee dat de hele wereld misschien wel toekeek, zijn daden analyseerde en elke paniekerige handeling, elk radeloos moment in twijfel trok, was op zijn zachtst gezegd nogal verontrustend.

Er waren zo veel dingen waar hij nooit meer over wilde praten. Zo veel dingen die heel verschrikkelijk uitgelegd konden worden.

Jongeheer Temple, kunt u uitleggen waarom u lijdzaam toekeek terwijl kinderen de voedselvoorraad grotendeels verspilden en uiteindelijk verhongerden?

Wilt u zeggen, meneer Temple, dat de kinderen hun eigen huisdieren braadden en opaten?

Meneer Temple, kunt u uitleggen wat die graven daar op het plein doen?

Sam balde zijn vuisten en probeerde zijn ademhaling onder controle te krijgen.

'Francis heeft zelfmoord gepleegd,' zei Dekka.

'Dat vind ik wel een beetje ver gaan,' zei Howard. Hij leunde achterover, legde zijn voeten op tafel en vouwde zijn handen over zijn magere buik. Hij wist dat Astrid zich daaraan zou ergeren. Sam vermoedde dat dat precies de reden was waarom hij het deed. 'Hij wilde naar huis, naar zijn mammie – tja, wat zal ik daar eens van zeggen? Ik kan natuurlijk ook maar moeilijk geloven dat iemand uit de FAKZ zou willen stappen. Ik bedoel, waar kun je anders ratten te eten krijgen, je achtertuin als wc gebruiken en bang zijn voor negentien verschillende soorten enge dingen?'

Niemand lachte.

'We moeten ervoor zorgen dat dit niet meer gebeurt,' zei Astrid. Ze klonk heel stellig.

'Maar wat kunnen we eraan doen?' vroeg Edilio. Hij keek eindelijk op en Sam zag zijn zorgelijke gezicht. 'Hoe wil je ze tegenhouden? Als je vijftiende verjaardag eraan komt, is de poef de makkelijkste uitweg. Je moet echt je best doen om je ertegen te verzetten, dat weten we inmiddels. Hoe moeten we die kinderen vertellen dat dat hele gedoe met Orsay niet waar is?'

'Dat zeggen we gewoon,' zei Astrid.

'Maar we wéten niet of het waar is of niet,' wierp Edilio tegen.

Astrid haalde haar schouders op. Ze staarde in het niets en trok een strak gezicht. 'We zeggen gewoon dat het allemaal nep is. Iedereen haat de FAKZ, maar ze willen niet dood.'

'Maar hoe leggen we dat uit als we het niet zeker weten?' Edilio leek oprecht in de war.

Howard lachte. 'Deely-O, Deely-O, soms ben je gewoon niet al te snugger.' Hij zette zijn voeten weer op de grond en boog zich naar Edilio toe alsof hij hem een geheim ging verklappen. 'Ze bedoelt dat we moeten líegen. Astrid bedoelt dat we tegen iedereen moeten liegen door gewoon te zeggen dat we het zeker weten.'

Edilio staarde naar Astrid alsof hij verwachtte dat ze het zou ontkennen.

'Het is voor hun eigen bestwil,' zei Astrid zacht terwijl ze nog steeds in het niets staarde.

'Weet je wat nou zo grappig is?' vroeg Howard grijnzend. 'Ik had het idee dat deze vergadering belegd was zodat Astrid Sam kon uitkafferen omdat hij ons niet alles had verteld. En nu blijkt dat we hier eigenlijk zijn omdat Astrid wil dat we leugenaars worden.'

'Worden?' sneerde Dekka met een cynische blik richting Howard.

'Daar hoef jij niets meer voor te doen, Howard.'

Astrid zei: 'Luister eens, als we Orsay door laten gaan met deze waanzin, is de kans groot dat kinderen niet alleen op hun vijftiende eruit stappen. Straks hebben ze geen zin meer om zo lang te wachten. Dan besluiten ze om er maar meteen een eind aan te maken, in de veronderstelling dat ze daarna wakker worden aan de andere kant, bij hun ouders.'

Iedereen rond de tafel ging tegelijk rechtop zitten toen ze dat hoorden.

'Ik kan niet liegen,' zei John simpelweg. Hij schudde zijn hoofd en zijn rode krullen schudden mee.

'Je bent lid van de raad,' snauwde Astrid. 'Je moet je aan onze besluiten houden. Dat is de afspraak. Anders werkt het niet.' Toen zei ze rustiger: 'John, Maria wordt binnenkort toch ook vijftien?'

Die kwam aan als een mokerslag, zag Sam. Maria was waarschijnlijk degene die het allerhardst nodig was in Perdido Beach. Vanaf het eerste begin had zij de leiding over de crèche genomen. Ze was een moeder voor de kleintjes geworden.

Maar Maria had zo haar eigen problemen. Ze had anorexia en boulimia. Ze schoof handenvol antidepressiva naar binnen, maar de voorraad ging er in rap tempo doorheen.

Dahra Baidoo, die de medicijnen in Perdido Beach beheerde, was stiekem naar Sam toe gekomen en had verteld dat Maria om de paar dagen langskwam om te vragen of Dahra nog iets voor haar had. 'Ze slikt Prozac, Zoloft en Lexapro, en dat zijn geen onschuldige pilletjes, Sam. Volgens het boek moet je dat soort dingen heel voorzichtig op- en afbouwen. Je kunt niet zomaar alles meenemen wat er voorhanden is en dat naar binnen proppen.'

Sam had het alleen tegen Astrid gezegd. En hij had Dahra op het hart gedrukt het niet verder te vertellen. Toen had hij tegen zichzelf gezegd dat hij binnenkort echt even met Maria moest gaan praten, wat hij vervolgens compleet vergeten was.

En nu leidde Sam uit Johns aangeslagen blik af dat ook hij besefte dat het helemaal niet onmogelijk was dat Maria zich aan de poef zou overgeven om eruit te stappen.

Ze stemden. De handen van Astrid, Albert en Howard schoten onmiddellijk de lucht in.

'Echt niet,' zei Edilio hoofdschuddend. 'Dan moet ik tegen mijn eigen mensen liegen, tegen mijn soldaten. Die kinderen vertrouwen me.'

'Nee,' stemde John. 'Ik... ik ben natuurlijk nog jong en zo, maar dan zou ik tegen Maria moeten liegen.'

Dekka keek naar Sam. 'Wat vind jij ervan, Sam?'

Astrid onderbrak haar. 'Luister, we kunnen er gewoon een tijdelijke maatregel van maken. Tot we weten of Orsay het allemaal maar verzint of niet. Stel dat ze er straks voor uitkomt en toegeeft dat het allemaal nep was, dan is het meteen duidelijk.'

'Misschien moeten we haar martelen,' zei Howard, en hij meende het nog half ook.

'We kunnen niet zomaar toekijken als we denken dat er kinderen zullen sterven,' zei Astrid smekend. 'Zelfmoord is een doodzonde. Die kinderen komen niet buiten de FAKZ terecht, die gaan naar de hel.'

'Wow,' zei Howard. 'De hel? En hoe weten we dat, als ik vragen mag? Jij weet net zomin als wij wat er na een poef gebeurt.'

'Zit dat hierachter?' vroeg Dekka. 'Jouw geloof?'

'Alle religies zijn tegen zelfmoord,' zei Astrid bits.

'Ik ben ook tegen zelfmoord,' zei Dekka afwerend. 'Maar ik heb geen zin om opeens bij een of andere religieuze discussie betrokken te worden.'

'Ik weet niet waar Orsay voor staat, maar het is in elk geval geen religie,' zei Astrid ijzig.

Sam hoorde Orsays stem in zijn hoofd. *Laat hen gaan, Sam. Laat hen gaan en bemoei je er niet mee.*

Zijn moeders woorden, als hij Orsay moest geloven.

'Laten we het een week aankijken,' zei Sam.

Dekka haalde diep adem en blies de lucht met een grote zucht weer uit. 'Goed dan. Ik sta in dit geval achter Sam. We liegen. Een week.'

De vergadering werd geschorst. Sam was als eerste buiten; hij had opeens dringend behoefte aan frisse lucht. Edilio haalde hem in toen hij de trappen van het stadhuis af rende.

'Hé. Hé! We hebben helemaal niet meer verteld wat we vannacht hebben gezien.'

Sam bleef staan en keek naar het plein, naar het gat dat ze weer dichtgegooid hadden.

'O? En wat hebben we vannacht dan gezien, Edilio? Ik weet niet hoe het met jou zit, maar ík heb alleen een gat in de grond gezien.'

Sam gaf Edilio geen kans om ertegen in te gaan. Hij wilde niet horen wat Edilio zou zeggen. Hij liep snel weg.

Acht

55 uur, 17 minuten

Caine vond het verschrikkelijk om bij Worm in de buurt te moeten zijn. Hij werd bloednerveus van dat joch, ook omdat Worm de laatste tijd steeds vaker onzichtbaar was. Eerst deed Worm zijn verdwijntruc alleen als het nodig was. Daarna deed hij het elke keer als hij iemand wilde bespioneren, wat best vaak was.

En nu werd hij alleen nog maar zichtbaar als Caine hem dat opdroeg.

Caine zette momenteel alles in op het verhaal van Worm. Een verhaal over een magisch eiland. Het was natuurlijk te belachelijk voor woorden. Maar als de werkelijkheid uitzichtloos was, werden sprookjes steeds belangrijker.

'Is het nog ver naar die boerderij van jou, Worm?' vroeg Caine.

'Nee. Maak je maar geen zorgen.'

'Ja, jij hebt lekker makkelijk praten,' mopperde Caine. Worm liep onzichtbaar door de open velden. Je zag alleen kuiltjes in de aarde verschijnen waar hij zijn voeten neerzette. Caine was echter maar al te zichtbaar. Hij liep op klaarlichte dag over een stoffige, omgeploegde akker onder een felle, hete zon. Worm zei dat er niemand op deze akkers kwam, dat hier niets groeide en dat Sams groep niet van de boerderij af wist, die ver van de bewoonde wereld aan het eind van een zandpad stond en er verlaten bij leek te liggen.

Caines eerste vraag was geweest: 'Hoe weet jij er dan van?'

'Ik weet een heleboel,' had Worm geantwoord. 'En bovendien zei jij een tijd geleden dat ik Zil in de gaten moest houden.'

70

'En hoe weet Zil dan van de boerderij?'

De stem boven de onzichtbare voetafdrukken zei: 'Volgens mij kende een van Zils gasten die kinderen. Vroeger.'

Caines volgende vraag: 'Hebben ze eten?'

'Ja. Een beetje. Maar ze hebben ook jachtgeweren. En het meisje, dat zusje, Emily? Dat is een soort freak, volgens mij. Ik weet niet wat ze doet, want ik heb haar nooit freaky dingen zien doen, maar haar broer is bang voor haar. En Zil ook, een soort van, alleen laat hij het niet merken.'

'Fijn,' mompelde Caine. Zil was blijkbaar een jongen die weigerde zijn angst te tonen. Kon misschien nog van pas komen.

Caine hield zijn hand boven zijn ogen en keek rond, op zoek naar tekenen van stofwolken die veroorzaakt werden door vrachtwagens of auto's. Worm zei dat er in Perdido Beach ook nog maar weinig benzine was, maar dat er wel nog steeds gereden werd als het echt nodig was.

Caine was ervan overtuigd dat hij elke freak van Sams groep in een een-op-eengevecht zou kunnen uitschakelen, behalve Sam zelf dan. Maar stel dat hij Brianna en Dekka samen tegenover zich zou hebben? Of dat kleine kakwicht Taylor voor zijn part, met een stel soldaten van Edilio erbij?

Op dit moment was het probleem domweg dat Caine zwak was. Het was zwaar om zo'n eind – kilometers – te lopen. Heel zwaar nu hij weer stekende pijnen in zijn maag had en zijn navel langs zijn ruggengraat schraapte. Hij stond te wankelen op zijn benen. Hij kon soms niet eens meer echt scherp zien.

Eén goede maaltijd – nou ja, het was niet echt een goede maaltijd – was niet genoeg. Maar het hield hem in leven. Hij verteerde Panda. Panda-energie stroomde van zijn maag zijn bloed in.

De boerderij werd aan het oog onttrokken door een groepje bomen, maar verder stond hij midden in het open veld. Weliswaar een heel eind van de weg af, maar Caine kon zich niet voorstellen dat Sams mensen het huis nooit ontdekt en op voedsel doorzocht hadden.

Heel raar.

'Blijf staan,' riep een jongensstem vanaf de veranda van het huis.
Worm en Caine verstijfden.

'Wie zijn jullie? Wat moeten jullie?'

Caine kon niemand zien door de vieze hor die om de veranda heen stond.

Worm antwoordde: 'We zijn gewoon...'

'Jij niet,' onderbrak de stem hem. 'Jou kennen we allang, onzichtbaar mannetje. We bedoelen hem.'

'Ik heet Caine. Ik wil de kinderen ontmoeten die hier wonen.'

'O ja? Is dat zo?' zei de verborgen jongen. 'En waarom zou ik dat goedvinden?'

'Ik zoek geen ruzie of zo,' zei Caine. 'Maar misschien is het wel zo eerlijk als ik er even bij zeg dat ik in minder dan tien seconden dat huisje van je omver kan blazen.'

Klik klak.

Er werd iets kouds tegen Caines nek gezet.

'Is dat zo? Klinkt spectaculair.' Een meisjesstem. Nog geen twee stappen achter hem.

Caine wist zeker dat het koude voorwerp dat tegen zijn nek drukte de loop van een geweer was. Hoe had dat meisje zo dicht bij hem kunnen komen? Hoe had ze hen kunnen verrassen?

'Ik zoek geen ruzie, zoals ik net ook al zei,' zei Caine.

'Mooi,' zei het meisje. 'Je moest eens weten waar ik allemaal toe in staat ben als ik ruziemaak.'

'We willen alleen maar...' Caine wist eigenlijk niet goed meer wat hij nou precies wilde.

'Nou, kom binnen,' zei het meisje.

Ze bewogen niet. Ze liepen niet, stapten de veranda niet op. De boerderij leek heel even krom te trekken en toen waren ze opeens binnen. Caine stond in een schemerige woonkamer. Er lagen plastic hoezen over de doorgezakte bank en de leunstoel van ribstof.

Emily leek een jaar of twaalf. Ze droeg een afgeknipte spijkerbroek en een roze sweater met LAS VEGAS erop. Zoals Caine al had vermoed, had ze een enorm, dubbelloops jachtgeweer in haar handen.

De jongen kwam door de voordeur naar binnen. Hij leek er totaal niet van op te kijken dat Caine en Worm al in zijn woonkamer stonden. Alsof dat soort dingen zo vaak gebeurden.

Caine vroeg zich af of hij hallucineerde.

'Ga zitten,' zei Emily met een gebaar naar de bank. Caine plofte dankbaar neer. Hij was uitgeput.

'Goeie truc,' zei Caine.

'Hij is best handig, ja,' zei Emily. 'We zijn vrijwel niet te zien als we niet gevonden willen worden.'

'Hebben jullie nog wat elektriciteit?' vroeg haar broer aan Caine.

'Huh?' Caine staarde hem aan. 'In mijn broekzak, bedoel je? Waar moet ik elektriciteit vandaan halen?'

De jongen wees spijtig naar de televisie, waar een Wii en een Xbox aan gekoppeld waren. Alle lampjes uit, natuurlijk. Ernaast lagen hoge stapels spelletjes.

'Dat zijn een boel spelletjes.'

'Die krijgen we van de anderen,' zei Emily. 'Broer houdt van spelletjes.'

'Maar we kunnen ze niet spelen,' zei de jongen.

Caine bekeek hem nog eens goed. De jongen kwam op Caine niet al te snugger over, maar Emily leek scherp en gehaaid. Zij was de baas.

'Hoe heet jij?' vroeg Caine aan de jongen.

'Broer. Hij heet Broer,' deelde Emily mee.

'Broer,' zei Caine. 'Oké. Nou, Broer, zonder elektriciteit heb je niet zoveel aan die spelletjes, of wel soms?'

'Die anderen zeiden dat ze daarvoor zouden zorgen.'

'O ja? Nou, er is maar één iemand die de stroom weer aan kan zetten,' zei Caine.

'Jij?'

'Nee. Een jongen die Computer Jack heet.'

'Die kennen we,' zei Broer. 'Hij heeft mijn Wii een keer gerepareerd, heel lang geleden. Toen deden de spelletjes het nog.'

'Jack werkt voor mij,' zei Caine. Hij leunde achterover en liet dat even op hen inwerken. Het was natuurlijk gelogen, maar het leek hem sterk dat Emily dat door zou hebben. Ze wist vast niet dat Jack in Perdido Beach zat. En dat hij volgens Worm in een smerige kamer strips zat te lezen en weigerde iets uit te voeren.

'Kun jij ervoor zorgen dat de lichten weer aangaan?' vroeg Emily met een blik op haar hoopvolle broer.

'Jazeker,' loog Caine gladjes. 'Het zou ongeveer een week duren.'

Emily schoot in de lach. 'Jongen, je ziet eruit alsof je niet eens genoeg te eten kunt krijgen. Moet je jezelf nou eens zien. Je lijkt wel een vogelverschrikker. Je bent vies en je haar valt uit. En nog keihard liegen ook. Wat kun je eigenlijk wél?'

'Dit,' zei Caine. Hij hief zijn hand en het jachtgeweer suisde uit Emily's handen. Het vloog zo hard tegen de muur dat het als een pijl uit een boog in het pleisterwerk bleef steken. De houten kolf trilde.

Broer sprong overeind, maar het leek alsof hij tegen een bakstenen muur op liep. Caine wierp hem achteloos door het raam. Glas viel aan diggelen. Er klonk een harde bonk toen de jongen op de veranda belandde.

Emily stond in een oogwenk overeind – plotseling verdween het huis rond Caine en stond hij samen met Worm in de tuin.

'Leuk kunstje, hoor,' riep Caine. 'Maar het mijne is nog mooier.'

Met uitgestrekte handen trok hij Broer recht door de verandahor. Het gaas omhulde het lichaam van de jongen als een sluier. En toen ging Broer de lucht in, terwijl hij vergeefs tegenstribbelde en naar zijn zusje riep dat ze hem moest redden.

Emily stond onmiddellijk op dertig centimeter afstand van Caine, met haar gezicht naar hem toe.

'Doe je best,' snauwde Caine. 'Da's een eind vallen voor dat geschifte broertje van je.'

Emily keek op en Caine zag haar vechtlust wegebben. Broer steeg nog altijd hoger en hoger. Hij zou doodgaan als hij nu viel, of in elk geval zwaar invalide raken.

'Tja, ik zit dan ook niet de hele tijd maar een beetje op de boerderij,' zei Caine. 'Ik heb al een paar gevechten meegemaakt. Ervaring. Best handig.'

'Wat wil je?' vroeg Emily.

'Als de anderen hier komen, laat je ze gewoon binnen. Ik wil even met ze praten. Je jachtgeweer is er geweest. En die leuke trucjes van je zullen jou en je broer echt niet redden.'

'Jij wilt die jongens wel heel graag spreken, geloof ik.'

'Ja. Dat geloof ik ook.'

Lana hoorde dat er op de deur werd geklopt en slaakte een zucht. Ze had een boek zitten lezen. Meg Cabot. Een boek uit een vorig leven, duizenden jaren geleden. Over een meisje dat een echte prinses werd.

Lana las de laatste tijd heel veel. Er waren nog altijd een heleboel boeken in de FAKZ. Nauwelijks muziek, geen televisie of films. Maar een heleboel boeken. Ze las alles, van luchtige chicklit tot zware, taaie kost.

Het ging erom dat je bleef lezen. In Lana's wereld waren er wakkere uren, en er waren nachtmerrie-uren. En de enige manier om te voorkomen dat ze gek werd was door te lezen. Hoewel ze helemaal niet zeker wist of ze niet allang gek was geworden.

Helemaal niet zeker.

Patrick hoorde het geklop ook en begon hard te blaffen.

Lana nam aan dat er iemand genezen wilde worden. Dat was de enige reden waarom mensen bij haar langskwamen. Maar uit een lang geleden aangeleerde gewoonte en een diepgewortelde angst pakte ze toch het zware pistool van het bureau en liep ermee naar de deur.

Ze wist hoe ze het wapen moest hanteren. Het gewicht in haar hand voelde heel vertrouwd.

'Wie is daar?'

'Sam.'

Ze boog zich voorover om door het kijkgaatje te turen. Misschien was het het gezicht van Sam, misschien ook niet; er zaten geen ramen in de gang, dus er was ook geen licht. Ze schoof de grendel opzij en deed de deur open.

'Niet schieten,' zei Sam. 'Dan moet je me weer genezen en zo.'

75

'Kom binnen,' zei Lana. 'Doe alsof je thuis bent. Als jij wat te drinken uit de koelkast pakt, haal ik de chips.'

'Nou, jij kunt in elk geval nog grappen maken,' zei Sam.

Hij koos de fauteuil in de hoek. Lana ging in de stoel zitten die ze zo had neergezet dat ze uitkeek op het balkon. Ze had een van de betere kamers van het hotel, met een prachtig uitzicht over de oceaan. Vroeger had hij waarschijnlijk honderden dollars per nacht gekost.

'En, wat is het probleem?' vroeg Lana. 'Je zou hier niet zijn als er niet iets aan de hand was.'

Sam haalde zijn schouders op. 'Misschien kom ik wel gewoon even hallo zeggen.'

Het was alweer een tijdje geleden dat ze hem voor het laatst gezien had. Ze wist nog hoe afschuwelijk hij eraan toe was geweest nadat hij door Drake was mishandeld. Ze kon zich nog maar al te goed herinneren hoe ze haar handen op zijn aan flarden gescheurde huid had gelegd.

Ze had zijn lichaam genezen, maar zijn geest niet. Hij was net zomin genezen als zij. Ze zag het in zijn ogen. Het zou hen eigenlijk nader tot elkaar moeten brengen, maar Lana vond het verschrikkelijk om die duistere schaduw over zijn gezicht te zien liggen. Als Sam er niet overheen kon komen, hoe moest háár dat dan ooit lukken?

'Niemand komt hier ooit zomaar even hallo zeggen,' zei Lana. Ze haalde een pakje sigaretten uit de zak van haar badjas en stak er geroutineerd een op. Ze inhaleerde diep.

Ze zag zijn afkeurende blik. 'Alsof iemand hier lang genoeg zal blijven leven om kanker te krijgen,' zei ze.

Sam zei niets, maar zijn afkeuring was verdwenen.

Lana keek hem door een rookwolk aan. 'Je ziet er moe uit, Sam. Krijg je wel genoeg te eten?'

'Nou, ik kan persoonlijk niet genoeg krijgen van naamloze gekookte vis en gegrilde wasbeer,' zei Sam.

Lana lachte even, maar werd toen weer ernstig. 'Ik heb vorige week nog hertenvlees gehad. Hunter kwam het brengen. Hij vroeg zich af of ik hem kon genezen.'

'En?'

'Ik heb het geprobeerd, maar volgens mij heeft het niet veel geholpen. Hersenletsel. Blijkbaar is dat veel moeilijker dan een gebroken arm of een kogelwond.'

'Gaat het verder wel goed met je?' vroeg Sam.

Lana friemelde met haar vingers en kroelde Patricks nek. 'Wil je het echt weten? En beloof je dat je het niet aan Astrid vertelt? Anders staat zij natuurlijk meteen voor m'n neus om me te helpen.'

'Het blijft onder ons.'

'Goed dan. Nee, volgens mij gaat het niet zo goed met me. Nachtmerries. Herinneringen. Ze zijn soms moeilijk van elkaar te onderscheiden.'

'Misschien moet je eens wat vaker het hotel uit,' zei Sam.

'Want jij hebt daar zeker helemaal geen last van, hè? Van nachtmerries en zo?'

Hij gaf geen antwoord, maar liet zijn hoofd hangen en keek naar de grond.

'Juist,' zei ze.

Plotseling stond Lana op en liep naar de balkondeur. Daar bleef ze met over elkaar geslagen armen staan; de brandende sigaret bungelde vergeten tussen haar vingers. 'Het lijkt wel alsof ik niet meer bij andere mensen in de buurt kan zijn. Ik word gek van ze. Ze doen helemaal niets, maar ik word al boos als ze tegen me praten of me aankijken, zelfs als ze alleen maar naast me staan.'

'Ik ken het,' zei hij. 'Ik heb dat ook nog heel vaak.'

'Jij bent anders, Sam.'

'Van mij word je niet boos?'

Ze lachte – een kort, bitter geluid. 'Jawel. Ik sta hier nu gewoon, maar een deel van mij wil alles pakken wat ik maar te pakken kan krijgen en op jouw hoofd kapot beuken.'

Sam stond op en liep naar haar toe. Hij ging vlak achter haar staan. 'Je mag me slaan, als het helpt.'

'Vroeger kwam Quinn nog wel eens langs,' zei Lana alsof ze hem niet had gehoord. 'Maar toen liet hij een keer een glas vallen. Ik heb hem nog net niet vermoord. Heeft-ie dat verteld? Ik heb het pistool gepakt en recht op zijn gezicht gericht, Sam. En ik had echt heel, heel erg veel zin om de trekker over te halen.'

'Maar dat heb je niet gedaan.'

'Ik heb Edilio neergeschoten,' zei Lana met haar blik nog steeds op het water gericht.

'Dat was jij niet,' antwoordde hij.

Lana zei niets en Sam liet de stilte voortduren. Uiteindelijk zei ze: 'Ik dacht dat Quinn en ik misschien... Maar na die ruzie heeft hij blijkbaar besloten dat hij geen contact meer wil.'

'Quinn werkt heel hard,' zei Sam, maar het klonk slap. 'Hij zit elke ochtend al om vier uur in de boot volgens mij.'

Ze schoof de balkondeur open en schoot haar peuk over de balustrade. 'Waarom ben je hier, Sam?'

'Ik moet je iets vragen, Lana. Er is iets met Orsay.'

'Ja.' Ze wees naar het strand beneden. 'Ik heb haar wel eens gezien daar. Al een paar keer. Met een stel anderen. Ik kan niet verstaan wat ze zeggen. Maar ze kijken naar haar alsof ze hun verlosser is.'

'Ze zegt dat ze door de FAKZ-muur kan kijken. Ze zegt dat ze de dromen van de mensen aan de andere kant opvangt.'

Lana haalde haar schouders op.

'We moeten uitzoeken of er misschien een kern van waarheid in haar verhaal zit.'

'Hoe moet ik dat nou weten?' vroeg Lana.

'Een van de mogelijkheden... Ik bedoel, ik vroeg me af... Ik bedoel, stel dat het geen leugen is, en dat Orsay echt denkt dat het echt is...'

'Toe maar, Sam,' fluisterde Lana. 'Je wilt iets zeggen.'

'Ik moet het weten, Lana: is de Duisternis, de gaiaphage, is die echt weg? Hoor je zijn stem nog in je hoofd?'

Ze kreeg het koud. Ze sloeg haar armen weer over elkaar. Pakte zichzelf heel stevig vast. Ze voelde haar eigen lijf; het was echt, het was van haar. Ze voelde haar eigen hart kloppen. Ze was hier, levend, zichzelf. Niet daarbuiten in de mijnschacht. Geen deel van de gaiaphage.

'Dat moet je niet vragen,' zei Lana.

'Lana, ik zou het niet vragen als het niet heel...'

'Niet doen,' waarschuwde ze. 'Echt niet.'

'Ik...'

Ze voelde hoe ze haar bovenlip optrok. Er laaide een wilde woede in haar op en ze draaide zich naar hem om. Bracht haar gezicht heel dicht naar het zijne. 'Niet doen!'

Sam bleef staan waar hij stond.

'Dat mag je me nooit, maar dan ook nooit meer vragen!'

'Lana...'

'Ga weg!' gilde ze. 'Weg!'

Hij liep snel achteruit, de gang op, en deed de deur achter zich dicht.

Lana viel op het tapijt. Ze begroef haar vingers in haar haar en trok eraan – ze had de pijn nodig, ze moest weten dat ze echt bestond, hier, nu.

Wás de gaiaphage weg?

Hij zou nooit meer weggaan. Niet uit haar.

Lana rolde zich snikkend op haar zij. Patrick kwam naar haar toe en likte haar gezicht.

Negen | 54 uur, 42 minuten

Zil Sperry voelde zich ontzettend goed. Hij had de hele dag op de aanval zitten wachten. Op het moment dat Sam en Edilio zich op zijn terrein zouden wagen. Als ze gekomen waren, had hij het op een gevecht kunnen laten uitlopen, maar hij was niet zo stom om te denken dat hij dat had kunnen winnen. Edilio's soldaten hadden machinegeweren. Zils Mensenclub had honkbalknuppels.

Hij had ook wel zwaardere wapens, maar niet hier op dit terrein. Niet met die freak Taylor die elk moment overal waar ze maar wilde kon opduiken om rond te kijken.

En dan had je ook nog de andere freaks: die lompe, chagrijnige pot van een Dekka en die arrogante Brianna. En Sam zelf.

Altijd weer Sam.

Zils 'zone' bestond uit vier huizen aan het eind van Fourth Avenue, na Golding Street, waar de straat eigenlijk doodliep. Vier niet al te grote, niet al te fraaie huizen. Ze hadden een wegblokkade van auto's opgeworpen om Fourth Avenue af te sluiten. Ze hadden de auto's op hun plek moeten duwen – alle accu's waren leeg, behalve dan de accu's van die paar voertuigen die door Sams mensen onderhouden werden.

Midden in de wegblokkade zat een klein gat, een opening. Een vierkante, hoekige Scion die ooit wit was geweest, stond voor de ene kant van het gat. Hij was licht genoeg om door vier kinderen in de opening geduwd te worden om de 'poort' af te sluiten.

Dekka kon het ding natuurlijk simpelweg de lucht in laten zweven. Samen met de rest van Zils verdedigigswerken. Maar ze waren niet achter hem aan gekomen, en Zil wist heus wel waarom niet. De raad had geen greintje lef. Sam? Díé zou achter hem aan gekomen zijn. Dekka? Die zou maar wat graag achter hem aan komen. En Brianna was al een paar keer door zijn straat gesjeesd – die freak was zo snel dat de wachtposten haar nauwelijks konden zien.

Daarna had Zil draden laten spannen. Als Brianna weer een keer langskwam, stond haar nog een verrassing te wachten.

Alles draaide om Sam. Als hij Sam vermoordde, zou Zil de rest waarschijnlijk makkelijk aankunnen.

Om twaalf uur 's middags, terwijl iedereen zijn lunch bij elkaar probeerde te scharrelen, liep Zil met Hank, Turk, Antoine en Lance de straat uit en over de snelweg richting het noorden, naar de uitlopers van de heuvels.

Naar de boerderij. Met die freak Emily en haar debiele broertje. Turk had een keer terloops opgemerkt dat hij daar vroeger wel eens geweest was. Hij was op een verjaardagsfeestje geweest van de jongen die Broer heette. Broer en Emily kregen thuis les en Turk kende hen van de kerk.

Tot Turks verbazing bleken Emily en Broer nog op de boerderij te wonen. En tot ieders verbazing bleek Emily een bijzonder sterke freak.

Maar ze hadden het goed gevonden dat de Mensenclub spullen op de boerderij verstopte.

En dus had Zil zich ingehouden, hun dingen beloofd en spelletjes gegeven die ze toch niet konden spelen, om de boerderij als schuilplaats te kunnen gebruiken. Maar als het er op een gegeven moment op aankwam... tja, een freak bleef een freak, ook al kon hij haar nu nog even goed gebruiken.

Om bij de boerderij te komen moesten ze eerst langs de zwaarbewaakte benzinepomp. Gelukkig was er een diepe greppel om regenwater af te voeren, die parallel aan de snelweg en achter het tankstation langs liep. Het regende nooit meer, dus de greppel was droog en overwoekerd door onkruid. Ze konden erdoorheen lopen en als ze maar heel stil waren, konden Edilio's soldaten bij de benzinepomp hen niet horen.

Toen ze de stad uit waren liepen ze een tijdje over de snelweg. Alle plukkers waren op de akkers voor hun middageten. Niemand zou nu oogst naar de stad vervoeren.

De snelweg was griezelig leeg. Het onkruid tierde welig in de bermen. Auto's die tijdens de allereerste seconden van de FAKZ verongelukt waren, stonden nog steeds leeg, stoffig en nutteloos op de weg. Aandenkens aan vroeger tijden. De portieren op een kier, kofferbakken open, ramen vaak verbrijzeld. Alle dashboard-kastjes en kofferbakken waren al door Sams mensen of door plunderaars doorzocht op eten, wapens, drugs...

In een van die auto's had Zil zijn bescheiden wapenarsenaal opgedaan. Ze hadden geweren gevonden, samen met twee blokken samengeperste marihuana en een paar uitpuilende plastic zakken vol crystal meth. Antoine had zo ongeveer de helft van het spul al opgesnoven, die stomme junk.

Zil besefte dat Antoine een probleem was. Dronkenlappen en drugsverslaafden waren altijd een probleem. Maar aan de andere kant deed Antoine wel altijd wat hem werd opgedragen. En als Antoine op een dag echt niet meer aanspreekbaar zou zijn, zocht Zil wel iemand anders die zijn werk kon doen.

'Opletten allemaal,' zei Hank. 'We willen niet gezien worden.'

Hank was Zils zware jongen. Best raar eigenlijk, want het was maar een klein, onooglijk jochie. Maar hij had een paar gemene trekjes, die Hank. Hij zou alles voor Zil doen. Alles.

Lance liep zoals gewoonlijk een stukje verderop. Zelfs nu kon Zil zich er nog over verbazen dat Lance bij zijn basisteam zat. Lance was alles wat de anderen niet waren: slim, knap, atletisch, aardig.

En Turk? Tja, Turk hobbelde maar zo'n beetje voort op zijn manke been en praatte. 'Uiteindelijk moeten we helemaal freakvrij worden,' zei hij. 'We zullen eerst iets aan de grote, gevaarlijke freaks moeten doen. We moeten ze uitschakelen. Definitief. Zo zeiden ze dat vroeger als ze bedoelden dat je iemand moest vermoorden. Dat je hem definitief moest uitschakelen.'

Soms wou Zil dat Turk eens een keer zijn mond zou houden. Turk deed Zil op sommige punten denken aan zijn oudere broer Zane. Altijd maar praten, nooit eens een keertje stil.

Zane had natuurlijk wel over andere dingen gepraat. Zane had voornamelijk over Zane gepraat. Hij had overal een mening over. Hij wist alles, of dat dacht hij tenminste.

Zijn hele jeugd had Zil er nauwelijks een speld tussen kunnen krijgen als Zane aan het woord was. En als hij dan een keer zijn mond opendeed tijdens een van de eindeloze familiegesprekken, had Zil voornamelijk minachtende en soms zelfs medelijdende blikken toegeworpen gekregen.

Zijn ouders hadden het waarschijnlijk niet zo bedoeld. En je kon het ze ook bijna niet kwalijk nemen. Zane was de ster. Zo slim, zo cool, zo knap. Net zo knap als Lance.

Zil had al vroeg in de gaten gehad dat hij nooit de ster zou worden. Die rol was Zane op het lijf geschreven. Hij was charmant, leuk om te zien en superintelligent.

En hij was altijd zo vreselijk áárdig tegen kleine Zil. 'Heb je nog hulp nodig met dat wiskundehuiswerk van je, Zilly?'

Zilly. Het rijmde op *silly*. Stomme, silly Zilly. En Zane *the Brain*.

En waar ben je nu, Zane? vroeg Zil zich af. Niet hier in elk geval. Zane was zestien. Hij was op die eerste dag, in die allereerste minuut al gepoeft.

Opgeruimd staat netjes, grote broer van me, dacht Zil.

'Dus we schakelen de gevaarlijke freaks uit,' wauwelde Turk door. 'We schakelen ze uit. En we houden er een paar, als slaven, zeg maar. Lana bijvoorbeeld. Ja, Lana houden we. Dan moeten we haar misschien wel vastbinden of zo, zodat ze niet kan weglopen. En de anderen, ja, die moeten maar ergens anders heen. Simpel zat. Weg uit Sperry Beach.'

Zil zuchtte. Dat was Turks nieuwste idee: om de stad tot Sperry Beach om te dopen. Zodat het voor iedereen duidelijk was dat Perdido Beach nu van de Mensenclub was.

'Alleen mensen. Geen freaks meer,' zei Turk. 'Wij worden de baas. Ongelooflijk toch, dat Sam niet naar ons toe gekomen is? Ze zijn gewoon doodsbenauwd.'

Turk kon echt eindeloos zo doorgaan en tegen zichzelf blijven praten. Het leek wel alsof hij alles tien keer moest benadrukken. Alsof hij een discussie voerde met iemand die niets terugzei.

Na de snelweg moesten ze het laatste eind nog over de omgeploegde akkers sjokken. Maar eenmaal bij de boerderij zouden ze in elk geval heerlijk, helder en schoon water kunnen drinken, ook al hadden ze niets te eten. Emily en Broer hadden hun eigen bron. Niet genoeg water om mee te douchen of zo, want er zat geen stroom meer op de pomp, dus ze moesten alles handmatig omhoogpompen. Maar je kon net zoveel drinken als je wilde. Dat was een zeldzaamheid geworden in het droge, hongerige Perdido Beach.

Sperry Beach.

Wie weet. Waarom ook niet?

Zil liep voor de anderen uit de trap op. 'Emily,' riep hij. 'Wij zijn het.'

Hij klopte op de deur. Dat was ongebruikelijk, want tot nu toe had Emily elke keer haar gebruikelijke ik-sta-opeens-achter-je-freaktruc gedaan. Soms speelde ze een tijdje met hen, dan liet ze het huis verdwijnen zodat ze als een stel malloten rondstruikelden.

Freak. Zil kreeg haar nog wel. Als hij haar niet meer nodig had.

Emily deed de deur open.

Zils intuïtie schreeuwde: *Gevaar!*

Hij deinsde achteruit, maar iets hield hem tegen. Alsof een onzichtbare reus zijn hand om hem heen geslagen had.

De onzichtbare hand trok hem een stukje van de grond, net genoeg om zijn tenen over de grond te laten slepen terwijl hij naar binnen zweefde, langs Emily, die met een berouwvolle blik een stap opzij deed.

'Laat me los!' riep Zil. Maar nu zag hij wie hem vasthield en hij zweeg. Caine zat op de bank. Met slechts minieme bewegingen van zijn hand hield hij Zil volledig onder controle.

Zils hart begon te bonken. Als er één freak net zo gevaarlijk was als Sam, was het Caine wel. Nog gevaarlijker zelfs. Er waren dingen die Sam nooit zou doen. Caine deinsde nergens voor terug.

'Laat me los!'

Caine zette Zil voorzichtig op de grond.

'Niet zo gillen, hoor,' zei Caine vermoeid. 'Ik heb hoofdpijn en ik ben hier niet om jou iets aan te doen.'

'Freak!' beet Zil hem toe.

'Tja, daar heb je gelijk in. Ik ben een freak,' zei Caine. 'Ik ben de freak die jou tegen het plafond kan gooien tot er alleen nog een zak drab met een velletje eromheen van je over is.'

Zil staarde hem woedend aan. Freak. Vieze, gemuteerde freak.

'Zeg tegen je jongens dat ze binnen moeten komen,' zei Caine.

'Wat wil je, freak?'

'Ik wil even met je praten,' zei Caine. Hij spreidde sussend zijn handen. 'Luister eens, kleine engerd, als ik je had willen vermoorden, was je nu allang dood geweest. Samen met dat groepje losers van je.'

Caine was veranderd sinds de eerste keer dat Zil hem had gezien. Weg waren het keurige Coatesjasje, het dure kapsel, de zongebruinde huid en het afgetrainde lichaam. Caine zag eruit als een vogelverschrikkerversie van zichzelf.

'Hank. Turk. Lance. Toine,' riep Zil. 'Binnenkomen.'

'Ga zitten.' Caine gebaarde naar een luie stoel.

Zil ging zitten.

'Zo,' zei Caine gemoedelijk, 'ik hoorde dat jij niet erg dol bent op mijn broertje Sam.'

'De FAKZ is voor mensen,' mompelde Zil. 'Niet voor freaks.'

'Wat jij wilt, joh,' zei Caine. Hij kreeg heel even een afwezige blik in zijn ogen, alsof hij helemaal in zichzelf gekeerd was. Verzwakt door de honger. Of door iets anders. Maar toen riep de freak zichzelf weer tot de orde en plakte hij zijn arrogante uitdrukking weer op zijn gezicht, wat hem zichtbaar moeite kostte.

'Ik heb een plan,' zei Caine. 'Waar jij ook een rol in speelt.'

Turk, die meer lef toonde dan Zil had verwacht, zei: 'De Leider maakt hier de plannen.'

'Juist ja. Nou, Léíder Zil,' zei Caine met slechts een heel klein beetje sarcasme in zijn stem, 'dit plan zal jou vast aanspreken. Want daarna heb jij alle macht over Perdido Beach.'

Zil leunde achterover in de leunstoel. Hij probeerde weer wat waardiger over te komen. 'Goed. Ik luister.'

'Mooi,' zei Caine. 'Ik heb een paar boten nodig.'

'Boten?' herhaalde Zil behoedzaam. 'Waarvoor?'

'Ik heb zin om een cruise te maken,' zei Caine.

Sam ging naar huis om te lunchen. Zijn huis, dat was Astrids huis. Zo zag hij het nog steeds: als haar huis, niet als het zijne.

Haar échte huis was door Drake Merwin tot de grond toe afge-brand, maar zij leek elk huis waar ze in trok automatisch te bezit-ten. In dit huis woonden Astrid, haar broertje Kleine Pete, Maria Terrafino en haar broertje John, en Sam. Maar iedereen beschouwde het als Astrids huis.

Astrid was in de achtertuin toen hij aankwam. Kleine Pete zat op de verandatrap met een draagbare computer te spelen waar niets op gebeurde. Batterijen waren uiterst schaars. Eerst waren Astrid en Sam, die allebei wisten wat Kleine Pete eigenlijk was, bang geweest. Niemand wist wat Kleine Pete zou doen als zijn stoppen echt doorsloegen, en een van de weinige dingen die hem rustig hielden was zijn computerspelletje.

Maar tot Sams verbazing had het vreemde jongetje zich aan-gepast op een bijzonder opvallende manier, die ze nooit voorzien hadden: hij speelde gewoon door. Sam had over zijn schouder ge-gluurd en een leeg, zwart scherm gezien. Maar wie weet wat Kleine Pete daar allemaal op zag.

Kleine Pete was zwaar autistisch. Hij leefde in zijn eigen fanta-siewereld, reageerde niet op anderen en zei bijna nooit iets.

Hij had ook verreweg de krachtigste gave van de hele FAKZ. Dat was min of meer geheim. Sommige kinderen hadden zo hun ver-moedens, maar slechts een paar mensen – Sam, Astrid, Edilio – be-seften ten volle dat Kleine Pete in elk geval deels verantwoordelijk was voor het ontstaan van de FAKZ.

Astrid had een kleine vuurtje gestookt in een grillpan die ze op de tuintafel had gezet. Naast haar stond een brandblusser. Een van de laatste – in de eerste weken van de FAKZ hadden veel kinderen het erg leuk speelgoed gevonden.

Naar de geur te oordelen was ze een vis aan het grillen.

Astrid hoorde hoe Sam aan kwam lopen, maar ze keek niet op.

'Ik wil geen ruzie,' zei ze.

'Ik ook niet.'

Ze prikte met een vork in de vis. Hij rook heerlijk, hoewel hij er niet al te best uitzag.

'Haal maar een bord,' zei Astrid. 'Neem een stukje vis.'

'Dat hoeft niet, ik...'

'Ik kan gewoon niet geloven dat je tegen me gelogen hebt,' snauwde ze terwijl ze in de vis bleef prikken.

'Ik dacht dat je geen ruzie wilde?'

Astrid liet de zo goed als gare vis op een schaal glijden en zette die weg. 'Dus je had ons eigenlijk helemaal niet over Orsay willen vertellen?'

'Ik zei niet dat ik...'

'Je kunt dat niet zomaar in je eentje besluiten, Sam. Je hebt de leiding niet meer. Begrepen?'

Astrid kon op een heel ijzige manier boos zijn. Een kille woede die zich uitte in samengeperste lippen, vuurschietende ogen en korte, zorgvuldig gearticuleerde zinnetjes.

'Maar we mogen wel allemaal liegen tegen iedereen in Perdido Beach?' kaatste Sam terug.

'We proberen te voorkomen dat er kinderen zelfmoord plegen,' zei Astrid. 'Dat is wel even iets anders dan jouw besluit om niet aan de raad te vertellen dat een gestoord meisje tegen mensen zégt dat ze zelfmoord moeten plegen.'

'Dus als iemand iets voor jóú verzwijgt is dat een hoofdzonde, maar tegen een paar honderd mensen liegen en tegelijkertijd Orsay zwartmaken, dat is helemaal niet erg?'

'Ik geloof niet dat je deze discussie met mij wilt voeren, Sam,' waarschuwde Astrid.

'Nee, want ik ben maar een domme surfer die niet eens zou moeten twijfelen aan Astrid het Genie.'

'Zal ik je eens wat vertellen, Sam? We hebben de raad opgericht om de druk op jouw schouders wat te verlichten. Omdat jij het niet trok.'

Sam staarde haar alleen maar aan. Hij kon niet geloven dat ze dat echt gezegd had. En Astrid leek zelf ook geschrokken – geschrokken van het venijn in haar eigen woorden.

'Ik bedoelde niet dat...' begon ze slapjes, maar ze kon niet goed uitleggen wat ze nou eigenlijk niet bedoelde.

Sam schudde zijn hoofd. 'Weet je, zelfs nu, nu we toch al zo lang bij elkaar zijn, verbaast het me nog steeds dat jij zo meedogenloos kunt zijn.'

'Meedogenloos? Ik?'

'Jij gebruikt iedereen om je zin te krijgen. Je zegt alles om de dingen maar te laten verlopen zoals jij dat wilt. Door wie heb ik überhaupt ooit de leiding gekregen?' Hij stak een beschuldigende vinger naar haar uit. 'Door jou! Doordat jij me net zolang bewerkt hebt tot ik het deed! En waarom? Omdat ik jou en Kleine Pete dan zou beschermen. De rest interesseerde je niet.'

'Dat is niet waar!' zei ze fel.

'Het is wel waar, en dat weet je best. En nu hoef je niet meer al die moeite te doen om me te bewerken, nu kun je me gewoon bevelen geven. Voor schut zetten. Ondermijnen. Maar als er straks weer problemen zijn, dan weet je het wel. Dan is het opeens weer: o, alsjeblieft, red ons, Sam!'

'Alles wat ik doe is geheel in het algemeen belang,' zei Astrid.

'Ja, nu ben je niet meer alleen een genie, maar ook nog een heilige.'

'Je raaskalt,' zei Astrid koud.

'Ja, omdat ik gek ben,' snauwde Sam. 'Zo ben ik nou eenmaal, gekke Sam. Ik ben neergeschoten, in elkaar geslagen, met een zweep bewerkt, en ik ben gek omdat ik het niet prettig vind dat jij me als een slaafje rond commandeert.'

'Je bent echt een eikel, wist je dat?'

'Een eikel?' riep Sam schril. 'Is dat alles? Ik dacht je wel met iets meer lettergrepen zou komen.'

'Ik heb lettergrepen te over voor jou,' zei Astrid, 'maar ik probeer geen dingen te zeggen die ik niet zou moeten zeggen.'

Ze liet erg overdreven merken dat ze weer rustig probeerde te worden. 'Goed, luister nou even, zonder er meteen doorheen te praten, oké? Je bent een held. Dat weet ik. Dat vind ik echt. Maar we proberen de overstap te maken naar een normale maatschappij. Met wetten, rechten, jury's en politieagenten. Niet met één iemand die alle belangrijke beslissingen neemt en dan de rest zijn wil oplegt door dodelijke lichtstralen af te vuren op iedereen die hem irriteert.'

Sam wilde iets terugzeggen, maar hij durfde niet. Hij was bang dat hij iets verkeerds zou zeggen, iets wat hij niet meer terug zou kunnen nemen.

'Ik ga mijn spullen pakken,' zei hij terwijl hij met grote stappen naar de trap beende.

'Je hoeft niet meteen te verhuizen,' riep Astrid hem na.

Halverwege de trap bleef Sam staan. 'O, sorry. Krijg ik nu van de raad te horen waar ik wel en niet naartoe mag gaan?'

'Het heeft geen zin om een stadsraad te hebben als je denkt dat je er niet naar hoeft te luisteren,' zei Astrid. Ze had haar geduldige stem opgezet in een poging de boel te kalmeren. 'Sam, als jij ons negeert, doet de rest ook niet wat we zeggen.'

'Nou, Astrid, ik zal je eens wat vertellen: ze negeren jullie nu al. De enige reden waarom mensen naar jou en de anderen luisteren is dat ze bang zijn voor Edilio's soldaten.' Hij sloeg even op zijn borst. 'En zelfs nog banger voor mij.'

Hij stormde de trap op, en voelde een barse voldoening toen ze niets meer terugzei.

Justin verdwaalde één keer onderweg naar huis. Maar toen kwam hij bij de school uit, en dat was niet erg, want vanaf daar wist hij ook hoe hij bij zijn huis moest komen.

Sherman drie-nul-één. Hij had het al heel lang geleden uit zijn hoofd geleerd. Vroeger had hij zijn telefoonnummer ook geweten. Dat was hij nu vergeten. Maar Sherman 301, dat wist hij nog.

Zijn huis zag er een beetje raar uit toen hij het eenmaal gevonden had. Het gras was veel te lang. En er lag allemaal troep uit een opengescheurde vuilniszak op de stoep. Oude melkpakken, blikjes en flessen. Die moesten allemaal gerecycled worden. En al helemaal niet zomaar op de stoep liggen. Zijn papa zou gek worden als hij dat zou zien.

Dit zou papa zeggen: *Pardón? Wil iemand zo vriendelijk zijn om me even uit te leggen waarom er vúílnis op de stóép ligt? Sinds wanneer is dát hier de gang van zaken?*

Zo praatte papa altijd als hij boos werd.

Justin liep om het afval heen en struikelde bijna over zijn oude driewieler. Hij had hem daar heel lang geleden op de oprit laten staan. Hij had hem niet eens netjes opgeruimd.

Het trapje op naar de deur. Zijn deur. Het voelde helemaal niet als zijn deur.

Hij duwde de zware koperen deurklink naar beneden. Het ging stroef. Het lukte hem bijna niet. Maar toen hoorde hij een klik en ging de deur open.

Hij duwde hem verder en ging snel naar binnen, met een schuldig gevoel, alsof hij iets deed wat eigenlijk niet mocht.

Het was donker in de gang, maar daar was hij wel aan gewend. Het was nu de hele tijd overal donker. Als je licht wilde, moest je naar buiten en op het plein spelen. Daar zou hij nu eigenlijk ook moeten zijn. Moeder Maria vroeg zich vast af waar hij was.

Hij liep de keuken in. Papa was vaak in de keuken, want hij was degene die meestal kookte. Mama maakte schoon en deed de was, en papa kookte. Gebraden kip. Chili con carne. Stoofschotel. Boeuf bourguignon, dat zij altijd boeuf bóérguignon noemden sinds die ene keer dat ze het gegeten hadden en Justin een heel harde boer had gelaten.

Hij werd blij en verdrietig tegelijk van die herinnering.

Er was niemand in de keuken. De koelkast stond open. Er stond niets meer in, behalve een oranje doos met wat wit poeder erin. Hij proefde ervan en spuugde het meteen weer uit. Het smaakte naar zout of zoiets.

Hij liep naar boven. Hij wilde zeker weten dat zijn kamer er nog was. Zijn voetstappen klonken heel hard op de trap, hoewel hij heel zachtjes naar boven probeerde te sluipen, alsof hij iets stiekems deed.

Zijn kamer was rechts. De kamer van papa en mama was links. Maar Justin ging geen van beide kanten op, want precies op dat moment zag hij dat hij niet alleen in het huis was. Er zat een groot kind in de kamer waar oma sliep als ze met Kerstmis kwam logeren.

Justin kon zien dat het grote kind een jongen was, ook al was zijn haar heel lang en zat hij niet met zijn gezicht naar Justin toe. Hij zat op een stoel een boek te lezen met zijn voeten op het bed.

De muren van de kamer hingen vol schilderijen en tekeningen die iemand erop geplakt had.

Justin verstijfde in de deuropening.

Toen liep hij zachtjes achteruit, draaide zich om en liep naar zijn kamer. Het grote kind had hem niet gezien.

Zijn kamer was niet meer zoals vroeger. Ten eerste lag er geen deken op zijn bed. En zijn lievelingssprei zag hij ook nergens meer. Die blauwe met de bobbeltjes.

'Hoi.'

Justin schrok zich wild. Hij draaide zich met een rood hoofd zenuwachtig om.

Het grote kind stond hem een beetje verbaasd aan te kijken.

'Hé jochie, rustig aan, joh.'

Justin staarde hem aan. De jongen leek niet gemeen. Er waren heel veel grote, gemene kinderen, maar deze leek wel mee te vallen.

'Ben je verdwaald?' vroeg het grote kind.

Justin schudde zijn hoofd.

'O, ik snap het al. Is dit jouw huis?'

Justin knikte.

'Juist ja. Sorry, jochie, maar ik moest ergens wonen en hier was niemand meer.' De jongen keek om zich heen. 'Het is een fijn huis, snap je? Er hangt een fijne sfeer.'

Justin knikte en begon toen om de een of andere reden zomaar te huilen.

'Hé joh, rustig maar, niet huilen. Ik ga wel ergens anders wonen. Huizen genoeg, of niet soms?'

Justin hield op met huilen. Hij wees. 'Dat is mijn kamer.'

'Oké, joh. Geen probleem.'

'Ik weet niet waar mijn sprei is.'

'Hm. Nou, goed, dan moeten we die sprei maar eens even gaan zoeken voor jou.'

Ze keken elkaar een tijdje aan. Toen zei de grote jongen: 'O ja, ik heet trouwens Roger.'

'Ik heet Justin.'

'Cool. Ik word meestal Artful Roger genoemd. Omdat ik van tekenen en schilderen hou. Je weet wel, naar de Artful Dodger uit *Oliver Twist*.'

Justin staarde hem aan.

'Da's een boek. Over een weesjongen.' Hij zweeg alsof hij verwachtte dat Justin iets zou zeggen. 'Oké. Oké, dus jij leest niet zoveel.'

'Soms wel.'

'Ik kan het je misschien wel een keer voorlezen. Dan betaal ik je op die manier terug omdat ik in jouw huis woon.'

Justin wist niet wat hij moest zeggen, dus zei hij maar niets.

'Oké,' zei Roger. 'Nou, eh... ik ga weer naar mijn kamer.'

Justin knikte heftig.

'Als het mag van jou, natuurlijk.'

'Het mag.'

Tien

51 uur, 50 minuten

'Dat is de laatste benzine,' meldde Virtue somber. 'We kunnen de generator nog een dag of twee, hooguit drie aan de praat houden. Dan hebben we geen elektriciteit meer.'

Sanjit zuchtte. 'Het is waarschijnlijk maar goed dat we vorige maand het ijs hebben opgegeten. Anders zou het toch maar smelten.'

'Hoor eens, Wisdom, het is tijd.'

'Hoe vaak moet ik nog zeggen dat je me geen Wisdom moet noemen? Dat is mijn slavennaam.'

Het was een uitgekauwde grap tussen hen. Virtue noemde hem alleen Wisdom om hem te sarren, als hij vond dat Sanjit niet serieus genoeg was.

Een groot deel van zijn leven was Sanjit Brattle-Chance door bijna iedereen Wisdom genoemd. Maar aan dat deel van zijn leven was zeven maanden geleden een eind gekomen.

Sanjit Brattle-Chance was veertien jaar. Hij was lang, dun, liep een beetje krom, had zwart haar tot op zijn schouders, vrolijke zwarte ogen en een karamelkleurige huid.

Hij was een achtjarige wees geweest, een hindoeïstisch straatjongetje in het boeddhistische Bangkok, de hoofdstad van Thailand, toen zijn heel erg beroemde, heel erg rijke, heel erg mooie ouders, Jennifer Brattle en Todd Chance, hem hadden ontvoerd.

Zij noemden het adopteren.

Ze hadden hem 'Wisdom' genoemd, 'wijsheid'. Maar nu waren

ze weg, net als alle andere volwassenen op het San Francisco de Sales Island. De Ierse au pair? Weg. De oude Japanse tuinman en de drie Mexicaanse terreinopzichters? Weg. De Schotse butler en de zes Poolse dienstmeisjes? Weg. De Catalaanse kok en zijn twee Baskische hulpjes? Weg. De klusjesman uit Arizona die ook het zwembad onderhield, de timmerman uit Florida die een sierlijk hekwerk aan het maken was geweest, en de tijdelijk inwonende kunstenaar uit New Mexico die schilderijen maakte op kromgetrokken staalplaten? Weg, weg en weg.

Wie er nog wel waren? De kinderen.

In totaal waren er vijf kinderen. Naast 'Wisdom' had je Virtue, die van Sanjit de bijnaam 'Choo' had gekregen, Peace, Bowie en Pixie. Ze hadden die namen geen van allen bij hun geboorte meegekregen. Ze waren allemaal wees. Ze kwamen respectievelijk uit Kongo, Sri Lanka, Oekraïne en China.

Maar alleen Sanjit was koppig blijven vechten voor zijn echte naam. 'Sanjit' betekende 'onoverwinnelijk' in het Hindi, en Sanjit vond dat hij eerder onoverwinnelijk dan wijs was.

Toch was hij het die de afgelopen zeven maanden de leiding had moeten nemen, of in elk geval zijn best had moeten doen om verstandige beslissingen te nemen. Gelukkig had hij Virtue, die nog maar twaalf was, maar wel een slimme, verantwoordelijke twaalfjarige. Zij tweeën waren de 'grote kinderen', in tegenstelling tot Peace, Bowie en Pixie, die zeven, vijf en drie waren en met name geïnteresseerd in dvd's kijken, snoep uit de voorraadkamer jatten en te dicht bij de rand van de rotsen spelen.

Sanjit en Virtue stonden nu zelf ook bij de rand van de rotsen en staarden omlaag naar het kapotgeslagen, half gezonken, traag op en neer dobberende jacht dertig meter lager.

'Er zitten honderden liters benzine in dat ding,' merkte Sanjit op. 'Duizenden.'

'We hebben het hier al ik weet niet hoe vaak over gehad, Sanjit. Zelfs als we die benzine de klif op kunnen krijgen zonder onszelf op te blazen, dan stellen we daarmee alleen maar het onvermijdelijke uit.'

'Maar Choo, als je erover nadenkt, draait het hele leven toch om het uitstellen van het onvermijdelijke?'

Virtue zuchtte zijn lijdzame zucht.

Hij was klein en rond, terwijl Sanjit juist hoekig was. Virtue was zwart. Niet Afro-Amerikaans zwart, maar Afrikaans zwart. Zijn hoofd was kaalgeschoren. Zo zag hij er normaal gesproken niet uit, maar toen zijn haar drie maanden niet geknipt was, vond hij dat hij een lelijk kapsel had, en het enige wat Sanjit voor hem kon doen was alles er met de tondeuse af scheren. Virtue had constant een sombere uitdrukking op zijn gezicht, alsof hij altijd het ergste verwachtte in het leven. Alsof hij goed nieuws wantrouwde en akelig tevreden was met slecht nieuws. En dat was ook zo.

Sanjit en Virtue vormden een volmaakt evenwicht: lang en klein, dun en stevig, lichtzinnig en pessimistisch, bezielend en plichtsgetrouw, een beetje gek en met beide benen stevig op de grond.

'Nog even en we hebben geen elektriciteit meer. Dan kunnen we geen dvd's meer kijken. We hebben nu nog genoeg te eten, maar zelfs dat raakt een keer op. We moeten van het eiland af,' zei Virtue stellig.

Sanjits bravoure leek weg te ebben. 'Ik weet niet hoe we dat moeten doen, broertje van me. Ik kan geen helikopter besturen. Dan gaan we er allemaal aan.'

Virtue bleef een tijdje stil. Het had geen zin om de waarheid te ontkennen. De kleine helikopter met de glazen cabine die op de achtersteven van het jacht stond zag er wankel uit, als een kwetsbare libel. Misschien konden ze er met z'n vijven vanaf het eiland mee naar het vasteland vliegen. Of hij zou tegen de klif op vliegen en vlam vatten. Of in zee storten, zodat ze allemaal zouden verdrinken. Of hij zou gewoon ongecontroleerde rondjes tollen en hen allemaal in mootjes hakken, alsof ze in een enorme keukenmachine waren gegooid.

'Het gaat niet goed met Bowie, Sanjit. Hij moet naar een dokter.'

Sanjit gebaarde met zijn kin naar het vasteland. 'Hoe kom je erbij dat daar dokters zouden zijn? Alle volwassenen die op het eiland en het jacht waren, zijn verdwenen. En de telefoons en de satelliettelevisie en al die dingen doen het ook niet meer. Er komt nooit een vliegtuig over, en er is niemand naar ons toe gekomen om te kijken wat hier aan de hand is.'

'Ja, dat is mij ook opgevallen,' zei Virtue droog. 'Maar we hebben wel boten gezien in de buurt van de stad.'

'Misschien dobberen die ook wel gewoon een beetje rond. Net als het jacht. Stel dat daar ook geen volwassenen zijn? Of stel dat... weet ik veel.' Sanjit grijnsde. 'Misschien zijn daar wel alleen maar mensenetende dinosauriërs.'

'Dinosauriërs? Ga je nou voor dinosauriërs?'

Peace kwam aangelopen over wat ooit een perfect onderhouden gazon was geweest en nu steeds meer op een oerwoud begon te lijken. Ze had een heel apart loopje: ze hield haar knieën dicht bij elkaar en haar voeten namen te veel en te kleine stapjes. Ze had glanzend zwart haar en zorgelijke bruine ogen.

Sanjit zette zich schrap. Peace had bij Bowie gezeten.

'Mag ik Bowie nog een aspirientje geven? Zijn koorts wordt weer hoger,' zei Peace.

'Hoeveel?' vroeg Virtue.

'Achtendertig graden. Negen.'

'Achtendertig komma negen of negenendertig?' vroeg Virtue een beetje ongeduldig.

'Dat. Dat laatste.'

Virtue keek even naar Sanjit, die naar het gras staarde. 'Het is nog te vroeg voor een volgende pil,' zei Virtue. 'Leg maar een natte handdoek op zijn voorhoofd. Een van ons komt straks even kijken.'

'Het duurt nu al twee weken,' zei Sanjit. 'Dit is niet zomaar een griepje, hè?'

Virtue zei: 'Ik weet niet wat het is. Volgens het boek duurt griep niet zo lang. Het kan wel... nou ja, het kan wel van alles zijn.'

'Wat dan?'

'Anders lees je dat stomme boek lekker zelf, Sanjit,' snauwde Virtue. 'Koorts? Rillingen? Het kunnen wel vijftig dingen zijn. Weet ik veel, misschien heeft-ie wel lepra. Of leukemie.'

Sanjit zag hoe zijn broer in elkaar kromp bij dat laatste woord.
'Jemig, Choo. Leukemie? Dat is toch heel erg?'
'Hoor eens, alles wat ik weet komt uit dat boek. De meeste dingen die erin staan kan ik niet eens uitspreken. En het gaat maar door, misschien is het dit, misschien is het dat – sorry hoor, ik begrijp niet hoe iemand daar wijs uit kan worden.'
'Leukemie,' zei Sanjit.
'Hé, ik heb helemaal niet gezegd dat het leukemie was! Het was gewoon een van de mogelijkheden. Ik dacht er waarschijnlijk alleen aan omdat dat de enige ziekte was die ik kon uitspreken. Meer niet.'
Ze werden allebei stil. Sanjit staarde naar het jacht, en dan vooral naar de helikopter.
'We zouden kunnen proberen om de reddingsboot van het jacht te repareren,' zei Sanjit, hoewel hij nu al wist wat Virtue zou zeggen. Ze hadden geprobeerd om de reddingsboot te water te laten. Er was een touw geknapt en de boot was op een uitstekende rots terechtgekomen. De punt had een gat in de houten romp geslagen, de boot was half gezonken en klotste nu heen en weer tussen twee rotsen die de schade langzaam maar zeker alleen nog maar groter maakten. De reddingsboot was een berg wrakhout.
'Het is de helikopter of anders niets,' zei Virtue. Virtue was geen aanrakerig type, maar nu kneep hij Sanjit in zijn magere bovenarm en zei: 'Joh, ik weet dat je het eng vindt. Ik vind het ook eng. Maar jij bent Sanjit – jij bent onoverwinnelijk. Je bent misschien niet erg slim, maar je hebt altijd verschrikkelijk veel geluk.'
'*Ik* ben niet erg slim?' vroeg Sanjit. 'Jij wilt met me meevliegen. Dus hoe slim ben jij dan?'

Astrid zette Kleine Pete in een hoekje van haar kantoor op het stadhuis. Hij hield zijn ogen gericht op de computer die het allang niet meer deed en bleef op de knopjes drukken, alsof het spelletje gewoon nog bezig was. En misschien was dat in het hoofd van Kleine Pete ook wel zo.
Het was het kantoor waarin de burgemeester vroeger had ge-

zeten, toen de FAKZ er nog niet was geweest. Het kantoor dat Sam een tijdje had gebruikt.

Astrid kookte nog steeds van woede door de ruzie met Sam. Ze hadden al eerder ruzie gehad. Ze waren allebei mensen met een sterke wil. Dan was een ruzie op zijn tijd waarschijnlijk onvermijdelijk.

Bovendien waren ze verliefd op elkaar, dachten ze, en dat bracht weer zijn eigen meningsverschillen met zich mee.

En ze waren huisgenoten, en dat leverde soms ook problemen op. Maar ze hadden samen nog nooit een ruzie als deze gehad.

Sam had een paar spullen gepakt en was vertrokken. Hij zou wel een leegstaand huis vinden – die waren er in overvloed.

'Ik had dat niet tegen hem moeten zeggen,' mompelde ze binnensmonds terwijl ze de ellenlange lijst doornam van dingen die ze nog moest doen. De dingen die gedaan moesten worden om Perdido Beach draaiende te houden.

De deur ging open. Astrid keek op, in de hoop en tegelijkertijd bang dat het Sam zou zijn.

Maar het was Sam niet. Het was Taylor.

'Ik wist niet dat jij ook wel eens gewoon door de deur kwam, Taylor,' zei Astrid. Ze had meteen spijt van haar scherpe toon. De hele stad wist onderhand waarschijnlijk al dat Sam verhuisd was. Sappige roddels verspreidden zich als een lopend vuurtje door Perdido Beach. En het feit dat het eerste stel van de FAKZ uit elkaar was, was de grootste roddel ooit.

'Ik weet dat je het irritant vindt als ik opeens voor je neus sta,' zei Taylor.

'Daar word ik een beetje zenuwachtig van, ja,' zei Astrid.

Taylor spreidde haar handen in een verzoenend gebaar. 'Nou dan. Daarom kwam ik dus gewoon binnen.'

'Misschien kun je vanaf nu ook nog proberen te kloppen.'

Astrid en Taylor mochten elkaar niet zo. Maar ze konden Taylor ontzettend goed gebruiken in de FAKZ. Ze kon zichzelf in één keer van de ene naar de andere plek verplaatsen. 'Springen', noemde ze het zelf.

De vijandigheid tussen hen kwam voort uit het feit dat Astrid het idee had dat Taylor smoorverliefd was op Sam. Taylor dacht vast dat ze nu haar kans kon grijpen. *Ze is Sams type niet*, zei Astrid tegen zichzelf. Taylor was knap, maar ook iets jonger en lang niet stoer genoeg voor Sam, die, ook al dacht hij daar op dit moment misschien heel anders over, van sterke, onafhankelijke meisjes hield.

Brianna was waarschijnlijk eerder iets voor Sam. Of Dekka misschien, als die hetero zou zijn.

Astrid duwde de lijst geïrriteerd van zich af. Waarom kwelde ze zichzelf zo? Sam was een eikel. Maar hij trok wel weer bij. Vroeg of laat zou hij beseffen dat Astrid gelijk had, zijn excuses aanbieden en weer bij haar komen wonen.

'Wat moet je, Taylor?'

'Is Sam hier?'

'Ik ben voorzitter van de raad, jij komt zomaar binnenvallen en houdt me van mijn werk, dus als je iets te zeggen hebt, kun je het net zo goed gewoon tegen mij zeggen.'

'Miaaauuuw,' zei Taylor spottend. 'Beetje chagrijnig?'

'Taylor.'

'Een jongen zegt dat hij Zweephand heeft gezien.'

Astrid kneep haar ogen tot spleetjes. 'Wat?'

'Ken je Frankie?'

'Welke?'

'De jongen Frankie. Hij zegt dat hij Drake Merwin over het strand heeft zien lopen.'

Astrid staarde haar aan. Alleen al bij het horen van de naam Drake Merwin liepen de rillingen haar over de rug. Drake was een jongen – geweest – die helemaal in zijn eentje bewezen had dat je geen volwassene hoefde te zijn om in- en inslechte dingen te doen. Drake was Caines rechterhand geweest. Hij had Astrid ontvoerd. Had haar bedreigd en geterroriseerd en gedwongen haar eigen broertje recht in zijn gezicht belachelijk te maken.

Hij had Astrids huis platgebrand.

En hij had Sam zo toegetakeld dat Sam bijna was gestorven.

Astrid geloofde niet in haat. Ze geloofde in vergevingsgezind-heid. Maar Drake had ze niet vergeven. Zelfs nu hij dood was had ze hem niet vergeven.

Ze hoopte dat er een hel was. Een echte hel, geen figuurlijke of zo, waar Drake nu was en tot in de eeuwigheid zou blijven branden.

'Drake is dood,' zei Astrid toonloos.

'Ja,' beaamde Taylor. 'Ik geef alleen door wat Frankie heeft ge-zegd. Hij zegt dat hij hem heeft gezien, met zweephand en al, en dat hij helemaal vies en onder de modder over het strand liep in kleren die hem niet pasten.'

Astrid zuchtte. 'Dat krijg je ervan als kleine kinderen alcohol gaan drinken.'

'Hij leek nuchter,' zei Taylor. Ze haalde haar schouders op. 'Ik weet niet of hij dronken of gek was of gewoon onrust wilde sto-ken, Astrid, dus je moet mij niet de schuld geven. Dit is mijn taak, weet je nog? Het is de bedoeling dat ik de boel in de gaten hou en het tegen Sam – of jou – kom zeggen als er iets gebeurt.'

'Nou, bedankt,' zei Astrid.

'Ik zeg het wel tegen Sam als ik hem zie,' zei Taylor.

Astrid wíst dat Taylor haar op de kast probeerde te jagen, maar toch werkte het: Astrid voelde zich op de kast gejaagd. 'Zeg maar wat je wilt, we leven nog steeds in een vrij...' Ze had 'in een vrij land' willen zeggen. 'Je mag tegen Sam zeggen wat je wilt.'

Maar Taylor was al weggesprongen en Astrid praatte tegen de lucht.

Elf

De Afwijking van Perdido Beach, noemden ze het op het nieuws. De Afwijking. Of de Koepel. Niet de FAKZ. Ook al wisten ze dat de kinderen binnen de Afwijking het wel zo noemden.

De ouders, de familieleden en alle andere pelgrims die in een speciale 'kijkruimte' aan de zuidkant van de Koepel bijeenkwamen, noemden het meestal 'de vissenkom'. Of soms gewoon 'de kom'. Want dat was het voor de mensen die daar in tenten en slaapzakken bivakkeerden en over hun kinderen aan de andere kant 'droomden': een vissenkom. Zij hadden een vaag beeld van wat zich in de kom afspeelde, maar de visjes, hun kinderen, hadden geen idee van wat er in de grote buitenwereld gebeurde.

Er werd gebouwd in de omgeving. De staat Californië was als een razende bezig een omleiding voor de snelweg aan te leggen. De oude weg verdween in de kom en kwam er aan de andere kant, tweeëndertig kilometer verderop, weer uit. De bedrijven langs de kustweg ondervonden er vreselijk veel hinder van.

En aan de zuidkant van de kom schoten juist andere bedrijven als paddenstoelen uit de grond. De toeristen moesten immers wel eten. Er werd al een fastfoodrestaurant van Carl's Jr. gebouwd. En een Del Taco.

Er werd in noodtempo een zakenhotel van het Marriott in elkaar gezet. Daarnaast verrees een Holiday Inn Express.

Als ze eens in een wat cynischer bui was, dacht Connie Temple dat elk aannemersbedrijf in Californië de kom alleen maar zag als een uitgelezen kans om heel veel geld te verdienen.

De politici hadden het allemaal ook net iets te veel naar hun zin. De gouverneur was al zeker vijf keer geweest, telkens vergezeld door honderden journalisten. De satellietwagens stonden als sardientjes in een blik naast elkaar op het strand.

Maar Connie zag dat er elke dag net iets minder journalisten en satellietwagens waren dan de dag ervoor. De wereld was van verbijsterd ongeloof via jubelende uitbuiting overgegaan op de alledaagse routine om een drama om te toveren tot toeristenfuik.

Connie Temple – Zuster Temple, zoals ze door de media steevast werd genoemd – was een van de twee woordvoerders van de gezinnen geworden.

Zo werden alle mensen aangeduid wier kinderen in de kom zaten opgesloten: 'de gezinnen'.

Connie Temple en Abana Baidoo.

Het was makkelijker toen ze nog níét wisten wat er in de kom gebeurde. Eerst had iedereen alleen geweten dat er iets angstaanjagends was gebeurd. Een ondoordringbaar energieveld had een koepel van tweeëndertig kilometer doorsnee gevormd. Ze hadden al snel door dat de kerncentrale het middelpunt vormde.

Er waren tientallen theorieën over wat die koepel precies was. Het leek wel of elke wetenschapper ter wereld een bedevaart naar Californië had gemaakt. Er waren tests uitgevoerd, metingen verricht.

Ze hadden geprobeerd erdoorheen te boren. Eronderdoor. Waren eroverheen gevlogen. Hadden eronder gegraven. Waren er met een onderzeeër naartoe gevaren.

Allemaal zonder resultaat.

Alle soorten onheilsprofeten, van technofoob tot einde-der-tijdenidioot, hadden hun zegje gedaan. Het was een straf. Voor de obsessie van Amerika voor technologie, voor het morele verval van Amerika. Dit. Dat. Iets anders.

Toen was de tweeling naar buiten gekomen. Zomaar ineens. Eerst Emma, en een paar minuten later Anna. Springlevend en precies op het moment dat ze vijftien werden.

Ze vertelden verhalen over het leven in de kom. In wat zij de FAKZ noemden.

Connie Temple zwol van trots toen ze hoorde wat er met haar zoon Sam was gebeurd. En zakte vertwijfeld in elkaar bij de verhalen over haar andere zoon, haar niet erkende kind, Caine.

Toen bleef het een tijdje stil – er kwamen geen kinderen meer terug.

Diepe wanhoop maakte zich van de gezinnen meester toen ze beseften dat het bij deze twee zou blijven. Maanden verstreken. Velen geloofden er niet meer in. Hoe konden die kinderen het helemaal alleen overleven?

Maar toen was de Profetes in hun dromen aan hen verschenen.

Op een nacht had Connie Temple een huiveringwekkende, ongelooflijke droom. Ze had nog nooit zo'n gedetailleerde droom gehad. Het was angstaanjagend. Hij benam haar de adem, zo intens was hij. Er zat een meisje in die droom.

Het meisje praatte tegen haar. *Het is een droom*, had het meisje gezegd.

Ja, het is maar een droom, had Connie geantwoord.

Het is niet 'maar' een droom. Je moet nooit zeggen dat het 'maar' een droom is, had het meisje haar verbeterd. *Een droom is een opening naar een andere werkelijkheid.*

Wie ben jij? had Connie gevraagd.

Ik heet Orsay. Ik ken uw zoon.

Connie had op het punt gestaan om *Welke van de twee?* te vragen, maar had intuïtief haar mond gehouden. Het meisje zag er niet gevaarlijk uit. Ze zag eruit alsof ze honger had.

Heb je een boodschap voor Sam? vroeg het meisje.

Ja, zei Connie. *Zeg dat hij hen moet laten gaan.*

Hij moet hen laten gaan.

Hij moet hen de rode zonsondergang in laten gaan.

Orsay schrok wakker. Ze hield haar ogen dicht omdat ze voelde dat er iemand anders bij haar was. Ze wilde nog heel even blijven slapen, alleen, in haar eigen wereldje.

Maar de ander, het meisje, liet haar niet met rust.

Nerezza zei: 'Ik weet dat je wakker bent, Profetes.'

Orsay deed haar ogen open. Nerezza was heel dichtbij. Orsay voelde haar adem over haar gezicht strijken.

Ze keek Nerezza aan. 'Ik begrijp het niet,' zei Orsay. 'Ik heb die droom al een keer gehad. De droom over een vrouw die droomt.' Ze fronste ingespannen terwijl ze het zich probeerde te herinneren. Het was allemaal zo vreemd en vluchtig en onwerkelijk. Alsof je mist probeerde te pakken.

'Blijkbaar is het een heel belangrijke droom,' zei Nerezza.

'De eerste keer was ik bij de FAKZ-muur. Nu zag ik het weer, in mijn slaap. Maar ik heb de boodschap al aan Sam doorgegeven. Waarom zie ik het dan nog een keer?'

'Je hebt de boodschap óvergebracht. Maar dat wil nog niet zeggen dat Sam hem ook begrépen heeft, Profetes.'

Orsay ging overeind zitten. Ze vond Nerezza vervelend. Ze vroeg zich steeds vaker af wie Nerezza eigenlijk was. Maar ze was ondertussen afhankelijk geworden van het meisje, dat haar raad gaf, beschermde en voor haar zorgde.

'Denk je dat ik de boodschap nog een keer aan Sam moet doorgeven?'

Nerezza haalde haar schouders op en glimlachte bescheiden. 'Ik ben de Profetes niet. Dat moet je zelf beslissen.'

'Ze zei dat hij de kinderen moest laten gaan. Dat hij ze de rode zonsondergang in moest laten gaan.'

'Zo zie jij voor je hoe we aan de FAKZ zullen ontsnappen,' zei Nerezza. 'De rode zonsondergang.'

Orsay schudde haar hoofd. 'Ik was helemaal niet naar deze droom op zoek. Ik was niet bij de FAKZ-muur, ik lag gewoon hier te slapen.'

'Je gave wordt sterker,' opperde Nerezza.

'Ik vind het maar niks. Ik heb het gevoel... Ik weet het niet. Alsof mijn krachten ergens vandaan komen. Alsof er druk op me uitgeoefend wordt. Alsof ik gemanipuleerd word.'

'Niemand kan druk op jou uitoefenen of je dromen beïnvloeden,' zei Nerezza. 'Maar...'

'Maar wat?'

'Misschien is het heel belangrijk dat Sam hoort wat je te zeggen hebt. Misschien is het heel erg belangrijk dat hij de waarheid niet in de weg staat.'

'Ik ben geen profeet,' zei Orsay vermoeid. 'Ik droom alleen maar. Ik weet niet eens of het allemaal wel echt is. Ik bedoel, het lijkt soms wel echt, maar soms lijkt het ook volslagen gestoord.'

Nerezza pakte haar hand en Orsay voelde haar sterke, koele grip. Er liep een rilling over Orsays arm.

'Ze verkondigen allemaal leugens over je, Profetes,' zei Nerezza. 'Je moet niet aan jezelf gaan twijfelen omdat zij je, zelfs op dit moment, aanvallen.'

'Waar heb je het over?'

'Ze zijn bang voor je. Voor de waarheid. Ze verspreiden leugens en zeggen dat je een valse profeet bent.'

'Ik snap niet... Waar heb je... Ik...'

Nerezza legde haar vinger op Orsays lippen om haar de mond te snoeren. 'Nee. Je moet het zeker weten. Je moet het gelóven. Jij moet de Profetes zijn. Anders zullen hun leugens je achtervolgen.'

Orsay bleef heel stil liggen, als een doodsbang muisje.

'Valse profeten wacht de dood,' zei Nerezza. 'Maar jij bent de ware Profetes. En jouw geloof zal je beschermen. Geloof, en je zult veilig zijn. Laat anderen geloven, en je zult blijven leven.'

Orsay staarde haar vol afschuw aan. Waar had Nerezza het over? Wat bedoelde ze? Wie waren die mensen die leugens over haar verspreidden? En wie zou haar bedreigen? Ze deed helemaal niets verkeerd.

Toch?

Op luide toon riep Nerezza ongeduldig: 'Jill! Jill! Kom hier!'

Een paar seconden later kwam het meisje binnen. Ze had nog steeds haar pop in haar armen en klemde zich er uit alle macht aan vast.

'Zing voor de Profetes,' beval Nerezza.

'Wat moet ik zingen?'

'Dat doet er niet echt toe, hè?' zei Nerezza.

En dus begon de Sirene te zingen.

Op een zonnige dag…

En Orsay dacht helemaal nergens meer aan, behalve aan heel, heel zonnige dagen.

Twaalf

45 uur, 36 minuten

Hunter was een nachtwezen geworden. Het was de enige manier. Dieren hielden zich overdag schuil en kwamen 's nachts tevoorschijn. Buidelratten, konijnen, wasberen, muizen en de ultieme buit: herten. De coyotes joegen 's nachts en Hunter had het bij hen afgekeken. Eekhoorns en vogels moest je overdag zien te vangen. Maar 's nachts deed Hunter zijn naam, *jager*, pas echt eer aan.

Hunters jachtgebied was groot, van de rand van de stad, waar de wasberen en herten de achtertuinen in probeerden te komen, tot de woestijn, waar je slangen, muizen en andere knaagdieren kon vinden. Langs de kust joeg hij op vogels – meeuwen en sterntjes. En één keer had hij een verdwaalde zeeleeuw te pakken gekregen.

Hij had verantwoordelijkheden, Hunter. Hij was niet zomaar Hunter, hij was dé *hunter*.

Hij wist dat de twee woorden hetzelfde waren, hoewel hij het niet meer kon spellen.

Hunters hoofd functioneerde niet meer zoals vroeger. Dat wist hij. Dat voelde hij. Hij had vage herinneringen aan een heel ander leven dat hij ooit geleid had. Hij had herinneringen aan zichzelf terwijl hij zijn vinger opstak in de klas om het antwoord op een moeilijke vraag te geven.

Hunter zou die antwoorden nu niet meer kunnen geven. De antwoorden die hij wél had, waren niet echt onder woorden te brengen. Hij wíst dingen, over hoe je kon zien of een konijn weg zou rennen of stil zou blijven staan bijvoorbeeld. Of een hert je kon ruiken of horen of niet.

Maar als hij het probeerde uit te leggen... kwamen de woorden niet goed uit zijn mond.

Er was iets mis met de ene helft van zijn gezicht. Er zat geen gevoel meer in. Alsof de ene helft van zijn gezicht alleen nog maar een plak dood vlees was. En soms had hij het gevoel dat datzelfde dode vleesding zijn hersenen in kroop. Maar de vreemde mutantenkracht, de gave om alles wat hij maar wilde met een moordende hitte te bestoken, die bleef.

Hij kon niet zo goed meer praten, of denken, of glimlachen, maar hij kon wel jagen. Hij had geleerd om heel zachtjes te lopen. Hij had geleerd om de wind in zijn gezicht te houden. En hij wist dat de herten 's nachts in de donkerste uurtjes naar de koolakker gingen, aangetrokken door het voedsel daar, ondanks de dodelijke wormen, de pieren die alles te grazen namen wat zonder hun toestemming voet op een van hun velden zette.

De herten waren niet zo slim. Ze waren zelfs nog dommer dan Hunter.

Hij liep heel behoedzaam, op de bal van zijn voeten, en tastte met zijn versleten laarzen naar de twijgjes en losse stenen die hem zouden kunnen verraden. Hij was zo stil als een coyote.

De hinde liep voor hem door het struikgewas, zonder op de doornen te letten, helemaal geconcentreerd op de geur van de groene gewassen waar ze haar kalf naartoe wilde brengen.

Dichtbij. Nog dichterbij. De wind waaide van de herten naar Hunter toe zodat ze hem niet konden ruiken.

Nog een paar meter en dan was hij dichtbij genoeg. Eerst de hinde. Hij zou haar eerst doden. Het kalfje zou niet weten hoe het moest reageren. Het zou aarzelen. En dan zou hij het jong ook uitschakelen.

Zo veel vlees. Wat zou Albert blij zijn. Ze hadden de laatste tijd niet veel hert meer gehad.

Hunter hoorde het geluid en zag de herten opschrikken.

Ze waren al weg voor hij zijn handen zelfs maar in de lucht kon steken, laat staan dat hij tijd had om de onzichtbare hitte op ze af te vuren.

Weg. Hij had de hele nacht hun sporen gevolgd en door het bos geslopen, hij was slechts een paar seconden van een prachtige vangst verwijderd geweest, en nu sprongen ze weg door de struiken.

De geluiden werden gemaakt door mensen, dat wist Hunter meteen. Ze praatten en duwden elkaar en maakten kabaal en struikelden en zeurden.

Hunter was boos, maar hij bleef rustig. Zo ging dat met jagen: een groot deel van de tijd ging op aan de verspilling ervan. Maar...

Hunter fronste zijn wenkbrauwen.

Die stem.

Hij dook in elkaar in de struiken en haalde heel stilletjes adem. Hij spitste zijn oren. Meerdere personen. Jongens.

Ze kwamen zijn kant op, vlak langs het pierenveld.

Hij zag ze nu ook: vier donkere silhouetten. Hij zag ze door de hoog opgeschoten planten en de wirwar van doornstruiken heen. Ze strompelden door het bos omdat ze niet wisten hoe ze zich als Hunter moesten bewegen. Strompelden onder het gewicht van hun zware bepakking.

En die stem...

'...wat hij wil. Dat is het probleem met gemuteerde freaks als hij, je kunt ze geen moment vertrouwen.'

Die stem...

Hunter had die stem eerder gehoord. Hij had die stem een bloeddorstige meute horen toeschreeuwen.

Deze mutant, dit wanstaltige monster, Hunter, die freak daar, dat gedrocht heeft met opzet Harry, mijn beste vriend, vermoord.

Het is een moordenaar!

Pak hem! Pak hem, dat moordende mutantenmonster!

Die stem...

Hunter raakte zijn nek aan en voelde het ruwe touw weer over zijn huid schuren.

Ze hadden hem zo verschrikkelijk te grazen genomen. Op zijn

hoofd geslagen. Het bloed was in zijn ogen gestroomd. En zijn woorden waren er niet goed uit gekomen...

Zijn gedachten niet...

Zijn hersenen in de war... zo bang...

Pak het touw!

De stem had hen aangemoedigd, was steeds schriller gaan loeien, de meute kinderen had opgetogen gegild, en het touw was steeds strakker om Hunters nek komen te zitten en ze trokken en trokken en hij kreeg geen adem meer, o help, hij hapte naar lucht maar er was geen lucht...

Pak het touw!

Dat hadden ze gedaan. Ze hadden het touw vastgepakt en getrokken en Hunter had zijn hals gestrekt en zijn voeten waren trappelend van de grond gekomen, hij had getrappeld en hij had willen schreeuwen en zijn hoofd bonkte en bonkte en het werd zwart voor zijn ogen...

Zil!

Zil en zijn vrienden.

En daar had je ze. Ze wisten niet eens dat Hunter hier was. Ze zagen hem niet. Het waren geen hunters.

Hunter sloop dichterbij zodat hij ze kon onderscheppen. Zijn gave reikte meestal niet verder dan een meter of vijftig. Hij moest dichterbij komen.

'...dat je gelijk hebt, Leider,' zei een van de anderen.

'Kunnen we even uitrusten?' zei een derde stem klagerig. 'Die spullen zijn loeizwaar.'

'We hadden terug moeten gaan toen het nog licht was, dan hadden we tenminste iets kunnen zien,' mopperde Antoine.

'Sukkel. We hebben niet voor niets gewacht tot het donker was,' snauwde Zil. 'Wil je soms dat Sam of Brianna ons betrapt?'

'We hebben nu toch wapens?'

'En die zullen we ook heus wel gebruiken, als het moment daar is,' zei Zil. 'Niet in een openlijk gevecht met Sam, Dekka en Brianna, want dan zijn we er meteen geweest.'

'Als het moment daar is,' herhaalde een van hen.

Ze hadden wapens, dacht Hunter. Ze slopen rond met wapens.

'De Leider beslist,' zei een andere stem.

'Ja, maar...' begon iemand. Toen: 'Ssst! Hé! Volgens mij zag ik een coyote. Of misschien was het een hert.'

'Ik mag hopen dat het geen coyote was.'

BAM! BAM!

Hunter liet zich plat op de grond vallen.

'Waarom schiet je in de lucht?' vroeg Zil boos.

'Volgens mij was het een coyote!'

'Turk, stomme eikel!' tierde Zil. 'Je gaat toch niet als een idioot lopen schieten!'

'Dat geluid draagt heel ver, Turk,' zei Hank.

'Geef dat geweer aan Hank,' snauwde Zil. 'Idioot.'

'Sorry. Ik dacht... Het zag eruit als een coyote.'

Het was geen coyote. Het was Hunters hert.

Ze liepen weer verder, terwijl ze klagerig op elkaar bleven mopperen.

Hunter wist dat hij sneller en stiller kon lopen dan zij. Hij kon dicht genoeg in de buurt komen...

Hij kon zijn handen uitsteken en de moordende hitte op Zils hersenen afvuren. Hij kon ze koken. Hij kon ze in zijn schedel koken.

Net als hij bij Harry had gedaan...

'Het was per ongeluk,' kreunde Hunter zachtjes tegen zichzelf. 'Ik wilde hem niet...'

Maar hij had het wel gedaan.

De tranen sprongen hem in de ogen. Hij veegde ze weg, maar er kwamen telkens nieuwe.

Hij had zich verdedigd tegen Zil. Heel lang geleden. Ze waren huisgenoten geweest, Zil, Harry en Hunter. Het was een stomme ruzie geweest, Hunter kon zich niet eens meer herinneren waar het in eerste instantie om ging. Hij wist alleen nog dat Zil hem met een pook had bedreigd. Hunter was bang geweest. Hij had instinctief gereageerd. Maar Harry was tussenbeide gekomen, had geprobeerd ze uit elkaar te halen, de ruzie te sussen.

En toen had Harry het plotseling uitgeschreeuwd en naar zijn hoofd gegrepen.

Hunter kon zich Harry's ogen nog herinneren... Ze waren glazig geworden toen het licht was uitgegaan...

Hunter had datzelfde dovende licht sindsdien vele keren in de ogen van stervende dieren gezien. Hij was Hunter de hunter. Maar hij joeg op dieren. Niet op jongens. Zelfs niet op slechteriken als Zil.

Taylor sprong.

Het huis van Sam. Midden in de nacht. Astrid lag te slapen, Kleine Pete lag te slapen, Maria was op de crèche om haar nachtdienst te draaien, John lag te slapen.

Sams slaapkamer was leeg.

Het rommelde nog steeds in het paradijs, dacht Taylor met enige voldoening. Sam en Astrid hadden het nog niet bijgelegd.

Ze vroeg zich af of het definitief was. Sam was een onwijs lekker ding. Als het echt uit was tussen Sam en Astrid, nou, dan maakte zij misschien wel een kansje.

Ze kon Astrid wakker maken. Officieel zou ze dat waarschijnlijk moeten doen. Maar haar intuïtie weerhield haar, vooral nadat Astrid haar eerder die dag zo bot behandeld had.

Wow, Astrid zou uit haar vel springen als ze erachter kwam dat Taylor eerst naar Sam was gegaan. Maar dit was iets waarvoor je rechtstreeks naar Sam ging. Te heftig voor Astrid.

Nou ja, eigenlijk was het te heftig voor wie dan ook.

Taylor dacht aan de brandweerkazerne. Daar had Sam ook wel eens geslapen. Maar daar trof ze alleen een slapende Ellen aan, de brandweercommandante – een brandweercommandante die geen water meer had om mee te blussen. Ellen bromde in haar slaap.

Dit was niet de eerste keer dat Taylor bedacht dat ze de beste dief ter wereld zou kunnen worden. Ze hoefde alleen maar aan een bepaalde plek te denken en *plop!* daar was ze. Geruisloos, tenzij ze toevallig tegen iets aan botste als ze in de andere ruimte verscheen. Naar binnen en naar buiten – doodstil, zonder sporen na te laten – en zelfs als er iemand wakker was kon ze meteen weer terugspringen, voor diegene ook maar had kunnen ademhalen.

Ja, ze zou een geweldige dief kunnen zijn. Als er in Perdido Beach iets te stelen zou vallen. En als het heel klein was. Tijdens het springen kon ze niet veel meer dragen dan de kleren die ze aanhad.

Ze sprong van de brandweerkazerne naar het huis van Edilio. Edilio leidde nu een soort legerkazerne, of hoe je het ook wilde noemen. Hij was in een groot huis met zeven slaapkamers getrokken. Eén slaapkamer was voor hem, en de andere zes werden elk gedeeld door twee soldaten. Dat was zijn noodploeg. Bij de helft van de jongens en meisjes lagen de automatische wapens binnen handbereik van hun bed. Eén jongen was wakker en schrok zich wild toen hij Taylor zag.

'Ga maar weer slapen, je droomt,' zei ze met een knipoog. 'En gast: een boxershort met smileys erop? Misschien beter van niet.'

Voor Taylor voelde het alsof ze voor de televisie zat te zappen. Ze merkte niet dat ze bewoog als ze sprong, het leek eerder alsof de wereld om haar heen bewoog. De wereld werd er heel onwerkelijk van. Als een hologram of zo. Een illusie.

Ze dacht aan een plek en plotseling was ze er, alsof ze op een knopje van de afstandsbediening drukte.

De crèche.

Het strand.

Kliftop – maar niet de kamer van Lana. Het gerucht ging dat de Genezer ontzettend chagrijnig was sinds ze bijna de gaiaphage in gezogen was. En iedereen met een beetje gezond verstand keek wel uit om de Genezer tegen zich in het harnas te jagen.

Eindelijk besefte Taylor op wiens bank Sam waarschijnlijk ging slapen als hij ruzie met Astrid had.

Quinn was wakker en stond zich in het donker aan te kleden. Hij leek helemaal niet vreemd op te kijken toen Taylor opeens voor zijn neus stond.

'Hij is hier,' zei hij kortweg. 'In de slaapkamer boven aan de trap.'

'Jij bent vroeg uit de veren,' zei Taylor.

'Vier uur. Ik ga vissen. Echt iets voor ochtendmensen. En dat ben ik. Tegenwoordig.'

'Nou, succes. Vang maar een tonijn of zo.'

'Hé, waarom wil je Sam spreken? Is dit een of ander geval van leven of dood? Ik wil graag weten of ik onderweg naar de haven het loodje ga leggen,' zei Quinn.

'Nee hoor,' zei Taylor met een achteloos handgebaar. 'Geen zaak van leven of dood. Meer van dood of leven.'

Ze sprong naar de overloop boven aan de trap en klopte toen heel attent op de deur.

Geen reactie.

'Tja.'

Ze sprong. Sam lag op zijn buik te slapen, verstrikt in een wirwar van lakens en dekens en met zijn gezicht in een kussen, alsof hij zich een weg door het bed probeerde te graven om de kamer te ontvluchten.

Ze pakte een blote hiel en schudde aan zijn been.

'Huh?'

Hij rolde zich snel op zijn rug, zijn hand al geheven, klaar om toe te slaan.

Taylor maakte zich geen zorgen. Ze had dit al zo vaak gedaan. En minstens de helft van de tijd werd Sam wakker met zijn handen in de aanslag.

'Rustig maar, grote jongen,' zei Taylor.

Sam zuchtte en wreef met zijn hand over zijn gezicht in een poging de slaap te verdrijven. Mooie borst en schouders. En armen. Iets magerder dan vroeger, en niet zo bruin meer als hij was geweest toen hij nog dag en nacht op het strand had rondgehangen.

Maar zeker weten, dacht Taylor, ik doe het ervoor.

'Wat is er aan de hand?' vroeg Sam.

'O, niet iets heel belangrijks,' zei Taylor. Ze bestudeerde haar nagels en genoot van het moment. 'Ik was net bezig het nieuws te verspreiden. Je weet wel, een beetje met die kinderen praten die op weg waren naar Orsay. Het is nogal een nachtding, zeg maar.'

'En toen?'

'O, toen zag ik iets wat me net iets belangrijker leek dan Orsay zwartmaken omdat Astrid dat wil.'

'Ga je me nou nog vertellen wat er aan de hand is?' zei Sam knarsetandend.

Er is heel veel aan de hand, Sam, dacht Taylor. Heeeel veel. Maar het had geen zin om de boel nog ingewikkelder te maken door hem het verhaal van dat gestoorde joch over Drake te vertellen. Het zou hem alleen maar afleiden van haar fantastische, echt belangrijke nieuws.

'Kun je je Brittney nog herinneren?'

Hij keek met een ruk op. 'Wat is er met Brittney?'

'Die zit bij Howard en Orc in de woonkamer.'

Dertien

Orc had elke bank en elke stoel verpletterd die Howard voor hem gevonden had. Niet meteen, niet zodra hij ging zitten, maar wel binnen een paar dagen.

Howard liet zich daar niet door ontmoedigen. Hij bleef het proberen. De huidige opstelling had meer weg van een bed dan van een bank of stoel. Drie kingsize matrassen die op elkaar waren gelegd en in een hoek geduwd, zodat Orc als hij wilde met zijn rug tegen de muur rechtop kon zitten. Er lag een plastic zeil over de stapel matrassen. Orc dronk graag. En als Orc veel gedronken had wilde hij nog wel eens in zijn broek plassen. Soms kotste hij zichzelf helemaal onder. En dan pakte Howard de punten van het zeil beet en sleepte het de achtertuin in, waar het op de stapel belandde van nog meer bevuilde lakens, kapot meubilair, naar braaksel meurende matrashoezen en alle andere zooi, die het grootste deel van de tuin in beslag nam.

Niemand wist hoeveel Orc precies woog, maar hij was niet licht, dat was duidelijk. Maar hij was ook niet dik.

Orc had een van de vreemdste en huiveringwekkendste mutaties van de FAKZ ondergaan. Hij was aangevallen en toegetakeld door coyotes. Heel erg toegetakeld. Grote stukken van zijn lichaam waren weggevreten door de uitgehongerde wilde beesten.

Maar hij was niet doodgegaan. De verscheurde, verminkte, verslonden delen van zijn lijf waren opgevuld met een soort spul dat op nat grind leek. Het maakte een zacht, knerpend geluid als hij bewoog.

116

Het enige wat nog over was van Orcs eigen huid was een stuk rond zijn mond en één wang. Howard vond het er ontzettend kwetsbaar uitzien, dat roze vel dat een bleekgrijze kleur kreeg in het onnatuurlijke groene licht.

Orc was wakker, al hield hij met moeite zijn ogen open. En dat alleen dankzij Howard, die had gelogen en gezegd dat er geen drank meer was.

Orc keek dreigend vanuit zijn hoek toe hoe het meisje op de stoel ging zitten die Howard uit de keuken had gesleept.

'Wil je wat water?' vroeg Howard aan haar.

'Graag,' zei het meisje.

Howard schonk met trillende handen een glas in uit een grote plastic vierliterfles en gaf het haar aan. Ze pakte het met beide bemodderde handen vast en bracht het naar haar opgezwollen lippen.

Ze dronk alles op.

Normaal. Heel normaal, behalve dan het feit dat hier helemaal niets normaals aan was.

'Wil je nog wat?' vroeg Howard.

Brittney gaf hem het glas terug. 'Nee, dank je.'

Howard haalde diep adem, probeerde zijn trillende vingers onder controle te krijgen en pakte het glas aan. Liet het bijna vallen. Zette het neer, waarna het alsnog van de rand van de tafel viel. Het brak niet, het stuiterde op het hout, maar het geluid klonk toch heel erg hard. Howard kromp in elkaar.

Daarmee vergeleken klonk de klop op de deur bijna geruststellend.

'Godzijdank,' mompelde Howard terwijl hij wegrende om open te doen.

Het was Sam, samen met Taylor. Sam keek bars. Nou, dát was in elk geval heel normaal. Er was weinig over van de zorgeloze surfjongensflair van die arme Sammie.

'Howard,' zei Sam op de toon waarop hij altijd praatte als hij zijn verachting probeerde te verbergen.

Maar er was meer aan de hand met Sam. Hij trilde zelfs van

angst, zag Howard. Er was iets raars aan de manier waarop Sam reageerde.

'Hé, leuk dat jullie er zijn,' zei Howard. 'Ik zou jullie graag een kopje thee met een koekje aanbieden, maar we hebben alleen gekookte mol en artisjokken. O ja, en er zit een soort van dood meisje in de woonkamer.'

'Een dood meisje?' vroeg Sam, en daar had je het weer. De verkeerde reactie. Sam was te kalm en te bars.

Taylor had het hem natuurlijk verteld. Hè hè. Natuurlijk. Daarom was Sam niet verbaasd. Maar toch had zijn reactie iets geks. Howard had weten te overleven doordat hij mensen altijd vrij goed kon inschatten. Hij had Orc nooit tegen de haren in gestreken en was er zelfs in geslaagd om een plek in de stadsraad te bemachtigen, ondanks het feit dat Sam ongetwijfeld vermoedde dat Howard degene was die het grootste deel van de verboden middelen in Perdido Beach verkocht.

Sam stond naar Brittney te kijken. Die recht terugkeek. Alsof Sam een leraar was die op het punt stond haar een vraag te stellen.

Brittney, kun jij uitleggen wat er zo belangrijk was aan het Missouricompromis?

Nee? Nou, jongedame, dan moet jij de opdracht misschien nog maar eens even goed doorlezen.

O, en trouwens: waarom ben je niet dood?

'Hallo, Brittney,' zei Sam.

'Hoi, Sam,' zei Brittney.

Er zat zelfs modder in haar beugel, zag Howard nu. Het water had lang niet alles weggespoeld. Zijn oog viel op een klein korreltje grind tussen de chromen draadjes naast Brittneys linkerhoektand.

Raar dat zoiets opviel, dacht Howard.

Ja, dát was raar. Niet dat ze hier zat te kletsen.

'Hoe ben je hier gekomen?' vroeg Sam.

Brittney haalde haar schouders op. 'Gelopen, geloof ik. Ik weet het niet meer.'

Orc deed voor het eerst zijn mond open en zei met zijn lage, grommende stem: 'Ze stond op de veranda toen ik even naar buiten ging om te pissen.'

Sam keek naar Howard, die knikte.

'Weet je waar je bent?' vroeg Sam aan Brittney.

'Ja hoor. Ik ben...' begon ze. Ze fronste haar wenkbrauwen. Toen verdween de rimpel weer. 'Ik ben hier.'

'Ken je ons allemaal?'

Ze knikte langzaam. 'Sam. Howard. Taylor. Orc. Tanner.'

'Tanner?' stootte Taylor uit.

Sam keek met een ruk op. Howard was stomverbaasd.

'Wie is Tanner?'

'Een van de kleintjes die...' begon Taylor, maar toen beet ze op haar lip. 'Tanner is haar kleine broertje. Hij was op de crèche toen...'

Het begon Howard te dagen. Hij had de naam niet onthouden. Tanner, een van de peuters die gedood waren tijdens wat mensen het Thanksgivings-gevecht noemden, of de Slag om Perdido Beach. Bange coyotes die door het dolle heen waren. Mensen die er lukraak op los schoten. Drake, Caine en Sam die al hun krachten in de strijd gooiden.

'Waar is Tanner?' vroeg Sam zacht.

Brittney glimlachte naar de lege ruimte tussen Howard en Taylor in. 'Op precies dezelfde plek waar hij altijd is.'

'Brittney, weet je nog wat er is gebeurd?' Het was duidelijk te merken dat Sam niet goed wist hoe hij het moest vragen. 'Brittney, weet je nog dat je in de kerncentrale was? Caine en Drake kwamen...'

Haar gil liet iedereen schrikken, zelfs Orc.

Een woeste kreet, een hard, angstaanjagend geluid, vol van iets wat alleen haat kon zijn.

'De duivel!' krijste ze. Daarna klonk er een dierlijk gejank dat steeds hoger werd, en waarvan Howards nekharen overeind gingen staan en hij een wee gevoel in zijn maag kreeg.

Plotseling was ze weer stil.

Ze stak een arm omhoog. Staarde ernaar. Alsof hij niet bij haar hoorde, alsof ze niet begreep waarom hij aan haar lijf zat. Ze kreeg een denkrimpel in haar voorhoofd.

In de geschokte stilte zei Sam: 'Brittney, kun je ons vertellen hoe...'

'Ik geloof dat ik moe ben,' zei Brittney terwijl ze haar arm weer langs haar zij liet zakken.

'Goed,' zei Sam. 'Ik, eh... We zullen even een slaapplek voor je zoeken.' Hij keek naar Taylor. 'Spring naar Brianna. Zeg dat we eraan komen.'

Howard schoot bijna in de lach. Brianna zou hier niet blij mee zijn. Maar Sam vroeg hulp aan iemand die hem onvoorwaardelijk trouw was.

'Dit blijft onder ons,' zei Sam.

'Nog meer geheimen, Sammetje?' zei Howard.

Sam kromp in elkaar, maar hij hield voet bij stuk. 'Ze zijn allemaal al bang genoeg,' zei hij.

'Je vraagt nogal wat, Sammie van me,' zei Howard. 'Ik ben tenslotte wel een raadslid. Je wilt dat ik dit voor mijn mederaadsleden verzwijg. Ik heb geen zin in een boze Astrid.'

'Ik weet van jouw drank-en-drugshandeltje,' zei Sam. 'Ik kan je het leven zuur maken.'

'Juist,' zei Howard met een uitgestreken gezicht.

'Inderdaad. Ik heb tijd nodig om hierover na te denken,' zei Sam. 'Ik wil niet dat mensen gaan praten over... over alles.'

Howard lachte. 'Je bedoelt...'

'Hou je mond,' snauwde Sam. 'Ik wil het niet horen.'

Howard lachte en legde zijn hand op zijn hart. 'Ik zweer het. Ik zal niet als eerste het z-woord in de mond nemen.' Toen zei hij op een harde fluistertoon: 'Zomm... biiieee.'

'Ze is geen zombie, Howard. Doe niet zo dom. Ze heeft duidelijk een soort gave waardoor ze weer tot leven is gekomen. Het is eigenlijk net zoiets als wat Lana doet, als je erover nadenkt. Want haar lichaam is nu weer helemaal heel, en toen we haar begroeven lag ze in stukken.'

Howard lachte. 'Ja ja. Ik kan me alleen even niet herinneren dat Lana wel eens uit een graf gekropen is.'

Sam ging op weg naar het huis van Brianna en Brittney liep achter hem aan. Heel normaal, dacht Howard toen hij ze nakeek. Gewoon even een blokje om met een dode.

Kleine Pete werd wakker.

Donker. Donker was fijn. Als het licht was, raakte zijn hoofd te vol.

Het was stil. Mooi zo. Van geluiden kreeg hij hoofdpijn.

Hij moest zelf ook stil zijn, anders zou er iemand komen die licht en geluid en aanrakingen en pijn en paniek meebracht en het zou allemaal als een torenhoge vloedgolf op hem af komen en hem duizelig maken, verpletteren en verstikken.

Dan moest hij op zwart. Hij zou alles uit moeten zetten. Hij zou zich ervoor moeten verstoppen en terug naar het spel moeten gaan, terug naar het spel, want in het spel was het donker en stil.

Maar nu, zonder licht en geluid en aanrakingen, kon hij heel even bij zichzelf blijven.

Bij… niets.

Hij wist waar het spel was. Het lag daar op het nachtkastje te wachten. Het riep hem heel zachtjes om hem niet bang te maken.

Nemesis, noemde het hem.

Nemesis.

Lana had niet geslapen. Ze had alleen maar gelezen en geprobeerd zich in het boek te verliezen. Ze had een klein kaarsje – het stelde niet veel voor, maar kaarsen waren erg schaars in de FAKZ.

Ze stak een sigaret aan met de vlam en zoog haar longen vol rook. Onvoorstelbaar eigenlijk, zo snel als ze verslaafd was geraakt.

Sigaretten en wodka. De fles was halfleeg en stond naast haar bed op de grond. De drank had niet geholpen om in slaap te vallen.

Lana zocht in haar hoofd naar de gaiaphage. Maar hij was niet bij haar. Voor het eerst sinds ze uit de mijnschacht was gekropen.

Hij was klaar met haar, voorlopig tenminste.

Dat zou haar wat rust moeten geven. Maar Lana wist dat hij terug zou komen als hij haar weer nodig had, dat hij haar nog steeds zou kunnen gebruiken. Ze zou nooit meer vrij zijn.

'Wat heb je gedaan, enge ouwe trol?' vroeg Lana wazig. 'Waar heb je mijn gave voor gebruikt?'

Ze hield zichzelf voor dat het monster, de gaiaphage, de Duisternis... de Genezer alleen kon gebruiken om te genezen, en dat daar niets slechts uit voort kon komen.

Maar ze wist wel beter. De Duisternis zocht haar niet op via de achterdeuren van ruimte en tijd om zomaar zonder reden haar krachten af te tappen.

Hij had dagenlang in haar hoofd gezeten en haar gebruikt om te genezen.

Om wíé te genezen?

Ze liet haar hand naar de wodkafles zakken, bracht hem naar haar lippen en dronk het vloeibare vuur.

Om wát te genezen?

Veertien

Op de eerste dag van de verdwijning, of, zoals Sanjit het stiekem noemde, de verlossing, had hij met zijn broers en zussen het hele landgoed afgezocht. Ze hadden geen enkele volwassene gevonden. Geen kindermeisje, geen kok, geen terreinopzichters – wat eigenlijk wel een opluchting was, want ze hadden altijd al het vermoeden gehad dat een van de assistent-opzichters een viezerik was – en geen dienstmeisjes.

Ze hadden met z'n allen gezocht en Sanjit had grappen gemaakt zodat niemand de moed zou laten zakken.

'Weten we wel zeker dat we iemand willen vinden?' had hij gevraagd.

'We hebben grote mensen nodig,' had Virtue op zijn betweterige manier betoogd.

'Waarvoor dan, Choo?'

'Voor…' Virtue had met zijn mond vol tanden gestaan.

'Stel dat er iemand ziek wordt?' had Peace gevraagd.

'Voel je je nu goed?' had Sanjit haar gevraagd.

'Ik geloof het wel.'

'Nou dan. We redden ons wel.'

Hij kon niet ontkennen dat de situatie iets griezeligs had, maar toch had Sanjit zich eerder opgelucht dan ongerust gevoeld. Hij vond het niet prettig om naar de naam 'Wisdom' te moeten luisteren. Hij vond het niet prettig om vrijwel elke minuut van de dag te horen te krijgen wat hij moest doen. Hij hield niet van regels. En nu waren er opeens geen regels meer.

Hij had geen antwoord gehad op de terugkerende vragen van de anderen over wat er was gebeurd. Het enige wat zeker leek, was dat de volwassenen verdwenen waren. En dat de radio, telefoons en satelliettelevisie het niet deden.

Sanjit had het idee dat hij daar wel mee zou kunnen leven.

Maar de kleine kinderen, Peace, Bowie en Pixie, waren van het begin af aan bang geweest. Zelfs Choo, die altijd zo onverstoorbaar was, had het eng gevonden.

Er hing een drukkende stilte over het eiland. Het enorme huis, waarvan de kinderen sommige kamers nog nooit gezien hadden, kamers die nog nooit door iemand gebruikt waren, leek zo groot en doods als een museum. En ze voelden zich net inbrekers toen ze het huis van de butler, de suite van Nanny, de bungalows en de slaapvertrekken doorzochten.

Maar de stemming was weer opgeklaard toen ze terugkwamen bij het grote huis en de deur van de inloopvriezer openden, op zoek naar een heel laat avondmaal.

'Er is wél ijs!' had Bowie beschuldigend uitgeroepen. 'Er was al die tijd gewoon ijs. Ze hebben tegen ons gelogen. Ze hebben onwijs veel ijs.'

Er stonden twaalf enorme achttienliterbakken ijs. Tweehonderdzestien liter ijs.

Sanjit had Bowie een klopje op zijn schouder gegeven. 'Verbaast je dat echt, jochie? Kok weegt honderdvijfendertig kilo en Annette komt daar aardig in de buurt.' Annette was de vrouw die de kinderkamers schoonmaakte.

'Mogen we wat?'

Sanjit was verrast geweest toen ze hem die eerste keer om toestemming hadden gevraagd. Hij was de oudste, maar het was niet echt bij hem opgekomen dat hij de leiding had.

'Vraag je dat aan mij?'

Bowie haalde zijn schouders op. 'Ik denk dat jij nu maar even een groot mens moet zijn.'

Sanjit glimlachte. 'In dat geval bepaal ik als tijdelijke volwassene bij deze dat we vanavond ijs eten. Pak maar een van die bakken en vijf lepels – we gaan net zolang door tot we de bodem zien.'
Daar was iedereen even zoet mee geweest. Maar na een tijdje had Peace haar vinger opgestoken, alsof ze op school was.
'Je hoeft je vinger niet op te steken,' zei Sanjit. 'Wat is er?'
'Hoe gaat het nu verder?'
Daar had Sanjit een paar seconden over nagedacht. Hij wist dat hij normaal gesproken niet zo'n denker was. Hij was meer een grappenmaker. Niet dat hij altijd de clown uithing, maar hij nam het leven gewoon niet al te serieus. Dat deed Virtue al.

Vroeger, toen zijn leven zich in de straten en steegjes van Bangkok afspeelde, loerde er altijd aan alle kanten gevaar: uitbuiters die je wilden ontvoeren om je veertien uur per dag kinderarbeid te laten doen, winkeliers die je met bamboestokken bij hun fruitstalletjes wegjoegen, en de eeuwige pooiers die je aan vreemde buitenlandse mannen verkochten.

Maar Sanjit had altijd geprobeerd om te lachen in plaats van te huilen. Hoe hongerig, bang of ziek hij ook was, hij had het nooit opgegeven, zoals sommige andere kinderen die hij om zich heen zag. Hij was nooit meedogenloos en wreed geworden, hoewel hij heus wel gestolen had om te overleven. En terwijl hij steeds ouder werd in die altijd spannende, angstaanjagende straten waar het geen moment saai werd, had hij een bepaalde flair ontwikkeld, een houding waardoor hij het volhield. Hij had geleerd om van dag tot dag te leven en zich niet te veel zorgen over morgen te maken. Als hij iets te eten en een doos om in te slapen had, als er niet al te veel luizen in de vodden aan zijn lijf krioelden, dan was hij gelukkig.

'Nou, we hebben genoeg te eten,' zei Sanjit tegen de vier gezichten die hem verwachtingsvol aankeken. 'Dus dan moeten we gewoon maar een tijdje afwachten, hè?'
En dat antwoord was goed genoeg voor die eerste dag. Ze waren allemaal van slag. Maar ze hadden altijd al voor elkaar gezorgd en nooit erg op de hulp van de ongeïnteresseerde volwasse-

nen om hen heen gerekend. Dus die avond hadden ze gewoon hun tanden gepoetst en elkaar ingestopt. Sanjit was de laatste die naar zijn kamer ging. Pixie was naar binnen geslopen om bij hem te slapen. Later was Peace ook gekomen, met een knuffeldoek tegen haar betraande ogen gedrukt. En toen kwam Bowie ook nog.

's Ochtends waren ze op het gebruikelijke tijdstip wakker geworden. Ze zagen elkaar bij het ontbijt, dat vooral bestond uit geroosterd brood met een heleboel verboden boter en verboden jam en dikke lagen verboden chocoladepasta.

Daarna gingen ze naar buiten, en toen hadden ze het vreemde, schurende geluid gehoord.

Ze waren naar de rand van de klif gerend. Het jacht – een enorme, schitterende, glanzend witte boot, zo groot dat er zelfs een helikopter op het dek kon staan – lag dertig meter lager. Het was aan de grond gelopen. De vlijmscherpe voorsteven was in elkaar gedrukt en zat klem tussen gigantische rotsblokken. Elke golf tilde het schip op en duwde het vervolgens weer langzaam vast.

Het was het jacht van hun ouders. Ze hadden niet eens geweten dat het eraan kwam, dat hun ouders in de buurt waren geweest.

'Wat is er gebeurd?' vroeg Peace met een trillend stemmetje.

Virtue gaf antwoord: 'Het jacht is op het eiland gelopen. Ze waren blijkbaar onderweg hiernaartoe... En toen is het tegen de rotsen geslagen.'

'Waarom heeft kapitein Rocky het niet de andere kant op gestuurd?'

'Omdat hij weg is,' had Sanjit gezegd. 'Net als alle andere grote mensen.'

Op de een of andere manier had Sanjit het zich toen pas echt gerealiseerd. Hij had nooit veel van de twee acteurs gehouden die zich zijn vader en moeder noemden, maar toen hij hun jacht zag dat zo achteloos op de rotsen was geworpen, drong het tot hem door.

Ze waren alleen op het eiland. Misschien waren ze wel alleen op de wereld.

'We worden vast wel opgehaald door iemand,' zei Sanjit, maar hij wist niet of hij het zelf geloofde.

En dus hadden ze gewacht. Dagenlang. Wekenlang.

Toen waren ze het voedsel gaan rantsoeneren, hoewel daar nog altijd genoeg van was. Er was een voorraad op het eiland voor feesten waar soms wel honderd gasten op afkwamen, allemaal per helikopter of privévliegtuig.

Sanjit was wel eens op zo'n feest geweest. Overal lichtjes en beroemde mensen in dure kleren, die dronken, aten en te hard lachten terwijl de kinderen op hun kamer moesten blijven, waar ze af en toe uit gesleurd werden om 'hallo' te zeggen tegen mensen die maar door bleven ratelen over hoe fantastisch het was dat hun ouders zo nobel waren geweest om 'die kindertjes' te redden.

Sanjit vond dat hij helemaal niet gered was.

Ze hadden dus nog steeds een heleboel eten. Maar de diesel voor het aggregaat raakte op, ondanks hun verwoede pogingen er zuinig mee om te springen.

En nu was Bowie ziek. Meestal slaagde Sanjit er wel in om zich aan de verantwoordelijkheid te onttrekken. Maar hij kon Bowie niet zomaar dood laten gaan.

Er waren maar twee manieren om van het eiland af te komen. Met een bootje – maar ze hadden geen bootje. Of per helikopter. En die hadden ze wel. Een soort van.

Het was tijd om de meest onmogelijke optie serieus te onderzoeken.

In de schuur van de terreinopzichter vonden Sanjit en Virtue een touw. Sanjit bond het ene eind aan de niet al te stevige stam van een jong boompje. Het andere eind gooide hij naar beneden.

'We krijgen vast die boom op onze kop,' zei hij lachend.

Sanjit en Virtue klommen naar beneden. De rest kreeg de opdracht om rustig te blijven, niet in de buurt van de klif te komen en af te wachten.

Twee keer gleed Sanjit weg en schoof hij op zijn billen door, tot hij tot stilstand kwam door zich met zijn hak schrap te zetten tegen een struikje of rots. Hij had uiteindelijk niets aan het touw bij de afdaling; het lag een heel stuk rechts van het pad, ver buiten zijn bereik. De boot, de Fly Boy Too, lag er nog: gehavend, roestig, met slijmerige algen langs de waterlijn. Hij dobberde op en neer in de lichte deining terwijl de boeg zich uit alle macht leek vast te klampen aan de rotsen waar hij maanden geleden tegenaan was gesmeten.

'En hoe komen we nu bij de boot?' vroeg Virtue toen ze beneden waren.

'Dat is een heel goede vraag, Choo.'

'Ik dacht dat jij onoverwinnelijk was, Sanjit.'

'Onoverwinnelijk, niet zonder angst,' antwoordde Sanjit.

Virtue lachte zijn wrange lachje. 'Als we op die rots klimmen, kunnen we misschien bij de reling van de boeg en dan kunnen we onszelf daaraan omhoog trekken.'

Hierbeneden leek de boot opeens veel groter. En de lage golven die de verwoeste boeg heen en weer duwden zagen er veel gevaarlijker uit.

'Goed, broertje van me. Dit doe ik in mijn eentje, oké?' zei Sanjit. 'Ik kan beter klimmen dan jij.'

Sanjit legde zijn hand op Virtues schouder. 'Choo, broer, je zult niet vaak meemaken dat ik dapper en zelfopofferend gedrag vertoon. Dus geniet er maar van. Misschien is het wel de laatste keer.'

Sanjit maakte een eind aan de discussie door op de rots te klimmen en heel voorzichtig, voetje voor voetje, naar het uiteinde te schuifelen. Zijn gympen gleden steeds weg op de algen en de zoutlaag. Hij zette een hand tegen de witte scheepsromp en stond nu op ooghoogte met het dek.

Met twee handen greep hij de gammel ogende roestvrijstalen reling beet en trok zichzelf omhoog tot zijn ellebogen in een hoek van negentig graden stonden. De gevarenzone bevond zich recht onder hem, en als hij losliet had hij mazzel als hij er met een verbrijzelde voet van af zou komen.

Het was een hele toer om aan boord te klauteren, maar uiteindelijk hield hij er alleen een geschaafde elleboog en een beurse dij aan over. Hijgend bleef hij een paar seconden op zijn buik op het teakhouten dek liggen.

'Zie je iets?' riep Virtue omhoog.

'Ik zag mijn leven aan me voorbij flitsen, telt dat ook?'

Sanjit kwam overeind en zakte door zijn knieën om met de boot mee te kunnen bewegen. Hij hoorde niets wat erop wees dat er mensen aan boord waren. Er was niemand te zien. Niet echt een verrassing, maar ergens in een duister hoekje van zijn achterhoofd had Sanjit bijna verwacht dat hij lijken aan zou treffen.

Hij legde zijn handen op de reling, keek omlaag naar het bezorgde gezicht van Virtue en zei: 'Ahoi, maat.'

'Ga eens wat rondkijken,' zei Virtue.

'"Ga eens wat rondkijken, kapitéín," alsjeblieft.'

Sanjit slenterde met geveinsde achteloosheid door de eerste de beste deur die hij tegenkwam. Hij was twee keer eerder op het jacht geweest, toen Todd en Jennifer er nog waren, dus hij kende de indeling.

Hij kreeg datzelfde griezelige gevoel dat hij die eerste dag van de grote verdwijning had gehad: hij kwam op plekken waar hij niet hoorde te komen, en niemand hield hem tegen.

Stilte. Op het gekraak van de romp na.

Eng. Een spookschip, alsof hij in *Pirates of the Caribbean* zat of zo. Maar dan heel chic. Mooie kristallen glazen. Kleine beeldjes in nissen. Ingelijste filmposters. Foto's van Todd en Jennifer met een of andere beroemde oude acteur.

'Hallo?' riep hij, en hij voelde zich meteen ontzettend idioot.

Hij liep terug naar de boeg. 'Niemand thuis, Choo.'

'Dit is al maanden aan de gang,' zei Virtue. 'Wat had je dan gedacht? Dat ze hier lekker zouden zitten kaarten met zakken chips voor hun neus?'

Sanjit ontdekte een trapje en hing het over de rand. 'Kom maar aan boord,' zei hij.

Virtue klom voorzichtig naar boven en Sanjit voelde zich gelijk wat beter. Hij zette zijn hand boven zijn ogen en zag Peace boven op de klif staan terwijl ze gespannen naar beneden keek. Hij zwaaide om aan te geven dat alles goed ging.

'Je hebt zeker geen handleiding voor de helikopter gevonden ergens?'

'*Helikopters voor dummies*?' Sanjit lachte. 'Nee, niet echt.'

'Misschien moeten we die zoeken.'

'Ja. Uitstekend idee,' zei Sanjit, maar zijn luchtige stemming verdween toen hij naar Peace keek die nog steeds op de klif stond. 'Want even tussen ons, Choo, ik schijt in m'n broek bij het idee dat we gaan proberen hier per helikopter weg te vliegen.'

Onder de heldere sterren vertrokken zes roeiboten uit de jachthaven. Drie kinderen per boot. Twee aan de riemen en één aan het roer. Met elke slag stuwden de roeispanen fosforescerende deeltjes omhoog in het water.

Quinns vloot. Quinns armada. De zeemacht van the Mighty Quinn.

Quinn hoefde officieel niet te roeien, hij was immers de baas van de hele visonderneming, maar hij had gemerkt dat hij het roeien eigenlijk wel fijn vond.

Vroeger zetten ze altijd de motor aan om uit te varen, en dan gooiden ze hun lijnen uit en sleepten hun netten door het water. Maar net als aan alle andere dingen was er in de FAKZ ook gebrek aan benzine. Er lag nog ongeveer duizend liter brandstof voor de boten in de jachthaven, en die moest bewaard worden voor noodgevallen, niet voor dagelijkse dingen als vissen.

Dus nu moesten ze het doen met riemen en zere ruggen. Het waren heel lange dagen die al ver voor zonsopgang begonnen. Het kostte een uur om alles 's ochtends in orde te maken: de netten, die altijd te drogen werden gehangen en dan weer ingepakt moesten worden, het aas, de haken, de lijnen, de hengels, de boten zelf, de voedselvoorraad om de dag mee door te komen, het water, de zwemvesten. Daarna moesten ze nog een uur roeien voor ze ver genoeg op zee waren.

Zes boten, drie uitgerust met hengels en vislijnen, en drie met sleepnetten. Ze wisselden het af, want iedereen had een hekel aan de netten. Je moest veel meer roeien om de netten langzaam heen en weer door het water te kunnen trekken. Daarna moest je de netten de boot in sleuren en de vissen, krabben en allerlei troep uit de touwen plukken. Het was zwaar werk.

's Middags vertrok er nog een tweede groep boten, die voornamelijk op de blauwe watervleermuizen viste. De watervleermuizen waren een gemuteerde soort die 's nachts in grotten hing en overdag door het water vloog. Ze werden alleen gevangen voor de pieren, de mensenetende wormen die in de groenteakkers zaten. Met de vleermuizen hielden de kinderen de wormen zoet. Het leven in Perdido Beach was in meerdere opzichten afhankelijk van Quinns arbeid.

Vandaag zat Quinn in een nettenboot. Hij had zijn lijf heel lang verwaarloosd en zijn conditie was in die eerste maanden na het begin van de FAKZ steeds slechter geworden. Nu merkte hij tot zijn plezier dat zijn benen, armen, schouders en rug steeds sterker werden. Het hielp natuurlijk ook dat hij meer eiwitten binnenkreeg dan de meeste anderen.

Quinn werkte de hele ochtend door, samen met Grote Sul en Katrina, en ze hadden een behoorlijk goede dag. Ze haalden een aantal kleinere vissen en één heel grote naar boven.

'Ik dacht echt dat het net zou scheuren,' zei Grote Sul terwijl hij blij naar de bijna anderhalve meter lange vis keek die op de bodem van de boot lag. 'Volgens mij is dat de grootste vis die we ooit gevangen hebben.'

'Ik denk dat het een tonijn is,' deelde Katrina mee.

Ze kenden lang niet alle namen van de vissen. Ze waren eetbaar of niet, hadden een heleboel graten of niet. Deze vis, die langzaam naar zijn laatste adem hapte, zag er heel eetbaar uit.

'Zou best kunnen,' zei Quinn vriendelijk. 'Hij is in elk geval groot.'

'We moesten hem echt met z'n drieën aan boord slepen, hè?' zei Katrina, en ze lachte toen ze weer voor zich zag hoe ze glijdend, struikelend en vloekend de klus hadden geklaard.

'Een goeie ochtend,' zei Quinn. 'Oké, jongens. Vinden jullie het al tijd voor de brunch?' Dat was ondertussen een standaardgrap. Halverwege de ochtend barstte iedereen van de honger en op een gegeven moment waren ze het 'brunch' gaan noemen.

Quinn haalde het zilveren scheidsrechtersfluitje tevoorschijn dat hij gebruikte om met zijn rondvarende vloot te communiceren. Hij blies er drie lange tonen op.

De andere boten staken hun roeispanen in het water en zetten koers richting Quinn. Iedereen kreeg altijd nieuwe energie als het tijd was om te verzamelen voor de brunch.

Er waren geen golven en geen stormen, zelfs hier niet, anderhalve kilometer uit de kust – het voelde alsof je op een rustig bergmeertje dobberde. Vanaf deze afstand leek Perdido Beach er nog heel normaal uit te zien. Vanaf deze afstand was het een schattig kustplaatsje dat lag te schitteren in de zon.

Ze pakten de grillpan en het hout dat ze droog hadden gehouden, en Katrina, die hier erg goed mee overweg kon, maakte een vuurtje. Een van de meisjes in een andere boot hakte het staartstuk van de tonijn, maakte hem schoon en sneed het paarsroze vlees in stukken.

Naast de vis hadden ze ook nog drie kolen en een paar koude, gekookte artisjokken. De geur van de garende vis leek wel een drug. Ze konden aan niets anders meer denken tot hij was opgegeten.

Toen leunden ze achterover, met de boten losjes aan elkaar geknoopt, en praatten wat. Een korte pauze voor ze nog een uur gingen vissen en vervolgens aan de lange tocht terug naar de stad moesten beginnen.

'Ik durf te wedden dat het tonijn was,' zei een jongen.

'Ik weet niet wat het was, maar het was wel lekker. Ik zou het niet erg vinden om nog een paar stukjes op te eten.'

'Nou ja, we hebben in elk geval genoeg octopussen,' zei iemand als grapje. Octopussen hoefde je niet te vangen, die vingen zichzelf over het algemeen. Niemand vond ze lekker, maar iedereen had er al meer dan eens een gegeten.

'Je kunt de pot op met je octopus,' zei iemand terwijl hij een schunnig gebaar maakte.

Quinn merkte dat hij naar het noorden staarde. Perdido Beach lag aan het zuidelijkste puntje van de FAKZ, recht tegen de muur aan. In de eerste dagen van de FAKZ was Quinn erbij geweest toen

Sam Perdido Beach ontvlucht was en langs de kust op zoek was gegaan naar een manier om eruit te komen.

Sam was eigenlijk van plan geweest om de muur helemaal te volgen. Te voet, te water en over land, op zoek naar een uitweg. Het was heel anders gelopen. Er waren allerlei dingen tussengekomen.

'Weet je wat we hadden moeten doen?' vroeg Quinn, en hij had nauwelijks in de gaten dat hij het hardop zei. 'We hadden dat hele gebied daar moeten verkennen. Toen we nog genoeg benzine hadden.'

Grote Sul zei: 'Hoezo dan? Om te kijken of er vis was, bedoel je?'

Quinn haalde zijn schouders op. 'We hebben hier in principe nog vis zat. We vangen altijd wel iets. Maar vraag je je nooit af of je verder naar het noorden niet beter zou kunnen vissen?'

Grote Sul dacht er goed over na. Hij was niet de slimste van de klas: sterk en goedmoedig, maar niet erg nieuwsgierig. 'Da's een heel eind roeien.'

'Ja, dat is waar,' erkende Quinn. 'Daarom zei ik ook dat we het hadden moeten doen toen we nog benzine hadden.'

Hij trok de rand van zijn zonnehoed naar beneden en overwoog of hij even een dutje zou doen. Maar nee, dat kon echt niet. Hij had de leiding. Voor het eerst in zijn leven had Quinn ergens de verantwoordelijkheid over gekregen en hij was vastbesloten er geen zooitje van te maken.

'Daar zijn eilanden,' zei Katrina.

'Klopt.' Quinn gaapte. 'Ik wou dat we eerder op onderzoek uitgegaan waren. Maar Sul heeft gelijk: het is een heel eind roeien.'

Vijftien

29 uur, 51 minuten

Brianna bood Brittney onderdak, omdat Sam het vroeg. Ze gaf haar een kamer.

Sam had haar opgedragen het tegen niemand te zeggen, ook niet tegen de raad. Dat vond ze prima.

Brianna had respect voor Astrid en Albert en de andere raadsleden, maar hé, Sam en zij hadden samen al heel veel gevechten meegemaakt. Hij had haar leven gered, en zij het zijne.

Jack woonde ook bij Brianna, maar ze vond niet dat Sam of de anderen daar iets mee te maken hadden. Het ging al iets beter met Jack. De griep leek snel weer over, waarschijnlijk was het zo'n vierentwintiguursding. Jack hoefde niet meer zo ontzettend te hoesten; de muren en vloer waren weer veilig. Bovendien was een van Jacks charmante eigenaardigheden dat hij dingen meestal niet zag als ze niet op een computerscherm stonden. Waarschijnlijk zou hun nieuwe huisgenote hem alleen opvallen als ze een USB-poort in haar hoofd had.

Sam had ook aan Brianna gevraagd of ze Brittney te eten wilde geven en haar misschien een beetje wilde helpen met wassen, hoewel je tegenwoordig het beste de branding in kon lopen als je zin had om te douchen.

'Maar je mag haar niets vragen,' had hij Brianna heel duidelijk te kennen gegeven.

'Waarom niet?'

'Omdat ik niet weet of we de antwoorden wel willen horen,' had

134

hij gemompeld. Toen had hij zichzelf verbeterd. 'Het lijkt me niet verstandig om haar onder druk te zetten. Er is iets heel raars gebeurd. We weten niet of dit een soort freakding is of dat er iets anders aan de hand is. Ze heeft hoe dan ook erg veel meegemaakt.'

'Zou je denken?' had Brianna gezegd. 'Omdat ze dood en begraven is geweest, bedoel je?'

Sam had gezucht, maar niet op een geïrriteerde manier. 'Als er vragen gesteld gaan worden, dan ben ik daar waarschijnlijk niet de aangewezen persoon voor. En jij al helemaal niet.'

Brianna wist wat hij bedoelde. Ze probeerden Brittney dan wel verborgen te houden, maar Sam had vast al bedacht dat het nieuws toch heel snel naar buiten zou komen. En hij had vast ook bedacht dat als iemand haar vragen ging stellen, Astrid daar waarschijnlijk de aangewezen persoon voor was.

Tja...

'En, Brittney, hoe is het met je?' vroeg Brianna. Ze was al een paar minuten wakker, en dat was heel lang voor Brianna. Binnen die paar minuten was ze naar het strand gerend, had ze een vierliterfles met zout water gevuld en was ze weer terug naar huis gerend.

Brittney was nog steeds in de kamer die Brianna haar gegeven had. Lag nog steeds met open ogen op het bed. Brianna vroeg zich af of ze überhaupt geslapen had.

Sliepen zombies?

Brittney ging rechtop zitten. Brianna zette het water op het nachtkastje.

'Wil je je een beetje wassen?'

De lakens zaten onder de modder, wat betekende dat ze niet veel viezer waren dan normaal. Het was opvallend lastig om dingen schoon te krijgen door er een beetje mee in zee te wapperen, zelfs als je supersnel kon wapperen, zoals Brianna.

Alles bleef viezig. Met een hard zoutlaagje erop. Het jeukte. Je kreeg er uitslag van.

Brittney glimlachte en liet haar vieze beugel zien. Maar ze maakte geen aanstalten om zichzelf te wassen.

135

'Goed, ik help je wel even.' Brianna raapte een vies oud T-shirt op van de grond en doopte dat in het water. Ze schrobde over Brittneys modderige schouder.

De modder ging eraf.

Maar Brittneys huid werd niet schoon.

Brianna schrobde nog wat harder. Er kwam meer modder af. Maar er kwam geen schone huid tevoorschijn.

Er liep een rilling over Brianna's rug. Ze was niet snel bang. Brianna was eraan gewend geraakt dat ze door haar supersnelheid vrijwel onkwetsbaar was, dat niemand haar kon tegenhouden. Ze had een directe confrontatie met Caine gehad die ze op haar sloffen had gewonnen. Maar dit was ronduit eng.

Brianna vermande zich. Ze boende nog een keer. En nog steeds werd de huid niet schoon.

'Goed,' zei Brianna zacht. 'Brittney, ik geloof dat het tijd is dat je vertelt wat er met je aan de hand is, zeg maar. Want ik wil graag weten of je op dit moment zin hebt om mijn hersenen op te eten.'

'Je hersenen?' vroeg Brittney.

'Ja. Toe nou, Brittney, laten we wel wezen. Je bent een zombie. Ik zeg het maar gewoon. Ik mag het eigenlijk niet hardop zeggen, maar een dode die weer tot leven komt, uit zijn graf klimt en zich tussen de mensen begeeft: dat is een zombie.'

'Ik ben geen zombie,' zei Brittney kalm. 'Ik ben een engel.'

'Aha.'

'Tijdens mijn beproeving heb ik de Heer om hulp gevraagd en Hij heeft me gehoord. Tanner is naar Hem toe gegaan en heeft gevraagd of Hij me wilde redden.'

Dat moest Brianna even verwerken. 'Nou ja, je kunt in elk geval maar beter een engel dan een zombie zijn, lijkt me.'

'Geef me je hand,' zei Brittney.

Brianna aarzelde. Maar ze zei tegen zichzelf dat ze hem gauw terug kon trekken als Brittney haar tanden erin probeerde te zetten.

Brianna stak haar hand uit. Brittney pakte hem. Ze trok hem naar zich toe, maar niet richting haar mond. In plaats daarvan legde ze Brianna's hand op haar borst.

'Voel je het?'

'Wat moet ik voelen?' vroeg Brianna.

'De stilte. Ik heb geen hartslag.'

Brianna kreeg het ijskoud. Maar niet zo koud als Brittney. Brianna trok haar hand niet terug. Ze voelde niets bonzen.

Geen hartslag.

'Ik haal ook geen adem,' zei Brittney.

'Echt niet?' fluisterde Brianna.

'God heeft me gered,' zei Brittney heel serieus. 'Hij heeft mijn gebeden verhoord en Hij heeft me gered om Zijn wil te laten geschieden.'

'Brittney, je… je hebt heel lang onder de grond gelegen.'

'Heel erg lang,' zei Brittney. Ze fronste. De frons veroorzaakte rimpels in de modder op haar gezicht. De modder die er niet af wilde.

'Maar goed, je hebt zeker wel honger, hè?' vroeg Brianna, want dat was immers de opdracht.

'Ik hoef niet te eten. Ik heb al water gedronken. Ik heb het doorgeslikt, maar ik voelde het niet naar beneden glijden. En toen besefte ik…'

'Wat besefte je?'

'Dat ik het niet nodig heb.'

'Oké.'

Brittney liet haar ijzeren glimlach weer zien. 'Dus ik heb ook geen zin om je hersenen op te eten, Brianna.'

'Mooi,' zei Brianna. 'Maar… waar heb je dan wél zin in?'

'Het einde nadert, Brianna,' zei Brittney. 'Daarom zijn mijn gebeden verhoord. Daarom zijn Tanner en ik teruggekomen.'

'Jij en… goed. Wat bedoel je precies met "het einde"?'

'De profeet is al onder ons. Zij zal ons hiervandaan leiden. Zij zal ons naar onze Heer leiden, zodat we vrij zullen zijn.'

'Prima,' zei Brianna droogjes. 'Laten we hopen dat het eten daar beter is.'

'O, jazeker,' zei Brittney enthousiast. 'Je krijgt er taart en cheeseburgers en alles wat je je maar zou kunnen wensen.'

'Dus jij bent die profeet?'

'Nee, nee,' zei Brittney terwijl ze bescheiden haar ogen neersloeg. 'Ik ben de profeet niet. Ik ben een engel van de Heer. Ik ben de wreker van de Heer en ik kom de boze vernietigen.'

'Welke boze? We hebben er wel een paar. Is het iemand met een hooivork?'

Brittney glimlachte, maar dit keer was haar beugel niet te zien. Het was een kille, vreugdeloze glimlach, een beetje geniepig. 'Deze duivel heeft geen hooivork, Brianna. De boze is gewapend met een zweep.'

Daar dacht Brianna even over na.

'Ik moet ergens heen,' zei Brianna, en ze ging er zo snel mogelijk vandoor.

'Wat wil je voor je verjaardag hebben?' vroeg John aan Maria.

Maria schudde poep uit een servet dat dienstdeed als luier. De uitwerpselen vielen in een plastic prullenbak die later weggebracht zou worden en begraven in een greppel die Edilio met zijn graafmachine had gemaakt.

'Ik wil dít niet hoeven doen. Dat zou een mooi verjaardagscadeau zijn,' zei Maria.

'Het was geen grapje,' zei John verwijtend.

Maria glimlachte en boog zich voorover tot hun voorhoofden elkaar raakten. Het was hun persoonlijke knuffel. Iets tussen de twee leden van de familie Terrafino. 'Dat van mij was ook geen grapje.'

'Je moet in elk geval vrij nemen,' zei John. 'Ik bedoel, je moet dat hele poefgedoe doen en zo. Dat schijnt behoorlijk heftig te zijn.'

'Dat zeggen ze, ja,' zei Maria afwezig. Ze liet de luier in een andere emmer vallen, die voor de helft met water gevuld was. Het water rook naar bleekmiddel. De emmer stond op een klein rood karretje, zodat hij naar het strand vervoerd kon worden. Daar zouden de wassers een schamele poging doen om de luier met zeewater schoon te krijgen, om hem vervolgens nog bijna even vies weer terug te sturen, jeukerig door al het zand en zout.

'Je bent er toch wel klaar voor?' vroeg John.

Maria keek op het horloge. Francis' horloge. Ze had het afgedaan voor ze ging wassen. Hoeveel uur nog? Hoeveel minuten nog voor de grote één-vijf?

Maria knikte. 'Ik heb de instructies gelezen. Ik heb met iemand gepraat die het heeft meegemaakt. Ik heb precies gedaan wat ik moest doen.'

'Goed,' zei John ongelukkig. Plotseling zei hij: 'Je weet toch wel dat Orsay liegt, hè?'

'Ik weet dat ik door haar Francis kwijtgeraakt ben,' snauwde Maria. 'Dat is het enige wat ik hoef te weten.'

'Precies! Dat bedoel ik! Kijk wat er met hem gebeurd is omdat hij naar haar heeft geluisterd.'

'Ik vraag me af hoe Jill het bij hen vindt,' vroeg Maria zich hardop af. Ze pakte de volgende luier. Nu Francis weg was en er geen echt ervaren vervangers beschikbaar waren, had Maria nog meer te doen dan anders. En dat waren niet de leukste klusjes.

'Het gaat vast goed met haar,' zei John.

'Ja, maar als Orsay echt zo'n leugenaar is, had ik Jill misschien niet met haar mee moeten laten gaan,' antwoordde Maria.

John leek even met zijn mond vol tanden te staan en wist niet wat hij moest zeggen. Hij werd rood en sloeg zijn ogen neer.

'Ik weet zeker dat het prima met haar gaat,' zei Maria snel, die dacht dat hij zo reageerde omdat hij zich zorgen om Jill maakte.

'Ja. Dat Orsay, zeg maar, liegt, wil nog niet zeggen dat ze Jill slecht behandelt,' zei John.

'Misschien moet ik even bij haar langsgaan,' zei Maria. 'In mijn vrije tijd.' Ze lachte. Het was een vaste grap geworden die allang niet leuk meer was.

'Ik denk dat je beter bij Orsay uit de buurt kunt blijven,' zei John.

'O ja?'

'Ja, nou, ik weet het niet, hoor. Ik weet alleen dat Astrid zegt dat Orsay alles uit haar duim zuigt.'

'En als Astrid het zegt, dan is het zo,' zei Maria.

John trok een gekweld gezicht en gaf geen antwoord.

'Goed,' zei Maria, 'dit kan naar het strand.'

John leek opgelucht dat hij een excuus had om te vertrekken. Maria hoorde de wieltjes van het karretje piepen toen hij wegliep. Ze keek de crècheruimte in. Er waren drie kinderen aan het helpen, en maar een van hen was echt gemotiveerd en ervaren. Maar ze konden het wel een paar minuutjes alleen aan.

Zo goed en zo kwaad als het ging waste Maria haar handen en veegde ze droog aan haar slobberende spijkerbroek.

Waar zou Orsay zijn op dit moment van de dag?

Maria liep naar buiten en zoog een diepe teug lucht naar binnen die niet naar plas of poep rook. Ze deed haar ogen dicht en genoot van het gevoel. Toen ze ze weer opendeed, zag ze tot haar verbazing hoe Nerezza gehaast op haar af kwam lopen, alsof ze een afspraak hadden en Nerezza iets te laat was. 'Jij bent...' begon Maria.

'Nerezza,' hielp het meisje.

'Ja. Inderdaad. Best raar eigenlijk, maar ik kan me niet herinneren dat ik je ooit wel eens eerder heb ontmoet, vóór die ene keer dat je Jill kwam halen.'

'O, je hebt me vast wel eens gezien,' zei Nerezza. 'Ik ben gewoon niet zo belangrijk. Maar jou kent iedereen, Maria. Moeder Maria.'

'Ik was net op zoek naar Orsay,' zei Maria.

'Hoezo?'

'Ik wilde even kijken hoe het met Jill ging.'

'Dat is niet de echte reden,' zei Nerezza bijna glimlachend.

Maria's gezicht verstrakte. 'Goed dan. Het gaat om Francis. Ik weet niet wat Orsay tegen hem heeft gezegd, maar je weet vast wel wat hij heeft gedaan. Ik kan me niet voorstellen dat Orsay dat gewild heeft. Maar je moet er iets aan doen, zorgen dat het niet meer gebeurt.'

'Dat wat niet meer gebeurt?'

'Francis is eruit gestapt. Hij heeft zelfmoord gepleegd.'

Nerezza's donkere wenkbrauwen gingen omhoog. 'Zelfmoord? Nee. Nee, Maria. Hij is naar zijn moeder toe gegaan.'

'Wat een onzin,' zei Maria. 'Niemand weet wat er gebeurt als je eruit stapt tijdens de poef.'

Nerezza legde haar hand op Maria's arm. Het gebaar verbaasde Maria. Ze wist niet of ze het wel prettig vond, maar ze trok haar arm niet weg. 'Maria, de Profetes weet wél wat er gebeurt. Ze ziet het elke nacht.'

'O ja? Want ik heb anders gehoord dat ze liegt. Dat ze de boel bij elkaar verzint.'

'Ik weet wat je hebt gehoord,' zei Nerezza op een medelijdende toon. 'Astrid zegt dat de Profetes liegt. Maar vergeet niet dat Astrid heel erg gelovig is, en ook heel erg trots. Ze denkt dat zij de waarheid in pacht heeft. En ze kan het niet uitstaan dat er misschien iemand anders gekozen is om de waarheid aan het licht te brengen.'

'Ik ken Astrid al heel lang,' zei Maria. Ze stond op het punt om te ontkennen wat Nerezza had gezegd. Maar het was wel waar, of niet soms? Astrid wás ook trots. En erg overtuigd van haar eigen geloof.

'Luister naar de Profetes,' zei Nerezza, alsof ze een geheim onthulde. 'De Profetes heeft gezien dat we allemaal een verschrikkelijke tijd vol zware beproevingen tegemoet gaan. Het is al bijna zover. En dan, Maria, dán komen de duivel en de engel. En in een rode zonsondergang zullen wij verlost worden.'

Maria hield gehypnotiseerd haar adem in. Ze wilde iets snibbigs zeggen, iets minachtends. Maar Nerezza sprak met zo veel overtuiging.

'Kom vannacht, Maria, vlak voor de zon opkomt. Kom, dan zal de Profetes persoonlijk met je praten, dat beloof ik. En ik weet zeker dat je dan de waarheid en de goedheid die ze in zich heeft zult zien.' Ze glimlachte en sloeg haar armen over elkaar. 'Ze lijkt op jou, Maria: sterk, goed, en een en al liefde.'

Zestien

In de donkerste uren van de nacht klom Orsay op de rots. Ze had het al heel vaak gedaan, dus ze wist waar ze haar voeten neer moest zetten, waar ze steun kon zoeken met haar handen. Hier en daar was het heel glibberig en soms was ze bang dat ze in het water zou vallen.

Ze vroeg zich af of ze dan zou verdrinken. Het water was niet erg diep, maar stel nou dat ze haar hoofd zou stoten en bewusteloos in het water zou belanden terwijl het schuim haar mond in stroomde?

Kleine Jill, die een nieuwe jurk aanhad en haar pop al niet meer zo stijf tegen zich aan drukte, klom achter haar aan. Ze was opvallend behendig.

Nerezza volgde hen op de voet, haar ogen strak op Orsay gericht om haar scherp in de gaten te houden.

'Voorzichtig, Profetes,' mompelde Nerezza. 'En jij ook, Jill.'

Nerezza was een mooi meisje. Veel mooier dan Orsay. Orsay was bleek en mager, ingevallen, alsof ze zichzelf uitholde. Nerezza was gezond en sterk, met een gave olijfkleurige huid en weelderig zwart haar. Haar fel schitterende ogen hadden een heel bijzondere kleur groen. Soms leek het haast wel alsof haar ogen lichtgaven in het donker, vond Orsay.

Ze verdedigde Orsay te vuur en te zwaard. Er stond al een klein groepje kinderen aan de voet van de rots te wachten. Nerezza had zich omgedraaid om hen toe te spreken. 'De raad verspreidt leu-

gens omdat ze de waarheid voor jullie verborgen willen houden.'
De volgelingen keken met hoopvolle, verwachtingsvolle gezichten naar haar op. Ze wilden graag geloven dat Orsay de ware profeet was. Maar ze hadden dingen gehoord...
'Maar waarom zouden ze dat doen?' vroeg iemand.
Nerezza wierp hun een meelevende blik toe. 'Mensen die macht hebben, willen die over het algemeen graag behouden.' Haar veelbetekenende, cynische toon leek effect te sorteren. Kinderen knikten en probeerden Nerezza's oudere, stoerdere, wijzere uitdrukking na te doen.

Orsay kon zich bijna niet meer herinneren hoe haar leven eruit had gezien voordat Nerezza haar vriendin en beschermster was geworden. Nerezza was haar eerder nooit opgevallen in de stad. Best raar eigenlijk, want het was geen meisje dat je makkelijk over het hoofd zag.

Maar ja, Orsay woonde zelf ook nog maar vrij kort in de stad. Ze had heel lang met haar vader, die parkopzichter was geweest, in het nationale park Stefano Rey gewoond en was pas naar de stad gekomen toen de FAKZ al heel lang bestond.

Maar Orsays gave had zich al voor het begin van de FAKZ ontwikkeld. Eerst had ze niet geweten wat er aan de hand was, waar de bizarre beelden in haar hoofd vandaan kwamen. Uiteindelijk was het kwartje gevallen. Ze keek in andermans dromen. Liep tijdens hun slaap rond in hun fantasieën. Zag wat zij zagen, voelde wat zij voelden.

Niet altijd een even prettige ervaring. Ze had bijvoorbeeld wel eens in Drakes hoofd gezeten, en dat was een hel die niemand wilde meemaken.

In de loop der tijd leek haar gave sterker, krachtiger te zijn geworden. Sam had gevraagd of ze wilde proberen om in de geest van het monster in de mijnschacht te kijken. Het ding dat ze de gaiaphage noemden. Of gewoon de Duisternis.

Het had haar hoofd opengescheurd. Alsof er scalpels door alle beschermende lagen sneden en alle geheimen van haar hersenen blootlegden. En daarna was niets meer hetzelfde geweest. Daarna waren haar krachten tot nieuwe hoogten gestegen. Ongewenste hoogten.

Als ze de muur aanraakte, kon ze dromen van de andere kant zien. Van de mensen buiten.

De mensen buiten...

Ze voelde hun aanwezigheid tegenwoordig al zodra ze de rots op klom en de muur naderde. Ze kon hen voelen, maar nog niet horen, nog niet in hun dromen stappen.

Dat kon ze alleen als ze de muur aanraakte. Want aan de andere kant, buiten de muur, aan de andere kant van die grijze, onverbiddelijke barrière raakten ze hem ook aan. Orsay had het idee dat de muur dun, maar ondoordringbaar was. Een ondoorzichtige glasplaat van slechts een paar millimeter dik. Dat geloofde ze, dat voelde ze.

Daarbuiten, aan de andere kant, in de gewone wereld, kwamen ouders en vrienden als pelgrims naar de muur toe om hem aan te raken en een poging te doen om die ene geest te bereiken die hun smeekbedes kon horen en met hun verlies kon meeleven.

Ze riepen Orsay.

Ze voelde hen. Meestal. In eerste instantie had ze getwijfeld, en dat deed ze nog steeds wel eens. Maar het was zo levendig dat het wel echt moest zijn. Dat had Nerezza tenminste tegen haar gezegd: *Dingen die echt voelen, zijn ook echt. Twijfel niet zo aan jezelf, Profetes.*

Soms twijfelde ze wel eens aan Nerezza, maar dat zei ze nooit tegen haar. Nerezza had iets dwingends. Ze was heel sterk, en ze had diepere lagen die Orsay niet echt kon doorgronden maar wel kon voelen.

Soms werd Orsay bijna bang van Nerezza's stelligheid.

Orsay stond inmiddels boven op de rots. Tot haar verbazing zag ze dat er nu tientallen kinderen op het strand stonden en zelfs de voet van de rots beklommen.

Nerezza stond net onder Orsay, als een soort lijfwacht die de kinderen op afstand hield.

'Moet je kijken hoeveel er gekomen zijn,' zei Nerezza tegen haar.

'Ja,' zei Orsay. 'Te veel. Ik kan niet...'

'Je moet alleen doen wat je kúnt doen,' zei Nerezza. 'Niemand verwacht van je dat je verdergaat dan je aankunt. Maar je moet in elk geval wel met Maria praten. Je moet sowieso een voorspelling voor háár doen, al is dat het enige wat je doet.'

'Het doet pijn,' bekende Orsay. Ze voelde zich bijna schuldig dat ze dat toegaf. Al die gespannen, hoopvolle, wanhopige gezichten die naar haar opkeken. En zij hoefde alleen maar pijn te lijden om hun angsten te verlichten.

'Zie je nou wel! Ze zijn gekomen, ondanks Astrids leugens.'

'Astrid?' zei Orsay fronsend. Ze had Nerezza al eerder iets over Astrid horen zeggen. Maar Orsay was meestal ergens anders met haar gedachten. Ze was zich maar half bewust van wat er om haar heen gebeurde. Sinds die dag waarop ze de Duisternis had aangeraakt, leek het wel alsof de hele wereld een beetje bleker was geworden en de geluiden gedempter klonken. Als ze iets aanraakte, voelde het alsof er een laagje gaas tussen zat.

'Ja, Astrid het Genie. Zij heeft die leugens over jou de wereld in geholpen. Ze is erg dol op leugens.'

Orsay schudde haar hoofd. 'Ik denk dat je je vergist. Astrid is heel erg eerlijk.'

'Ik weet zeker dat het Astrid is. Ze gebruikt Taylor en Howard en nog een paar anderen. Leugens verspreiden zich snel. Iedereen heeft ze ondertussen gehoord. En kijk nou eens hoeveel kinderen er toch gekomen zijn.'

'Misschien moet ik hiermee stoppen,' zei Orsay.

'Je moet je niets van die leugens aantrekken, Profetes. We hebben niets te vrezen van Astrid, het genie dat nooit opmerkt wat er pal voor haar neus gebeurt.'

Nerezza liet haar geheimzinnige glimlach zien en leek zichzelf toen wakker te schudden uit een dagdroom. Voor Orsay kon vragen wat ze bedoelde, zei Nerezza: 'Laat de Sirene zingen.'

Orsay had Jill nog maar twee keer horen zingen. Beide keren was het een haast mystieke, religieuze ervaring geweest. Het maakte niet uit welk liedje het was, hoewel je bij sommige liedjes bijna het gevoel kreeg dat je meer moest doen dan alleen maar staan luisteren.

'Jill,' zei Nerezza. 'Ga klaarstaan.' Toen wendde ze zich met een luidere stem tot de menigte op het strand. 'Luister, allemaal. We hebben iets heel bijzonders voor jullie. Onze Jill is geïnspireerd door de Profetes en zal een lied voor jullie zingen. Ik denk dat jullie het allemaal heel erg mooi zullen vinden.'

Jill zong de eerste regels van een liedje dat Orsay niet kende.

Niet huilen, kindje, rustig maar,
doe je oogjes toe.

De wereld omhulde Orsay als een zachte, warme deken. Haar eigen moeder, haar echte moeder, was nooit het type geweest dat slaapliedjes zong. Maar in haar dromen was ze een andere moeder, de moeder die ze zo graag had willen hebben.

Als je straks weer wakker wordt
zijn alle lieve paardjes voor jou...

En nu zag Orsay ze voor zich, de zwarte en de grijze paardjes, de vossen en de schimmels; ze dansten allemaal voor haar geestesoog langs. En tegelijk met de paardjes zag ze een leven dat ze nooit had gehad, een wereld die ze nooit had gekend, een moeder die zong...

Niet huilen...

Jill zweeg en Orsay knipperde met haar ogen als een slaapwandelaar die wakker wordt. Ze zag haar volgelingen, de kinderen, die nu allemaal heel dicht bij elkaar stonden – ze leken bijna samen te smelten. Ze waren nog dichter naar Jill toe geschuifeld en dromden tegen de rots.

Maar ze keken niet naar Jill, en zelfs niet naar Orsay. Ze keken naar die met engelen versierde zonsondergang en zagen de gezichten van hun moeders voor zich.

'Nu,' zei Nerezza tegen Orsay.

'Goed,' zei Orsay. 'Ja.'

Ze zette haar hand tegen de muur. De elektrische schok schoot door haar vingers. De pijn was nog steeds overweldigend, zelfs na al die keren. Ze moest zich verzetten tegen de sterke aandrang om haar hand terug te trekken.

Maar ze drukte hem tegen de muur en de brandende pijn verschroeide alle zenuwen in haar hand voor hij langs haar arm omhoogkroop.

Orsay deed haar ogen dicht.

'Is... is... is Maria hier?'

Iemand hapte naar adem.

Orsay deed haar betraande ogen open en zag Maria Terrafino achter in de menigte staan. Arme Maria, met al die lasten op haar schouders.

Maria, die nu zo verschrikkelijk mager was, door de honger en de anorexia die het nog zoveel erger maakte.

'Ik?' vroeg Maria.

Orsay deed haar ogen dicht. 'Je moeder... Ik zie de dromen die ze over je heeft, Maria.' Orsay voelde hoe ze overspoeld werd door de beelden – het was tegelijkertijd fijn en angstaanjagend, en het leidde haar godzijdank af van de pijn.

'Maria, toen je zes was... Je moeder mist je... Ze droomt over de tijd dat je nog klein was en je helemaal overstuur was omdat je broertje een kerstcadeau kreeg dat jij had willen hebben.'

'Het skateboard,' fluisterde Maria.

'Je moeder droomt dat je snel bij haar zult komen,' zei Orsay. 'Je bent weer jarig, en wat is het snel gegaan, Maria. Wat ben je groot geworden.

Je moeder zegt dat je genoeg gedaan hebt, Maria. Anderen nemen het werk wel van je over.'

'Ik kan niet...' zei Maria. Ze klonk gekweld. 'Ik kan die kinderen niet in de steek laten.'

'Je bent jarig op Moederdag, Moeder Maria,' fluisterde Orsay, en haar eigen woorden klonken haar vreemd in de oren.

'Ja,' erkende Maria. 'Hoe weet jij...'

'Op die dag, Moeder Maria, zul je alle kinderen verlossen, zodat je zelf weer het kind Maria kunt zijn,' zei Orsay.

'Ik kan ze niet achterlaten...'

'Dat doe je ook niet, Maria. Als de zon ondergaat zul jij hen naar jullie vrijheid leiden,' fluisterde Orsay. 'Als de zon ondergaat in een rode hemel...'

Sanjit had de hele avond naar een film gekeken waarin zijn pleegvader speelde. *Fly Boy Too*. Hij had hem al eens gezien. Ze hadden alle films gezien die Todd Chance ooit gemaakt had. En ook de meeste films van Jennifer Brattle. Behalve die waar bloot in zat.

Maar *Fly Boy Too* was extra interessant omdat er een stukje van twaalf seconden in zat waarin een acteur – of misschien was het wel een echte piloot, wie zou het zeggen – een helikopter bestuurde. Hij bestuurde een helikopter en probeerde tegelijkertijd John Gage – gespeeld door Todd Chance – met een machinegeweer neer te maaien terwijl Gage van de ene op de andere wagon van een voortrazende goederentrein sprong.

Sanjit had dat ene stukje van twaalf seconden wel honderd keer opnieuw afgespeeld, tot zijn hoofd tolde en hij vierkante ogen had.

En nu, nu alle anderen in bed lagen, draaide Sanjit de late late dienst bij Bowie. Of misschien was het wel de vroege vroege dienst.

Hij ging in de grote leunstoel naast Bowies bed zitten.

Er stond een grote, gebogen schemerlamp op de grond die over zijn schouder scheen en een kleine lichtcirkel wierp op het boek dat hij opensloeg. Het was een oorlogsroman. Over Vietnam, een land naast Thailand, waar hij was geboren. Blijkbaar had daar heel lang geleden een oorlog gewoed waar de Amerikanen aan mee hadden gedaan. Dat interesseerde hem verder niet. Wat hem wel interesseerde was het feit dat ze veel gebruikmaakten van helikopters en dat dit boek vooral ging over een soldaat die in een helikopter vloog.

Het was niet veel, maar hij had niets anders. De schrijver had vast wel wat onderzoek gedaan. Zijn beschrijvingen klonken goed. Alsof hij ze niet zomaar verzonnen had. Dit was niet de manier om te leren hoe je een helikopter moest besturen.

Bowie gooide met een woeste beweging zijn hoofd opzij, alsof hij een nachtmerrie had. Sanjit zat zo dichtbij dat hij zijn hand op Bowies voorhoofd kon leggen. De huid was warm en klam. Bowie was een mooi jochie, met lichtblauwe ogen en vooruitstekende voortanden. Hij was zo bleek dat hij soms wel een beetje op een van die witmarmeren godenbeelden leek die Sanjit heel lang geleden als kind in Thailand had gezien.

Die voelden koel aan. Bowie niet.

Leukemie. Nee, vast niet. Maar het was ook geen verkoudheid of griepje. Dit duurde al veel te lang om griep te kunnen zijn. Bovendien was er verder niemand ziek geworden. Dus dat was het waarschijnlijk niet. Niets besmettelijks.

Sanjit wilde koste wat kost voorkomen dat hij dit kleine jongetje zou zien sterven. Hij had wel eens mensen zien sterven. Een oude bedelaar zonder benen. Een vrouw die in een steegje in Bangkok was overleden nadat ze een baby had gebaard. Een man die door een pooier was neergestoken.

En een jongen die Sunan heette.

Sanjit had Sunan onder zijn hoede genomen. De moeder van Sunan was prostituee. Op een dag was ze verdwenen en niemand wist of ze nog leefde of niet. En Sunan stond opeens op straat. Hij wist nog niets. Sanjit had hem zoveel mogelijk geleerd. Hoe je eten moest stelen. Hoe je weg kon komen als je gesnapt werd tijdens het eten stelen. Hoe je geld kon krijgen van toeristen door hun tassen te dragen. Hoe je geld van winkeliers kon krijgen door rijke buitenlandse toeristen naar hun winkel te brengen.

Hoe je moest overleven. Maar niet hoe je moest zwemmen.

Sanjit had hem de Menam-rivier uit gesleurd, maar het was al te laat geweest. Hij was de jongen één minuut uit het oog verloren. Toen hij zich weer had omgedraaid, was het… te laat. Toen hij hem uit het modderige water had gevist, was het te laat.

Sanjit ging weer zitten. Hij verdiepte zich opnieuw in zijn boek. Zijn handen beefden.

Peace kwam binnen in haar voetbalpyjama en wreef de slaap uit haar ogen.

'Ik was Noo Noo vergeten,' zei ze.

'O.' Sanjit zag de pop op de grond liggen, raapte hem op en gaf hem aan haar. 'Zonder Noo Noo kun je niet slapen, hè?'

Peace pakte de pop en drukte hem tegen zich aan. 'Wordt Bowie wel weer beter?'

'Ik hoop het wel,' zei Sanjit.

'Ben je aan het leren hoe je een helikopter moet besturen?'

'Jazeker,' zei Sanjit. 'Stelt niks voor. Er zit een stel pedalen voor je voeten. De *collective*, da's een soort hendel. En een andere hendel heet... iets anders. Ben ik even vergeten. Maar wees maar niet bang.'

'Ik ben altijd bang, hè?'

'Ja, een beetje wel.' Sanjit glimlachte haar toe. 'Maar dat is niet erg, want de dingen waar jij bang voor bent, gebeuren bijna nooit, toch?'

'Nee,' gaf Peace toe. 'Maar de dingen waar ik op hoop, gebeuren ook nooit.'

Sanjit zuchtte. 'Tja. Nou, ik zal in elk geval mijn best doen.'

Peace kwam naar hem toe en sloeg haar armen om hem heen. Toen liep ze met haar pop de kamer uit.

Sanjit boog zich weer over zijn boek. Hij las iets over een vuurgevecht met ene Charlie. Hij bladerde verder, in de hoop dat hij genoeg informatie kon verzamelen om erachter te komen hoe je een helikopter moest laten opstijgen. Van een boot. Naast een rotswand.

Met iedereen van wie hij hield aan boord.

Zeventien | 15 uur, 59 minuten

'Moeder Maria? Mag ik wakker blijven en bij jou zitten?'
'Nee, lieverd. Ga maar weer slapen.'
'Maar ik ben helemaal niet moe.'
Maria legde haar hand op de schouder van het vierjarige jonge-tje. Ze bracht hem terug naar de grote zaal. Bedjes op de grond.
Vieze lakens. Daar kon ze tegenwoordig niet veel meer aan doen.
Je moeder zegt dat je genoeg gedaan hebt, Maria.
Moeder Maria noemden ze haar. Alsof ze de maagd Maria was.
De kinderen lieten altijd merken hoezeer ze haar aanbaden. Ze aanbaden haar kapot. Nou, heel fijn. Daar had Maria niets aan ter-wijl ze zich door de dagelijkse, nachtelijke, dagelijkse, nachtelijke rotklussen sleepte.

Chagrijnige 'vrijwilligers'. Eindeloze ruzies tussen de kinderen over het speelgoed. Oudere kinderen die telkens weer hun kleinere broertjes en zusjes op de crèche probeerden te dumpen. Schram-men, schaafwonden, loopneuzen, bloedneuzen, losse tanden en oorontstekingen. Kinderen die zomaar verdwenen, zoals Justin laatst. Een eindeloze, eindeloze reeks vragen die beantwoord moesten worden. Het gezeur om aandacht dat nooit ophield, geen moment, nog geen seconde.

Maria hield een kalender bij. Ze had hem zelf getekend, heel zorgvuldig, op een groot stuk stevig papier. Ze had grote vlakken wit nodig om allerlei opmerkingen en herinneringen in te kunnen schrijven. De verjaardagen van alle kinderen. Wanneer een kind

151

voor het eerst over een oorontsteking had geklaagd. Aantekeningen dat er meer stof nodig was om luiers van te maken. Dat er een nieuwe bezem gehaald moest worden. Dingen die ze aan John of een van de andere medewerkers moest doorgeven.

Op dit moment stond ze weer naar de kalender te staren. Ze staarde naar een notitie die ze had gemaakt. Er stond dat Francis een vrije dag mocht omdat hij drie maanden lang zo geweldig goed gewerkt had.

Francis had zichzelf al vrij gegeven.

Er stond ook een aantekening van weken geleden op het schema dat ze op zoek moest naar 'p'. Dat was een geheime afkorting voor Prozac. Ze had geen Prozac gevonden. De medicijnkast van Dahra Baidoo was zo goed als leeg. Dahra had Maria een paar andere antidepressiva gegeven, maar die hadden bijwerkingen. Levensechte, bizarre dromen waardoor Maria de hele dag van slag was en ze ertegen opzag om te gaan slapen.

Ze at wat ze moest eten.

Maar ze was weer begonnen met overgeven. Niet elke keer. Soms. Soms was het een kwestie van kiezen tussen niet eten of zichzelf toestaan een vinger in haar keel te steken. Soms lukte het niet om beide impulsen te onderdrukken, dus dan moest ze er eentje kiezen.

En dan huilde ze, vol haat jegens haar eigen geest, het kwaad dat als kankergezwellen aan haar ziel leek te vreten, dag en nacht en dag en nacht.

Je moeder mist je…

Op de kalender stond bij Moederdag met rode pen een aantekening geschreven: '15 jaar!' Ze draaide het horloge van Francis naar zich toe en keek hoe laat het was. Was het echt al zo laat? Nog zestien uur. Nog zestien uur voor ze vijftien werd.

Niet lang meer. Ze moest er klaar voor zijn, voor de grote vijftien.

Ze moest klaar zijn om de verleiding te weerstaan waarmee elk kind in de FAKZ op die gevreesde dag geconfronteerd werd.

Iedereen wist ondertussen wat er gebeurde. De tijd leek stil te staan. Je bleef hangen in een soort vagevuur en op dat moment kwam er een verleider op je af. Degene aan wie je het allerliefst zou willen toegeven. Degene met wie je het allerliefst herenigd wilde worden. En diegene bood je een uitweg. Hij of zij smeekte je om mee te komen en uit de FAKZ te stappen.

Er waren honderden theorieën over waarom het gebeurde. Maria had numerologische theorieën gehoord, complottheorieën, astrologische theorieën, alle varianten op buitenaardse wezens en regeringswetenschappers...

Astrids verklaring, de 'officiële verklaring', was dat de FAKZ een speling van de natuur was, een afwijking die niemand begreep, met regels die de kinderen in de FAKZ moesten proberen te ontdekken en te doorgronden.

Het vreemde psychologische effect van de grote vijftien was gewoon een soort storing in de hersenen. 'De verleider' was niet echt, net zomin als de duivel die daarop volgde.

'Het is gewoon de manier waarop je geest de keuze tussen leven en dood weergeeft,' had Astrid op haar gebruikelijke, enigszins superieure toon uitgelegd.

De meeste kinderen dachten er niet over na. Voor een tien- of twaalfjarige leek vijftien nog heel ver weg. Als je vijftiende verjaardag naderde, ging je er wel over nadenken, maar Astrid had – toen ze nog elektriciteit en computers hadden gehad – een handig instructievel uitgeprint dat 'Hoe overleef ik mijn vijftiende verjaardag' heette.

Maria dacht niet dat Astrid ooit bewust zou liegen, wat Nerezza ook beweerde. Maar ze dacht ook niet dat Astrid zich nooit vergiste.

Over het algemeen had Maria geen tijd om zich met filosofische vraagstukken bezig te houden, om het maar even zacht uit te drukken. Over het algemeen zat ze tot over haar oren in de kinderdrama's.

Maar haar verjaardag kwam steeds dichterbij. En toen... Francis. En nu Orsay.

Op die dag zul je alle kinderen verlossen, zodat je zelf weer het kind Maria kunt zijn...

Maria voelde hoe de depressie haar insloot. Hij lag altijd geduldig op de loer. Hij keek en wachtte af. En als hij ook maar een teken van zwakte voelde, kwam hij dichterbij.

Ze had zichzelf gedwongen om te eten.

En toen had ze zichzelf gedwongen om over te geven.

Ze was niet dom. Ze was niet naïef. Ze wist dat ze de controle verloor. Alweer.

Ze ging langzaam kapot.

En straks zou ze in die bevroren, tijdloze, stilstaande toestand terechtkomen die in Astrids praktische folder beschreven werd. En dan zou ze het gezicht van haar moeder zien dat haar riep...

Gooi de last van je af, Maria...

En ga naar haar toe...

Maria kneep haar ogen stijf dicht. Toen ze ze weer opendeed, stond Ashley voor haar neus. Het meisje huilde. Ze had een nachtmerrie gehad en wilde geknuffeld worden.

Consuela, een van Edilio's soldaten, had het als eerste gezien.

Ze was weggerend om Edilio te zoeken. Ze zat in de nachtploeg die in de kleine uurtjes een oogje in het zeil hield. Ze was het tegengekomen, had gegild en was naar Edilio gerend. Keurig volgens de regels.

En nu stond Edilio eroverheen gebogen. Hij vroeg zich af wat híj nu volgens de regels moest doen. Eigenlijk wist hij antwoord wel: hij moest het melden bij de raad. Hij had Sam zelf de les gelezen toen die dat een tijd geleden niet had gedaan.

Maar dit...

'Wat moet ik doen?' fluisterde Consuela.

'Je mag het tegen niemand zeggen.'

'Moet ik Astrid gaan halen? Of Sam?'

Heel logische vragen. Edilio wou dat hij net zo'n logisch antwoord had. 'Ga maar naar huis,' zei Edilio. 'Goed gedaan. Balen dat je dit hebt moeten zien.'

Ze vertrok, opgelucht dat ze weg kon. En Edilio staarde mistroostig neer op het ding... de persoon... het lichaam... dat Sam als een dolksteek in zijn hart zou treffen.

In de maanden na de dood van Drake Merwin, de overwinning op de gaiaphage en de overeenkomst met de pieren, was er een wankele orde en rust over de FAKZ neergedaald.

Edilio zag die broze structuur, het systeem waar hij zo hard voor gewerkt had, het systeem waarvan hij net begon te denken dat het misschien wel stand zou kunnen houden, voor zijn ogen uit elkaar vallen, als vloeipapier in een stortbui.

Het was nooit echt geweest. De FAKZ zou altijd winnen.

Sam boog zich over het lichaam heen en schrok hevig van wat hij zag. Hij wankelde achteruit.

Edilio ving hem op.

Sam voelde de paniek oplaaien. Hij wilde wegrennen. Hij kreeg geen lucht meer. Zijn hart bonkte in zijn borstkas. Er stroomde ijswater door zijn aderen.

Hij wist wat er was gebeurd.

'Hé, baas,' zei Edilio. 'Gaat het wel, joh?'

Sam kon geen antwoord geven. Hij hapte vlug en oppervlakkig naar adem. Als een kleuter die op het punt staat in huilen uit te barsten.

'Sam,' zei Edilio. 'Kom op, joh.'

Edilio keek van het verminkte lichaam naar zijn vriend en weer terug.

Sam had het zelf meegemaakt. Hij was bekend met de verschrikkelijke verwondingen die hij zag. Het lichaam van de twaalfjarige jongen die Leonard heette was toegetakeld op een manier die Sam kende en die hij nooit zou vergeten.

Het was toegetakeld door een zweep.

De straat was verlaten. Er was niemand te zien. Geen getuigen.

'Drake,' fluisterde Sam.

'Nee, man. Drake is dood en begraven.'

Plotseling greep Sam Edilio woedend bij zijn shirt. 'Ik zie het toch zelf, Edilio. Het is hem,' schreeuwde Sam.

Geduldig haakte Edilio Sams vingers los. 'Luister, Sam. Ik weet dat het daarop lijkt. Ik heb jou gezien. Ik heb gezien hoe je eruitzag die dag. Dus ik weet het, oké? Maar het kan gewoon niet. Drake is dood en begraven onder tonnen rots in een mijnschacht.'

'Het is Drake,' zei Sam vlak.

'Nou is het genoeg, Sam,' snauwde Edilio. 'Je draait door.'

Sam deed zijn ogen dicht en voelde de pijn weer... pijn waarvan hij nooit had kunnen denken dat die buiten de hel zou kunnen bestaan. Pijn alsof je levend verbrand werd.

De klappen van Drakes zweephand. Elke klap scheurde repen vlees los...

'Jij weet niet... Jij weet niet hoe het voelde...'

'Sam...'

'Zelfs toen Brianna me vol morfine had gespoten... Je hebt geen idee... Geen flauw idee... Oké? Je hebt geen flauw idee. En je mag bidden dat je nooit een idee zult hebben ook.'

Dat was het moment waarop Taylor naar hen toe besloot te springen. Ze wierp een blik op het lichaam en slaakte een gil. Ze sloeg haar hand voor haar mond en keek weg.

'Hij is terug,' zei Sam.

'Taylor, neem Sam mee. Breng hem naar Astrid,' beval Edilio.

'Maar Sam en Astrid hebben...'

'Doe het nou maar gewoon!' brulde Edilio. 'En dan spring je als de wiedeweerga rond om de andere raadsleden bij elkaar te krijgen. Willen ze weten wat er aan de hand is? Prima. Dan mogen ze hun bed uit.'

'Het gaat niet weg,' zei Sam met opeengeklemde kaken. 'Besef je dat wel, Edilio? Het gaat nooit weg. Het is altijd bij me. Het is altijd bij me.'

'Neem hem mee,' zei Edilio tegen Taylor. 'En zeg tegen Astrid dat we moeten praten.'

Achttien

'We gaan vanavond,' zei Caine. Verzwakt. Verzwakt tot op het bot. Alles deed pijn. Zwaar hijgend was hij de trap naar de eetzaal op geklommen. Alsof hij een marathon had gelopen.

Dat gebeurde er met je als je verhongerde.

Hij probeerde de uitgeputte, broodmagere gezichten te tellen die naar hem opkeken. Maar hij kon het getal niet onthouden. Vijftien? Zeventien? Niet meer dan dat in elk geval.

De laatste kaars flakkerde op de tafel die ooit beladen was geweest met gehaktbrood, pizza, drilpudding, slappe sla en pakken melk, alle kost die er normaal gesproken in een schoolkantine te vinden was.

Deze ruimte was ooit vol met kinderen geweest. Die er allemaal heel gezond uit hadden gezien. Sommigen dun, anderen dik, maar niemand zo uitgemergeld en afschrikwekkend als degenen die hier nog over waren.

De Coates Academie, de chique school waar de welgestelden hun lastige kinderen heen stuurden. Kinderen die fikkies stookten. Pestkoppen. Sloeries. Drugsgebruikers. Kinderen met psychische problemen. Kinderen die te vaak een grote mond hadden. Of kinderen wier ouders simpelweg geen zin meer in ze hadden.

De lastpakken, de losers, de mislukkelingen. Van wie niemand hield. De Coates Academie, waar je je kinderen kon dumpen zodat je mooi van ze af was.

Nou, dat pakte voor alle betrokkenen duidelijk prima uit.

En nu waren er nog maar een paar, wanhopige, overlevenden op Coates. Degenen die wreed genoeg waren of genoeg mazzel hadden gehad om het vol te houden. Er waren slechts vier kinderen bij van wie bekend was dat het mutanten waren: Caine zelf, die vier strepen had; Diana, die alleen kon voelen hoe sterk andermans gave was; Worm, die zichzelf onzichtbaar kon maken, en Penny, die een heel handige gave had waarmee ze waanbeelden kon oproepen: ze kon iemand laten denken dat hij werd aangevallen door monsters, gestoken werd met messen of in brand stond.

Ze had het voorgedaan bij een jongen die Barry heette en hem laten geloven dat er door de hele kamer speren op hem af kwamen vliegen. Het was een grappig gezicht geweest om hem doodsbang rond te zien rennen.

Dat was het. Vier mutanten, van wie er maar twee, Caine en Penny, in een gevecht iets konden betekenen. Worm kwam soms ook wel van pas. En Diana was Diana. Het enige gezicht dat hij op dit moment wilde zien.

Maar Diana had haar ellebogen op haar knieën gezet en liet haar gebogen hoofd op haar handen rusten.

De anderen keken wel naar hem. Ze hielden niet van hem, ze mochten hem niet eens, maar ze waren wel bang voor hem.

'Ik heb iedereen hier bij elkaar geroepen omdat we weggaan,' zei Caine.

'Heb jij nog eten?' jammerde een klagelijk stemmetje.

Caine antwoordde: 'We gaan eten halen. We weten een plek waar dat kan. Het is een eiland.'

'Hoe moeten we ooit bij een eiland komen?'

'Hou je bek, Jason. Het is een eiland. Vroeger was het van twee beroemde acteurs die jullie waarschijnlijk nog wel kennen. Todd Chance en Jennifer Brattle. Het is een enorm landhuis op een privé-eiland. Zo'n plek waar vast enorme voedselvoorraden liggen.'

'Maar daar kunnen we alleen heen met een boot,' zeurde Jason. 'Hoe gaan we dat doen?'

'We nemen gewoon een paar boten in beslag,' zei Caine veel zelfverzekerder dan hij zich voelde.

Worm nieste. Hij werd bijna onzichtbaar als hij nieste.

'Worm kent dat eiland,' zei Caine. 'Het is beroemd.'

'Waarom hebben we er dan nog nooit van gehoord?' mompelde Diana tegen de grond.

'Omdat Worm stom is en hij er niet over nagedacht had,' snauwde Caine. 'Maar het eiland bestaat echt. Het heet San Francisco de Sales. Het staat op de kaart.'

Hij haalde een gescheurd, verkreukeld stuk papier uit zijn zak en vouwde het open. Het kwam uit een atlas uit de schoolbibliotheek. 'Zie je wel?' Hij stak de bladzijde omhoog en zag tot zijn tevredenheid hoe er hier en daar geïnteresseerd opgekeken werd.

'We gaan boten halen,' zei Caine. 'En die halen we in Perdido Beach.'

Dat drukte het weinige enthousiasme dat er was opgelaaid onmiddellijk de kop in. 'Maar daar hebben ze allemaal freaks en wapens en zo,' zei een meisje dat Pampers werd genoemd.

'Dat is zo,' gaf Caine vermoeid toe. 'Maar ze hebben het allemaal veel te druk om op ons te letten. En als er toch iemand vervelend gaat doen, reken ik wel met hem af. Ik of Penny.'

Ze keken allemaal even naar Penny. Penny was twaalf, en ooit was het waarschijnlijk een mooi meisje geweest. Een mooi, klein, Chinees meisje met een petieterig neusje en verbaasde wenkbrauwen. Nu zag ze eruit als een vogelverschrikker, met broos haar, tandvlees dat rood was door de ondervoeding en uitslag die als roze kant over haar nek en armen lag.

Jason zei: 'Je bent gek als je door Perdido Beach wilt gaan. De helft van onze groep kan niet eens zo'n eind lopen, laat staan vechten. We zijn uitgehongerd, man. Tenzij je iets te eten voor ons hebt, zijn we dood voor we bij de snelweg zijn.'

'Luister,' zei Caine zacht. 'We hebben inderdaad voedsel nodig. Gauw.'

Diana keek op, bang voor wat Caine van plan zou zijn.

'Het enige eten dat we kunnen krijgen, is op dat eiland. We komen er wel, en anders zoeken we iemand om op te eten.'

Negentien

Het was raar, dacht Zil. Het was raar gelopen. Het was raar dat hij zo bang was, dat hij het bijna in zijn broek deed, maar hij mocht zich niet laten kennen. Omdat hij de baas was. Omdat ze allemaal naar hem keken.

De Leider. Met een hoofdletter D en een hoofdletter L, als Turk het zei.

Turk, de kruiperige kleine hielenlikker met zijn manke been en zijn rattenkop.

En Hank. Hank was eng. Waarschijnlijk totaal gestoord. Nou, niet waarschijnlijk, hij was gestoord, punt. Hank was altijd degene die doordramde, ophitste, eisen stelde.

De anderen. Drieëntwintig in totaal. Antoine, de vadsige drugsgebruiker. Max. Rudy. Lisa. Trent. Anderen die Zil nauwelijks kende. Lance was de enige die hij überhaupt mocht. Lance was cool. Lance was de knappe, slimme jongen door wie Zil altijd het gevoel kreeg dat dit allemaal misschien helemaal niet erg was, dat Zil het misschien wel echt verdiende om De Leider te zijn, met een hoofdletter D en een hoofdletter L.

Het was nu hoe dan ook te laat om er nog iets aan te doen. De deal met Caine was al gesloten. Het was een heel simpele deal: er waren twee mensen in de FAKZ voor wie Zil het allerbangst moest zijn – Sam en Caine. Caine had Zil de kans gegeven om de een zwart te maken en de ander uit te zwaaien.

Het was nu of nooit.

161

Eerst benzine. En daarna zou hij zich niet meer kunnen bedenken. Nog heel even en dan zouden ze de freaks de oorlog verklaren. Met z'n drieëntwintigen liepen ze alleen of in groepjes van twee door de donkere straten, hun pistolen en knuppels verstopt onder capuchontruien en jassen. Sommigen liepen vol bravoure, anderen slopen als bange muizen rond. De grootste angst was dat Sam hen te vroeg zou ontdekken en zou proberen hen tegen te houden voor ze konden toeslaan.

Zil schoot onwillekeurig in de lach.

Hij was samen met Turk. Ze hadden geen van beiden een wapen bij zich, zodat Sam hun niets zou kunnen maken als hij hen zou aanhouden.

'Kijk, dat is nog eens een echte Leider,' zei Turk slijmerig. 'Jij lacht gewoon, ondanks alles.'

Zil zei niets. Zijn hart klopte in zijn keel.

Er kon zoveel misgaan. Brianna. Dekka. Taylor. Edilio. Zelfs Orc. Freaks en freakfans, verraders. Ze zouden dit stuk voor stuk kunnen verpesten.

Zil had het gevoel dat hij op de rand van een afgrond stond.

Eén ding tegelijk. Eerst het benzinestation.

Vannacht moest het gebeuren.

Nu.

De hele stad moest branden.

En na die brand zou de Mensenclub de overlevenden onder Zils gezag bijeenbrengen. En dan zou hij pas echt de Leider zijn – niet alleen van dat treurige clubje losers, maar van iedereen.

Brittney wist niet waar ze was geweest. Of wat ze had gedaan nadat ze bij Brianna was vertrokken. Ze kon zich wel een paar flitsen herinneren, als losse beelden uit een film. Een flits van een kruipruimte onder een huis. Een flits waarin ze weer in de grond lag en de koude aarde tegen haar rug voelde. Een flits van houten balken vol spinnenwebben boven haar hoofd, een troostend doodskistdeksel.

Andere flitsen lieten haar rotsen op het strand zien. Zand waardoor ze moeizaam vooruitkwam.

Ze wist nog dat ze kinderen had gezien. Twee, in de verte. Ze waren weggerend toen ze haar zagen. Maar misschien waren ze niet echt. Misschien waren het gewoon geesten, want Brittney wist niet zeker of iedereen die ze zag wel echt was. Ze zagen er op het eerste gezicht echt uit – hun ogen, haar en lippen deden vertrouwd aan. Maar soms leek er op rare plekken licht uit hun lijf te komen.

Het was lastig om te bepalen wat echt was en wat niet. Het enige wat ze zeker wist was dat Tanner af en toe vlak naast haar opdook. En hij was echt.

De stem in haar hoofd was ook echt, de stem die zei dat ze hem moest dienen, hem moest gehoorzamen, en het pad van de waarheid en het goede moest bewandelen.

Toen herinnerde Brittney zich weer dat ze had gevoeld dat de boze dichtbij was. Heel dichtbij. Ze voelde zijn aanwezigheid.

O jazeker, híj was er ook geweest.

Maar waar was ze? Ze vroeg het aan Tanner, haar broertje. Tanner zag er een beetje vies uit; zijn wonden waren wel erg goed zichtbaar.

'Waar ben ik, Tanner? Hoe ben ik hier gekomen?'

'Je bent verrezen, een engel der wrake,' zei Tanner.

'Ja,' zei Brittney. 'Maar waar was ik? Zonet. Vlak hiervoor. Waar was ik?'

Ze hoorde iets aan het eind van de straat. Er liepen twee mensen. Sam en Taylor.

Sam was goed. Taylor was ook goed. Ze spanden geen van beiden samen met de boze. Ze leken haar niet te zien. Ze lieten wazige ultraviolette lichtstrepen achter zich, als een slijmspoor.

'Heb jij hem gezien, Tanner?'

'Wie?'

'De boze. Heb jij de duivel gezien?'

Tanner gaf geen antwoord. Hij bloedde uit de verschrikkelijke wonden waaraan hij gestorven was.

Brittney ging er verder niet op door. Ze was zelfs al vergeten dat ze een vraag had gesteld.

'Ik moet de Profetes zoeken,' zei ze. 'Ik moet haar beschermen tegen de boze.'

'Ja.' Tanner had zijn andere gedaante weer aangenomen, in zijn engelengewaad. Hij straalde prachtig licht uit, als een gouden ster. 'Volg mij, zuster. We hebben goede daden te verrichten.'

'Jezus zij geloofd,' zei Brittney.

Haar broer staarde haar aan en heel even leek hij te glimlachen. Zijn tanden waren ontbloot, zijn ogen gloeiden rood op door een innerlijk vuur. 'Ja,' zei Tanner. 'Geloofd.'

Twintig

Bij het benzinestation was het donker. Het was overal donker. Zil keek omhoog naar de hemel. Er waren sterren. Opvallend fel en helder. Een zwarte nacht en schitterende, oogverblindende witte sterren.

Zil was geen dichter, maar hij begreep wel waarom mensen bijna gehypnotiseerd konden raken door de sterren. Heel veel grote, belangrijke mensen hadden ongetwijfeld naar de sterren gekeken op dit soort momenten, toen ze op het punt stonden om de dingen te gaan doen waardoor ze voor altijd tot de groten der aarde zouden behoren.

Jammer dat dit geen echte sterren waren.

Hank stond opeens naast hem, als een spook. Hij was samen met Antoine. Zil zag ook anderen die zich al in het donker naast de snelweg hadden verzameld. Ze drentelden wat rond, angstig, zenuwachtig, waarschijnlijk klaar om er als hazen vandoor te gaan.

'Leider,' zei Hank op een dringende fluistertoon.

'Hank,' antwoordde Zil, op een opvallend rustige toon.

'De Mensenclub wacht op jouw bevelen.'

Het geroezemoes van vele stemmen. Bange schapen die samen mekkerden in een poging de moed niet te verliezen.

Daar was Lance. 'Ik ben even wezen kijken. Vier soldaten van Edilio. Twee liggen te slapen. Geen freaks, voor zover ik kan zien.'

'Mooi,' zei Zil. 'Als we snel handelen en ze kunnen overvallen, hoeven we misschien niet eens geweld te gebruiken.'

165

'Daar zou ik maar niet van uitgaan,' zei Hank.

'Wat er ook gebeurt, het moet zo zijn,' zei Turk.

'Het lot.'

Zil vermande zich. Als hij zich liet kennen, zou het voorbij zijn. 'Dit is het begin van het einde voor de freaks,' zei hij. 'Vannacht geven we Perdido Beach terug aan de mensen.'

'Jullie hebben de Leider gehoord,' zei Turk.

'We gaan,' zei Hank. Om zijn schouder hing een geweer dat net zo groot was als hijzelf. Hij liet het van zijn arm glijden en haalde demonstratief de veiligheidspal eraf.

En toen vertrokken ze. Ze liepen snel. Zil ging voorop met Hank aan de ene kant naast hem en Lance aan de andere. Antoine waggelde met Turk achter hen aan.

Niemand zag hen toen ze de snelweg op kwamen. Of toen ze langs het gehavende bord marcheerden waar de benzineprijzen op stonden.

Ze waren al voorbij de eerste pomp toen een stem: 'Hé!' riep.

Ze liepen door, begonnen opgewonden te rennen.

'Hé! Hé!' riep de stem weer.

Een jongen, Zil wist niet hoe hij heette, sloeg alarm en toen schreeuwde een tweede stem: 'Wat is er aan de hand?'

BAM!

Het geluid was oorverdovend. De knal werd gevolgd door een gele steekvlam.

Hanks geweer.

De eerste jongen zakte in elkaar.

Zil schreeuwde het bijna uit. Gilde bijna: 'Hou op!' Zei bijna: 'Je hoeft niet...'

Maar daar was het al te laat voor. Te laat.

De tweede soldaat hief zijn eigen geweer, maar aarzelde toen. Hank niet.

BAM!

De tweede soldaat draaide zich om. Hij gooide zijn geweer op de grond en rende weg.

Nog meer paniekerig geschreeuw. Schoten. Hier. Daar. Er werd in het wilde weg geschoten door iedereen die een wapen vasthad, overal lichtflitsen in het donker.

'Staakt het vuren!' schreeuwde Hank.

Het schieten ging door. Maar nu kwam het allemaal alleen nog maar van Zils kant.

'Kappen!' riep Zil.

Het geknal hield op.

Zils oren tuitten. Heel ver weg jammerde een klagelijke stem. Het klonk als een huilende baby.

Een tijdlang bleef iedereen zwijgend staan. De jongen die op zijn rug lag maakte geen geluid. Zil ging niet naar hem toe om poolshoogte te nemen.

'Goed, we houden ons aan het plan,' zei Hank heel rustig, alsof dit gewoon een computerspelletje was dat hij even op pauze had gezet.

De kinderen die de taak hadden gekregen om flessen mee te nemen, haalden die nu tevoorschijn. Lance liep naar de handpomp waarmee de benzine uit de ondergrondse opslag omhoog werd gehaald en begon de glazen flessen te vullen die hem met trillende handen werden aangegeven.

'Ongelooflijk,' zei iemand.

'Het is gelukt!' jubelde een ander.

'Nog niet,' gromde Zil. 'Maar het begin is er.'

Hank zei: 'Denk eraan: je moet de lappen heel diep in de fles proppen, zoals ik jullie heb geleerd. En pas op dat je aansteker niet nat wordt.'

In het gras achter het station vonden ze een kruiwagen. Hij rolde niet zo goed meer – het wiel zat scheef –, maar ze konden hun flessen er tenminste in kwijt.

De benzinegeur was verstikkend. Zil was zenuwachtig, bang voor een tegenaanval. Elk moment verwachtte hij dat Sam met vuurschietende handen op hem af zou komen.

Dan zou alles voorbij zijn.

Maar hoe Zil ook de zwarte nacht in tuurde, de enige freak die hem kon tegenhouden was in geen velden of wegen te bekennen.

Kleine Pete kreunde terwijl hij de knopjes indrukte en over de touchpad van zijn spelcomputer wreef.

Sam bleef zwijgend en in zichzelf gekeerd zitten. Hij had niets meer gezegd sinds het moment dat Taylor hem naar binnen had gesleurd en Astrid uit haar onrustige slaap had gehaald.

Het was stom, besefte Astrid, om niet met Sam te praten. Toen Taylor haar wakker had gemaakt, had ze in de slaperige verwarring op de een of andere manier gedacht dat Sam was teruggekomen en alles vergeten en vergeven was.

Maar toen had Taylor gezegd dat ze de rest van de raad ging halen en wist Astrid dat er iets mis was.

Nu waren ze er allemaal. Nou ja, de meesten dan. Dekka scheen geveld te zijn door de ziekte die er momenteel heerste. Maar Albert was er wel, en zolang Albert en Astrid er waren, waren de belangrijkste raadsleden aanwezig, dacht Astrid stiekem bij zichzelf.

Helaas was Howard ook gekomen. Niemand had John midden in de nacht naar buiten willen slepen. Ze zouden hem later wel uitgebreid verslag doen.

Ze waren met genoeg mensen. Astrid, Albert, Howard en Sam. Vijf van de zeven. En Astrid kon niet ontkennen dat elke stemming hoogstwaarschijnlijk in haar voordeel zou uitpakken.

Ze zaten aan tafel onder een spookachtige Samzon.

'Goed, aangezien Sam niet erg spraakzaam lijkt, vraag ik het maar aan Taylor,' zei Astrid. 'Waarom zijn we hier bij elkaar?'

'Er is vannacht een jongen vermoord,' zei Taylor.

Er schoten talloze vragen door Astrids hoofd, maar ze stelde de belangrijkste eerst. 'Wie?'

'Edilio denkt dat het Juanito is. Of Leonard.'

'Dat dénkt hij?'

'Het was nogal moeilijk te zien,' zei Taylor met een grimas.

'Wat is er gebeurd?' vroeg Albert.

Taylor keek naar Sam. Die zei niets. Hij staarde. Eerst naar zijn eigen licht dat in de lucht hing. Toen naar Taylor. Hij zag er bleek, bijna breekbaar uit. Alsof hij opeens veel en veel ouder was geworden.

'De jongen is geslagen met een zweep,' zei Taylor. 'Het zag er ongeveer net zo uit als bij Sam toen.'

Sam boog zijn hoofd en vouwde zijn handen in zijn nek, alsof hij zijn hoofd vast wilde houden en er hard op moest drukken omdat het anders zou ontploffen.

'Drake is dood,' zei Albert. Hij klonk als iemand die uit de grond van zijn hart hoopte dat dat ook echt zo was. 'Hij is dood. Hij was dood.'

'Tja, nou ja...' zei Taylor.

'Hoe bedoel je, "tja, nou ja"?' vroeg Astrid, en ze hoorde meteen de verandering in haar eigen stem, de ontwijkende toon.

Taylor ging ongemakkelijk verzitten. 'Hoor eens, Edilio zei dat ik Sam hiernaartoe moest brengen en jullie moest halen. Volgens mij is Sam een beetje, zeg maar, overstuur door wat er is gebeurd.'

'Die jongen is afgeranseld met een zweep. Net als ik toen,' zei Sam tegen de grond. 'Ik weet hoe het eruitziet. Ik...'

'Dat wil nog niet zeggen dat Drake het heeft gedaan,' zei Albert.

'Drake is dood,' zei Astrid. 'Dode mensen komen niet terug. We moeten geen onzinverhalen gaan houden.'

Howard snoof spottend. 'Goed. Nou is het mooi geweest, Sammetje.' Hij deed alsof hij zijn handen waste.

Astrid sloeg met haar vlakke hand op tafel, een gebaar dat zelfs haarzelf verbaasde. 'Kan iemand me nou eens vertellen wat al die geheimzinnige blikken te betekenen hebben?'

'Brittney,' zei Howard, en hij spuugde de naam uit alsof hij giftig was. 'Brittney is teruggekomen. Sam heeft haar meegenomen en naar Brianna gebracht, en gezegd dat ik er niet over mocht praten.'

'Brittney?' vroeg Astrid niet-begrijpend.

Howard zei: 'Inderdaad. Dode Brittney, weet je wel? Morsdode Brittney? Die heel lang dood en begraven was en plotseling midden in mijn kamer gezellig zat te babbelen? Die Brittney.'

'Ik begrijp nog steeds niet...'

'Nou, Astrid,' zei Howard, 'ik geloof dat we zojuist de grenzen van dat geniale brein van jou bereikt hebben. Het punt is dat iemand die heel erg dood was opeens niet zo dood meer blijkt te zijn.'

'Maar...' begon Astrid. 'Maar Drake...'

'Net zo dood als Brittney,' zei Howard. 'Wat zomaar eens een probleempje zou kunnen zijn, aangezien Brittney ook niet zo dood meer is.'

Astrid kreeg een wee gevoel in haar maag. Nee. Dat kon toch niet. Onmogelijk. Gestoord. Zelfs hier niet, zelfs niet in de FAKZ. Maar Howard loog niet. Taylors uitdrukking bevestigde zijn verhaal. En Sam was ook niet bepaald overeind gesprongen om hem tegen te spreken.

Astrid stond op. Ze keek indringend naar Sam. Haar hoofd bonsde. 'En dat heb je niet tegen mij gezegd? Als er zoiets gebeurt zeg jij dat niet tegen de raad?'

Sam keek nauwelijks op.

'Hij heeft het niet tegen jóú gezegd, Astrid,' zei Howard, die duidelijk van het moment genoot.

Ergens had Astrid medelijden met Sam. Ze wist dat hij het pak slaag dat hij van Drake had gekregen nog lang niet verwerkt had. Ze hoefde alleen maar naar hem te kijken, zoals hij daar met hangend hoofd kleintjes en bang op zijn stoel zat, om dat te weten.

Maar Sam was niet de enige die door Drake geterroriseerd was. Drake was in een vroeg stadium ook al achter háár aan gekomen. Als ze eraan dacht voelde ze bijna de pijn weer van de klappen die hij haar in haar gezicht had gegeven.

Hij had haar...

Hij had haar net zolang gesard tot ze Kleine Pete een debiel had genoemd. Hij had haar geterroriseerd tot ze degene had verraden van wie ze het allermeeste hield.

Het was haar gelukt om het uit haar hoofd te zetten. Waarom kon Sam dat niet?

Howard lachte. 'We mochten het z-woord niet gebruiken van Sammie.'

'Het wat?' snauwde Astrid.

'Zombie.' Howard trok een scheve mond en strekte zijn armen als een slaapwandelaar voor zich uit.

'Taylor, wegwezen hier,' zei Astrid.

'Zeg, ik...'

'Dit zijn raadszaken,' zei Astrid zo koud als ze kon.

Taylor aarzelde en keek hulpzoekend naar Sam. Die verroerde zich niet. Taylor nam even de tijd om haar middelvinger naar Astrid op te steken en sprong toen de kamer uit.

'Sam, ik weet dat je van slag bent door wat Drake je heeft aangedaan,' begon Astrid.

'Van slag?' herhaalde Sam met een spottende trek om zijn mond. 'Maar dat is geen excuus om dingen voor ons achter te houden.'

'Inderdaad,' zei Howard. 'Je weet toch wel dat alleen Astrid dingen mag achterhouden?'

'Hou je mond, Howard,' snauwde Astrid.

'Wij mogen liegen, want wij zijn slim,' zei Howard. 'De rest niet, dat zijn toch maar sukkels.'

Astrid richtte zich weer tot Sam. 'Dit is niet goed, Sam. De verantwoordelijkheid ligt bij de raad. Niet bij jou alleen.'

Sam keek alsof haar verhaal hem geen zier kon schelen. Hij leek haast onbereikbaar, totaal niet geïnteresseerd in wat er om hem heen gebeurde.

'Hé,' zei Astrid. 'Ik praat tegen je.'

Dat was de druppel. Zijn kaak verstrakte en hij keek met een ruk op. Zijn ogen schoten vuur. 'Zit niet zo te drammen. Jóúw huid is niet van je lijf geslagen tot je onder het bloed zat. Dat was míjn huid. Ik ben die mijnschacht in gegaan om te proberen de gaiaphage tegen te houden.'

Astrid knipperde met haar ogen. 'Niemand probeert te bagatelliseren wat je hebt gedaan, Sam. Je bent een held. Maar tegelijkertijd...'

Sam stond op. 'Tegelijkertijd? Tegelijkertijd was jíj hier in de stad. Edilio had een kogel in zijn borst. Dekka werd aan stukken gescheurd. Ik probeerde het niet uit te schreeuwen van de... Jij, Albert en Howard waren er niet bij, of wel soms?'

'Ik moest het tegen Zil opnemen en proberen om Hunters leven te redden,' schreeuwde Astrid.

'Maar dat heb jij uiteindelijk niet gedaan, hè, met al je mooie woorden? *Orc* heeft Zil tegengehouden. En hij was er omdat ík hem naar jullie toe had gestuurd om jullie te redden. *Ik!*' Hij prikte met zijn vinger tegen zijn eigen borst, zo hard dat het er pijnlijk uitzag. '*Ik!* Ik en Brianna en Dekka en Edilio. En die arme Duck.'

Plotseling stond Taylor weer in de kamer. 'Hé! Een van Edilio's soldaten kwam net vanaf het benzinestation naar de stad gestrompeld. Hij zegt dat ze zijn aangevallen, dat iemand het tankstation heeft ingenomen.'

De ruzie verstomde.

Sam wendde zich tot zijn vriendin en vroeg met diepe minachting: 'Ga jij er iets aan doen, Astrid?'

Astrid werd rood.

'Niet? Dat dacht ik al. Dan zal ik het wel weer moeten doen.'

Het bleef even stil na zijn vertrek.

'Misschien kunnen we er maar beter heel snel een paar wetten doorheen jassen, zodat Sam legaal ons hachje kan redden,' zei Howard.

'Howard, ga Orc halen,' zei Albert.

'Ga jíj mij nou ook nog bevelen geven, Albert?' Howard schudde zijn hoofd. 'Ik dacht het niet. Ik luister niet naar jou of naar haar,' zei hij terwijl hij met zijn duim naar Astrid gebaarde. 'Jullie twee vinden mij maar niks, maar ik weet tenminste wel wie elke keer onze levens redt. En als ik dan van iemand bevelen aan moet nemen, dan is het van degene die net de kamer uit gelopen is.'

Eenentwintig

'Ga Edilio, Dekka en Brianna zoeken,' zei Sam tegen Taylor. 'Stuur Edilio en Dekka naar het benzinestation en Brianna naar de stad. We moeten met Zil afrekenen.'

Voor deze ene keer sprak Taylor hem niet tegen. Ze sprong weg. Hij haalde diep adem in de koude nachtlucht en probeerde zijn hoofd helder te krijgen. Zil. Ze moesten hem tegenhouden.

Maar de enige die hij voor zich zag was Drake. Drake in de donkere schaduwen. Drake achter struiken en bomen. Drake met zijn zweephand.

Drake, niet Zil.

Hij kneep zijn ogen dicht. Dit keer zou het anders gaan. Toen had hij geen andere keus gehad dan zich door Drake te laten martelen. Hij had niet anders gekund dan daar te blijven staan en het te ondergaan... en te ondergaan...

Hij zag dat Howard achter hem aan kwam. Het verbaasde hem een beetje, tot hij besefte dat Howard dit als een uitgelezen kans zou zien om Orc in te zetten en daar een slaatje uit te slaan.

'Howard? Hoe is Orc eraan toe?'

Howard haalde zijn schouders op. 'Buiten westen. Ladderzat.'

Sam vloekte binnensmonds. 'Ga kijken of je hem wakker kunt krijgen.'

Hij deelde op de automatische piloot bevelen uit. Hoefde er niet over na te denken. Maar hij had nog steeds het gevoel dat hij droomde. Kon zich niet goed concentreren.

Drake. Op de een of andere manier was het beest weer teruggekomen. Op de een of andere manier leefde hij nog.

Hoe moest hij tegen iets vechten wat niet gedood kon worden?
Zil kon hij aan. Maar een Drake die uit de dood kon opstaan?

Ik verbrand hem, zei Sam tegen zichzelf. Ik ga hem stukje voor
stukje verbranden. Ik zal hem in een brok houtskool veranderen.
Tot er alleen nog een hoopje as van hem over is.

En die as zou hij over kilometers zee en land verspreiden.
Hij zou hem vermoorden. Vernietigen. Hij zou de resten van de
resten vernietigen.

Eens kijken of-ie dan nog steeds terug kon komen.

'Als ik Orc wakker krijg, wordt het wel lappen,' zei Howard.
'Hij heeft al eens eerder tegen Drake gevochten.'

'Ik brand hem tot de grond toe af,' mompelde Sam tegen zichzelf. 'Ik zal hem eigenhandig vermoorden.'

Howard scheen te denken dat dit aan hem of Orc was gericht en
maakte zich zonder nog iets te zeggen uit de voeten.

Het benzinestation was vlakbij. Een paar straten verderop maar.

Sam liep midden op straat. Geen licht. Stilte. Zijn voetstappen
galmden.

Zijn benen waren stijf van angst.

Hij was vergeten tegen Taylor te zeggen dat ze Lana moest gaan
halen. Ze zouden Lana nodig hebben. Maar Taylor zou er zelf wel
aan denken. Slimme meid, die Taylor.

Hij dacht aan Lana's genezende handen, die dag toen de morfine langzaam uitgewerkt raakte en de pijn hem als een vloedgolf
van vuur overspoelde. Hij dacht aan haar handen en aan hoe de
golf zich langzaam had teruggetrokken.

Hij had het uitgegild. Dat wist hij zeker.

Hij had gegild tot zijn keel rauw was. Ook in de nachtmerries
die hij sinds die dag had.

'As,' zei Sam.

Hij liep alleen door de donkere straat. Op weg naar het ding
waar hij op deze wereld het allerbangst voor was.

Astrid trilde. Allerlei emoties door elkaar. Angst. Woede. Zelfs haat. En liefde.

'Albert, ik weet niet hoe lang we Sam nog in de raad kunnen houden,' zei ze.

'Je bent overstuur,' zei Albert.

'Ja, ik ben overstuur. Maar daar gaat het niet om. Sam draait door. Als we ooit een goedlopend systeem willen hebben, zullen we misschien iemand anders moeten zoeken die de rol van held kan spelen.'

Albert slaakte een zucht. 'Astrid, we weten niet wat er buiten allemaal rondwaart in het donker. En misschien heb je wel gelijk, misschien is Sam inderdaad aan het doordraaien. Maar eerlijk gezegd ben ik heel blij dat hij degene is die het nu buiten tegen het gevaar gaat opnemen, wat dat dan ook mag zijn.'

Albert pakte het notitieblok dat hij altijd bij zich had en vertrok.

Astrid zei tegen de nu lege, stille kamer: 'Niet doodgaan, Sam. Niet doodgaan.'

Toen Taylor Edilio tegenkwam was hij al op weg naar het benzinestation. Hij had slechts één soldaat bij zich, een meisje dat Elizabeth heette. Ze droegen allebei een machinegeweer uit het wapenarsenaal dat ze heel lang geleden in de kerncentrale hadden aangetroffen.

Elizabeth draaide zich om en doorzeefde Taylor bijna toen ze tevoorschijn kwam.

'Aah!' gilde Taylor.

'Sorry. Ik dacht... We hoorden schoten.'

'Benzinestation. Sam is onderweg, zei dat ik jullie ook die kant op moest sturen.'

Edilio knikte. 'Ja, wij zijn ook al onderweg.'

Taylor pakte hem vast en trok hem opzij, zodat Elizabeth hen niet kon horen. 'Sam heeft ruzie met Astrid.'

'Fijn. Dat hadden we nou echt nodig: dat die twee elkaar ook nog eens naar de keel vliegen.' Edilio haalde zijn hand over zijn gemillimeterde haar. Hij hield het heel kort, in tegenstelling tot de meeste andere kinderen, die weinig meer aan persoonlijke verzorging deden. 'Ik heb de afgelopen minuten niemand meer horen schieten. Waarschijnlijk gewoon een of andere dronken gek die een wapen te pakken heeft gekregen.'

'Die jongen van jou zei iets anders,' wierp Taylor tegen. Ze praatte heel snel. 'Hij zei dat de pomp was aangevallen.'

'Caine?' peinsde Edilio.

'Of Drake. Of Caine én Drake.'

'Drake is dood,' zei Edilio toonloos terwijl hij een kruis sloeg.

'Dat hoop ik tenminste van harte. Waar is Brianna? En Dekka?'

'Ga ik nu heen,' zei Taylor en ze sprong naar het huis waar Dekka woonde. Het huis was helemaal donker, op een Samzon na die griezelig oplichtte in de woonkamer.

'Dekka?' riep Taylor.

Boven hoorde ze iets bewegen. Taylor sprong naar de slaapkamer, waar Dekka rechtop in bed zat en haar benen over de rand zwaaide.

'Sam heeft me gestuurd. Zei dat je als de sodemieter naar het benzinestation moet komen. Iemand staat de boel overhoop te knallen.'

Dekka hoestte. Ze sloeg haar hand voor haar mond en hoestte opnieuw. 'Sorry. Ik geloof dat ik...' Ze hoestte weer, nog heviger nu. 'Het gaat wel,' wist ze uit te brengen.

'Ik weet niet wat je hebt, maar je mag mij niet besmetten,' zei Taylor achteruitdeinzend. 'Zeg, weet jij waar Brianna is?'

Dekka's toch al sombere blik werd nog donkerder. 'Die is thuis. Met Jack, voor het geval je die ook mocht zoeken.'

'Jack?' zei Taylor, even afgeleid door deze kans op een sappige roddel. 'Woont ze samen met Computer Jack?'

'Juist, Computer Jack, ja. Nerd, bril, doet van die stomme dingen als de elektriciteitscentrale uitzetten en zo. Die Jack. Hij is ziek en zij zorgt voor hem.'

'Juist. Ik spring al... Wacht, dat was ik nog vergeten. Het kan zijn dat je Drake tegenkomt.'

Dekka's wenkbrauwen schoten omhoog. 'Wat?'

'Welkom in de FAKZ,' zei Taylor en toen zapte ze naar een volgende zender. Dekka's donkere slaapkamer veranderde in die van Brianna.

Jack had een stretcher in de hoek van Brianna's slaapkamer gezet, maar hij lag er niet op. Jack zat in een grote bureaustoel, met zijn voeten op een bijzettafeltje en een deken om zich heen. Hij snurkte. Zijn bril lag op de grond. Brianna lag in haar bed.

'Wakker worden!' gilde Taylor.

Jack gaf geen krimp. Maar Brianna schoot meteen uit bed en stond al naast de stretcher voor Taylors gil ook maar had kunnen echoën.

Brianna zei: 'Wat is er...' en toen begon ze te hoesten.

Het was een vreemde gewaarwording, omdat Brianna zo snel hoestte. Ze deed alles snel. Eerst rénde ze alleen snel – dan ging ze net zo snel als het geluid. Maar de laatste tijd was die snelheid ook in haar andere bewegingen geslopen. En nu hoestte ze dus veel sneller dan een normaal iemand zou doen.

En toen ging ze net zo plotseling weer zitten als ze overeind was gekomen.

Jacks ogen gingen langzaam open. 'Huh,' mompelde hij. Hij knipperde een paar keer met zijn ogen en tastte rond naar zijn bril. 'Wat?'

'Ellende,' zei Taylor.

'Ik kom eraan,' zei Brianna. Ze stond op en ging weer zitten.

'Ze is ziek,' zei Jack. 'Griep of zo. Wat ik ook heb gehad.'

'Hoe bedoel je, ze is ziek?' vroeg Taylor op hoge toon. 'Dekka zei dat jíj ziek was.'

'Was ik ook,' bromde Jack. 'Nog steeds een beetje, maar het gaat al veel beter. Nu heeft Brianna het.'

'Interessant,' zei Taylor met een sluwe grijns.

'Wat is er...' begon Brianna, en toen kreeg ze weer een hoestaanval.

'Wat is er aan de hand?' vulde Jack haar vraag aan.

'Dat wil je niet weten,' zei Taylor. 'Zorg jij maar voor de Wind. Sam kan dit waarschijnlijk ook wel in zijn eentje aan.'

177

'Wat kan hij aan?' stootte Brianna uit.

Taylor schudde langzaam haar hoofd. 'Als ik Drake Merwin zeg, wat zeg jij dan?'

'Dan zeg ik: die is dood,' zei Jack.

'Juist,' zei Taylor terwijl ze de kamer uit sprong.

Sam kwam bij het benzinestation. Edilio was er al. Alleen. Edilio verspilde geen enkele tijd. 'Ik ben hier net een minuut geleden aangekomen,' zei hij. 'Samen met Elizabeth. Er was niemand behalve Marty, en die was gewond. In zijn hand geschoten. Ik heb hem met Elizabeth naar het Kliftop gestuurd zodat Lana hem kan genezen.'

'Heb je enig idee wat er aan de hand is?' vroeg Sam.

'Marty zegt dat er een hele meute was. Ze schoten en riepen: "Dood aan de freaks."'

Sam fronste. 'Zil? Doet híj dit? Ik dacht…'

'Ja, ik weet wat je denkt, joh. Dit is geen Drake-actie,' zei Edilio. 'Als Drake zoiets doet, dan weet je dat hij het is. Hij zorgt er echt wel voor dat je weet dat hij het is.'

'Waar zijn je andere soldaten?'

'Die zijn op de vlucht geslagen,' zei Edilio vol afkeuring.

'Het zijn nog maar kinderen,' zei Sam. 'Ze worden beschoten. In het donker. Zomaar ineens. Bijna iedereen zou op de vlucht slaan.'

'Ja,' zei Edilio kortaf. Maar Sam wist dat hij zich schaamde. Het leger viel onder Edilio's verantwoordelijkheid. Hij had de kinderen uitgezocht, getraind en zo goed mogelijk gemotiveerd. Maar twaalf-, dertien- en veertienjarige kinderen zouden niet met dit soort gestoorde situaties moeten hoeven omgaan. Zelfs nu niet. Nooit.

'Ruik je dat?' vroeg Edilio.

'Benzine. Heeft Zil benzine gestolen? Gaat het daarom, denk je? Wil hij auto kunnen rijden?'

Het was zo donker dat Sam Edilio's gezicht niet kon zien, maar hij voelde de twijfel van zijn vriend. 'Ik weet het niet, Sam. Wat moet hij met een auto? Waarom heeft hij die zo hard nodig dat hij dit ervoor overheeft? Zil is een engerd, maar zo dom is hij nou ook weer niet. Hij weet heus wel dat zoiets te ver gaat en dat we dan achter hem aan zullen komen.'

Sam knikte. 'Je hebt gelijk.'

'Gaat het wel, joh?'

Sam gaf geen antwoord. Hij tuurde de duisternis in. Doorzocht met gebalde vuisten de schaduwen, op alles voorbereid.

Uiteindelijk dwong hij zijn handen zich te ontspannen. Dwong zichzelf om adem te halen. 'Ik heb nooit iemand bewust pijn willen doen,' zei Sam.

Edilio wachtte af.

'Ik ben nooit op pad gegaan met het idee dat ik iemand zou gaan vermoorden. Ik stort me in een gevecht en dan denk ik: misschien moet ik wel iemand pijn doen. Ja. Dat denk ik. En dat heb ik ook gedaan. Dat weet je zelf ook: je hebt het zelf meegemaakt.'

'Ja, dat is zo,' zei Edilio.

'Maar als hij het echt is, als Drake op de een of andere manier weer terug is… Dan gaat het niet meer alleen om doen wat ik moet doen. Snap je wat ik bedoel?'

Edilio gaf geen antwoord.

'Ik heb gedaan wat ik moest doen. Om mensen te redden. Of om mezelf te redden. Dit wordt anders. Als hij het is, bedoel ik.'

'Gast, het gaat nu om Zil. Zil en zijn Mensenclub hebben dit gedaan.'

Sam schudde zijn hoofd. 'Ja. Zil. Maar ik weet dat hij ergens rondloopt, Edilio. Ik weet dat Drake ergens rondloopt. Ik voel het.'

'Sam…'

'Als ik hem zie, dan vermoord ik hem,' zei Sam. 'Niet uit zelfverdediging. Ik wacht niet tot hij aanvalt. Als ik hem zie, dan verbrand ik hem.'

Edilio greep hem bij zijn schouders en bracht zijn hoofd naar Sams gezicht. 'Hé! Luister nou even, Sam. Je slaat door. Het gaat nu om Zil, oké? We hebben al genoeg echte problemen aan ons hoofd, daar kunnen we niet ook nog eens nachtmerries bij gebruiken. En bovendien vermoorden we geen mensen. Zelfs niet als het Drake is.'

Sam trok Edilio's handen vastberaden van zijn schouders. 'Als het Drake is, dan verbrand ik hem. Als jij en Astrid en de rest van de raad me daarvoor willen arresteren, dan moet dat maar. Maar in mijn leven is geen plaats voor Drake Merwin.'

'Nou, doe vooral wat je moet doen, Sam, dat doe ik ook. En op dit moment moeten we uitzoeken wat Zil van plan is. Dus dat ga ik nu doen. Wil je mee? Of wil je hier in het donker over moord blijven staan praten?'

Edilio beende weg terwijl hij zijn machinegeweer van zijn schouder zwaaide en in de aanslag hield.

Voor het eerst in zijn leven liep Sam achter Edilio aan.

Tweeëntwintig

Ze marcheerden over de toegangsweg en lieten het benzinestation achter zich in de nacht.

Hun aantal was iets geslonken. Een paar kinderen, de zwakke en de bange, waren er stiekem vandoor gegaan en naar huis geslopen zodra het geweld was losgebarsten.

Zwakkelingen, dacht Zil. Lafaards.

Ze waren nog maar met een stuk of twaalf, de harde kern, die een kruiwagen vol zacht tegen elkaar tinkelende flessen voortduwde en een benzinegeurspoor naliet.

Bij de school linksaf. Langs de sombere, donkere gebouwen. Zo vreemd tegenwoordig. Zo lang geleden allemaal.

Zil kon geen afzonderlijke ramen in het hoofdgebouw onderscheiden, maar hij zag de plek waar zijn oude klaslokaal vroeger ongeveer was geweest. Hij dacht terug aan zichzelf in die tijd. Dacht aan hoe hij daar verveeld naar de ochtendmededelingen had zitten luisteren.

En nu stond hij aan het hoofd van een leger. Een klein leger, maar wel toegewijd. Allemaal verenigd voor een belangrijke zaak. Perdido Beach voor de mensen. Dood aan de freaks. Dood aan de mutanten.

Op houterige benen leidde hij de mars. De mars naar de vrijheid en de macht.

Bij Golding rechtsaf. De hoek van Golding Street en Sherman Avenue, ten noordwesten van de school, dat was het doel, dat had

181

hij met Caine afgesproken. Geen idee waarom. Caine had alleen gezegd dat ze op de hoek van Golding en Sherman moesten beginnen. En dan over Sherman richting het water. Ze moesten zoveel mogelijk in de hens steken tot ze bij Ocean Boulevard waren. Als ze dan nog iets overhadden, konden ze over Ocean naar de stad. Niet naar de jachthaven.

'Als ik jou en dat stelletje uilskuikens naar de jachthaven zie gaan, is onze afspraak meteen verbroken,' had Caine hem gewaarschuwd.

Uilskuikens. Zil kookte van woede als hij eraan dacht. Aan Caines aloude arrogantie, zijn verachting voor iedereen die geen freak was zoals hij. Zijn tijd kwam nog wel, zwoer Zil.

'We zijn er,' zei Zil. Maar dat klonk niet echt als een historische uitspraak. En hier, laten we wel wezen, werd geschiedenis geschreven in de FAKZ. Het begin van het einde voor de freaks. Het begin van het gezag van Zil.

Zil draaide zich om naar de gezichten waarvan hij wist dat ze verwachtingsvol, opgewonden, gespannen stonden. Hij hoorde het aan hun gefluisterde gesprekken.

'Vanavond delen we een klap uit voor de mensen,' zei Zil. Die zin had Turk bedacht. Iets wat iedereen zou kunnen citeren. 'Vanavond delen we een klap uit voor de mensen!' riep Zil, en hij verhief zijn stem, want hij was niet bang meer.

'Dood aan de freaks!' schreeuwde Turk.

'Aansteken maar!' brulde Hank.

Aanstekers en lucifers vlamden op. Piepkleine gele puntjes in de zwarte nacht die spookachtige schaduwen wierpen op wilde ogen en van angst en woede vertrokken monden.

Zil pakte de eerste fles – Hank zei dat ze molotovcocktails heetten. De vlam van zijn aansteker sprong over op de lont, die doordrenkt was met benzine.

Zil draaide zich om en gooide de fles naar het dichtstbijzijnde huis.

Het ding beschreef een tollende boog, als een meteoor.

De fles viel kapot op de bakstenen trap en spatte uiteen. Vlammen verspreidden zich over een paar vierkante meter van de veranda.

Niemand bewoog. Gefascineerde gezichten, starende ogen.

De benzine gaf blauwe vlammen. Heel even leek het vuur vanzelf op te branden op de veranda.

Maar toen vatte er een rieten schommelstoel vlam.

En toen het sierlatwerk.

En plotseling likten de vlammen aan de palen waar het dak van de veranda op rustte.

Er steeg een woest gejuich op.

Er werden nog meer flessen aangestoken. Meer wervelend vuur dat in grillige bogen door de lucht vloog.

Nog een huis. Een garage. Een geparkeerde auto met lekke banden.

Uit het eerste huis kwamen geschokte, angstige kreten.

Zil weigerde ernaar te luisteren.

'Vooruit!' riep hij. 'We branden alles plat!'

Door het donker schuifelden en struikelden ze, Caines uitgehongerde, verhongerende overlevenden.

'Kijk!' riep Worm. Niemand kon hem of zijn uitgestoken arm zien, natuurlijk. Maar ze keken toch.

De horizon werd verlicht door een oranje gloed.

'Ha. Dus dat stomme rotjoch heeft het zowaar voor elkaar gekregen,' zei Caine. 'We moeten opschieten. Wie achterblijft staat er alleen voor.'

Orsay klom naar de top van de klif. Ze was moe, maar werd voortgedreven door de hand van Nerezza.

'Kom op, Profetes, we zijn er bijna.'

'Noem me niet zo,' zei Orsay.

'Dat ben je nu eenmaal,' zei Nerezza zacht maar vastberaden.

De anderen waren allemaal al naar boven. Nerezza stond er altijd op dat de volgelingen het strand eerst verlieten. Orsay vermoedde dat het iets te maken had met het feit dat Nerezza niet wilde dat iemand zag hoe Orsay zich omhoog worstelde en haar knieën openhaalde aan de rotsen. Nerezza leek het belangrijk te vinden dat de kinderen dachten dat Orsay ver verheven was boven dat soort alledaagse dingen.

Een profeet.

'Ik ben geen profeet,' zei Orsay. 'Ik ben gewoon iemand die dromen hoort.'

'Je helpt mensen,' zei Nerezza terwijl ze om het ingegraven rotsblok klommen dat Orsay altijd zo lastig vond. 'Je vertelt ze de waarheid. Je laat ze zien welk pad ze moeten bewandelen.'

'Ik kan mijn eigen pad niet eens vinden,' zei Orsay terwijl ze uitgleed en op haar handpalmen terechtkwam. Ze waren geschaafd, maar niet heel erg.

'Je laat ze de juiste weg zien,' zei Nerezza. 'Ze moeten de weg zien die hen hieruit zal leiden.'

Hijgend van inspanning bleef Orsay staan. Ze draaide zich om naar Nerezza, van wie ze alleen twee zacht opgloeiende ogen zag, als kattenogen. 'Ik weet het allemaal helemaal niet zeker. Dat weet jij ook wel. Misschien ben ik... misschien is het...' Ze had geen woord voor het gevoel dat ze op dit soort momenten had, als ze opeens begon te twijfelen. Als er een klein stemmetje diep in haar binnenste waarschuwend in haar oor leek te fluisteren.

'Je moet me vertrouwen,' zei Nerezza stellig. 'Je bent de Profetes.'

Orsay had de top bereikt. Ze staarde voor zich uit. 'Blijkbaar stel ik niet veel voor als profeet. Dit had ik niet zien aankomen.'

'Wat niet?' vroeg Nerezza vlak onder haar.

'De stad staat in brand.'

'Kijk, Tanner,' zei Brittney. Ze hief een arm en wees.

Haar broertje, dat nu een zachtgroene gloed uitstraalde als ontelbare kleine radioactieve bolletjes, maar toch nog steeds Tanner was, zei: 'Ja. Het is zover.'

Brittney aarzelde. 'Waarom, Tanner?'

Hij gaf geen antwoord.

'Laten we nog steeds de wil van de Heer geschieden, Tanner?'

Tanner gaf geen antwoord.

'Ik doe wat goed is. Toch?'

'Ga naar de vlammen, zuster. Daar zul je al je antwoorden vinden.'

Brittney liet haar arm weer langs haar zij zakken. Het leek om de een of andere reden zo vreemd. Alles. Alles leek zo vreemd. Ze had zich door de natte aarde een weg omhoog gegraven. Hoe lang? Eindeloos. Ze had gegraven als een mol. Blind. Als een mol. Nee. Als een aardworm.

Tanner begon op een zangerige toon iets op te dreunen. Een eng gedicht dat Brittney heel lang geleden wel eens had gehoord. Bij een opdracht in de klas, iets wat ze uit haar hoofd had moeten leren en snel weer was vergeten.

Maar het zat nog steeds ergens weggestopt in haar geheugen. En nu kwam het uit Tanners mond, zijn openstaande dode mond waar zwart omrand vurig kwijl uit droop als magma.

Doch zie! Alsof die schaduwkrocht
In 't schouwspel wezens broedt!
Zoo kruipt en wringt zich een rood gedrocht
Voort naar de narrenstoet!
Het kronkelt! Het knelt om hun stervenskramp!
Het zwelt, met hun moord gevoed!
Serafijnen snikken in helsche damp... *

Tanner glimlachte angstaanjagend en zei: '*Roofdierklauwen druipen van bloed.*'

'Waarom zeg je dat? Je maakt me bang, Tanner.'

'Het duurt niet lang meer, zus,' zei Tanner. 'Binnenkort zul je begrijpen wat de Heer wil.'

Justin werd met een schok wakker. Hij rolde onmiddellijk opzij en voelde aan de plek waar hij had geslapen. Droog!

---

* De vertaling van dit gedicht van E.A. Poe is ontleend aan Hendrik de Vries, 1980. Voor volledige bronvermelding zie achterin.

Zie je wel? Hij had gelijk gehad. In dít bed plaste hij niet.

Maar voor de zekerheid kon hij toch maar beter even naar de achtertuin rennen om een plas te doen, want hij moest een heel klein beetje. Hij droeg zijn oude vertrouwde pyjama, die in zijn oude vertrouwde la had gelegen. Hij was heel zacht omdat hij nog van vroeger was. Zijn moeder had deze pyjama gewassen en heel zacht gemaakt.

De vloer voelde koud aan onder zijn blote voeten. Hij had zijn oude sloffen niet kunnen vinden. Roger had zelfs nog helpen zoeken. De Artful Roger was aardig. Het enige nieuwe in deze kamer was een tekening die Roger voor hem had gemaakt. Het was een schilderij van een blije Justin met zijn papa en mama en een ham en zoete aardappels en koekjes. Roger had het op Justins muur geplakt.

Roger had ook het fotoalbum voor hem gevonden, beneden in de kast in de eetkamer. Er zaten allemaal foto's in van Justin en zijn familie en zijn oude vrienden.

Nu lag het album onder Justins bed. Hij werd heel verdrietig als hij erin keek.

Justin sloop heel zachtjes de trap af om Roger niet wakker te maken.

De gewone wc's deden het niet meer. Iedereen plaste en deed zijn grote boodschap in gaten in de achtertuin. Ging best. Maar 's nachts was het eng. Justin was bang dat de coyotes terug zouden komen.

Het was makkelijker dan anders om het gat te vinden. Het was best wel licht buiten, een flakkerend oranje licht.

En het was niet zo stil als anders. Hij hoorde kinderen schreeuwen. En het klonk alsof iemand een glas liet vallen dat brak. En toen hoorde hij iemand gillen, dus hij rende terug naar binnen.

Hij bleef stomverbaasd staan. De woonkamer stond in brand.

Hij voelde de hitte. Uit de kamer stroomde heel veel rook die de trap op kolkte.

Justin wist niet wat hij moest doen. Hij wist nog dat je moest blijven staan, en je dan moest laten vallen en doorrollen als je in brand stond. Maar híj stond niet in brand – het huis stond in brand.

'Het alarmnummer bellen,' zei hij hardop. Maar dat deed het vast niet meer. Niets deed het meer.

Plotseling hoorde hij een hard gepiep. Heel hard. Het kwam van boven. Justin sloeg zijn handen over zijn oren, maar hij hoorde het nog steeds.

'Justin!' schreeuwde Roger van boven.

Toen verscheen hij boven aan de trap. Hij stikte bijna door de rook.

'Ik ben hier!' riep Justin.

'Wacht, ik kom…' Toen begon Roger te hoesten. Hij struikelde en viel de trap af. Hij viel helemaal naar beneden, plat op zijn gezicht.

Justin wachtte tot hij zou opstaan.

'Roger! Wakker worden. Er is brand!' zei Justin.

Het vuur kwam nu de woonkamer uit. Het leek wel alsof het de muren en het tapijt opat. Het was zo heet. Heter dan een oven.

Justin kreeg het benauwd van de rook. Hij wilde wegrennen.

'Roger, word wakker! Wakker worden!'

Justin rende naar Roger toe en trok aan zijn t-shirt. 'Wakker worden!'

Hij kreeg Roger niet van zijn plaats, en Roger werd niet wakker. Roger kreunde en bewoog heel even, maar toen viel hij weer in slaap.

Justin trok en trok en huilde en het vuur moest gezien hebben dat hij daar stond te huilen en te trekken, want het vuur kwam naar hem toe om hem te pakken.

Drieëntwintig

Taylor begon zich zorgen te maken toen ze tevoorschijn kwam in de gang naast Lana's kamer in het Kliftop.

Ze zou nooit zomaar Lana's kamer in springen. Iedereen wist dat Lana door een verschrikkelijke hel was gegaan. En niemand dacht dat ze daar al helemaal overheen was.

Maar groter dan de angst dat Lana misschien een beetje heftig zou reageren, waren het diepe respect en de liefde voor haar. Er lagen veel te veel kinderen begraven op het plein. Maar zonder Lana zouden dat er nog minstens vier of vijf keer zoveel zijn.

Taylor klopte en werd onmiddellijk begroet door een hard blafsalvo van Patrick.

'Ik ben het, Taylor,' zei ze door de deur.

Een stem waar geen sprankje slaperigheid in doorklonk, zei: 'Kom maar binnen.'

Taylor liet de deur voor wat hij was en sprong naar binnen.

Lana stond op het balkon met haar rug naar Taylor toe.

'Ik ben wakker,' zei Lana ten overvloede. 'Er is iets aan de hand.'

'Weet je het al?'

'Ik zie het,' zei Lana.

Taylor ging naast haar staan. In het noorden, richting de kust, zag ze een oranje vuurgloed.

'Een of andere idioot die zijn huis weer eens in de fik heeft laten vliegen door een brandende kaars?' opperde Taylor.

'Ik denk het niet. Dit is geen ongeluk,' zei Lana.

'Wie sticht er nou expres brand?' vroeg Taylor zich af. 'Ik bedoel, wat bereik je daarmee?'

'Angst. Pijn. Wanhoop,' zei Lana. 'Chaos. Je bereikt er chaos mee. Boze machten zijn dol op chaos.'

Taylor haalde haar schouders op. 'Het is vast gewoon Zil.'

'In de FAKZ is niets zomaar "gewoon" iets, Taylor. Dit is een erg ingewikkelde plek.'

'Niet lullig bedoeld, hoor, Genezer, maar je wordt met de dag maffer,' zei Taylor.

Lana glimlachte. 'Je moest eens weten.'

Quinns kleine vloot vertrok naar zee. Donker, zoals altijd. Te vroeg. Het slaapzand nog in de ogen. Maar dat was normaal. Routine.

Ze vormden een hechte groep, dacht Quinn. Hij kreeg er een goed gevoel van. Hij had een heleboel verpest in zijn leven, maar dit had hij goed gedaan.

Quinns visvloot, die de FAKZ van voedsel voorzag.

Zodra ze de jachthaven uit voeren en koers zetten richting zee, voelde Quinn een ongebruikelijke vreugde in zich oplaaien. Wat deed ik toen de FAKZ begon? vroeg hij zichzelf. Ik heb de mensen van voedsel voorzien.

Niet slecht. Een slecht begin, jazeker. Hij was geflipt. Op een gegeven moment had hij Sam aan Caine verraden. En de herinnering aan dat afschuwelijke gevecht tegen Caine, Drake en de coyotes zou hij nooit te boven komen.

Zo veel levendige, onuitwisbare herinneringen. Hij wou dat hij ze uit zijn hoofd kon snijden. Maar er waren ook momenten waarop hij besefte dat dat onzin was. Al die dingen hadden hem gemaakt tot wie hij nu was.

Hij was niet langer Quinn de lafaard. Of Quinn de overloper. Hij was Quinn de visser.

Hij trok aan de riemen en genoot van het gezonde brandende gevoel in zijn schouders. Hij zat met zijn gezicht naar Perdido Beach toe.

En daardoor zag hij de eerste vlam oplaaien. Een oranje puntje in de duisternis.

'Brand,' zei hij kalm. Hij zat met twee andere jongens in een hengelboot.

De anderen draaiden zich om en keken ook.

Vanuit een boot in de buurt schreeuwde iemand: 'Hé, Quinn, zie je dat?'

'Ja. Doorroeien. We zijn de brandweer niet.'

Ze pakten hun riemen weer vast en de boten kropen verder weg van de kust. Ze waren nu ver genoeg om hun haken te laten zakken en de netten uit te werpen.

Maar alle ogen waren op de stad gericht.

'Het vuur verspreidt zich,' zei iemand.

'Het springt van het ene huis op het andere.'

'Nee,' zei Quinn. 'Volgens mij verspreidt het zich niet uit zichzelf. Volgens mij... volgens mij steekt iemand die branden aan.'

Hij kreeg een knoop in zijn maag. Zijn spieren, warm van het roeien, voelden plotseling stijf en koud aan.

'De stad staat in brand,' zei een stem.

Ze keken in stilte toe hoe de oranje vlammen zich verspreidden en de lucht in kolkten. De stad was niet donker meer.

'We zijn vissers, geen vechters,' zei Quinn.

Riemen plonsden. Dollen knarsten. Met een zacht ruisend geluid duwden de boten het water opzij.

Sam en Edilio begonnen te rennen. Over de snelweg, de toegangsweg op. Langs de roestende autowrakken die tegen elkaar of winkelpuien op waren gereden, of gewoon midden op de snelweg waren blijven staan op die noodlottige dag waarop alle automobilisten verdwenen waren.

Ze renden over Sheridan Avenue, langs de school aan hun rechterhand. Die stond in elk geval niet in brand. Zodra ze bij het kruispunt met Golding Street kwamen, werd de rook veel dichter. Hij stroomde naar hen toe, ze konden hem onmogelijk ontwijken. Sam en Edilio begonnen te hoesten en vertraagden hun pas.

Sam trok zijn T-shirt uit en knoopte het over zijn mond, maar het hielp nauwelijks. Zijn ogen prikten.

Hij zakte door zijn knieën in de hoop dat hij onder de rook kon blijven. Ook dat had weinig zin.

Sam pakte Edilio bij de arm en trok hem mee. Ze staken Golding over en merkten dat de lucht in de beschutting van de huizen op Sheridan schoner was, al stonk hij wel. De huizen aan de westkant van Sheridan leken op zwarte silhouetten die uit de vuurzee waren geknipt, uit het vlammengordijn dat dansend omhoogrees en vanaf Sherman Avenue richting de haven kronkelde.

Ze begonnen weer te rennen, de straat door en bij Alameda Avenue de hoek om, en probeerden aan de goede kant van het erg lichte briesje te blijven. De rook was nog steeds dicht, maar waaide niet langer hun kant op.

Heel Sherman stond in brand. Het vuur was een brullend, vraatzuchtig, levend wezen. Ten noorden van Alameda was het heviger, maar het raasde snel over Sherman naar het zuiden, richting het water.

'Waarom verspreidt het vuur zich tegen de wind in?' vroeg Edilio.

'Omdat iemand nog meer huizen aansteekt,' antwoordde Sam grimmig.

Sam keek naar links. Naar rechts. Rechts van hen stonden minstens zes huizen in brand. De rest van dat huizenblok zou ook in vlammen opgaan, dat was onvermijdelijk, ze konden er niets tegen beginnen.

'In sommige huizen zitten nog kinderen,' zei Edilio gesmoord, niet alleen door de rook, maar ook van ontzetting.

Aan hun linkerhand waren minstens drie brandhaarden. Terwijl ze stonden te kijken zag Sam een rondtollend stuk vuurwerk, een wervelende romeinse kaars die omhoogvloog, toen weer met een boog naar beneden viel en een eind verderop in de straat tegen de gevel van een huis uiteenspatte. Door het gebrul van het vuur om hem heen hoorde Sam de molotovcocktail niet kapotgaan.

'Kom mee!' riep Sam terwijl hij naar de nieuwe brand rende. Hij wou dat Brianna bij hem was, of Dekka. Waar waren ze? Ze hadden allebei levens kunnen redden.

Sam liep bijna een groepje kinderen omver, sommigen niet ouder dan drie, die midden op straat dicht bij elkaar stonden. Hun gezichten werden verlicht door het vuur en hun ogen waren groot van angst.

'Sam!'

'O, gelukkig, Sam is er! Sam is er!'

'Sam, ons huis staat in brand!'

'Volgens mij is mijn broertje nog binnen!'

Sam duwde ze opzij, maar een meisje greep zijn arm vast. 'Je moet ons helpen!'

'Ik doe mijn best,' zei hij bars terwijl hij zijn arm lostrok. 'Kom, Edilio!'

Zils meute werd van achteren verlicht door een vlammenzee die de gevel van een huis in koloniale stijl verwoestte. Ze dansten en sprongen en renden rond met brandende molotovcocktails.

'Verspil ze niet!' schreeuwde Hank. 'Eén cocktail per huis!'

Antoine zwaaide schreeuwend met een aangestoken fles. 'Aa-aaahh! Aaaaahh!' Het leek haast wel of hij zelf in brand stond. Hij smeet de fles hoog en hard van zich af, en het ding vloog recht door een raam op de bovenste verdieping van een oude houten woning.

Onmiddellijk kwamen er bange kreten uit het huis. En Antoine schreeuwde terug, een tot woeste vreugde vervormde echo van hun doodsangst.

Er kwamen kinderen door de deur van het huis gerend terwijl de vlammen aan de gordijnen likten.

Sam aarzelde niet. Hij hief zijn hand met de handpalm naar buiten gekeerd. Een felgroene lichtstraal trok een streep naar het lichaam van Antoine.

Antoines krankzinnige geschreeuw hield abrupt op. Zijn handen gingen naar het zeven centimeter brede gat net boven zijn riem. Toen ging hij op straat zitten.

'Daar is Sam!' riep een van Zils bullebakken.

Ze draaiden zich als één man om en renden ervandoor, waarbij ze hun flessen benzine lieten vallen. De brandstof stroomde uit de kapotte flessen en vatte direct vlam.

Sam stormde achter hen aan en sprong razendsnel over de plassen brandende benzine heen.

'Sam, niet doen!' schreeuwde Edilio. Edilio struikelde over het lichaam van Antoine, die nu op zijn rug lag, als een vis op het droge naar adem hapte en vol afschuw omhoog staarde.

Sam had niet gemerkt dat Edilio viel. Maar hij hoorde wel het ene woord dat Edilio hem waarschuwend toeschreeuwde: 'Hinderlaag!'

Sam hoorde het, wist dat het waar was, liet zich zonder aarzelen vallen en rolde door. Op een paar centimeter afstand van een plas brandende benzine bleef hij liggen.

Er werd door minstens drie geweren geschoten. Maar Zils handlangers hadden geen wapentraining gehad. Ze schoten in het wilde weg en de kogels vlogen alle kanten op.

Sam drukte zich tegen de stoep aan. Hij beefde omdat hij op het nippertje ontsnapt was.

Waar waren Dekka en Brianna?

Een ander wapen begon te schieten. BAM BAM BAM! Korte, snelle salvo's uit Edilio's machinegeweer. Er was een groot verschil tussen Edilio met een geweer en een stuk tuig als Turk met een geweer. Edilio oefende. Edilio trainde.

Er klonk een harde gil van pijn en de hinderlaag was beeindigd.

Sam duwde zich een paar centimeter overeind, zodat hij nog net een van Zils schutters kon zien. De jongen rende als een schim weg door de rook.

Te laat, dacht Sam. Hij richtte recht op de rug van de jongen. De felle lichtstraal raakte zijn kuit. De jongen gilde. Het geweer vloog uit zijn handen en viel kletterend op de stoep.

Hank rende terug om het op te rapen. Sam vuurde en miste. Hank grauwde naar hem met een gezicht als van een wild dier.

Hank sprintte weg, achtervolgd door Edilio's kogels, en zijn voeten maakten afdrukken in het hete asfalt.

Sam kwam overeind terwijl Edilio hijgend naar hem toe rende.

'Ze gaan ervandoor,' zei Edilio.

'Hier komen ze niet mee weg,' zei Sam. 'Ik ben het zat om het de hele tijd weer tegen dezelfde mensen op te moeten nemen. Het is tijd om er eens en voor altijd een eind aan te maken.'

'Waar heb je het over, joh?'

'Ik ga Zil vermoorden. Zo duidelijk? Ik ga hem uitschakelen.'

'Ho eens, man,' zei Edilio. 'Dat soort dingen doen wij niet. Wij zijn de goeien, weet je nog?'

'Het moet maar eens afgelopen zijn, Edilio.' Hij veegde met de rug van zijn hand het roet van zijn gezicht, maar zijn ogen traanden van de rook. 'Ik kan niet eeuwig zo door blijven gaan terwijl er nooit een einde aan komt.'

'Het is niet meer aan jou om daarover te beslissen,' zei Edilio.

Sam wierp hem een ijzige blik toe. 'Begin jij nou ook al? Sta je opeens aan Astrids kant?'

'Jongen, er zijn grenzen,' zei Edilio.

Sam staarde de straat in. Het vuur was overal. Heel Sherman stond in brand, van het ene eind van de straat tot het andere. Als ze geluk hadden, zou het niet op een andere straat overslaan. Maar Sherman was hoe dan ook verloren.

'We moeten kijken of we kinderen kunnen redden die misschien nog ergens vastzitten,' zei Edilio.

Sam gaf geen antwoord.

'Sam,' zei Edilio vurig.

'Ik heb gesmeekt of Hij me alsjeblieft wilde laten sterven, Edilio. Ik heb gebeden tot de God op wie Astrid zo dol is en ik heb gezegd: God, als je er bent, maak me dan alsjeblieft af. Laat me deze pijn niet meer voelen.'

Edilio zei niets.

'Je begrijpt het niet, Edilio,' zei Sam zo zacht dat hij betwijfelde of Edilio hem kon horen boven het gebrul en geknap van het vuur uit dat om hen heen woedde. 'Met dit soort mensen kun je gewoon niet anders. We moeten ze allemaal vermoorden. Zil. Caine. Drake. We moeten ze vermoorden. En ik ga nu beginnen met Zil en zijn bende,' zei Sam. 'Je kunt meegaan of niet.'

Hij liep weg in de richting waar Hank heen was gevlucht.

Edilio verroerde zich niet.

Vierentwintig

Dekka kon niet in bed blijven liggen. Dat ging gewoon niet. Niet als er gevochten werd. Niet als Sam in gevaar zou kunnen komen. De helft van de meisjes in de FAKZ was stiekem een beetje verliefd op Sam, maar Dekka niet. Wat zij voor Sam voelde was iets anders. Ze waren soldaten, Sam en zij. Sam, Edilio en Dekka – zij vormden de voorhoede, meer dan wie dan ook in Perdido Beach. Als er problemen waren, dan gingen zij drieën ertegenaan.

Nou ja, zij drieën en Brianna.

Ze kon maar beter niet te veel aan Brianna denken. Dat leverde alleen maar verdriet, ellende en eenzaamheid op. Brianna was wie ze was. Ze wilde wat zij wilde. En dat was iets anders dan wat Dekka wilde.

Dat was vrijwel zeker iets anders dan wat Dekka wilde. Hoewel Dekka het nooit had gevraagd, nooit iets had gezegd.

Ze moest zo hard hoesten dat ze dubbelklapte terwijl ze haar bed uit kwam. Ze moest zich misschien wel even aankleden. Kleren aandoen, en niet in een flanellen pyjamabroek en een paarse capuchontrui de straat op strompelen. Maar na nog zo'n verstikkende hoestbui voelde ze zich vreselijk verzwakt. Ze moest haar krachten sparen.

Schoenen. Die had ze sowieso nodig. Zonder schoenen kon ze echt niet naar buiten. Ze gleed uit haar sloffen en zocht onder haar bed naar haar gympen. Na nog meer gehoest had ze ze gevonden en verloor bijna de moed. Sam had haar niet nodig. Wat er ook aan de hand was...

Toen zag ze de oranje gloed door het raam. Ze trok de gordijnen open. De hemel was oranje. Ze zag vonken; het leken net vuurvliegjes. Ze duwde het raam open en stikte bijna van de rook.

De stad stond in brand.

Dekka trok haar schoenen aan. Ze pakte een sjaal en de emmer met vers water erin. Ze nam grote slokken – het zou een dorstige nacht worden. Toen doopte ze de sjaal in de rest van het water, liet hem kletsnat worden en bond de doorweekte lap voor haar mond en neus. Ze zag eruit als een struikrover in een pyjama.

De straat op. Een bizar, afschuwelijk, onwerkelijk schouwspel. Kinderen renden voorbij, alleen of in kleine groepjes, en keken angstig achterom. Ze droegen een paar schamele bezittingen in hun handen.

Er kwam een meisje langs dat wankelde onder het gewicht van een grote stapel jurken. 'Hé! Wat is er aan de hand?' vroeg Dekka schor.

'Alles staat in de fik,' zei het meisje, en ze liep snel door.

Dekka liet haar gaan, want ze zag een jongen die ze kende. 'Jonas! Wat gebeurt er?'

Jonas schudde bang zijn hoofd. Bang, maar er was ook nog iets anders aan de hand.

'Hé, niet weglopen, ik praat tegen je!' snauwde Dekka.

'Ik praat niet met jou, freak. Ik ben klaar met jullie. Het is jullie schuld dat dit gebeurt.'

'Waar heb je het over?' Maar ze had het al geraden. 'Heeft Zil dit gedaan?'

Jonas gromde naar haar met een van woede vertrokken gezicht. 'Dood aan de freaks!'

'Idioot! Je bent een soldaat, hoor.'

'Niet meer,' zei Jonas, en toen rende hij weg.

Dekka wankelde op haar benen. Ze voelde zich zo vreselijk slap. Zo anders dan hoe ze zich normaal voelde. Maar het was overduidelijk wat haar te doen stond. Als de kinderen de ene kant op renden, moest zij de andere kant op. De rook in. Naar de felle oranje gloed die plotselinge steekvlammen liet oplaaien, als vingers die naar de hemel reikten.

Diana deed struikelend haar best om de groep bij te houden. Caine voerde het tempo op. Het hologige clubje Coateskinderen draafde achter hem aan, als de dood dat ze achtergelaten zouden worden. Diana had nog net de kracht om hem bij te houden, maar het scheelde niet veel. En ze haatte zichzelf omdat ze die energie nog had. Ze haatte Caine omdat hij die energie aan haar gegeven had. Om wat Caine had gedaan. Om waar hij hen toe aangezet had.

Maar net als de anderen haastte ze zich voort om het moordende tempo bij te houden.

Over de snelweg. Glad beton onder hun voeten. Via de toegangsweg het schoolplein over. Wat absurd, dacht Diana. Het schoolplein waar de stadskinderen vroeger voetbalden en cheerleaderaudities hielden, en nu renden ze over het ongemaaide grasveld zoals er nog nooit iemand overheen had gerend.

Het vuur woedde in het oosten, een muur van vlammen over Sherman. Zij moesten over Brace Road, slechts twee straten verderop. Via Brace zouden ze rechtstreeks bij de jachthaven uitkomen.

'En Sam?' vroeg iemand. 'Stel dat we Sam tegenkomen?'

'Idioot,' mopperde Caine. 'Dacht je dat die brand toevallig is uitgebroken? Het hoort allemaal bij mijn plan. Sherman Avenue sluit de westkant van de stad af. Iedereen zal naar het plein vluchten, aan de andere kant van Sherman, of naar het strand. Allebei ver van ons vandaan. En Sam gaat hen natuurlijk helpen.'

'Wie is dat?' vroeg Diana. Ze bleef staan, net als Caine en de rest. Er liep iemand midden op Brace Road. In eerste instantie was het niet te zeggen of hij wegliep of juist naar hen toe kwam. Maar Caine herkende het silhouet onmiddellijk.

Zijn nekharen gingen rechtovereind staan. Niemand anders zag er zo uit.

Niemand.

'Nee,' fluisterde hij.

'Moeten we doorlopen?' vroeg Penny.

Caine negeerde haar. Hij draaide zich om naar Diana. 'Ben ik... word ik gek?'

Diana zweeg. Haar doodsbange uitdrukking gaf antwoord op Caines vraag.

'Hij loopt weg,' fluisterde Caine.

Een wervelende sliert rook en de verschijning was verdwenen.

'Gezichtsbedrog,' zei Caine.

'Dus we gaan gewoon rechtdoor?'

Caine schudde zijn hoofd. 'Nee. De plannen zijn gewijzigd. We gaan door de stad. Eerst naar het strand, en dan lopen we terug.'

Diana wees met een trillende vinger naar de brandende straat verderop. 'Wil je door het vuur? Of door straten waar allerlei mensen van Sam rondlopen?'

'Ik weet een andere route,' zei Caine. Hij liep snel naar een hek dat om de achtertuin van het dichtstbijzijnde huis stond. 'We maken gewoon onze eigen straat.'

Hij hief zijn hand en het hek boog naar binnen. Met een scheurend gekraak kwam het uit de grond.

'Van de ene achtertuin naar de andere,' zei Caine. 'Daar gaan we.'

'Het is ons gelukt, Leider! Het is ons gelukt!' zei Hank. Hij moest schreeuwen om boven het gebrul van de vlammen uit te komen.

Antoine lag op de grond en huilde heel hard. Hij had zijn shirt uitgetrokken om de wond in zijn zij te kunnen bekijken. Daar lag hij dan, dik en blubberig, te janken van de pijn.

'Wees eens een vent, joh,' zei Hank bot.

'Ben je gek of zo?' jammerde Antoine. 'Er zit een gat in mijn lijf! Er zit een gat in mijn lijf! O, jemig. Het doet zo'n pijn!'

Perdido Beach stond in brand. Een groot gedeelte ervan in elk geval. Zil klom op het dak van een camper die op de parkeerplaats bij het strand stond. Zo kon hij de stad goed overzien.

Sherman stond in lichterlaaie. Het leek wel of er midden in de stad een vulkaan was uitgebarsten. En nu kropen de vlammen via Alameda naar het centrum van de stad.

Dat had hij gedaan, allemaal. Zijn werk. En nu zouden ze allemaal weten dat het hem ernst was. Nu zouden ze allemaal weten dat er met Zil Sperry niet te spotten viel.

'Breng me naar Lana,' kreunde Antoine. 'Jullie moeten me naar Lana brengen!'

De zon was nog niet op, dus hij kon de rookwolk niet zien, maar Zil voelde dat hij gigantisch moest zijn. Aan de hemel was geen ster meer te bekennen.

'Denk je dat we Sam geraakt hebben?' vroeg Lance.

Niemand gaf antwoord.

'Moeten we meer benzine gaan halen?' vroeg Turk. Net als de anderen besteedde hij geen aandacht aan Antoine.

Zil kon geen antwoord geven. Ergens zou hij het liefst alles platbranden. Tot het laatste huis aan toe. Tot de laatste lege, nutteloze winkel aan toe. Hij wilde alles platbranden en hier op deze camper staan dansen terwijl de stad fikte.

Het plan was om chaos te scheppen. En zo die freak van een Caine te helpen ontsnappen.

'Leider, we willen graag weten wat we moeten doen,' drong Turk aan.

'Help me dan toch,' kermde Antoine. 'We moeten elkaar toch helpen? Of niet soms?'

Hank zei: 'Antoine, hou je bek, anders sla ik hem dicht.'

'Hij heeft een gat in mijn lijf gebrand. Kijk dan! Kijk dan!'

Hank keek even naar Zil. Zil draaide zich om. Hij had geen oplossing voor Antoines probleem.

In werkelijkheid vond Zil het heel eng om wonden te zien. Hij had nooit goed tegen bloed gekund. En van die ene korte blik die hij op het gat in Antoines zij had geworpen, was hij meteen heel misselijk geworden.

Daar had Antoine waarschijnlijk ook niet veel aan.

Hank zei: 'Kom op, Antoine. Meekomen.'

'Hè? Wat ga je… Ik zeg al niks meer, maar het doet gewoon zo'n pijn, man, het doet zo'n pijn.'

'Gast, kom nou mee,' zei Hank. 'Ik breng je wel naar Lana. Kom op.'

Hank bukte zich en ondersteunde Antoine, die met moeite overeind kwam en een gil van pijn slaakte.

Zil klom van de ladder af die tegen de achterkant van de camper was geschroefd.

'Wat vind jij, Lance?' Knappe Lance. Lange, coole, slimme Lance. Zag de hele Mensenclub er maar zo uit als Lance, dacht Zil niet voor het eerst. Als hij naast Lance stond, werd Zil ook meteen een stuk stoerder. Terwijl het door die dikke, dronken Antoine, Turk met zijn slepende been en Hank met zijn gluiperige frettenkop juist leek alsof hij omringd werd door een stel losers.

Lance trok een peinzend gezicht. 'Iedereen loopt als een kip zonder kop door de stad. Wat doen we als ze beseffen dat wij de stad in brand gestoken hebben en besluiten om wraak te komen nemen?'

Turk lachte honend. 'Dacht je dat de Leider daar niet aan heeft gedacht? We zeggen gewoon dat Sam het heeft gedaan.'

Zil keek verrast op bij dat idee. Hij had er nog helemaal niet over nagedacht, maar Turk duidelijk wel.

'Nee, niet Sam,' verbeterde Zil hem in een opwelling. 'We geven Caine de schuld. Ze zullen nooit geloven dat Sam het heeft gedaan. We zeggen dat Caine het heeft gedaan, dat gelooft iedereen.'

'Maar ze hebben ons die molotovcocktails zien gooien,' wierp Lance tegen.

Turk snoof. 'Man, snap je dan helemaal niks? Mensen geloven alles als je zegt dat het zo is. Dan geloven ze zelfs in vliegende schotels en zo.'

'Het was Caines schuld,' zei Zil. Hij bedacht het ter plekke en hij vond het met elk woord dat hij zei beter klinken. 'Caine kan mensen toch laten doen wat hij wil? Hij heeft zijn superkrachten gebruikt om sommigen van ons te dwingen die dingen te gooien.'

'Ja,' zei Turk met glinsterende ogen. 'Ja, want hij wilde ons zwartmaken. Hij wilde dat wij de schuld zouden krijgen, want hij is een freak en wij vechten tegen de freaks.'

Hank kwam weer terug en ging achter Lance staan. Het contrast tussen die twee werd nog duidelijker als ze dicht bij elkaar stonden.

'Waar is Antoine?' vroeg Turk.

'Die heb ik op het strand gedumpt,' zei Hank. 'Hij haalt het niet. Niet met dat gat in z'n lijf. Hij zou ons alleen maar ophouden.'

'Dan wordt hij de eerste die zijn leven geeft voor de Mensenclub,' zei Turk plechtig. 'Heftig. Dat gaat echt ver. Vermoord door Sam.'

Opeens kreeg Zil een ingeving. 'Als iedereen straks gelooft dat Caine dit heeft gedaan, dan moeten we tegen Caine vechten.'

'Tegen Caine vechten?' herhaalde Turk sullig. Hij deed onwillekeurig een pas achteruit.

Zil grijnsde. 'We hoeven niet te winnen. Het moet er gewoon echt uitzien.'

Turk knikte. 'Wat onwijs slim, Leider. Dan denkt iedereen dat Caine ons heeft gebruikt en dat wij hem uiteindelijk weggejaagd hebben.'

Zil betwijfelde of iedereen dat zou geloven. Maar sommige kinderen wel. En door die twijfel zou Sam niet meteen kunnen reageren, omdat de raad eerst orde op zaken moest proberen te stellen.

Elk uur dat in chaos verliep maakte Zil sterker.

Zou zijn grote broer Zane dit ook allemaal bedacht hebben? En zou hij het lef gehad hebben om het ook daadwerkelijk te doen? Waarschijnlijk niet. Zane zou aan Sams kant gestaan hebben.

Het was bijna jammer dat hij hier niet was.

Vijfentwintig

14 uur, 2 minuten

Edilio had Sam met een akelig voorgevoel nagekeken. Wat konden ze nog doen als Sam doordraaide? Wat kon Edilio dan nog doen om de boel te redden?

'Alsof ik dat überhaupt zou kunnen,' mompelde hij. 'Alsof iemand dat zou kunnen.'

Hij kon nauwelijks zien wat er om hem heen gebeurde. Hij hoorde gegil. Hij hoorde geschreeuw. Hij hoorde gelach. Het enige wat hij zag was rook en vlammen.

Er klonken schoten. Hij had geen idee waar ze vandaan kwamen. Hij ving een glimp op van rennende kinderen. Ze werden zo fel verlicht dat het leek alsof ze in brand stonden. Toen werden ze weer opgeslokt door de rook.

'Wat moet ik doen?' vroeg Edilio aan zichzelf.

'Balen dat we geen marshmallows hebben. Dit is me nog eens een vuurtje.'

Howard kwam uit de rook achter Edilio tevoorschijn. Naast hem liep Orc.

'Klote,' gromde het monster. 'Alles verbrandt.'

Daar was Ellen, de brandweercommandante, met nog twee andere kinderen. En langzaam drong het tot Edilio door dat ze allemaal verwachtingsvol naar hem keken. 'Brandweercommandant' was een tamelijk inhoudsloze titel geworden, aangezien er geen water meer in de brandkranen zat. Maar Ellen wist er in elk geval iets van, en dat was meer dan Edilio.

'Volgens mij kruipt het vuur langzaam naar het centrum. Daartussenin wonen heel veel kinderen,' zei Ellen. 'We moeten ervoor zorgen dat iedereen uit die huizen wordt gehaald.'

'Juist,' beaamde Edilio, blij met alle bruikbare voorstellen. 'En we moeten controleren of er nog mensen aanwezig zijn in de panden die al in brand staan. Misschien kunnen we nog iemand redden.'

'Ja. Ja,' zei Edilio. Hij haalde diep adem. 'Oké, goed zo, Ellen. Jij rent met je mensen voor het vuur uit en brengt iedereen naar buiten. Zeg dat ze naar het strand of naar de overkant van de snelweg moeten gaan.'

'Goed,' bevestigde Ellen.

'Orc, Howard en ik gaan kijken of we nog iemand kunnen redden.'

Edilio nam niet de moeite om te vragen wat Howard en Orc daarvan vonden. Hij begon gewoon te lopen, terug over Sherman Avenue. Hij keek niet om om te zien of ze achter hem aan kwamen. Ze kwamen achter hem aan, of niet. Als ze het niet deden, kon hij het ze nauwelijks kwalijk nemen.

Door de brandende straat.

Het vuur woedde nu aan beide kanten. Het klonk als een tornado. Het gebrul zwol aan, nam af en zwol dan weer aan. Hij hoorde een hard gekraak toen er een dak instortte en er een regen van vonken als vuurvliegjes de lucht in spoot.

De hitte deed Edilio denken aan de momenten waarop hij zijn hoofd in de oven van zijn moeder had gestoken als ze iets aan het bakken was. Er kwam een stoot brandende lucht op hem af, eerst van de ene kant en toen van de andere, zodat hij heen en weer geslingerd werd.

Toen hij achteromkeek zag Edilio dat Howard zijn evenwicht verloor en op de grond viel. Orc pakte hem vast en hees hem overeind.

De lucht was vol rook, waardoor Edilio's keel verschroeide en zijn longen leken te verschrompelen. Hij zoog eerst halve liters, toen kopjes en vervolgens theelepels lucht naar binnen.

Hij bleef staan. Door de mist zag hij een eindeloze hoeveelheid vlammen en rook voor zich opdoemen. Auto's stonden brandend op de opritten. Ongemaaide, kurkdroge gazonnen brandden zo hard dat het bijna leek of ze ontploften.

Glas knalde kapot. Balken stortten neer. Het asfalt op straat smolt en borrelde aan de randen.

'Gaat niet,' zei Edilio happend naar adem.

Hij draaide zich weer om en zag dat Howard zich al terugtrok. Orc bleef stevig en onbeweeglijk staan.

Edilio legde een hand op zijn kiezelschouder. Hij kon geen woord meer uitbrengen. Hoestend en huilend leidde Edilio Orc bij het vuur vandaan.

Roger werd niet wakker. De Artful Roger werd niet wakker.

Justin moest weg. Hij rende de achtertuin in.

Maar dat kon hij gewoon niet zomaar doen, dat kon niet, dat kon niet.

Dus rende hij weer terug naar binnen, waar hij Roger als een bezetene hoorde hoesten. Hij was wakker! Maar het leek wel alsof hij niets kon zien, zijn ogen waren dicht vanwege al die rook, en Roger rende wel, maar hij botste tegen een muur op.

'Roger!'

Justin rende naar hem toe en pakte de achterkant van Rogers shirt vast. 'Deze kant op!'

Hij trok Roger met zich mee.

Roger liep struikelend mee naar de keuken, naar de achterdeur. Maar dat was niet goed, want nu hadden ze het vuur en de rook voor zich. Het vuur had een rondje gemaakt en de keuken in brand gestoken.

De eetkamer. Dat deed hem opeens denken aan het fotoalbum onder zijn bed. Misschien kon hij heel snel naar boven rennen om het te pakken.

Misschien, maar waarschijnlijk niet. Er zat in de eetkamer geen deur naar de achtertuin. Maar wel een groot raam, en daar bracht Justin Roger naartoe.

'Ik…' Justin wilde zeggen dat hij het raam open ging doen, maar de rook was nu overal en prikte in zijn ogen, dus hij moest zijn ogen dichtdoen, en de rook was zo verstikkend dat hij niet meer kon praten.

Blindelings tastte hij naar de raamkrukken.

Caine bleef hen opjagen. Duwde de hekken omver zodat ze erdoor konden. Overwoekerde achtertuinen. Stinkende zwembaden die als wc werden gebruikt. Overal vuilnis.

In het donker struikelden ze over paaltjes en vergeten speelgoed. Ze botsten tegen roestige schommels en barbecues op.

Ze maakten een heleboel herrie. Ze waren misschien minder zichtbaar dan midden op straat, maar ze maakten wel lawaai. Vanuit donkere vensters riepen kinderen naar beneden: 'Hé, wie is daar? Ga mijn tuin eens uit.'

Caine luisterde niet naar ze. Doorlopen, dat was het belangrijkste. Doorlopen tot ze bij het strand waren.

Ze hadden maar één kans; het was nu of nooit. Over een paar minuten moesten ze bij de jachthaven zijn. Sam en zijn mensen zouden in de war zijn door de allesverwoestende brand, zouden als dollen heen en weer rennen om uit te zoeken wat er aan de hand was. Maar vroeg of laat zou iemand, Astrid, of Sam, beseffen dat het allemaal een grote afleidingsmanoeuvre was.

Of Sam zou Zil te pakken krijgen en hem ondervragen. Dan zou die kleine gluiperd Caine meteen verraden. Binnen een seconde.

Caine wilde niet bij de jachthaven arriveren om vervolgens te merken dat Sam hem stond op te wachten. Hij liep op zijn tandvlees, maar hij hield wanhopig vol. Hij kon Sam niet meer aan. Nu niet. Vannacht niet.

Zelfs hier, een paar straten van het vuur vandaan, stonk de lucht. De brandgeur hing overal. Hij was bijna sterk genoeg om de geur van afval en uitwerpselen te verdringen.

Ze kwamen bij de volgende straat. Ze moesten hem wel oversteken, net als ze bij eerdere straten hadden gedaan, dat kon niet anders. Maar hier waren te veel kinderen om zomaar even te ontwijken. Ze konden geen kant op, ze moesten verder en zich erdoorheen bluffen.

Ze duwden de doodsbange vluchtelingen opzij.

'Doorlopen, doorlopen,' riep Caine toen een paar mensen uit zijn groep achterbleven in een vergeefse poging eten af te troggelen van twee in shock verkerende, met roet bedekte kleuters.

Toen zagen ze verderop in de straat een in rook gehulde gedaante.

'Blijf staan!' siste Caine. 'Liggen!'

Hij tuurde met wazige ogen. Was dat... Nee. Natuurlijk niet. Waanzin.

De gedaante veranderde in een jongen, een heel gewone jongen, met gewone handen en armen, een jongen die niets weg had van die andere gestalte die hij in de rook had gezien.

Caine ging weer staan en voelde zich stom dat hij zo geschrokken was. 'Hup, doorlopen,' riep hij.

Hij hief zijn handen en gebruikte zijn gave om de groep naar voren te duwen. De helft struikelde en viel voorover.

Hij vloekte. 'Lopen!'

Die eerdere gestalte in de rook. Dat lange, pezige lichaam. Die eindeloze arm. Onmogelijk. Een waanbeeld, net als nu, veroorzaakt door uitputting, angst en honger.

'Penny, doe jij iets?' wilde Caine weten.

'Hoe bedoel je?' antwoordde Penny schor.

'Ik dacht dat ik iets zag,' zei Caine. Toen verbeterde hij zichzelf. 'Iemand. Een tijdje geleden.'

'Dat kwam dan niet door mij,' zei Penny. 'Ik zou mijn gave nooit tegen jou gebruiken, Caine.'

'Nee,' zei Caine. 'Dat is ook zo.' Zijn zelfvertrouwen nam langzaam af. Zijn verbeelding speelde spelletjes met hem. Straks zouden de anderen het gaan merken. Diana had het al door. Maar zij had dezelfde hallucinatie gehad, of niet soms?

'Dit gaat te langzaam,' zei Caine. 'We moeten gewoon over straat. Penny, jij moet me helpen – als iemand ons tegen probeert te houden, schakelt een van ons hem uit. Begrepen?'

Hij zwalkte de straat op en liep richting het strand. Hij moest zich verzetten tegen de aandrang om over zijn schouder te kijken, op zoek naar de jongen die daar onmogelijk kon zijn.

Zonder kleerscheuren bereikten ze het strand. Maar daar stuitten ze op een groep van misschien wel twintig kinderen die allemaal rondliepen, huilend en giechelend naar het vuur staarden en elkaar bemoedigend toespraken.

Eerst hadden de snaterende kinderen Caines groep niet in de gaten, maar toen keek een van hen om. Zijn ogen werden groot toen hij Diana zag. En toen Caine.

'Daar is Caine!'

'Ga opzij,' waarschuwde Caine. Als hij ergens geen zin in had, was het wel een stom, nutteloos en tijdverspillend gevecht. Hij had haast.

'Jij!' riep een ander kind. 'Jij hebt de brand aangestoken!'

'Wat? Debiel.' Caine duwde de jongen weg, met zijn handen, zonder zijn gave te gebruiken – hij wilde geen ruzie. Maar de kreet werd overgenomen door anderen en nu stonden er meer dan tien woedende, doodsbange kinderen voor zijn neus te gillen en te jammeren, en toen deelde een van hen een klap uit.

'Nou is het genoeg!' riep Caine. Hij stak zijn hand op en het kind dat het dichtstbij stond vloog door de lucht. Het kwam met een misselijkmakend geluid zes meter verderop weer neer.

Caine zag degene die hem met een koevoet op zijn hoofd sloeg niet. De klap leek uit het niets te komen en opeens zat hij op zijn knieën, te verward om bang te zijn.

Hij zag de koevoet net voor het ding nogmaals op zijn hoofd neerkwam. Deze klap was zachter, en minder goed gericht, maar deed schrikbarend veel pijn op het bot van zijn linkerschouder. Caine voelde een verdovende elektrische schok langs zijn arm helemaal tot aan zijn vingertoppen lopen.

Hij was niet van plan om op de derde klap te wachten. Hij hief zijn rechterhand, maar voor hij het jochie kon verpletteren, kwam Penny in actie.

De jongen sprong een enorm eind naar achteren, bijna alsof Caine hem van zich af had geworpen.

Hij schreeuwde en zwaaide woest met zijn koevoet om zich heen. Toen de koevoet uit zijn van angst slap geworden handen vloog, begon hij met een wilde blik in de lucht te klauwen en te stompen. 'Wat ziet hij?' vroeg Caine. 'Heel grote spinnen,' antwoordde Penny. 'Echt heel groot. En ze springen heel snel.' 'Dank je,' gromde Caine. Hij kwam overeind en wreef over zijn verdoofde arm. 'Ik hoop dat ze hem een hartaanval bezorgen. Vooruit,' schreeuwde hij. 'We zijn er bijna. Nog even volhouden allemaal, morgenochtend hebben jullie weer te eten.'

Maria had geen puf om nog naar huis te gaan. Het had toch niet veel zin meer eigenlijk... zonder douche... zonder...

Ze plofte op een stoel in het volgestouwde kantoor. Ze probeerde haar benen op te tillen en haar voeten op een kartonnen doos te leggen, maar zelfs dat kostte te veel energie.

Ze rammelde met het pillenflesje op haar bureau. Ze draaide de dop eraf en keek wat ze nog had. Ze herkende de pil niet eens, maar het moest een of ander antidepressivum zijn. Iets anders kreeg ze nooit van Dahra.

Ze slikte hem zonder water door.

Wanneer had ze voor het laatst een pil genomen? Ze moest het beter bijhouden.

Twee kinderen lagen ziek in bed, geveld door een soort griep. Ze wist niet wat ze daaraan...

Iets wat een droom zou kunnen zijn, smolt naadloos samen met herinneringen, en een tijdlang was Maria ergens met een heleboel zieke kinderen en de geur van plas en haar moeder die grote stapels boterhammen met jam en pindakaas smeerde voor een of ander schooluitje, waarna Maria de boterhammen in plastic zakjes stopte, de zakjes telde en in grote boodschappentassen legde.

'Heb je in je broek geplast?' vroeg haar moeder.

'Ik geloof het wel. Zo ruikt het wel.' Ze schaamde zich niet, ze vond het alleen vervelend en hoopte dat haar moeder er niet zo'n punt van zou maken.

En toen ging de deur open, en er kwam een klein meisje binnen dat op Maria's schoot klauterde, maar Maria kon haar armen niet bewegen om haar een knuffel te geven, omdat haar armen van lood waren.

'Ik ben zo moe,' zei ze tegen haar moeder.

'Tja, we hebben ook achtduizend boterhammen gesmeerd,' legde haar moeder uit, en aan de stapels en stapels boterhammen, die grappig heen en weer zwaaiden alsof ze uit een boek van Dr. Seuss kwamen, zag Maria dat haar moeder gelijk had.

'Je ziet er een beetje pips uit.'

'Ik voel me prima,' zei Maria.

'Ik wil naar mijn mama,' zei het kleine meisje in haar oor, en er rolden warme tranen in Maria's hals.

'Kom nou maar naar huis,' zei Maria's moeder.

'Ik moet eerst de was nog doen,' zei Maria.

'Die doet iemand anders wel.'

Maria voelde een plotselinge steek van verdriet. Ze voelde hoe ze door de tegelvloer zakte en steeds kleiner werd terwijl haar moeder, die geen boterhammen meer smeerde, toekeek.

Haar moeder hield het mes vast waar allemaal pindakaas en frambozenjam aan zat. Er dropen dikke klodders felrood fruit van de rand van het mes, dat wel erg groot was om boterhammen mee te smeren.

'Het doet geen pijn,' zei haar moeder. Ze stak het mes uit naar Maria.

Met een schok werd Maria wakker.

Het meisje op haar schoot was in slaap gevallen en had in haar broek geplast. Maria was kletsnat.

'O!' riep ze. 'O, ga van me af! Ga van me af!' gilde ze nog half slapend. Ze zag nog steeds het druipende mes voor zich dat met het heft naar haar toe op haar af kwam.

Het meisje viel op de grond en begon geschrokken te huilen.

'Hé!' riep iemand vanuit de grote zaal.

'Het spijt me,' mompelde Maria terwijl ze overeind probeerde te komen. Haar benen begaven het en ze zakte weer op de stoel. Tijdens het vallen tastte ze naar het mes, maar het was niet echt, hoewel het gehuil van het kleine meisje wel echt was, net als de stem die riep: 'Hé, jullie mogen hier niet naar binnen!'

Bij de volgende poging lukte het Maria om te gaan staan. Ze wankelde het kantoor uit. Voor haar stonden drie doodsbang kijkende kinderen.

Niet haar leeftijdsgroep. Te oud.

'Wat doen jullie hier?' vroeg Maria.

De hele kamer werd wakker en overal vroegen kinderen wat er aan de hand was. Zadie, de medewerker die had geroepen, zei: 'Volgens mij is er iets aan de hand, Maria.'

Er stormden nog twee kinderen door de voordeur. Ze stonken naar iets anders dan plas.

Er rende een gillend jongetje naar binnen. Hij had een hevige brandwond op de hele rug van zijn hand.

'Wat is er aan de hand?'

'Help ons, help ons!' huilde een jongetje, en er ontstond chaos toen er nog meer kinderen naar binnen renden. Nu herkende Maria de geur: het was de geur van rook.

Ze baande zich niet al te zachtzinnig een weg tussen de nieuwkomers door. Buiten begon ze te hoesten toen ze een hap vol rook binnenkreeg.

De rook was overal: hij wervelde rond of hing spookachtig in de lucht. In de verbrijzelde ruiten van het stadhuis was een oranje gloed te zien.

Naar het westen schoot opeens een vlam omhoog die vervolgens verzwolgen werd door zijn eigen rook.

Verder was het plein verlaten. Op het meisje na.

Maria wreef de slaap uit haar ogen en staarde naar haar. Het kon niet, het kon niet, het was niet echt, een of andere laatste flard van haar droom.

Maar het meisje was er nog steeds, haar gezicht grotendeels onzichtbaar in het donker, met af en toe een metalen glinstering van haar beugel.

'Heb je hem gezien?' vroeg het meisje.

Maria voelde iets doodgaan in haar binnenste, terwijl haar hoofd ontplofte van angst en afgrijzen.

'Heb je de duivel gezien?' vroeg Brittney.

Maria kon geen antwoord geven. Ze kon alleen maar staren terwijl Brittneys arm langer werd en van vorm veranderde.

Brittney gaf haar een knipoog. Koude, dode blauwe ogen.

Maria rende de crèche weer in. Ze sloeg de deur achter zich dicht en ging er met haar rug tegenaan staan.

Zesentwintig

De rook veranderde Sams vertrouwde straatbeeld. Hij raakte in de war en wist even niet meer waar hij was of welke kant hij op ging. Toen hij voetstappen achter zich hoorde rennen, bleef hij staan en draaide hij zich met geheven handen om, de handpalmen naar buiten.

Maar de voetstappen stierven weer weg.

Sam vloekte van frustratie. De stad brandde af en door de rook was het bijna onmogelijk om de vijand te vinden.

Hij moest het nu doen, letterlijk in het heetst van de strijd, voordat Astrid zou ingrijpen en hem voor de zoveelste keer zou dwingen om lijdzaam toe te kijken en te wachten tot zij een of ander systeem bedacht had dat ze nooit in praktijk zouden kunnen brengen.

Het moest vannacht gebeuren. Dit was het moment om te doen wat hij al een maand eerder had moeten doen: hij moest Zil en die gestoorde ideeën van hem eens en voor altijd de kop indrukken.

Maar dan moest hij hem wel eerst zien te vinden.

Hij dwong zichzelf om na te denken. Wat wilde Zil precies, op dit gedoe na? Waarom had hij besloten om de stad plat te branden? Het was wel een erg brute actie voor Zils doen, haast krankzinnig: Zil woonde hier immers ook.

Maar Sams gedachten werden onderbroken door het beeld van Drake dat hij telkens weer voor zich zag. Hij was ergens in de stad. Drake, die op de een of andere manier uit de dood was opgestaan.

Ze hadden zijn lijk natuurlijk nooit gezien, of wel?

'Concentreer je,' beval Sam zichzelf. Op dit moment was het probleem dat de stad afbrandde. Edilio deed ongetwijfeld alles wat in zijn macht lag om de kinderen te redden die gered moesten worden. Het was Sams taak om een eind aan de terreur te maken.

Maar waar was Zil?

En was hij bij Drake?

Zou deze timing allemaal puur toeval zijn? Nee. Sam geloofde niet in toeval.

Opnieuw zag hij heel even iets bewegen door het rookgordijn. Sam rende ernaartoe. Dit keer verdween de gedaante niet.

'Niet...' riep een jong stemmetje uit, en toen begon hij gesmoord te hoesten. Een jochie van zo te zien nog geen zes jaar oud.

'Wegwezen hier,' snauwde Sam. 'Ga naar het strand.'

Hij rende verder, aarzelde, sloeg toen rechts af. Waar was Drake? Nee, Zil. Waar was Zil? Zil was echt.

En plotseling stond hij bij de strandmuur. Hij viel er bijna overheen. Hij had de kleuter de verkeerde kant op gestuurd. Te laat om daar nu nog iets aan te doen. De jongen zou niet de enige zijn die vannacht verdwaalde.

Waar waren Dekka, Brianna en Taylor? Waar waren Edilio's soldaten?

Wat was er aan de hand?

Sam zag een groep kinderen die over het strand in de richting van de jachthaven renden. En heel even dacht hij dat hij Caine zag. Hij hallucineerde. Had waanvoorstellingen.

'Weg met de freaks!'

Sam hoorde het heel duidelijk. Het leek heel dichtbij. Misschien werd het geluid versterkt door de huizen.

Hij probeerde door het donker en de rook te turen maar hij zag helemaal niets meer, zelfs geen ingebeelde Caine.

BAM!

De knal van een jachtgeweer. Hij zag de felle flits.

Hij rende. Hij voelde iets zachts maar zwaars onder zijn voeten. Hij viel en belandde op zijn buik. Zijn mond zat vol zandkorrels terwijl hij weer overeind krabbelde. Een lichaam, er lag iemand in het zand.

Geen tijd.

Het was tijd om te kijken wie hier waren en wat er gebeurde.

Sam stak zijn handen omhoog en er verscheen een bol fel, koud licht in de lucht.

In het spookachtige schemerlicht zag Sam een stuk of tien handlangers van Zil, van wie de helft gewapend was.

Een groep kinderen was voor hen op de vlucht.

Een ander, kleiner groepje, dat vreemd genoeg uit schuifelende bejaarden leek te bestaan, plonsde door de branding naar de jachthaven in de verte.

Zil en zijn club wisten onmiddellijk wie er voor dit onthullende licht had gezorgd. Dat kon maar één iemand zijn…

'Sam!'

'Daar is Sam!'

'Rennen!'

'Schiet hem neer! Schiet hem neer!'

Drie geweerschoten achter elkaar. BAM! BAM! BAM!

Sam vuurde terug. Verschroeiende groene lichtbundels vlogen over het zand. Een kreet van pijn.

'Niet wegrennen!'

'Stelletje lafaards!'

BAM! BAM!

Iemand vuurde nu aan één stuk door en herlaadde het jachtgeweer telkens met een pompende beweging.

Sam voelde een scherpe pijn in zijn schouder. Hij viel voorover in het zand en kreeg geen adem meer.

Er renden mensen voorbij. Hij rolde op zijn rug en stak zijn handen omhoog, klaar om te vuren.

BAM!

De hagelkorrels sloegen zo dicht bij Sam in het zand dat hij ze hoorde neerkomen.

Hij rolde weg, door en door en door.

BAM! BAM!

Toen een klik en een vloek. Nog meer rennende voeten die over het strand stampten.

Hij sprong weer op, richtte en vuurde. Het dodelijke groene licht veroorzaakte een schreeuw van pijn of angst, maar de wegrennende figuur bleef niet staan.

Sam kwam langzaam overeind. Er zat zand in zijn shirt, mond, oren. In zijn ogen. Rook en zand en zijn ogen traanden. Hij zag alleen maar wazige vlekken.

Nu werkte het licht juist in zijn nadeel, want zo vormde hij een makkelijk doelwit. Hij zwaaide en het kleine zonnetje ging knipperend uit. Het strand werd weer donker, hoewel de lucht boven de zee heel licht parelgrijs kleurde.

Hij spuugde in een poging het zand uit zijn mond te krijgen en wreef voorzichtig in zijn ogen om de korrels weg te vegen.

Iemand achter hem!

De pijn was als vuur. Een uithaal die door zijn shirt ging en zijn vlees kapotsneed.

Sam tolde op zijn benen van de klap.

Een donkere gedaante.

Een vlijmscherp gefluit, en Sam, die zich niet kon bewegen door de schok, voelde weer een klap op zijn schouder.

'Hé, Sammie. Lang niet gezien, hè?'

'Nee,' hijgde Sam.

'O, jawel,' snauwde de stem. De stem die Sam kende. De stem die hij vreesde. De stem die gelachen en gekraaid had terwijl hij op de glanzende vloer van de elektriciteitscentrale lag en het uitschreeuwde van pijn.

Sam knipperde en deed zijn best om één oog open te doen, om te zien wat met geen mogelijkheid echt kon zijn. Hij hief zijn handen en vuurde blindelings.

Dat fluitende, suizende geluid. Sam dook instinctief in elkaar en de zweep vloog zonder schade aan te richten voorbij.

'De duivel!' riep een meisjesstem.

Maar die stem kwam van achter Sam, want hij had zich omgedraaid en begon te rennen.

216

Hij rende. Rende zonder iets te zien over het zand. Rende en viel en sprong weer overeind om verder te rennen. Hij stopte pas toen hij bij de betonnen strandmuur was en zijn schenen stootte. Hij viel voorover op de grond en bleef hijgend liggen.

Quinn liet de boten weer naar de kust varen, bang voor wat hij op de wal zou aantreffen.

Het vuur had zich verspreid en leek nu in de halve stad te woeden, hoewel er geen ontploffingen meer te zien waren. De rook had hen zelfs op zee bereikt. Quinns ogen prikten. Zijn hart bonkte in zijn keel.

Niet weer zo'n slachtpartij, niet weer al die gruweldaden. Genoeg! Hij wilde gewoon vissen.

De roeiers vielen stil door de afschuwelijke aanblik van hun brandende huizen.

Ze waren bij de eerste aanlegsteiger aangekomen en zagen een groep kinderen de haven in wankelen. Ongetwijfeld kinderen die in paniek waren weggerend en dachten dat ze hier veilig zouden zijn.

Quinn riep hen.

Geen reactie.

Zijn boot stootte tegen de rubberen rand van de steiger waar het water tegenaan klotste. Hij verrichte de handelingen op de automatische piloot omdat hij het al zo vaak gedaan had: hij gooide een lus touw om de paal en trok de boot naar de steiger. De riemen werden in de boot gelegd. Grote Sul sprong de steiger op en bond het tweede touw vast.

Het strompelende groepje kinderen aan de kant lette niet op hen en liep door. Ze bewogen raar. Als breekbare oude mensen.

Er was iets raars aan ze...

En iets bekends.

Het zou nog een uur duren voor de zon opkwam. Het enige licht kwam van het vuur. De nepsterren gingen schuil achter de rook.

Quinn sprong de steiger op.

'Hé! Jullie daar!' riep hij. Quinn was verantwoordelijk voor de boten. De jachthaven was van hem.

De kinderen liepen gewoon door, alsof ze doof waren. Ze sjokten over een andere steiger naar de twee boten waar brandstof in zat, voor noodgevallen: een platte motorboot en een grote rubberboot, een Zodiac.

'Hé!' riep Quinn.

Degene aan de kop van de groep draaide zich om. Er lag vijftien meter water tussen hem en Quinn, maar zelfs in de vage gloed van het vuur herkende Quinn de vorm van de schouders en het hoofd.

En hij herkende de stem.

'Penny,' zei Caine. 'Hou onze vriend Quinn even bezig.'

Uit een enorme fontein van water kwam een monster tevoorschijn. Quinn brulde van angst.

Het monster werd groter en groter. Het had een kop als van een verminkte, mismaakte olifant. Twee zwarte, dode ogen. Gekromde tanden. Zijn bek hing open, zodat er een lange, puntige tong te zien was.

Toen brulde het, en het klonk alsof er honderd gigantische cello's bespeeld werden met vuilnisbakken in plaats van strijkstokken. Hol. Martelend.

Quinn struikelde achterover van de steiger af en belandde met zijn rug op de rand van de boot. De klap benam hem de adem en hij viel met zijn hoofd naar beneden in het water.

In paniek hapte hij naar lucht en zijn keel stroomde vol met zout water. Hij kokhalsde en hoestte en probeerde uit alle macht niet nog een keer adem te halen.

Quinn kende het water. Hij kon goed surfen en heel goed zwemmen. Dit was niet de eerste keer dat hij ondersteboven in zee lag.

Hij verbeet zijn angst en trapte hard met zijn benen om zichzelf om te draaien. De oppervlakte, de grens tussen water en lucht, tussen dood en leven, was drie meter boven hem. Een van zijn voeten trapte in de grond. Het water was hier niet diep.

Hij schoot omhoog.

Maar het monster probeerde hem onder de steiger door te pakken te krijgen, met absurd lange armen en onmogelijke klauwhanden.

De armen grepen naar hem en hij trapte zichzelf achteruit. Hij raakte in paniek, trappelde, duwde tegen het water terwijl zijn longen brandden.

Te langzaam. Eén gigantische hand sloot zich om hem heen. De vingers gingen door zijn lijf.

Geen pijn.

Hij voelde niets, geen druk, geen aanraking.

De tweede klauw zwiepte door het water. Die zou zijn buik openrijten.

Maar hij gleed dwars door hem heen.

Een illusie!

Met de laatste kracht die hij in zich had bereikte Quinn de oppervlakte. Hij hapte naar lucht en gaf zeewater over. Het monster was weg.

Grote Sul sleepte hem als een zak zand aan boord. Quinn lag ongemakkelijk op de riemen onder in de boot.

'Gaat het wel?'

Quinn kon niets uitbrengen. Hij wist dat hij weer zou moeten overgeven als hij probeerde te praten. Zijn stem was nog niet terug. Hij had nog steeds het gevoel dat hij door een rietje ademhaalde. Maar hij leefde nog.

En nu vielen de stukjes op hun plaats. Dat monster. Het geluid dat het maakte. Dat kende hij.

Cloverfield.

Het was het monster uit de film. Het was precíes dat monster en precíes dat geluid.

Hij ging overeind zitten en hoestte.

Toen ging hij in de roeiboot staan en zag hoe Caine en zijn bende in de motorboten stapten.

Caine kreeg hem in de gaten en wierp hem een koud, ironisch glimlachje toe. Er zat een vreemd meisje bij hem. Zij staarde hem ook aan, maar ze glimlachte niet. In plaats daarvan liet ze haar scheve tanden zien in een grimas die eerder een dreigement dan een glimlach was.

Met een schor, rauw geluid sloeg er een motor aan. Toen nog een. Quinn bleef staan waar hij stond. Hij zou het nooit tegen Caine kunnen opnemen. Caine kon hem met één handgebaar vermoorden.

De twee motorboten tuften langzaam en voorzichtig weg van de steiger.

Toen hoorde hij rennende voetstappen. Een groep kinderen, sommigen gewapend. Quinn herkende Lance en toen Hank. Na een tijdje zag hij Zil, die een beetje op de achtergrond bleef en de andere twee voorop liet gaan.

Ze kwamen bij het eind van de steiger. Hank bleef staan, richtte en schoot.

Hij raakte de Zodiac en de boot liep met één snelle zucht leeg. De motor van de boot bleef onder water pruttelen terwijl de achtersteven in elkaar zakte en zonk.

Quinn klom de steiger op om het beter te kunnen zien. Zijn mond zakte open.

Caine steeg nat en woedend op uit het water en bleef boven de zinkende Zodiac in de lucht hangen.

Hij trok Hank en zijn geweer met een ruk omhoog. Hank vloog tollend door de lucht en schreeuwde het machteloos uit van angst. Steeds hoger ging hij, en al die tijd bleef Caine zweven terwijl zijn volgelingen in het water terechtkwamen.

Op een hoogte van dertig meter kwam Hank tot stilstand. En toen ging hij weer naar beneden. Maar hij viel niet. Het was te snel voor een val. Te snel voor alleen maar zwaartekracht.

Caine liet Hank uit de steeds grijzer wordende lucht storten. Als een komeet. Zo onwaarschijnlijk snel dat Hank een wazige streep werd.

Hank viel in het water. Er steeg een enorme zuil water op, alsof iemand onder water een dieptebom tot ontploffing had gebracht.

Quinn kende het water van de jachthaven. Het was maar tweeenhalve meter diep waar Hank terecht was gekomen. De bodem bestond uit zand en schelpen.

Er was geen enkele kans dat Hank weer boven zou komen drijven. Caine zweefde terwijl Zil vol afgrijzen machteloos toekeek. 'Dat,' schreeuwde Caine, 'had je niet moeten doen, Zil.' Zil en zijn club namen onmiddellijk de benen. Caine lachte en liet zichzelf in de andere boot zakken. Vijf mensen uit zijn groep lagen nog steeds in het water en riepen en zwaaiden naar hem, en vloekten en tierden toen de motorboot wegscheurde.

Zevenentwintig

'Opstaan,' fluisterde Peace. Ze schudde Sanjit aan zijn schouder door elkaar.

Sanjit was er al lang geleden aan gewend geraakt om op vreemde tijdstippen gewekt te worden. Het had zo z'n voordelen om het oudste kind van de familie Brattle-Chance te zijn, maar wat dat betreft was de lol er snel af geweest.

'Is er iets met Bowie?' vroeg hij.

Peace schudde haar hoofd. 'Nee. Ik geloof dat de wereld in brand staat.'

Sanjit trok een sceptische wenkbrauw op. 'Dat lijkt me enigszins overdreven, Peace.'

'Kom nou maar.'

Sanjit kreunde en rolde zijn bed uit. 'Hoe laat is het?'

'Bijna ochtend.'

'Dat "bijna", daar gaat het om,' klaagde Sanjit. 'Weet je wat een betere tijd is om op te staan? Als het ochtend ís. Veel beter dan "bijna" ochtend.'

Maar hij liep toch met haar mee door de gang naar de kamer die ze met Bowie en Pixie deelde. Het huis had tweeëntwintig slaapkamers, maar alleen Sanjit en Virtue hadden voor een eigen kamer gekozen.

Pixie sliep nog. Bowie lag te woelen en te draaien, nog steeds in de greep van de koortsaanval die maar niet wilde wijken.

'Het raam,' fluisterde Peace.

Sanjit liep naar het raam, dat bijna helemaal van het plafond tot aan de vloer liep en overdag een spectaculair uitzicht bood. Hij staarde naar de stad in de verte.

'Ga Choo halen,' zei hij na een tijdje.

Peace kwam terug met een bloedchagrijnige Virtue die mopperend de slaap uit zijn ogen wreef.

'Moet je kijken,' zei Sanjit.

Virtue staarde naar buiten, net zoals Sanjit had gedaan. 'Er is brand.'

'Zou je denken?' Sanjit schudde vol ontzag zijn hoofd. 'De hele stad staat in brand, als je het mij vraagt.'

De rode en oranje vlammen vormden een felle vlek aan de horizon. In het grijze licht van de ochtendschemering zag hij een enorme zwarte rookzuil. De verhoudingen leken belachelijk. Het felle vuur was maar een stipje, terwijl de rook in de vorm van een gedraaide trechter kilometers de lucht in leek te gaan.

'En daar moet ik die helikopter naartoe vliegen?' zei Sanjit.

Virtue liep de kamer uit en kwam even later weer terug met een kleine telescoop in zijn handen. Het was geen heel sterke – ze hadden hem wel eens gebruikt om te kijken of ze dingen konden onderscheiden in de stad of aan de beboste kust die het dichtst bij het eiland lag, maar ze hadden nooit veel gezien. Nu hadden ze er nog steeds niet veel aan, maar zelfs licht vergroot zag het vuur er al angstaanjagend uit.

Sanjit keek naar Bowie, die jammerde in zijn slaap.

'Dit voelt helemaal niet goed,' zei Virtue.

'Nou, het vuur slaat heus niet over naar het eiland, hoor,' zei Sanjit in een mislukte poging luchtig te blijven klinken.

Virtue zei niets en staarde alleen maar. En toen drong het tot Sanjit door dat zijn broer en vriend meer zag dan alleen de brand.

'Wat is er, Choo?'

Virtue slaakte een diepe zucht die haast naar een snik neigde. 'Je hebt nooit iets gevraagd over het land waar ik vandaan kom.'

Sanjit keek verbaasd op bij deze onverwachte wending. 'Afrika. Ik weet dat je uit Afrika komt.'

'Afrika is een werelddeel, geen land,' zei Virtue, maar hij klonk een stuk minder beweterig dan anders. 'Kongo. Ik kom uit Kongo.'

'Oké.'

'Dat zegt jou niks, hè?'

Sanjit haalde zijn schouders op. 'Leeuwen en giraffen en zo?'

Virtue nam niet eens de moeite om een spottende opmerking te maken. 'Er is al ik weet niet hoe lang oorlog. Mensen worden vermoord. Verkracht. Gemarteld. Dingen die je niet eens wilt weten, broertje.'

'Is dat zo?'

'Ik woonde niet in een weeshuis toen Jennifer en Todd me adopteerden. Ik was vier en ik zat in een vluchtelingenkamp. Ik weet alleen nog dat ik de hele tijd heel erge honger had. En dat er niemand voor me zorgde.'

'Waar waren je echte vader en moeder dan?'

Virtue bleef heel lang stil, en instinctief wist Sanjit dat hij niet moest aandringen.

Uiteindelijk zei Virtue: 'Ze vielen ons dorp binnen en brandden het plat. Ik weet niet waarom, ik was nog maar heel klein. Ik weet alleen dat mijn moeder – mijn echte moeder – zei dat ik weg moest rennen en me in het bos moest verstoppen.'

'Oké.'

'Ze zei dat ik niet meer tevoorschijn mocht komen. En niet mocht kijken. Ze zei: "Verstop je en knijp je ogen stijf dicht. Sla je handen over je oren."'

'Maar dat heb je niet gedaan.'

'Nee,' fluisterde Virtue.

'Wat heb je gezien?'

'Ik...' Virtue haalde diep en beverig adem. Op een verstikte, onnatuurlijke toon zei hij: 'Weet je wat het is? Ik kan er niet over praten. Ik kan het niet in woorden uitdrukken. Ik wil niet dat die woorden mijn mond uit komen.'

Sanjit staarde hem aan met het gevoel dat hij naar een vreemde keek. Virtue had nog nooit iets over zijn vroege jeugd gezegd. Sanjit gaf zichzelf een uitbrander omdat hij altijd te veel met zichzelf bezig was geweest om ernaar te vragen.

'Als ik dat vuur zie krijg ik gewoon een heel slecht voorgevoel, Sanjit. Ik ben bang dat het allemaal opnieuw gaat gebeuren.'

Taylor vond Edilio toen hij met Orc, Howard, Ellen en een paar anderen wegliep van de plek waar het vuur het hevigst was. Vanaf de bovenverdieping van een huis dat brandde als een fakkel klonken jammerende stemmen. Taylor zag hoe Edilio zijn handen tegen zijn oren drukte.

Taylor trok een van zijn handen weg. 'Er zitten kinderen in dat huis!'

'O ja?' vroeg Edilio woest. 'Zou je denken?'

Het was zo'n ongebruikelijke reactie voor Edilio dat Taylor helemaal geschokt was. De anderen keken haar aan alsof ze gek was geworden. Ze hadden het gegil allemaal gehoord. 'Ik kan het wel,' zei Taylor. 'Ik kan naar binnen en naar buiten springen voor het vuur me te pakken krijgt.'

Edilio's woedende blik werd een heel klein beetje milder. 'Dat is heel dapper van je, Taylor. Maar wat wil je daar dan doen? Je kunt wel naar binnen springen, maar je kunt niemand mee naar buiten dragen.'

Taylor staarde naar het huis. Het stond een halve straat verderop, maar zelfs op deze afstand was de lucht zo heet als een oven.

'Misschien kan ik...' Haar stem stokte.

'Jij kunt niets doen aan wat daarbinnen gebeurt. En je wilt niet naar binnen springen om het alleen maar te zien, geloof mij maar,' zei Edilio. 'Dat wil je niet zien.'

Het gegil was opgehouden. Een paar minuten later stortte het dak in.

'Het vuur verspreidt zich nu uit zichzelf. We moeten een brandgang proberen te maken,' zei Ellen.

'Een wat?' vroeg Edilio.

'Een brandgang. Dat doen ze bij bosbranden ook. Ze kappen de bomen waar het vuur langs zal komen. Op die manier kan het vuur niet meer van boom naar boom springen.'

'Bedoel je dat je de huizen plat wilt gooien?' zei Howard. 'Je wilt dus dat Orc huizen plat gaat gooien. Dat wordt lap...'

'Hou je mond, Howard,' zei Orc. Niet gemeen, maar heel beslist.

Howard haalde zijn schouders op. 'Best hoor, grote vent, als jij opeens zo nodig edelmoedig moet zijn.'

'En wat dan nog,' zei Orc.

Dekka kwam Edilio tegen – ze botste letterlijk tegen hem op. Ze was duidelijk halfverblind door de rook.

'Dekka!' riep Edilio. 'Heb je Sam gezien?'

Dekka probeerde antwoord te geven, hapte naar adem, hoestte en schudde uiteindelijk haar hoofd.

'Goed. Kom met ons mee. Het vuur verspreidt zich nog steeds.'

'Wat gaan jullie...' wist ze uit te stoten.

'We gaan een brandgang maken,' zei Edilio. 'Het vuur springt van het ene huis op het andere. We gaan een paar huizen plat-gooien en opzij duwen.'

'Ga Jack halen,' zei Dekka. Ze perste de woorden eruit en pro-beerde de hoestbui te verbijten die daarna kwam.

'Goed idee,' zei Edilio. 'Taylor?'

Taylor verdween.

'Kom op, jongens,' zei Edilio in een poging zijn zieke, moede-loze groepje kinderen weer op de been te krijgen. 'Misschien kun-nen we nog steeds een groot gedeelte van de stad redden.'

Hij ging voorop en de rest liep achter hem aan.

Waar was Sam? Normaal gesproken zou Sam voorop zijn ge-gaan. Zou Sam de bevelen hebben uitgedeeld.

Zou alles goed zijn met Sam? Had hij Zil te pakken gekregen? Had hij zijn dreigement uitgevoerd? Had hij Zil vermoord?

Het gegil uit het brandende huis galmde nog na in Edilio's oren. Hij wist dat hij het nog heel lang zou horen in zijn dromen. Het zou moeilijk worden om medelijden met Zil te hebben als Sam echt de daad bij het woord had gevoegd, maar toch voelde Edilio zich er niet lekker bij. Het was het zoveelste symptoom van een wereld die gek geworden was.

Taylor kwam terug toen ze net bij Sheridan Avenue waren.

Overal was rook. Het vuur ging via de achtertuinen van Sherman naar de westkant van Sheridan.

'Jack komt eraan.' Brianna probeerde op te staan, maar toen ze drie stappen had gezet, zakte ze weer in elkaar.'

'Komt het wel goed, denk je?' vroeg Dekka.

'Griep en supersnelheid gaan geloof ik niet zo goed samen,' zei Taylor. 'Maar ze overleeft het wel.'

Edilio probeerde hun positie te bepalen. Het vuur raasde naar het westen. Er was geen gewone wind, die was er nooit in de FAKZ, maar het vuur leek zijn eigen wind te creëren. Ze voelden een gloeiend hete luchtstroom – het was duidelijk dat het vuur die wind zou volgen.

'Het komt deze kant op,' zei Ellen.

'Ja.' De vlammen in Sherman Avenue veranderden de huizenrij aan de westkant van Sheridan in zwarte silhouetten.

Plotseling kwam er uit een wervelende sliert rook een jongetje tevoorschijn dat een grotere jongen achter zich aan sleepte.

'Hé, vent,' zei Edilio. 'Wegwezen hier.'

Nu herkende Edilio het jongetje: het was Justin. Maria had gevraagd of hij wilde opletten of hij Justin ergens zag. En die ander was Roger. Roger was er slecht aan toe, en kon niet praten of zelfs maar zijn ogen opendoen.

'Probeer maar niets te zeggen,' zei Edilio. 'Justin, je moet naar het plein, goed? Jullie allebei. Daar is Lana waarschijnlijk ook. Ga naar haar of naar Dahra Baidoo toe, oké? Nu! Gauw!'

De twee beroete jongens gingen hoestend en strompelend weer op pad. Justin sleepte nog altijd Roger achter zich aan.

'Ik denk niet dat we de huizen aan die kant nog kunnen redden,' zei Ellen. 'Maar de straat is hier best wel breed. En misschien kunnen we de huizen aan de oostkant platgooien en naar achteren duwen – misschien is dat al genoeg.'

Jack kwam met een verbijsterde, behoedzame uitdrukking op zijn gezicht de straat in gelopen.

'Fijn dat je er bent, Jack,' zei Edilio.

Jack wierp Taylor een vuile blik toe, en zij lachte hem minzaam

227

toe. Daar was iets misgegaan, maar dit was niet het moment om er iets aan te doen. Taylor had Jack overtuigd, dat was het enige wat Edilio hoefde te weten.

'Goed,' zei Edilio. 'We gaan dat huis platgooien. Taylor, kijk of er kinderen binnen zijn. Dekka, ik denk dat jij het eerst moet verzwakken. Dan kunnen Orc en Jack er vervolgens doorheen.'

Orc en Jack keken elkaar eens aan. Orc genoot van zijn kracht. Jack schaamde zich haast voor de zijne. Maar dat betekende nog niet dat hij zin had om zich door Orc te laten aftroeven.

'Jij doet links,' zei Orc.

Taylor kwam weer tevoorschijn. 'Niemand thuis. Ik heb alle kamers gecontroleerd.'

Dekka stak haar handen hoog in de lucht. Edilio vroeg zich af of ze door haar ziekte misschien minder sterk zou zijn. Maar het verandameubilair was al gewichtloos geworden en zweefde omhoog tot het tegen het dak knalde. Een al heel lang niet meer gebruikte fiets vloog de lucht in.

Het huis kreunde en kraakte. Aarde en vuilnis stegen op als een soort vertraagde, omgekeerde regen.

Toen liet Dekka haar handen plotseling weer zakken. De fiets, de meubels en het afval stortten allemaal weer op de grond. Het huis protesteerde hartgrondig. Een deel van het dak stortte in.

Orc en Jack liepen naar voren.

Orc sloeg zijn vuist door een muur, vlak bij een hoek. Hij haakte zijn arm door het gat en trok aan de steunbalken. Het was zwaar en hij moest zich inspannen, maar ineens brak de hoek door. De gevelbeplating barstte in stukken naar buiten, houten balken knapten doormidden en staken uit de muur als botten in een open breuk. De hoek van het huis zakte in.

Jack trok een lantaarnpaal uit zijn betonnen fundering, gaf hem aan Orc en pakte toen zelf ook een ijzeren paal. Zodra het huis in een stapel planken, platen en afgebroken pijpen was veranderd, tilde Dekka het hele zooitje van de grond.

Daarna volgde een soort onhandige, gevaarlijke dans. Orc en Jack duwden het gewichtloze puin met de lange lantaarnpalen weg van de straat. Maar dat was een lastig karwei, want Dekka moest de zwaartekracht de hele tijd aanpassen om te voorkomen dat alles te hoog de lucht in zou zweven, en Orc en Jack worstelden met de verschillende zwaartekrachtniveaus waardoor hun lantaarnpalen af en toe bijna gewichtloos, en dan opeens weer loeizwaar werden.

Uiteindelijk werd het verwoeste, verpletterde huis de parkeerplaats op geduwd achter de huizen die op San Pablo Avenue en het plein uitkeken. Toen ze klaar waren met dat eerste huis, sprong het vuur over op het huis ten westen van hen. Maar de kans was nu in elk geval groot dat het de overkant van Sheridan niet zou kunnen bereiken.

Ze werkten de hele ochtend door. Ze sloften op en neer langs de drie woonblokken in Sheridan en haalden de huizen neer die het meeste gevaar liepen. Edilio en Howard doorzochten alle huizen, stuurden de kinderen weg en renden achter Dekka, Orc en Jack langs om brandende stukjes hout uit te trappen die aan de oostkant van de straat terechtkwamen en smeulend gras te doven met scheppen en deksels van vuilnisbakken.

En al die geluiden, het gescheur, geknars en het onverwachte gedreun, voegden zich bij het geknap en gekraak en geloei van het vuur dat zich een weg vrat langs de westkant van de straat.

Perdido Beach stierf, en zo klonk het.

Achtentwintig | 13 uur, 12 minuten

De boot tufte weg van Perdido Beach.

Ze waren nog maar met z'n zevenen. Caine. Diana. Penny. Tyrell. Jasmine. Worm. En Verf. Verf had zijn bijnaam gekregen omdat hij verf snoof uit een sok. Zijn mond had altijd een andere kleur, afhankelijk van de verf die hij het laatst had gevonden. Op dit moment was hij rood, zag Caine. Alsof Verf op de vampiertoer was gegaan.

Van de zeven kinderen hadden er maar twee een gave die van pas kon komen: Penny en Worm. Diana kon nog steeds aanvoelen hoe sterk een gave was, maar wat had je daar in vredesnaam aan?

De andere drie waren hier alleen maar omdat ze de mazzel hadden gehad dat ze niet in de Zodiac hadden gezeten. Hoewel dat misschien ook wel pech was: de kinderen die in de haven waren gevallen, kregen nu vast te eten van Sams mensen.

'Waar gaan we heen, gast?' vroeg Verf voor zo ongeveer de tiende keer sinds ze waren vertrokken.

'Naar het eiland van Worm,' zei Caine. Hij had geduld. Hij was al zo ver gekomen, had bewezen dat hij Sam nog steeds kon raken, dat hij nog steeds een plan kon uitvoeren. Hij was superzwak, en toch was hij erin geslaagd om zichzelf en zijn Coatesvolgelingen dwars door vijandelijk terrein te loodsen.

De motor ronkte geruststellend. De stuurhendel trilde in zijn handen. Het riep herinneringen op aan een wereld van lang geleden, vol machines, elektronica en eten.

Het was vol in de boot. Het ding stelde niet veel voor: een laag motorbootje met een platte bodem dat boven op het water lag. Vuilwit fiberglas. Of misschien was het aluminium. Het interesseerde Caine niet.

Er waren drie reddingsvesten aan boord – drie maar. Ze werden gedragen door Tyrell, Worm en Penny, die ze meer of minder doeltreffend hadden vastgegespt. Een reddingsboot vol uitgehongerde vluchtelingen.

Diana had geen reddingsvest gepakt. Caine wist wel waarom. Het kon haar niet meer schelen of ze bleef leven of niet. Ze had al uren niets meer gezegd.

Hij had het idee dat Diana het eindelijk had opgegeven. Caine kon haar nu recht aankijken in plaats van alleen stiekeme blikken te werpen. Ze zou hem niet meer om zijn oren slaan met een of andere gemeen-grappige opmerking.

Ze was een schim van de oude Diana. Ze was wat er overbleef als je Diana's schoonheid, scherpe tong en stoerheid weghaalde. Een trillend, somber geraamte met broos haar en een vale huid.

'Ik zie meerdere eilanden,' merkte Penny op.

'Dat klopt,' zei Caine.

'Welk eiland is het?'

Dit was niet het moment om toe te geven dat hij dat niet wist. En waarschijnlijk ook niet het moment om toe te geven dat als ze verkeerd gokten en bij het verkeerde eiland aan land wisten te komen, ze daar waarschijnlijk zouden sterven. Ze hadden niet genoeg kracht meer om nog even bij een ander eiland op bezoek te gaan.

'Is er eten daar?' vroeg Tyrell hoopvol.

'Ja,' zei Caine.

'Er wonen onwijs rijke mensen. Acteurs,' zei Worm. Een stem uit de vage omtrek van een jongen die voor in de boot zat.

'Hebben we genoeg benzine om daar te komen?' vroeg Tyrell.

'Dat merken we vanzelf,' zei Caine.

'Maar stel dat de benzine opraakt?' vroeg Verf. 'Ik bedoel, wat doen we als we zonder benzine komen te zitten?'

Caine was het zat om de zelfverzekerde leider te moeten spelen.

'Dan drijven we hulpeloos rond tot we allemaal hier op de blauwe oceaan gestorven zijn,' zei hij.

Toen hielden ze hun mond wel. Iedereen wist wat er zou gebeuren voor ze zichzelf hier zomaar van de honger zouden laten omkomen.

'Je hebt hem gezien,' zei Diana tegen Caine. Ze had niet eens genoeg puf meer om hem aan te kijken.

Hij kon liegen. Maar wat had dat voor zin? 'Ja,' zei Caine. 'Ik heb hem gezien.'

'Hij is niet dood,' zei Diana.

'Blijkbaar niet.'

Hij vond het een heel vervelend idee dat Drake misschien nog leefde. Niet alleen omdat Drake Caine de schuld zou geven van zijn dood. Niet alleen omdat Drake nooit zou vergeven, nooit zou vergeten, nooit zou ophouden.

Caine vond het verschrikkelijk dat Drake misschien nog leefde omdat hij van ganser harte hoopte dat de dóód in elk geval echt was. Hij zou het wel aankunnen om te sterven, als het echt moest. Maar hij zou het niet aankunnen om te sterven en daarna weer verder te leven.

Jasmine stond bibberig op.

Caine keek even op – het meisje interesseerde hem verder niet, maar hij was bang dat ze de boot misschien zou laten kapseizen.

Zonder iets te zeggen tuimelde Jasmine overboord. Ze viel met een klap in het water.

'Hé,' zei Diana lusteloos.

Caine hield zijn hand op de stuurhendel. Jasmine kwam niet meer boven. Een witte kantachtige cirkel van schuimend water gaf aan waar ze dankbaar naar de diepte was gezonken.

En toen waren er nog zes, dacht Caine mat.

Hank was dood.

Antoine was verdwenen, die waren ze ergens in deze waanzin kwijtgeraakt, en de kans was groot dat hij ook dood was, zo zwaargewond als hij was.

Zil ging trillend zitten. Hij was thuis, in die stomme zone van hem, met Lisa, zijn stomme vriendin die hem met haar koeienogen aanstaarde, terwijl die stomme Turk in de hoek zat te mompelen en op de een of andere manier probeerde te verklaren waarom dit uiteindelijk allemaal juist goed was.

Sam zou hem komen halen, dat wist Zil zeker. Sam zou hem komen halen. De freaks zouden winnen. O, jemig, als ze Hank konden vermoorden en Antoine misschien ook wel, dan was het slechts een kwestie van tijd.

Het had net zo goed Zil geweest kunnen zijn die door Caine op die manier het water in was gegooid. Als Zil had geschoten, dan had Caine hem net zo makkelijk vermoord als hij met Hank had gedaan. Hem! De Leider!

Dit was niet volgens plan. Het was de bedoeling dat Zil van de verwarring gebruik zou maken om zo veel mogelijk normalo's bij elkaar te krijgen en vervolgens het stadhuis zou overnemen. Ze zouden Astrid gevangennemen en als gijzelaar houden, zodat Sam niet...

Het was een dom plan. Het was Caines plan. Hoe moest hij in deze chaos ooit kinderen bij elkaar zien te krijgen? In alle rook en paniek en verwarring, waarin Antoine en Hank al te grazen waren genomen?

Dom, dom, dom.

En dan die aanval op Caine, om het echt te laten lijken. Nog dommer. In een rechtstreeks gevecht met de freaks stond Zil machteloos.

Zil zag nog steeds Hanks gezicht voor zich terwijl hij de lucht in vloog. Hoorde de gil die zijn keel verscheurde toen hij als een baksteen weer naar beneden stortte. De tijd die heel lang leek te duren terwijl ze wachtten tot Hank weer boven zou komen, ook al wisten ze dat dat niet zou gebeuren. Ze wisten dat geen mens zo'n val kon overleven.

Alsof je van een gebouw in een kommetje water sprong, had Lance gezegd. Hank lag ergens diep verstopt in de onderzeese modder. En het had net zo goed Zil kunnen zijn. Zil had net zo goed met zijn hoofd in de natte blubber kunnen liggen, terwijl hij misschien nog net lang genoeg was blijven leven om te proberen adem te halen...

'Het mooie is dat iedereen ons nu zeker weten zal geloven,' zei Turk terwijl hij op zijn nagels beet.

'Wat zeg je?' snauwde Zil.

'Nu Caine Hank vermoord heeft,' legde Turk uit. 'Ik bedoel, nu zal niemand nog denken dat we een deal met Caine hebben gesloten.'

Zil knikte afwezig.

'Dat is waar,' zei Lance. Hij grijnsde nog net niet, maar het scheelde niet veel. En heel even zag Zil iets anders in Lance. Iets wat niet bij zijn knappe gezicht en coole houding paste.

'Misschien moeten we er gewoon mee ophouden.'

Lisa. Zil keek verbaasd op toen hij haar stem hoorde. Ze zei bijna nooit iets. Meestal zat ze er maar een beetje als een zak aardappelen bij. Als een domme koe. Meestal had hij een hekel aan haar, en nu had hij een nog grotere hekel aan haar, omdat ze begreep hoe het werkelijk zat, dat Zil verloren had.

'Waar moeten we mee ophouden?' vroeg Lance. Hij mocht Lisa duidelijk ook niet. Eén ding wist Zil zeker: Lance zou nooit geïnteresseerd zijn in Lisa, daar was ze niet mooi genoeg voor. Nee, ze was slechts het beste wat Zil kon krijgen. Tot nu toe dan.

'Ik bedoel...' begon Lisa, maar ze eindigde met een schouderophalen en viel weer stil.

'Wat we moeten doen,' zei Turk, 'is tegen iedereen zeggen dat het allemaal Caines schuld is. We zeggen tegen iedereen dat Caine de stad in brand heeft gestoken.'

'Ja,' zei Zil zonder overtuigingskracht. Hij liet zijn hoofd hangen en keek naar de grond, naar het vieze, versleten tapijt. 'De freaks.'

'Precies,' zei Turk.

'Het waren de freaks,' zei Lance. 'Ik bedoel, het waren écht de freaks. Wie heeft ons opgestookt? Caine.'

'Inderdaad,' zei Turk.

'We hebben gewoon meer mensen nodig,' zei Lance. 'Ik bedoel,

Antoine was toch eigenlijk gewoon een domme junk. Maar Hank...'

Zil keek op. Misschien was er nog hoop. Hij knikte naar Lance.

'Ja. Zo is het. We hebben meer mensen nodig.'

'Als ze wisten dat we tegen Caine vochten, dan zouden er veel meer mensen met ons meedoen,' zei Turk.

Lance glimlachte vaag. 'We hebben geprobeerd om Caine tegen te houden toen hij de stad wilde platbranden.'

'En daar heeft Hank zijn leven voor gegeven,' zei Zil.

Hij zei het. En hij wist dat Turk het al half geloofde. Zil geloofde het zélf al half.

'Lance, naar jou zullen ze luisteren. Jij en Turk, en Lisa ook: ga naar buiten. Zeg het voort.'

Niemand stond op.

'Jullie moeten doen wat ik zeg,' zei Zil, en hij probeerde heel vastberaden te klinken, niet smekend. 'Ik ben de Leider.'

'Dat is zo,' beaamde Turk. 'Maar... Straks geloven ze ons niet, als je begrijpt wat ik bedoel.'

'Ben je soms bang?' vroeg Zil op hoge toon.

'Ik ben niet bang,' zei Lisa. 'Ik doe het wel. Ik ga de stad in en ik zal al onze vrienden de waarheid vertellen.'

Zil keek haar achterdochtig aan. Waarom was ze opeens zo dapper?

'Cool, Lisa,' zei hij. 'Dat zou echt een heldendaad zijn, zeg maar.'

Lance zuchtte. 'Nou, als zij het kan, dan kan ik het denk ik ook wel.'

Turk was de enige die bleef zitten. Hij wierp een tersluikse blik op Zil. 'Iemand moet toch hier blijven om jou te beschermen, Leider.'

Zil lachte vreugdeloos. 'Ja, als Sam komt, dan weet ik zeker dat jij hem zult tegenhouden, Turk.'

'Het is de beproeving,' zei Nerezza.

Orsay zei niets. Ze had dat woord al eens eerder gehoord. Had ze het zelf uitgesproken?

Nerezza legde het uit, alsof ze raadde wat Orsay dacht. 'Een beproeving. Een zware tijd. Waarin mensen willen dat de profeet zegt wat ze moeten doen. Jij hebt voorspeld dat dit zou gaan gebeuren.'

'Echt? Dat kan ik me niet herinneren.' Haar geheugen was een zolder volgestouwd met kapot speelgoed en beschadigde meubels. Het werd steeds moeilijker om te bepalen waar ze echt was. Of wanneer. En ze vroeg allang niet meer waarom.

Ze stonden aan de rand van het verbrande gebied, midden op Sheridan. De puinhopen zagen er akelig en spookachtig uit in het ochtendlicht. Er kwam nog steeds rook uit een stuk of tien huizen. Hier en daar waren nog vlammentongen te zien die uit de zwartgeblakerde ramen gluurden.

Sommige huizen stonden onaangetast in de woestenij. Alsof ze door tussenkomst van boven gespaard waren gebleven. Andere huizen waren slechts gedeeltelijk verbrand. Aan sommige kon je zien dat ze helemaal uitgebrand waren terwijl de gevels ongeschonden waren, op wat roetvlekken rond de zwarte ramen na.

Bij een huis vlak bij hen was alleen het dak verbrand en ingestort. Er zat nauwelijks roet op de vrolijke, groen geverfde buitenkant, maar de bovenkant van het huis was helemaal weg; alleen een paar zwartgeblakerde houten palen staken nog de lucht in. Toen Orsay door de ramen naar binnen keek, zag ze zwarte dakpannen en balken kriskras door elkaar liggen. Alsof er iemand langs was gekomen die het dak eraf had gerukt en het huis als vuilnisbak had gebruikt om de as in te gooien.

Aan de andere kant van de straat zagen ze een ander soort verwoesting. Die kant zag eruit alsof er een tornado langs was geraasd die een hele rij huizen van hun funderingen had geduwd.

'Ik weet niet wat ik moet doen,' zei Orsay. 'Dan kan ik toch ook niet tegen anderen zeggen wat ze moeten doen?'

'Het is een straf,' zei Nerezza. 'Dat weet jij ook wel. Dat weet iedereen hier. Het is een straf. Een beproeving om iedereen eraan te herinneren dat ze fout bezig zijn.'

'Maar...'

'Wat hebben je dromen voorspeld, Profetes?'

Orsay wist wat haar dromen hadden voorspeld. De dromen van de mensen aan de andere kant, die een meisje dat Orsay heette door hun slapende hoofden hadden zien wandelen. Orsay, het meisje dat boodschappen overbracht aan hun kinderen en in ruil daarvoor de ouders schokkende beelden liet zien van het leven in de FAKZ. Beelden van hun kinderen die gevangenzaten en verbrandden.

Gevangen en verbrand.

Ja, de dromen van al die goede mensen waren een marteling, omdat ze wisten wat er binnen gebeurde. En ze waren ontzettend gefrustreerd omdat ze – die goede mensen, die volwassenen, die ouders – wisten dat er wél een uitweg was voor hun doodsbange kinderen.

Dat hadden de dromen van Orsay haar laten zien. Ze hadden haar laten zien dat Francis ongedeerd tevoorschijn was gekomen en verwelkomd was door zijn ouders, die tranen van dankbaarheid huilden nadat hij gepoeft was.

Daar was Orsay blij van geworden. Als je poefte als je vijftien werd, kon je de FAKZ uit. Dat vond ze zelf ook een fijn vooruitzicht. Ze kon ontsnappen, als het zover was.

Maar later had ze andere beelden gezien. Die beelden kreeg ze niet bij de FAKZ-muur door, zelfs niet als ze sliep. Het waren niet echt dromen, meer visioenen. Openbaringen. Ze kwamen stiekem achter andere gedachten aan naar binnen. Als inbrekers die haar hersenen in slopen.

Ze had het gevoel dat ze geen controle meer had over wat er in haar hoofd gebeurde. Alsof ze een deur open had laten staan en de golf dromen, visoenen en wazige, angstaanjagende waanbeelden nu niet meer te stoppen was.

Deze nieuwe beelden lieten niet alleen de kinderen zien die aan de FAKZ waren ontkomen doordat ze de magische leeftijd hadden bereikt. Ze zag de kinderen die dood waren gegaan. En die nu toch aan de andere kant hun moeders omhelsden.

Ze had visioenen gezien van degenen die vannacht in het vuur waren omgekomen. Die pijn hadden geleden, dood waren gegaan en uiteindelijk in de liefhebbende armen van hun ouders hadden kunnen vluchten.

Zelfs Hank. Hanks vader had niet staan wachten bij de Koepel, maar was gewaarschuwd door de verkeerspolitie van Californië. Ze hadden hem gebeld. Hadden hem te pakken gekregen in een bowlingcentrum in Irvine waar hij bier zat te drinken en met de barvrouw flirtte. Hij had een hand tegen zijn oor moeten drukken om hen boven het geluid van rollende ballen en omvallende kegels uit te kunnen verstaan.

'Wat zei je?'

'Je zoon, Hank. Hij is eruit!' had de politie gezegd.

Orsay zag de beelden, wist wat ze betekenden en werd misselijk omdat ze het wist.

'Wat zie je in je dromen, Profetes?' hield Nerezza vol.

Maar Orsay kon het niet zeggen. Ze kon niet zeggen dat de dood zelf, niet alleen de poef of de grote vijftien, een uitweg was.

O, stel je voor. Stel dat ze dat tegen mensen zou zeggen...

'Zeg het maar,' zei Nerezza dringend. 'Ik weet dat je krachten sterker worden. Ik weet dat je meer ziet dan ooit.'

Nerezza hield haar gezicht heel dicht bij dat van Orsay. Haar arm plette Orsays arm. Nerezza drukte Orsay fijn met haar dwingende wilskracht. Orsay voelde hoe die wilskracht, die behoefte, die hunkering haar probeerde te dwingen.

'Niets,' fluisterde Orsay.

Nerezza trok zich terug. Heel even trok ze woedend haar bovenlip op, alsof ze tegen Orsay wilde grauwen. Als een dier. Toen kreeg ze met moeite haar gezicht weer in de plooi. 'Je bent de Profetes, Orsay,' zei ze.

'Ik voel me niet lekker,' zei Orsay. 'Ik wil naar huis.'

'De dromen,' zei Nerezza. 'Daar slaap je slecht van, hè? Ja, je kunt beter nog even gaan liggen.'

'Ik wil niet meer dromen,' zei Orsay.

Negenentwintig

Er zaten zes vogels in Hunters tas. Drie kraaien, waar weinig vlees aan zat. Eén uil. Uilen waren vrij ranzig, maar ze hadden meer vlees. En gelukkig had hij ook twee van die bontgekleurde, sappige vogels gevangen. Hunter wist niet hoe ze heetten, maar hij was altijd naar ze op zoek omdat ze lekker waren en omdat Albert er heel blij mee zou zijn.

Hij stond hoog op de bergrug, ten noorden van de stad, en tilde de zak dode vogels op. Het was zwaar werk. Hij droeg ze in zo'n draagdoek waar moeders vroeger hun baby's in hadden gedragen.

In Hunters rugzak zaten zijn slaapzak, zijn pan, zijn mok, een extra paar sokken en een reservemes. Messen braken soms, hoewel het mes dat in zijn riem gestoken zat al een hele tijd meeging.

Hunter was twee herten op het spoor. Hij zat de hele nacht al achter ze aan. Als hij ze te pakken kreeg, zou hij ze doden. Dan zou hij ze met zijn mes schoonmaken op de manier die hij had geleerd, zodat de ingewanden eruit vielen. Hij zou de twee herten niet tegelijk naar beneden kunnen dragen. Hij zou een van de dieren moeten ontweien en dan aan een boom moeten hangen om het later op te halen.

Hunter snoof. Hij had geleerd dat hij de dieren waarop hij joeg kon ruiken. Herten hadden een bepaalde geur, net als wasberen en buidelratten. Hij snoof opnieuw, maar dit keer was het de geur van brand die zijn neusgaten in drong.

Er kwam een diepe denkrimpel in zijn voorhoofd. Had hij hier onlangs nog zijn kamp opgeslagen? Of was er iemand anders in de buurt die een vuurtje had gestookt? Hij bevond zich in een diepe kloof, met donkere bomen naast en boven hem. Hij aarzelde. Dit rook anders dan een kampvuurtje. Het was meer dan brandende takken en kreupelhout.

Terwijl hij daar zo stond, kwam er opeens vanuit het niets een groot hert met een volgroeid gewei tevoorschijn. Het dier zag hem niet. Het rende, niet in paniek maar wel in een stevig tempo, en sprong behendig over boomstronken terwijl het de dichte doornstruiken ontweek.

Hunter richtte zijn beide handen op het hert. Er was geen flitslicht. Niets te zien of te horen.

Het hert zette nog twee stappen en viel toen voorover.

Hunter rende ernaartoe. Het dier was op sterven na dood.

'Maak je maar geen zorgen,' fluisterde Hunter. 'Het doet geen pijn.' Hij hield zijn handpalm bij de kop van het hert. De ogen van het hert werden glazig. Het dier hield op met ademen.

Hunter liet zijn rugzak en vogeltas van zijn schouders glijden en trok zijn mes.

Hij was opgewonden. Dit was het grootste dier dat hij ooit te pakken had gekregen. Hij zou het met geen mogelijkheid kunnen dragen. Hij zou het in stukken moeten snijden – dat werd nog een hele klus.

Hij nam een grote slok uit zijn veldfles en ging zitten om na te denken over de taak die voor hem lag.

Hunter had al heel lang niet meer geslapen, omdat hij achter die andere twee herten aan had gezeten. Nu was hij moe. En er was geen reden meer om nog verder te jagen. Met die vogels en deze bok zou hij twee dagen aan het slachten en slepen zijn om al het vlees naar de stad te krijgen.

Er waren een paar ondiepe grotten verderop, maar in sommige zaten vliegende slangen. Beter om daar niet in de buurt te komen. Beter om hier buiten te blijven.

Hij legde zijn hoofd op een zachte, rottende boomstronk en viel direct in slaap.

Hij wist niet hoe lang hij had geslapen, want hij had geen horloge, maar de zon stond al hoog aan de hemel toen hij wakker werd van het geluid van iemand die onhandig door het bos struikelde. Iemand die stiekem probeerde te doen en daar niet al te best in slaagde.

'Hoi, Sam,' zei Hunter.

Sam verstijfde. Hij keek om zich heen alsof hij een antwoord probeerde te bedenken. Hunter vond dat hij er raar uitzag. Niet zoals Sam er normaal gesproken uitzag. Hij keek zoals dieren keken als Hunter ze in het nauw had gedreven en ze wisten dat dit het einde was.

'Ik, eh… ik maakte gewoon een ommetje,' zei Sam.

'Ben je op de vlucht?' vroeg Hunter.

Sam schrok. 'Nee.'

'Ik ruik brand.'

'Ja, dat klopt. Er heeft brand gewoed. In de stad,' zei Sam. 'Maar goed. Is dat een hert?'

Dat vond Hunter maar een domme vraag. 'Ja.'

'Ik heb honger,' bekende Sam.

Hunter glimlachte zijn scheve glimlach. De ene helft van zijn mond deed het niet goed meer. 'Ik kan wel een vogel voor ons klaarmaken. Maar het hert moet ik aan Albert geven.'

'Een stukje vogel zou geweldig zijn,' zei Sam.

Hij ging in kleermakerszit op het tapijt van dennennaalden zitten. Hij was gewond. Er zat bloed op zijn shirt en zijn schouderbewegingen waren stijf.

'Ik kan hem met mijn handen braden. Maar het is lekkerder als ik het boven een vuurtje doe.'

Hunter verzamelde droge naalden, kleine takken en een paar grote houtblokken. Binnen de kortste keren brandde er een vuurtje. Hij maakte een van de kleurige vogels schoon, brandde de bloedpennen eraf en sneed het vlees in stukken. Hij prikte de brokken aan een ijzeren kleerhanger uit zijn rugzak en zette die tussen het brandende hout aan de rand van het vuurtje.

Hunter verdeelde het vlees angstvallig eerlijk. Sam begon gulzig te eten.

'Best een goed leven heb je hier,' zei Sam.

'Behalve als er muggen zijn. Of vlooien,' antwoordde Hunter.

'Tja, iedereen krijgt vlooien nu de meeste honden en katten, eh... weg zijn.'

Hunter knikte. Toen zei hij: 'Ik heb niet veel te praten.' Toen Sam hem niet-begrijpend aankeek, legde Hunter uit: 'Soms wil mijn hoofd me geen woorden geven.'

Lana had hem zo goed mogelijk genezen, maar zijn schedel was nooit meer helemaal goed teruggegroeid. Ze had zijn hersenen weer zodanig in orde gemaakt dat hij niet meer in zijn broek plaste, zoals hij een tijdje had gedaan nadat hij zo was afgetuigd. En als hij praatte begreep men meestal wel wat hij bedoelde. Maar Lana had hem nooit meer helemaal normaal kunnen maken.

'Het is niet erg,' zei Hunter, die niet besefte dat hij dat allemaal niet hardop had gezegd. 'Ik ben gewoon anders nu.'

'Je bent belangrijk,' zei Sam. 'Je houdt de kinderen in leven. Heb je wel eens last van de coyotes?'

Hunter schudde zijn hoofd en schrokte nog wat meer van het hete vogelvlees naar binnen. 'We hebben een afspraak. Ik blijf bij hun jachtgebied uit de buurt. En ik jaag niet op coyotes. Dus ze vallen me nooit lastig.'

Een tijdje bleven ze zwijgend zitten. Het vuur werd kleiner. De vogel was op. Hunter schoof aarde op het vuur om het te doven.

'Misschien kan ik je helpen,' zei Sam. Hij stak zijn hand omhoog. 'Ik denk dat ik ook wel kan jagen.'

Hunter fronste zijn wenkbrauwen. Dit was verwarrend. 'Maar jij bent Sam en ik ben Hunter.'

'Je kunt me alles leren wat je weet,' zei Sam. 'Je weet wel, over dieren en zo. En hoe je ze kunt vinden. En hoe je ze in stukken moet snijden, dat soort dingen.'

Hunter dacht erover na, maar het idee gleed zijn hersenen uit en hij besefte dat hij niet meer wist wat Sam had gezegd.

'Als ik terugga, ga ik dingen doen,' zei Sam. Hij keek naar de as van het nu bijna gedoofde vuur.

'Jij bent goed in dingen doen,' zei Hunter.

Sam keek boos. Toen werd zijn uitdrukking milder, tot hij verdrietig keek. 'Ja. Maar ik heb niet altijd zin om die dingen te doen.'

'Ik ben Hunter, de jager. Dus ik jaag.'

'Ik heet eigenlijk Samuel. Hij was een of andere profeet uit de bijbel.'

Hunter wist niet wat 'profeet' betekende. Of 'bijbel'.

'Hij heeft de eerste koning van Israël aangewezen.'

Hunter knikte – hij had geen flauw idee waar Sam het over had.

'Geloof jij in God, Hunter?' vroeg Sam.

Plotseling voelde Hunter zich schuldig. Hij liet zijn hoofd hangen. 'Ik had bijna die jongens vermoord.'

'Welke jongens?'

'Zil. En zijn vrienden. Die me pijn hebben gedaan. Ik was op een hinde aan het jagen en toen zag ik ze. En ik had het kunnen doen.'

'Je had ze kunnen vermoorden.'

Hunter knikte.

'Eerlijk gezegd zou ik willen dat je het had gedaan, Hunter.'

'Ik ben Hunter,' zei hij, en hij grijnsde omdat hij het grappig vond. 'Ik ben niet Jongensmoordenaar.' Hij lachte. Het was een grapje.

Sam lachte niet. Hij keek eerder alsof hij wilde huilen.

'Ken je Drake, Hunter?'

'Nee.'

'Dat is een jongen die een soort slang heeft in plaats van een arm. Een slang. Of een zweep. Dus eigenlijk is hij geen echte jongen. Als je hem een keer ziet, kun je gerust op hem jagen.'

'Oké,' zei Hunter weifelend.

Sam beet op zijn lip. Hij keek alsof hij nog iets anders wilde zeggen. Hij stond op en zijn knieën knakten omdat hij zo lang had gezeten. 'Dank je wel voor het vlees, Hunter.'

Hunter keek hem na. Een jongen met een slangenarm? Nee. Dat had hij nog nooit gezien. Dat zou wel heel heftig zijn. Dat zou zelfs nog vreemder zijn dan de slangen die hij in de grotten had gezien. Die met de vleugels.

Dat deed Hunter ergens aan denken. Hij trok zijn mouw omhoog om de plek te bekijken waar de slang op hem had gespuugd.

Het deed pijn. Er zat een klein wondje, een soort gat. Er was een korstje op het gat gekomen, net als op alle ontelbare krassen en schaafwonden die Hunter tijdens zijn tochten door het struikgewas had opgelopen.

Maar nu hij het korstje bekeek zag Hunter tot zijn verontrusting dat het een rare kleur had. Het was niet roodachtig zoals de meeste korstjes. Dit korstje was groen.

Hij rolde zijn mouw omlaag. En vergat het weer.

Sanjit stond aan de rand van de klif. Door de verrekijker waren weinig details te zien. Maar de rookpluim was niet te missen. Hij hing als een enorm, kronkelend uitroepteken boven Perdido Beach.

Hij kantelde de verrekijker omhoog. Hoog in de lucht leek de rook zich horizontaal uit te spreiden. Alsof hij tegen een glazen plafond botste. Maar dat moest gezichtsbedrog zijn.

Sanjit keek naar rechts en stelde scherp op het jacht. Zijn blik gleed van de boeg naar de achtersteven. Naar de helikopter.

Choo probeerde een vlieger op te laten voor Pixie. De vlieger wilde niet echt goed van de grond komen. Dat wilde hij nooit, maar Pixie bleef hopen en Choo bleef het proberen. Want Virtue mocht dan vaak chagrijnig zijn, hij was wel een goed mens, peinsde Sanjit. Iets waarvan Sanjit niet wist of hij dat wel van zichzelf kon zeggen.

Peace was binnen en hield de wacht bij Bowie. Zijn koorts was niet gestegen. Maar Sanjit wist heel goed dat dat niet op blijvend herstel hoefde te duiden. Het ging al heel lang af en toe beter en dan weer slechter met hem.

Hij staarde naar de helikopter. Hij zou dat ding nooit kunnen besturen. Daar moest hij Choo van zien te overtuigen. Want als Sanjit zou proberen de helikopter te besturen, zouden ze allemaal doodgaan.

En als hij het niet probeerde zou Bowie misschien sterven.

Hij was zo in zijn sombere gedachten verzonken dat hij niet merkte dat Virtue op hem af rende.

'Hé, er komt een boot aan.'

'Hè?'

Virtue wees naar de zee. 'Daar.'

'Waar dan? Ik zie niets.'

Virtue rolde met zijn ogen. 'Zie je dat echt niet?'

'Hoor eens, ik heb niet de hele dag op de savanne naar leeuwen gezocht toen ik klein was.'

'Leeuwen. Juist. Dat doe ik het grootste deel van de tijd: ik zoek naar leeuwen.'

Sanjit dacht dat hij heel misschien een vlek zag die eventueel een boot zou kunnen zijn. Hij richtte de verrekijker. Het duurde even voor hij de boot te pakken had; hij vond hem uiteindelijk door eerst het kielzog te zoeken.

'Het is een boot!'

'Goh, ze hebben jou niet voor niets "Wijsheid" genoemd,' zei Virtue droog.

'Er zitten mensen in,' zei Sanjit. Hij gaf de verrekijker aan Virtue.

'Een stuk of zes, zo te zien,' zei Virtue. 'Het beeld is een beetje wazig. Ik weet niet eens zeker of ze wel deze kant op komen. Misschien zijn ze wel op weg naar een van de andere eilanden. Of ze zijn aan het vissen.'

'De stad brandt af en plotseling komt er een hele boot vol mensen deze kant op?' vroeg Sanjit sceptisch. 'Ik heb zo'n vermoeden dat ze niet aan het vissen zijn.'

'Ze ontsnappen uit Perdido Beach,' beaamde Virtue. 'Ze zijn ergens voor op de vlucht.'

'Voor het vuur.'

Maar Virtue schudde mistroostig zijn hoofd. 'Nee, broertje. Zeg nou zelf. Als er brand is, spring je dan in een boot om naar een eiland te varen? Nee. Dan ga je gewoon ergens heen waar geen brand is. Naar de volgende stad, bijvoorbeeld.'

Sanjit zweeg. Hij schaamde zich een beetje. Nu hij erover nadacht was het heel logisch. Choo had gelijk. Hij had geen idee waarom die lui in die boot gestapt waren, maar het was niet om aan het vuur te ontkomen.

'Wat doen we als ze hiernaartoe komen?' vroeg Virtue.

Daar had Sanjit geen goed antwoord op, en hij ontweek de vraag. 'Het zal ze heel wat moeite kosten om aan te leggen. Zelfs zonder golven komen ze nooit van die boot de rotsen op.'

'Tenzij wij ze helpen,' zei Virtue.

'Ik denk dat ze langs het jacht komen en dat ze dan zullen proberen om via die weg aan land te komen. Als ze de juiste kant op gaan, komen ze erlangs en dan zien ze het. Grote kans dat ze verdrinken als ze dat proberen. Geplet tussen het jacht en de rotsen. Zelfs zonder golven. Het is daar veel te smal.'

'Als wij ze helpen halen ze het wel,' zei Virtue voorzichtig. 'Het duurt nog wel even voor ze hier zijn. Het is nou niet bepaald een snelle boot. En ze zijn nog heel ver weg.' Hij keek nog een keer door de verrekijker. 'Ik weet het niet,' zei hij.

'Wat weet je niet?'

Virtue haalde zijn schouders op. 'Het is niet goed om zomaar te besluiten dat je mensen niet mag, zonder ze überhaupt een kans te geven.'

Sanjit voelde hoe zijn nekharen overeind gingen staan. 'Wat wil je daar precies mee zeggen, Choo?'

'Ik weet het niet. Ik zeg helemaal niets. Ze zijn vast heel aardig.'

'Zien ze er aardig uit?'

Virtue gaf geen antwoord. Sanjit zag dat hij zijn tanden op elkaar klemde. Hij had een frons tussen zijn wenkbrauwen. Zijn lippen waren een dunne streep.

'Zien ze er aardig uit, Choo?' herhaalde Sanjit.

'Misschien zijn het wel vluchtelingen of zo,' zei Virtue. 'Wat wou je doen? Moeten we ze wegsturen?'

'Choo. Ik vraag het niet voor niets. Vind jij dat ze er aardig uitzien? Het klinkt misschien gek, maar volgens mij voel jij dat soort dingen heel goed aan.'

'Ze lijken totaal niet op de mannen die vanuit de jungle ons dorp binnenvielen,' zei Choo. 'Maar zo voelen ze wel.'

'Waar moeten we aanleggen?' vroeg Diana.

De eilanden, waar ze voor haar gevoel nu al dagen naar keek, lagen eindelijk voor hun neus. De motorboot slingerde voor kale rotswanden die misschien wel dertig meter hoog waren.

'Er is vast wel een haventje of zo,' zei Worm. Diana wist dat hij zenuwachtig was. Als zijn verhaal over dit eiland een verzinsel bleek te zijn, zou Caine ervoor zorgen dat Worm zou willen dat hij dood was.

'De tank is bijna leeg,' zei Tyrell. 'We hebben misschien nog vier liter of zo. Ik hoor de benzine klotsen, zeg maar.'

'In dat geval doet de boot er niet toe,' zei Caine. 'We overleven hier op dit eiland, of we gaan dood.' Hij wierp een vernietigende blik op Worm. 'Sommigen van ons eerder dan anderen.'

'Waar moeten we heen?' vroeg Penny zich hardop af. 'Links of rechts?'

'Heeft iemand een muntje dat we kunnen opgooien?' vroeg Diana. Caine stond op. Hij hield zijn hand boven zijn ogen en keek naar links. Toen naar rechts. 'Rechts lijken de kliffen lager.'

'Kun jij niet even je toverding doen en ons allemaal die klif op laten zweven?' vroeg Verf, en toen begon hij zenuwachtig te giechelen terwijl hij op zijn roodbevlekte lippen sabbelde.

'Dat vroeg ik me ook al af,' zei Caine bedachtzaam. 'Het is nogal een eind. Ik weet het niet.' Hij keek omlaag naar de kinderen in de boot. Diana wist wat er nu ging gebeuren, maar ze had geen idee wie de eer zou krijgen.

'Daar gaan we, Verf,' zei Caine. 'Jij bent eigenlijk toch nutteloos, dus ik kan net zo goed jou nemen.'

'Hè?' De schrik op Verfs gezicht was bijna grappig. Een andere keer zou Diana medelijden met hem gehad hebben. Maar dit was nu en het was een kwestie van leven en dood.

En Caine had gelijk: Verf leverde toch niet bepaald een waardevolle bijdrage. Hij had geen gave. Hij kon niet vechten. Hij was een verslaafde eikel die al lang geleden alle hersenen die hij bezat om zeep had gesnoven.

Caine hief zijn handen en Verf zweefde omhoog. Het zag eruit alsof Caine hem bij zijn middel optilde, want Verfs voeten bungelden en schopten en hij zwaaide met zijn armen. Zijn lange, vieze bruine haar kolkte en wervelde alsof hij in een vertraagde tornado hing.

'Nee, nee, nee,' jammerde hij.

Verf zweefde nu boven het water.

'Als je hem een beetje laat zakken, lijkt het net alsof hij over het water loopt,' zei Penny.

Verf kwam steeds dichter bij de klif. Hij hing nog steeds een meter boven het water, zo'n tien meter van de boot vandaan.

'Weet je, Penny,' zei Diana. 'Dat is helemaal niet grappig. Als dit lukt, dan gaan we straks allemaal zo naar boven.'

Om de een of andere reden had Penny daar nog niet bij stilgestaan. Diana voelde een soort vage voldoening toen ze zag hoe de uitdrukking op het gezicht van het meisje van sadistisch plezier in ongerustheid veranderde.

'Goed, en dan nu omhoog,' zei Caine. Verf ging hoger de lucht in, langs de wand van de klif. Die bestond voornamelijk uit kale, samengeperste aarde met hier en daar een uitstekende rots en een paar verdwaalde struikjes die zo te zien een nogal hachelijke plek hadden uitgezocht om te groeien.

Verf ging omhoog. Diana hield haar adem in.

'Nee, nee, nee!' klonk Verfs stem van boven, maar niemand luisterde. Hij trappelde niet meer. Nu probeerde hij zich naar de klif te draaien, met zijn armen voor zich uitgestrekt, op zoek naar iets – wat dan ook – om zich aan vast te kunnen grijpen.

Halverwege, zo hoog als een gebouw van vijf verdiepingen, begon Verf duidelijk minder snel te stijgen. Caine haalde diep adem. Hij leek zich niet lichamelijk in te spannen. Zijn spieren stonden niet strak – zijn gave draaide niet om spierkracht. Maar hij had een verbeten uitdrukking op zijn gezicht en Diana wist dat hij zich op een ondoorgrondelijke manier tot het uiterste concentreerde.

Verf steeg, maar nog langzamer.

En toen gleed hij weg. Viel.

Verf gilde.

Hij kwam drie meter boven het water tot stilstand.

'We gaan hem halen,' zei Caine. Tyrell liet de buitenboordmotor in het water zakken en ze voeren naar de krijsende, jammerende jongen toe.

Caine liet hem in de boot zakken. Hij kwam hard op zijn billen terecht en begon te snikken.

'Nou, dat werkte dus niet,' zei Diana.

Caine schudde zijn hoofd. 'Nee. Ik denk dat het te ver is. Ik zou hem wel zo ver kunnen gooien. Ik heb wel eens een auto zo ver gegooid. Maar ik kan hem niet zo'n eind omhoog laten zweven.'

Niemand stelde voor om Verf te gooien. Na Diana's waarschuwende woorden dat elke doeltreffende methode uiteindelijk op hen allemaal zou worden toegepast, hield iedereen zijn mond. In gedachten mat Diana de afstand die Verf had afgelegd. Zo'n twintig, misschien vijfentwintig meter in totaal. Goed. Nu wist ze hoe ver Caines krachten reikten. Die kennis zou op een dag best nog wel eens van pas kunnen komen.

Dertig

10 uur, 28 minuten

Sam had geen idee waar hij mee bezig was, of waarom.

Hij was in blinde paniek Perdido Beach uit gevlucht. Die schande was het enige waar hij aan kon denken; er was zelfs geen plek voor honger meer in zijn hoofd.

Hij had Drake gezien en hij was in paniek geraakt.

Geflipt.

Doorgedraaid.

Nadat hij Hunter een gratis maaltijd had afgetroggeld, was Sam op weg gegaan naar de elektriciteitscentrale. Daar was het allemaal gebeurd.

De zweepslagen hadden zo veel schade aangericht dat Brianna in de medicijnvoorraad van de centrale naar morfine had gezocht en de naald in zijn lijf had geprikt, en zelfs nadat de pijnstiller zich door zijn lichaam had verspreid, was de pijn ondraaglijk geweest.

Maar hij had hem verdragen. En hij had de nachtmerrieachtige uren die volgden doorstaan, de morfinehallucinaties, de verbijsterende, voortstrompelende ik-wil-alleen-nog-maar-schreeuwen-uren.

Daarna had hij het nog een keer tegen Drake opgenomen, maar het was Caine geweest die de psychopaat uiteindelijk gedood had. Caine had Drake in een mijnschacht gegooid die vervolgens boven op Drake in elkaar was gestort. Niets had dat kunnen overleven.

En toch leefde Drake nog.

Sam had het sinds die dag volgehouden omdat hij wist dat Drake dood was, begraven onder tonnen rots, dood, weg, om nooit meer terug te komen. Daardoor had hij het volgehouden.

Maar als Drake niet vermoord kon worden...

Als hij onsterfelijk was...

Zou Drake altijd een deel van het leven in de FAKZ blijven vormen? Sam ging op de rand van een klif zitten, op zo'n achthonderd meter van de elektriciteitscentrale. Hij had onderweg een fiets gevonden en erop gereden tot hij een lekke band had gekregen. Toen was hij over de slingerende kustweg verder gelopen met de bedoeling om terug te keren naar de kerncentrale, naar de ruimte waar het allemaal was gebeurd. Naar de plek waar Drake hem gebroken had.

Want dat was het, dacht Sam terwijl hij over de verlaten, glinsterende zee uitkeek: Drake had iets in hem gebroken. Sam had geprobeerd het weer te lijmen. Hij had geprobeerd om weer de oude Sam te worden. De Sam die iedereen wilde dat hij was.

Astrid had daar een rol in gespeeld. Liefde, en dat soort dingen. Het klonk zo cliché, maar door de liefde was hij niet ingestort. Door de liefde en de koude, geruststellende wetenschap dat Drake was gestorven terwijl Sam nog leefde.

Liefde en wraak. Leuke combi.

En verantwoordelijkheid, besefte hij opeens. Dat had hem op een vreemde manier ook geholpen, het idee dat de kinderen hem nodig hadden. Dat hij niet gemist kon worden.

Nu zei Astrid opeens dat hij best gemist kon worden. En dat het met die liefde ook wat tegenviel. En de geruststellende gedachte dat Drakes gemangelde lichaam diep onder de grond lag? Weg.

Sam trok zijn shirt uit. De wond in zijn schouder zag er niet al te heftig uit. Toen hij er met zijn vinger tegenaan drukte, voelde hij net onder de huid iets hards en ronds zitten.

Hij kneep met zijn vingers de wond bij elkaar, kromp ineen van de pijn, kneep nog wat harder, en toen kwam het matgrijze loden bolletje samen met wat bloed naar buiten.

Hij bekeek het. Een hagelkorrel van ongeveer een halve centimeter doorsnee. Hij gooide hem weg. Een pleister zou fijn geweest zijn, maar hij kon zijn wond alleen maar wassen – daar zou hij het mee moeten doen.

Hij begon de klif af te klauteren, want hij moest iets omhanden hebben, en hij hoopte dat hij in de poeltjes tussen de rotsen misschien iets te eten zou vinden. Het was een zware afdaling. Hij wist niet zeker of hij wel weer naar boven zou kunnen komen als hij eenmaal beneden was. Maar hij had behoefte aan lichamelijke inspanning.

Ik kan in het water springen en wegzwemmen, zei hij tegen zichzelf.

Ik kan zwemmen tot ik niet meer kan.

Hij was niet bang voor de zee. Je kunt geen surfer zijn als je bang bent voor de zee. Hij zou gewoon kunnen gaan zwemmen, recht vooruit. Vanaf hier was het zestien kilometer naar de FAKZ-muur in de verte. Hij kon hem niet zien vanaf hier – je kon hem bijna nooit zien, tot je er vlak voor was. De muur had een grijs, satijnzacht oppervlak dat leek te weerspiegelen, maar dat was gezichtsbedrog. Voor zover de kinderen in de FAKZ wisten, liep de muur helemaal rond, als een koepel, hoewel hij eruitzag als de lucht, en er 's nachts sterren aan de hemel leken te staan.

Sam vroeg zich af of hij bij de muur zou kunnen komen. Waarschijnlijk niet. Zijn conditie was niet meer wat ze geweest was.

Na anderhalve kilometer zou hij waarschijnlijk uitgeput zijn. Als hij flink doorzwom. Anderhalve kilometer, misschien twee. En dan zou de zee hem naar beneden trekken, hem verzwelgen, als hij het water zijn gang liet gaan. Hij zou niet de eerste zijn die door de Grote Oceaan gegrepen werd. De zeebodem was bezaaid met menselijke botten, van hier tot aan China.

Hij was bij de rotsen aangekomen en boog zich onhandig naar voren om de kogelwond met zout water schoon te maken.

Daarna doorzocht hij de getijdenpoeltjes. Kleine visjes die wegschoten. Een paar weekdiertjes die zo minuscuul waren dat hij niet eens de moeite nam om hun schelpen open te maken. Maar na een halfuur had hij een paar handenvol mosselen verzameld, drie kleine krabben en een twintig centimeter lange zeekomkommer. Hij legde zijn hele vangst in een klein poeltje. Toen richtte hij zijn handpalm op het water en vuurde er genoeg licht op af om het zoute water te laten koken.

Hij ging op de gladde rotsen zitten en at de zeevruchtenstoofpot, waarbij hij de stukjes heel voorzichtig uit de hete soep viste. Het smaakte heerlijk. Een beetje zout, wat straks nog vervelend zou kunnen worden als hij geen zoet water kon vinden om te drinken, maar wel heerlijk.

Zijn stemming klaarde op door het eten. Door hier bij het water te zitten. Even alleen met zichzelf te zijn. Niemand die iets van hem wilde. Geen grote rampen waar hij als de sodemieter naartoe moest om ze op te lossen. Geen vervelende bijzaken.

Plotseling begon hij tot zijn eigen verbazing hardop te lachen. Hoe lang was het wel niet geleden dat hij ergens in zijn eentje had gezeten, zonder mensen die hem lastigvielen?

'Ik ga op vakantie,' zei hij tegen niemand.

'Ja, ik neem even een poosje vrij. Nee, nee, ik ben niet telefonisch bereikbaar; ik laat m'n BlackBerry thuis. En ik ga ook geen gaten in mensen branden. Of me tot moes laten slaan.'

Perdido Beach werd door een rotspunt aan het oog onttrokken, en dat was prima. Hij zag nog net het voorste van het rijtje eilandjes en als hij naar het noorden keek, zag hij de landtong die bij de kerncentrale vandaan liep.

'Goeie plek,' zei Sam terwijl hij zijn rotsachtige zitplek bekeek. 'Als ik nou een koelbox vol blikjes drinken had gehad, was het helemaal fantastisch geweest.'

Zijn gedachten dwaalden af naar Perdido Beach. Hoe zou het met ze gaan in de nasleep van de brand? Hadden ze Zil nog aangepakt?

Wat was Astrid nu aan het doen? Waarschijnlijk stond ze iedereen rond te commanderen met haar gebruikelijke arrogantie.

Dat hielp niet bepaald, aan Astrid denken. Hij had twee beelden in zijn hoofd die om voorrang streden. Astrid in haar nachthemd, het hemd dat heel keurig en praktisch was tot ze per ongeluk voor een lichtbron ging staan, en dan…

Sam schudde dat beeld van zich af. Hielp niet.

Hij dacht aan de andere Astrid, met die hooghartige, koude, minachtende uitdrukking die ze tijdens de raadsvergaderingen altijd op haar gezicht had.

Hij hield van de eerste Astrid. De Astrid die hij in zijn dagdromen en soms ook in zijn nachtelijke dromen voor zich zag.

De andere Astrid kon hij niet uitstaan.

Beide Astrids zorgden voor frustratie, maar wel om heel verschillende redenen.

Het was heus niet zo dat er verder geen mooie meisjes in de FAKZ waren, en sommigen zouden zich maar al te graag op Sam storten. Meisjes die misschien niet zo kuis waren en niet zo'n hautaine houding hadden.

Sam had het idee dat Astrid steeds meer op de tweede Astrid begon te lijken. Ze werd steeds minder de Astrid uit zijn dagdromen en steeds meer de Astrid die overal de baas over moest spelen.

Nou ja, ze was natuurlijk wel voorzitter van de stadsraad. En Sam had zelf gezegd dat hij niet alles alleen kon doen. En hij had sowieso nooit ergens de leiding over willen hebben. Hij had zich er zelfs tegen verzet. Astrid had hem gemanipuleerd tot hij de verantwoordelijkheid op zich had genomen.

En vervolgens had ze hem die verantwoordelijkheid weer afgepakt.

Hij was onredelijk. Dat wist hij zelf ook wel. Hij had alleen maar medelijden met zichzelf. Dat wist hij ook.

Maar waar het bij Astrid uiteindelijk altijd op neerkwam, was dat ze overal 'nee' op zei. Op een heleboel verschillende dingen. En als er dan iets misging, was het opeens wél zijn verantwoordelijkheid.

Nou, nu niet meer.

Hij liet niet meer met zich sollen. Astrid en Albert leken Sam het liefst in een of ander doosje te willen stoppen om hem er als het hun uitkwam even uit te halen om te gebruiken, en vervolgens lieten ze hem niet eens zijn werk doen. Nou, ze konden zijn hulp voortaan mooi vergeten.

En als Astrid Kleine Pete, Sam en zichzelf als een soort gezin wilde beschouwen, maar Sam zich daar nooit naar mocht gedragen, nou... dan kon ze dat ook mooi vergeten.

Daarom ben je niet wegegaan, zei een gemeen stemmetje in zijn hoofd. *Je bent niet gevlucht omdat Astrid niet met je naar bed wil. Of omdat ze bazig is. Je bent gevlucht voor Drake.*

'Best, joh,' zei Sam hardop.

En toen kwam er opeens een gedachte in hem op die alles op zijn kop zette. Hij was een held geworden door Astrid. En toen hij haar kwijt leek te raken, wilde hij die jongen niet meer zijn.

Zou dat kunnen? Zou het kunnen dat de arrogante, frustrerende, manipulatieve Astrid de reden was dat hij Sam de Held kon spelen?

Hij had al eerder zijn onverschrokkenheid getoond, tijdens het incident dat hem de bijnaam Schoolbus Sam had opgeleverd. Maar hij had onmiddellijk afstand genomen van dat beeld en zijn best gedaan om weer in de anonimiteit te verdwijnen. Hij was allergisch geweest voor verantwoordelijkheid. Toen de FAKZ kwam was hij maar een gewone jongen, een van de velen. En zelfs na het begin van de FAKZ had hij zijn best gedaan om de rol te ontwijken die anderen hem wilden opdringen.

Maar toen was Astrid gekomen. Hij had het voor haar gedaan. Voor háár was hij een held geworden.

'Tja, nou ja,' zei hij tegen de rotsen en de branding, 'in dat geval vind ik het prima om weer gewoon de normale Sam van vroeger te worden.'

Hij vond dat een geruststellende gedachte. Een tijdje. Tot het beeld van Zweephand weer naar de oppervlakte dreef.

'Het is gewoon een excuus,' bekende Sam aan de zee. 'Je moet het gewoon doen, ondanks je problemen met Astrid.'

Ondanks alles zou hij alsnog de confrontatie met Drake aan moeten gaan.

'Ik ben blij dat jij dat ook gezien hebt, Choo,' fluisterde Sanjit. 'Want anders had ik zeker geweten dat ik gek was geworden.'

'Het was die ene, die jongen. Hij deed het. Op de een of andere manier,' zei Virtue.

Ze stonden samen op de rotsen boven aan de klif. Zowel voor als na de grote verdwijning hadden ze vrijwel elke centimeter van het eiland onderzocht. De meeste bomen op het eiland waren lang geleden gekapt toen iemand er schapen en geiten gehouden had. Maar aan de randen stond nog een ongerept stukje bos van dwergeiken, mahoniebomen, cipressen en tientallen bloeiende struiken. Daar gingen de vossen van het eiland nog steeds op jacht.

Op andere plekken wiegden palmbomen hoog boven omlaag gestorte rotsblokken. Maar er waren geen stranden op het San Francisco De Sales Island. Geen handige inhammetjes. Toen hier nog schapen gefokt werden, hadden de herders de dieren in aan balken hangende rieten manden naar beneden laten zakken. Sanjit had de vervallen resten van die constructie wel eens gezien en overwogen om gewoon voor de lol even boven het water te schommelen. Maar toen hij ontdekte dat de draagbalken aangetast waren door mieren en termieten, had hij besloten dat dat heel onverstandig was.

Het eiland was haast onneembaar, en daarom hadden zijn pleegouders het ook gekocht. Het was de enige plek waar ze buiten het bereik van de paparazzi waren. Er lag een korte landingsbaan op het eiland, groot genoeg voor privévliegtuigen. En op het woonterrein was een helikopterplatform.

'Ze gaan naar het oosten,' merkte Sanjit op.

'Hoe deed-ie dat?' vroeg Virtue.

Het was Sanjit al eerder opgevallen dat Virtue zich niet snel aan nieuwe en onverwachte ervaringen aanpaste. Sanjit was opgegroeid op straat, met oplichters, zakkenrollers, goochelaars en andere in gezichtsbedrog gespecialiseerde mensen om zich heen. Hij had niet het idee dat wat hij zojuist gezien had een illusie was – hij was ervan overtuigd dat het echt was. Maar hij kon dat accepteren en dan weer verder kijken.

'Het kan niet,' zei Virtue.

De boot voer nu duidelijk verder, naar het oosten, en dat was goed. Dat was de lange route om het eiland heen. Het zou uren duren voor ze bij het gestrande jacht zouden zijn.

'Het kán niet,' zei Virtue nog een keer, en nu begon het op Sanjits zenuwen te werken.

'Choo. Alle volwassenen verdwijnen op hetzelfde moment, er is geen televisie of radio meer, er vliegen geen vliegtuigen meer door de lucht, er varen geen boten meer voorbij. Had je nog niet in de gaten dat dit het land is waar alles kan? We zijn wéér uitgekozen, ontvoerd en geadopteerd. Maar dit keer zijn we niet in Amerika terechtgekomen. Ik weet niet waar we zijn of wat er aan de hand is. Maar broertje, we hebben dit al eens eerder meegemaakt, toch? Nieuwe wereld, nieuwe regels.'

Virtue knipperde met zijn ogen. En nog een keer. Hij knikte. 'Ja, eigenlijk wel, hè? Dus wat doen we nu?'

'Wat we ook maar moeten doen om te overleven,' zei Sanjit.

En toen was de oude vertrouwde Virtue weer terug. 'Leuke tekst, Wisdom. Klinkt als iets uit een film. Betekent alleen niks, helaas.'

'Nee. Nee, dat is zo,' gaf Sanjit grijnzend toe. Hij gaf Virtue een klap op zijn schouder. 'De betekenisvolle teksten zijn jouw pakkie-an.'

'Kunnen jullie de boel even een paar minuten alleen aan?' vroeg Maria. John keek kort naar de drie medewerkers, van wie er twee ingeroosterd waren en de derde een dakloze vluchteling was die op de crèche om onderdak had gevraagd en aan het werk was gezet.

Die nacht en ochtend was het twee keer zo druk geworden op de crèche. Nu begonnen de aantallen weer een beetje te slinken, omdat sommige kinderen alleen of in groepjes van twee vertrokken, op zoek naar broertjes, zusjes of vrienden. Of naar huizen die, voor zover Maria had gehoord, misschien wel niet meer overeind stonden.

Maria wist dat ze waarschijnlijk beter iedereen hier kon houden, tot ze zeker wisten dat het veilig was.

'Maar wanneer is dat?' mompelde ze. Ze knipperde een paar keer met haar ogen en probeerde zich te concentreren. Er was iets raars aan de hand met haar zicht, en dat kwam niet alleen door de slaap. Ze zag wazige vlekken aan de randen van haar blikveld, die een fluorescerende kleur kregen als ze haar hoofd te snel bewoog. Ze zocht en vond haar pillenflesje. Toen ze ermee schudde hoorde ze niets. 'Nee, dat kan niet.' Ze draaide de dop eraf en keek erin. Ze hield het ondersteboven. Nog steeds leeg.

Wanneer had ze de laatste geslikt? Ze kon het zich niet meer herinneren. Het depressiebeest had haar kennelijk aangevallen en toen had ze het blijkbaar met de laatste pillen bevochten.

Op een gegeven moment. Een tijdje geleden. Blijkbaar.

'Ja,' zei ze hardop met slepende stem.

'Wat?' vroeg John fronsend, alsof hij zijn uiterste best moest doen om zich op haar te concentreren.

'Niets. Ik zei even iets tegen mezelf. Ik moet Sam of Astrid gaan zoeken, of wie er dan ook de leiding heeft. We hebben geen water meer. We hebben twee keer zoveel eten nodig. En ik heb iemand nodig die... dinges...' Ze vergat wat ze wilde zeggen, maar John leek het niet te merken.

'Geef ze maar wat eten uit de reservevoorraad tot ik terugkom,' zei Maria. Ze liep weg voor John kon vragen hoe hij vier blikken gemengde groenten en een zak gekruide droge bonen moest uitsmeren over dertig tot veertig hongerige kinderen.

Op het plein was niet zo heel veel veranderd. Er hing een vreemde geur – de geur van rook, vermengd met de scherpe stank van gesmolten plastic. Maar het enige bewijs van de ramp was in principe de bruine mistsluier die boven de stad hing. Dat, en een berg puin die om de hoek van de McDonald's heen gluurde.

Voor het stadhuis bleef Maria staan, met het idee dat ze de raad daar misschien zou aantreffen terwijl ze koortsachtig aan het werk waren om besluiten te nemen, dingen te organiseren en plannen te maken. John had eerder een ronde met ze gemaakt, maar aangezien hij weer op de crèche was, nam ze aan dat de rest ook terug was.

Ze moest Dahra spreken. Vragen wat voor pillen ze nog had. Ze moest iets hebben, voor de depressie haar weer verzwolg. Voor ze... iets.

Er was niemand in de kantoren, maar in de ziekenboeg in de kelder hoorde Maria iemand kreunen van de pijn. Ze wilde niet nadenken over wat er daarbeneden aan de hand was. Dahra zou haar meteen wegsturen.

Ook al zou Dahra maar een paar seconden nodig hebben om de Prozac te pakken, of welke pillen ze dan ook had.

Maria botste bijna recht tegen Lana op die buiten op de trap van het stadhuis een sigaret zat te roken.

Haar handen waren rood. Niemand had water over om het bloed weg te wassen.

Lana keek op naar Maria. 'En. Hoe was jouw nacht?'

'Die van mij? O, geweldig.'

Lana knikte. 'Brandwonden. Duurt heel lang voordat ze genezen zijn. Slechte nacht. Heel, heel slechte nacht.'

'Waar is Patrick?' vroeg Maria.

'Binnen. Hij houdt de kinderen rustig,' zei Lana. 'Je moet een hond nemen op de crèche. Helpt de kinderen... Helpt ze om zeg maar niet te merken dat hun vingers eraf gebrand zijn.'

Ze moest nog iets anders vragen. Nee, niet over de pillen. Over iets anders. O, natuurlijk. 'Ik vind het heel vervelend om te vragen, want ik weet dat je een zware nacht achter de rug hebt,' zei Maria. 'Maar een van mijn kinderen, Justin, kwam vannacht binnen terwijl hij heel hard om zijn vriend Roger huilde.'

Lana glimlachte bijna. 'De Artful Roger? Die haalt het wel. Maar ik had alleen tijd om ervoor te zorgen dat hij niet dood zou gaan. Ik zou heel wat langer bij hem moeten zitten voor hij weer schilderijen kan maken.'

'Weet iemand watter is gebeurd?' Maria's lippen en tong voelden opgezwollen.

Lana haalde haar schouders op. Ze stak een nieuwe sigaret aan met de peuk van de vorige. Ergens was het een teken van rijkdom. Sigaretten waren schaars in de FAKZ. Maar de Genezer kon natuurlijk alles krijgen wat ze wilde. Wie zou haar iets weigeren?

'Tja, dat hangt ervan af wie je gelooft,' zei Lana. 'Sommige kinderen zeggen dat Zil en zijn idioten het gedaan hebben. Anderen zeggen dat het Caine was.'

'Caine? Maar dat is toch onzin?'

'Hoeft niet. Ik heb wel gekkere dingen gehoord.' Lana lachte vreugdeloos.

Maria wachtte tot Lana verder zou gaan. Ze wilde het niet vragen, maar ze kon niet anders. 'Gekkere dingen?'

'Weet je Brittney nog? Dat meisje dat tijdens het grote gevecht in de kerncentrale is omgekomen? Die ze daar verderop hebben begraven?' Lana wees met haar sigaret. 'Ik heb kinderen behandeld die zeggen dat ze haar hebben zien lopen.'

Maria wilde iets zeggen, maar haar mond was te droog.

'En zelfs nog wel gekkere verhalen,' zei Lana.

Maria werd helemaal koud vanbinnen.

'Brittney?' vroeg Maria.

'Dode dingen blijven blijkbaar niet eeuwig dood,' zei Lana.

'Lana... wat weet je?' vroeg Maria.

'Ik? Wat ik weet? *Ik* heb geen broer in de raad.'

'John?' Maria keek verbaasd. 'Waar heb je het over?'

Er klonk een luide kreet van pijn uit de kelder. Lana gaf geen krimp. Maar ze zag Maria's bezorgde uitdrukking. 'Hij overleeft het wel.'

'Wat bedoel je, Lana? Wil je me, eh, iets vertellen?'

'Een zo'n jongen zei tegen mij dat Astrid tegen hem had gezegd dat hij moest rondvertellen dat Orsays verhalen onzin zijn. Vervolgens, zei diezelfde jongen, zegt Howard tegen hem dat hij moet rondvertellen dat iedereen die zegt dat hij iets raars ziet onzinverhalen verkoopt. Vraagt die jongen aan Howard: "Wat bedoel je met 'raar'? Want alles is raar in de FAKZ."'

Maria vroeg zich af of ze moest lachen. Ze kon het niet. Haar hart bonkte en haar hoofde bonsde en bonsde.

'En wat denk je dat Sam ondertussen een paar dagen geleden heeft gedaan? Hij kwam naar het Kliftop om te vragen of ik toevallig nog een telefoontje van de gaiaphage heb gehad.'

Maria bleef roerloos staan. Ze wilde heel graag dat Lana zou uit-leggen wat ze bedoelde met die opmerking over Orsay. Concentreer je, Maria, zei ze tegen zichzelf.

Lana zweeg even en vertelde toen verder. 'Maar Sam wilde dus eigenlijk weten of hij dood is. De gaiaphage. Of we wel echt van hem af zijn. En wat denk je?'

'Ik weet het niet, Lana.'

'Nou, dat is hij dus niet. Snap je wat ik bedoel? We zijn niet van hem af. Hij is niet echt dood.' Lana haalde diep adem en staarde naar het opgedroogde bloed op haar handen, alsof ze het nu pas voor het eerst zag. Ze krabde een stukje los met haar duimnagel.

'Ik snap het niet...'

'Ik ook niet,' zei Lana. 'Hij was bij me. In mijn hoofd. Ik voel-de... hoe hij... me gebruikte.' Ze keek opgelaten. Beschaamd. En toen schoten haar ogen plotseling vuur. 'Vraag het maar aan je broertje, die weet precies wat ze aan het doen zijn, Sam, Astrid en Albert. En tegelijkertijd vraagt Sam aan mij of die gezellige gaia-phage nog steeds zijn oude leventje leidt, en vragen de raadskin-deren aan andere kinderen of ze Orsay bij iedereen zwart willen maken, zodat iedereen denkt dat alles koek en ei is.'

'John zou nooit tegen me liegen,' zei Maria, maar ze hoorde zelf hoe onzeker ze klonk.

'Nee, vast niet. Er is iets mis. Er is iets heel, heel erg mis,' zei Lana. 'En nu? De halve stad is afgebrand en Caine is met een ge-stolen boot de zee op. Wat leid je daaruit af?'

Maria zuchtte. 'Ik ben te moe voor raadseltjes, Lana.'

Lana stond op. Ze schoot haar sigaret weg. 'Vergeet niet dat sommige mensen het prima naar hun zin hebben in de FAKZ. Denk je er wel eens over na wat er zou gebeuren als de muren morgen opeens verdwenen zouden zijn? Voor jou zou dat goed nieuws zijn. Voor de meeste mensen zou het goed nieuws zijn. Maar zou het ook goed zijn voor Sam, Astrid en Albert? Hier stel-len ze heel wat voor. In de echte wereld zijn het maar gewone kinderen.'

Lana wachtte en hield Maria nauwlettend in de gaten. Alsof ze wachtte tot ze zou reageren of iets zou zeggen. Of het zou ontkennen. Wat dan ook.

Het enige wat Maria kon bedenken was: 'John zit in de raad.'

'Precies. Dus misschien moet je eens aan hem vragen wat er nou echt aan de hand is. Want ik? Ik weet het niet.'

Daar had Maria geen antwoord op.

Lana rechtte haar rug en liep terug naar de hel van de kelder. Halverwege draaide ze zich om en zei: 'O ja, dat zou ik bijna vergeten: die jongen over wie ik het had? Die zei dat er behalve Brittney tijdens de brand nog meer mensen rondliepen die officieel doodverklaard zijn.'

Maria zweeg. Ze probeerde niets te laten merken, maar Lana had het al gezien in haar ogen.

'Aha,' zei Lana. 'Dus jij hebt hem ook gezien.'

Lana knikte kort en verdween de trap af.

De Duisternis. Maria had er alleen van anderen over gehoord. Als een soort spookverhalen. Lana zei dat hij haar gebruikt had.

Begreep Lana het dan niet? Of wilde ze het niet begrijpen? Als het waar was dat Brittney op de een of andere manier nog leefde, en Drake ook, dan kon Maria wel raden waar de gaiaphage Lana's gave precies voor had gebruikt.

Eenendertig

Astrid had de hele nacht gewacht tot Sam terug zou komen.

En de hele ochtend.

In de stank van de rook.

Vanuit het kantoor in het stadhuis had ze gezien hoe het vuur zich over Sherman verspreidde, langs de westkant van Sheridan, langs het enige huizenblok van Grant Street en twee woonblokken van Pacific Boulevard.

Het leek hard op weg naar het plein, maar uiteindelijk werd de opmars van het vuur gestuit.

Nu was de brand grotendeels gedoofd, maar er steeg nog steeds een grote rookpluim op.

Kleine Pete lag opgekruld in de hoek te slapen met een viezige deken over zich heen. Zijn computer lag naast hem op de grond.

Astrid werd overspoeld door een golf van walging. Ze was woedend op Sam. Woedend op Kleine Pete. Boos op de hele wereld. Kotsmisselijk van alles en iedereen.

En vooral misselijk van zichzelf, moest ze toegeven.

Ze was het zo zat om Astrid het Genie te moeten zijn.

'Lekker genie,' mompelde ze. De stadsraad, met dat blonde meisje als voorzitter, hoe heette ze ook alweer? O ja, Astrid. Astrid het Genie. Voorzitter van de stadsraad die de halve stad had laten afbranden.

In de kelder van het stadhuis deelde Dahra Baidoo schaarse ibuprofen en paracetamol die over datum was uit aan kinderen met

263

brandwonden, alsof dat de oplossing voor alles was, terwijl ze op Lana wachtten die iedereen een voor een behandelde door ze met haar handen te genezen.

Astrid hoorde de kreten van pijn. Er zaten meerdere verdiepingen tussen haar en het geïmproviseerde ziekenhuis. Niet genoeg. Edilio wankelde naar binnen. Ze herkende hem nauwelijks. Hij was zwart van het roet, vies, stoffig, hij zat onder de schrammen en striemen en zijn kleren hingen aan flarden.

'Ik geloof dat het gelukt is,' zei hij terwijl hij op de grond ging liggen.

Astrid knielde bij zijn hoofd. 'Hebben jullie het onder controle?' Maar Edilio kon geen antwoord meer geven. Hij sliep. Uitgeput.

Daarna kwam Howard langs; hij was er maar een heel klein beetje beter aan toe. Ergens tijdens de nacht of de ochtend was hij zijn zelfgenoegzame grijns kwijtgeraakt. Hij wierp een blik op Edilio, knikte alsof het de normaalste zaak van de wereld was dat die er zo bij lag en plofte in een stoel.

'Ik weet niet hoeveel je die jongen betaalt, maar het is niet genoeg,' zei Howard terwijl hij met zijn kin naar Edilio gebaarde.

'Hij krijgt niet betaald,' zei Astrid.

'Tja, nou, hij heeft ervoor gezorgd dat er nog een deel van de stad overeind staat. Edilio, Dekka, Orc en Jack. En Ellen, het was haar idee.'

Astrid wilde het niet vragen, maar het flapte eruit. 'Sam?'

Howard schudde zijn hoofd. 'Niet gezien.'

Astrid vond een jasje in de kast dat waarschijnlijk nog van de echte burgemeester geweest was. Een schreeuwerig geruit jasje. Ze legde het over Edilio heen. Vervolgens liep ze naar de vergaderzaal en kwam terug met een stoelkussen dat ze onder Edilio's hoofd schoof.

'Was het Zil?' vroeg Astrid aan Howard.

Howard lachte spottend. 'Natuurlijk was het Zil.'

Astrid balde haar handen tot vuisten. Sam had gevraagd of hij zijn gang mocht gaan met Zil. Hij had de Mensenclub willen aanpakken.

Astrid had hem tegengehouden.

En toen was de stad in brand gevlogen.

En nu lag de kelder vol met gewonde kinderen.

En de kinderen die alleen maar gewond waren geraakt, hadden geluk gehad.

Astrid vlocht haar vingers in elkaar, een gekweld, vroom gebaar. Ze voelde de sterke aandrang om op haar knieën te vallen en een verklaring van God te eisen. Waarom? Waarom?

Haar blik viel op Kleine Pete, die wakker was geworden en nu stilletjes met zijn lege computer zat te spelen.

'En dat is nog niet alles,' zei Howard. 'Heb je wat water?'

'Ik pak het wel voor je,' zei een stem. Albert was ongemerkt het kantoor binnengekomen. Hij pakte de waterkan en schonk een glas in voor Howard, die het in één lange teug leegdronk.

'Dank je. Dorstig werk,' zei Howard.

Albert ging op Astrids lege stoel zitten. 'Wat is er nog meer aan de hand dan?'

Howard zuchtte. 'Er kwamen dus de hele nacht kinderen langs. Met bizarre verhalen. Man, ik weet gewoon niet meer wat waar is en wat niet.'

'Vertel er eens een paar,' drong Albert zachtjes aan.

Edilio begon zacht te snurken. Om de een of andere reden kreeg Astrid zin om te huilen toen ze het hoorde.

'Oké. Nou, er zijn dus kinderen die zeggen dat ze de duivel hebben gezien. Echt, met hoorntjes en al. Anderen bleven iets dichter bij de werkelijkheid, die zeggen dat ze Caine hebben gezien, maar dat hij graatmager was en zich heel raar gedroeg.'

'Caine?' Astrid kneep haar ogen tot streepjes. 'Caine? Hier? In Perdido Beach? Wat een onzin.'

Albert schraapte zijn keel en ging even verzitten. 'Nee, dat is geen onzin. Quinn heeft hem ook gezien. Van heel dichtbij. Caine heeft de twee boten voor noodgevallen gestolen, vannacht of vanochtend vroeg, dat hangt ervan af hoe je het bekijkt.'

'Hè?'

Edilio bewoog even door de schrille uitroep.

'Ja. Het was zeker weten Caine,' zei Albert op een geforceerd rustige toon. 'Hij is door de stad gekomen, tijdens het hoogtepunt van de brand, toen alles één grote chaos was. Quinn en zijn mensen kwamen net weer terug van zee om te helpen, en toen stond Caine opeens voor hun neus, samen met misschien nog een stuk of tien andere Coatesleerlingen.'

Astrid kreeg een kil gevoel vanbinnen toen ze Albert de details hoorde opsommen. Dit was geen toeval. Het kon geen toeval zijn. Het was allemaal van tevoren uitgedacht. Ergens in haar achterhoofd had ze gedacht dat Zil misschien gewoon was doorgeschoten, dat hij ergens aan was begonnen en de uit de hand gelopen situatie niet meer onder controle kon krijgen. Maar dat was niet zo. Niet als Caine erbij betrokken was. Caine draaide niet door. Caine maakte plannen.

'Zil en Caine?' vroeg Astrid, en ze vond het zelf ontzettend dom klinken.

'Zils hele punt is juist dat hij de freaks haat,' zei Howard. 'En laten we wel wezen: Caine is zo ongeveer de kroonprins onder de freaks.'

Albert trok een wenkbrauw op.

'Omdat Sammetje de koning is, en zo,' legde Howard uit. 'Laat maar. Als ik 'm moet uitleggen is het dus geen goede grap.'

'Caine en Zil,' zei Astrid. Als je het in die volgorde zei, klonk het op de een of andere manier beter. Zil was een akelige jongen. Een gemene, verknipte engerd die gebruikmaakte van de verschillen tussen de freaks en de normalo's. Maar hij was niet slim. Sluw, misschien. Maar niet slim.

Nee, Caine was slim. En in Astrids hoofd was het gewoon onmogelijk dat de stomste van de twee de leiding zou hebben. Het moest Caine zijn die hierachter zat.

'Maar...' zei Albert.

En op hetzelfde moment zei Howard: 'En...'

Edilio werd met een schok wakker. Hij leek verbaasd en in de war dat hij op de grond lag. Hij keek om zich heen naar de anderen en wreef met zijn handen over zijn gezicht.

266

'Je hebt wat gemist,' zei Howard. 'Caine en Zil hebben dit samen bekokstoofd.'

Edilio knipperde als een uiltje met zijn ogen. Hij wilde opstaan, zuchtte, gaf het op en ging met zijn rug tegen het bureau zitten.

'Maar,' zei Albert voor Howard verder kon gaan, 'blijkbaar hebben ze ruzie gekregen of zo. Want Zils jongens begonnen op Caine te schieten toen hij ervandoor wilde gaan. Ze hebben een van de boten te pakken gekregen. Quinn heeft een paar kinderen uit Caines groep uit het water gevist.'

'Wat is er met hen gebeurd?'

Albert haalde zijn schouders op. 'Ze hebben ze daar gewoon achtergelaten. Die kinderen zijn uitgehongerd, die lopen echt niet weg. En Quinn denkt dat ze misschien een beetje gek geworden zijn.'

Albert plukte geconcentreerd aan een vlekje op zijn broek. 'Caine heeft Hank uitgeschakeld. Hank was degene die had geschoten.'

'Jezus,' zei Astrid. Ze sloeg snel een kruis, in de hoop dat ze het woord op die manier van een vloek in een zegen kon veranderen. 'Hoeveel kinderen zijn er vannacht gestorven?'

Edilio gaf antwoord. 'Wie zal het zeggen? Bij de brand zijn in elk geval twee kinderen omgekomen. Waarschijnlijk nog meer. We zullen het waarschijnlijk nooit zeker weten.' Er ontsnapte een hevige snik uit zijn mond en hij wreef in zijn ogen. 'Sorry. Ik ben gewoon heel moe.'

Daarna bleef hij stilletjes zitten huilen.

'Laat ik dit dan ook maar gewoon op tafel gooien,' zei Howard. 'Een paar kinderen zeggen dat ze Drake hebben gezien. En een heleboel kinderen hebben Brittney gezien.'

Er volgde een lange stilte. Astrid pakte een stoel en ging zitten. Als Drake nog leefde... Als Caine met Zil samenwerkte...

'Waar is Sam?' vroeg Edilio ineens, alsof het hem nu pas opviel.

Hij kreeg geen antwoord.

'Waar is Dekka?' vroeg Astrid.

'In de kelder,' zei Edilio. 'Ze heeft het heel lang volgehouden,

267

samen met Orc en Jack. Maar ze is ziek. Moe en ziek. En ze heeft een akelige brandwond aan haar hand. Toen was het genoeg geweest. Ik heb haar naar Dahra gestuurd. Lana zal... als ze zeg maar klaar is met... O, sorry hoor,' zei hij terwijl hij weer begon te huilen. 'Ik kan de graven niet delven. Dat moet iemand anders maar doen. Ik kan dat echt niet meer.'

Astrid besefte dat Albert en Howard haar allebei aanstaarden, de een met een hevig nieuwsgierige blik, de ander met een vermoeid, zelfgenoegzaam lachje.

'Wat nou?' snauwde Astrid. 'Jullie zitten toch ook allebei in de raad? Jullie kijken alsof ik nu opeens de beslissingen moet gaan nemen.'

Howard lachte grimmig. 'Misschien moeten we John even gaan halen, denk je ook niet? Hij zit ook in de raad. Sammie is kwijt, Dekka is ziek en Edilio trekt het niet meer – en dat is zijn goed recht na zo'n nacht.'

'Ja. Laten we John halen,' zei Astrid. Het voelde niet goed om dat jonge jochie hierbij te betrekken, maar hij zat nou eenmaal wel in de raad.

Howard lachte hard en lang. 'Ja, kom, we gaan John halen. Dan kunnen we het allemaal nog net iets langer uitstellen. Dan kunnen we nog net iets langer niets doen.'

Albert zei: 'Rustig aan, Howard.'

'Rustig aan?' Howard sprong overeind. 'O ja? Waar was jij vannacht, Albert? Nou? Want ik heb jou niet gezien op straat, terwijl ook jij het gegil van die kinderen gehoord moet hebben en iedereen bang en gewond en stikkend rondrende, en Edilio en Orc keihard aan het werk waren terwijl Dekka de longen uit haar lijf hoestte en Jack stond te huilen en...

Weet je wie het zelfs niet aankon?' tierde Howard. 'Weet je wie zelfs niet aankon wat er gebeurde? Orc. *Orc*, die nergens bang voor is. Orc, die door iedereen als een soort monster wordt beschouwd. Hij kon het niet aan. Hij kon het niet aan... maar hij heeft het wel gedaan. En waar was jij, Albert? Zat je je geld te tellen? En jij, Astrid? Was je aan het bidden?'

Astrids keel werd dichtgeknepen. Ze kreeg geen lucht meer. Heel even dreigde de paniek haar te overweldigen. Ze wilde de kamer uit rennen – ze wilde heel hard wegrennen en nooit meer omkijken.

Edilio kwam overeind en legde een arm om Howard heen. Howard stond het toe, en deed toen iets waarvan Astrid niet verwacht had dat ze het ooit zou meemaken. Howard duwde zijn gezicht tegen Edilio's schouder en begon met gierende uithalen te huilen.

'We gaan kapot,' fluisterde Astrid tegen zichzelf. Maar er was geen gemakkelijke uitweg. Alles wat Howard had gezegd, was waar. Ze zag de waarheid terug in Alberts verbijsterde blik. Zij tweeën, de slimmeriken, de knappe koppen, de grote verdedigers van waarheid, eerlijkheid en rechtvaardigheid, hadden niets gedaan terwijl anderen hadden gewerkt tot ze erbij neervielen.

Astrid had bedacht dat het haar taak zou worden om weer orde in de chaos te scheppen als de gruwelnacht eindelijk achter de rug was. En dit was het moment waarop zij de leiding moest nemen. Dit was het moment waarop ze moest laten zien dat ze kon doen wat er gedaan moest worden.

Waar was Sam?

En toen drong het schokkende besef in alle hevigheid tot haar door. Was dit hoe Sam zich voelde? Had hij zich van het begin af aan zo gevoeld? Met alle ogen op hem gericht? Terwijl iedereen wachtte tot er een besluit genomen werd, maar ze ondertussen aan hem twijfelden, hem bekritiseerden en aanvielen?

Ze had het gevoel dat ze moest overgeven. Ze was er bijna altijd bij betrokken geweest. Maar ze was nooit die éne geweest. Zij was niet degene geweest die de knopen had moeten doorhakken.

En nu... nu was ze dat wel.

'Ik weet niet wat we moeten doen,' zei Astrid. 'Ik weet het niet.'

Diana boog zich ver over de rand van de boot en stak haar hoofd in het water. Eerst hield ze haar ogen dicht en was ze van plan meteen weer overeind te komen zodra haar haar nat was. Maar het koele water dat langs haar oren en hoofd stroomde was zo heerlijk dat ze wilde kijken en daar wilde blijven. Ze deed haar ogen open. Het zoute water prikte. Maar de pijn was een nieuwe pijn en ze genoot ervan.

Het water was net groen schuim dat onder de boot door kolkte. Ze vroeg zich vluchtig af of Jasmine vanuit de diepte naar haar toe zou komen drijven, met een bleek, opgezwollen gezicht...

Maar nee, natuurlijk niet. Dat was al heel lang geleden. Uren. Uren die aanvoelden als weken als je honger had en verbrand was door de zon en de dorst tegen je schreeuwde dat je moest drinken; drink het heerlijke groene water als punch, als frisdrank, als verfrissende muntthee, zo koel om je hoofd...

Ze hoefde alleen maar los te laten. Zich in het water te laten glijden. Ze zou het niet lang volhouden. Ze was te zwak om echt te zwemmen en dan zou ze naar beneden zinken, net zoals bij Jasmine was gebeurd.

Of misschien kon ze gewoon haar hoofd hier houden en heel diep ademhalen. Zou dat genoeg zijn? Of zou ze uiteindelijk alleen maar hoestend en proestend moeten overgeven?

Caine zou haar natuurlijk niet laten verdrinken. Dan zou Caine helemaal alleen zijn. Hij zou haar uit het water tillen. Ze kon niet verdrinken voor Caine weg was, maar als hij weg was kon ze het net zo goed doen, want hoe treurig het ook klonk, hij was het enige wat ze nog had.

Zij tweetjes. Smoorverliefd. Verknipt, arrogant, wreed en koud, allebei. Hoe kon ze van zo iemand houden? En hij? Was het een kwestie van wegstrepen? Bleef er voor hen allebei gewoon niemand anders over?

Zelfs de vieste, lelijkste diersoorten vonden een partner. Vliegen vonden een partner. Wormen, tja, wie zou het zeggen? Die vast ook. Het ging erom dat...

Paniek! Ze trok haar hoofd uit het water en hapte naar lucht. Ze hoestte, hijgde en begon te huilen met haar gezicht in haar handen, snikte zonder tranen omdat je iets in je lijf moest hebben om tranen te kunnen produceren. Het water dat uit haar haar stroomde voelde als tranen.

Niemand zag het. Het kon ze niets schelen.

Caine hield de eilandkust in de gaten die aan hun linkerhand voorbijtrok.

Tyrell keek om de twee seconden zenuwachtig op de benzinemeter. 'Gast, we zijn bijna leeg. Hij staat al onwijs in het rood, zeg maar.'

De kliffen waren steil en onneembaar. De zon brandde op Diana's hoofd en als er op magische wijze iemand naast haar was verschenen die gezegd had: Hier, Diana, als je op dit knopje drukt hoef je nergens meer aan te denken...

Nee. Nee, dat was juist het bizarre, nu ze erover nadacht. Nee. Ze zou het nog steeds niet doen. Ze zou er nog steeds voor kiezen om te blijven leven. Zelfs dit leven. Ook al moest ze haar dagen en nachten met zichzelf doorbrengen.

'Hé!' zei Penny. 'Kijk daar. Is dat niet een inham of zo?'

Caine hield zijn hand boven zijn ogen en tuurde naar de kust. 'Tyrell. Die kant op.'

De boot draaide loom naar de klif. Diana vroeg zich af of ze gewoon tegen de rotswand op zouden varen. Zou kunnen. Ze zou er niets aan kunnen doen.

Maar toen zag zij het ook, een donkere ruimte in de bruingele, door de zon verweerde rotsen, dat was alles. Een opening.

'Waarschijnlijk gewoon een grot,' zei Tyrell.

Ze waren redelijk dicht bij de klif en het duurde niet lang voor ze zagen dat wat op het eerste gezicht een grot had geleken, eigenlijk een kloof in de rotswand was. Ooit was een deel van de klif ingestort, waardoor er een smalle inham was ontstaan, nog geen zes meter breed aan de onderkant, maar minstens vijf keer zo breed aan de bovenkant. Maar de onderkant van de inham was helemaal bezaaid met rotsblokken. Er lag geen zandstrandje op ze te wachten – hier konden ze de boot niet aanleggen.

Maar als ze de boot wél zouden kunnen aanleggen, zou iemand via die rotslawine naar boven kunnen klimmen.

De motor haperde en stokte even, zodat er een trilling door de romp ging.

Tyrell slaakte een harde vloek en zei: 'Ik wist het! Ik wist het wel!'

De boot bleef richting de inham varen. De motor sloeg af. De boot verloor vaart.

Hij dreef langzaam bij de kloof vandaan.

Zes meter. Zo dichtbij.

En toen tien meter.

Twaalf.

Caine keek met koude ogen naar zijn weinige bemanningsleden. Hij stak zijn hand op en Penny zweefde de boot uit. Hij gooide haar richting de kust. Ze vloog tollend en gillend door de lucht en kwam met een plons nog geen meter bij het dichtstbijzijnde van de gevallen rotsblokken terecht.

Geen tijd om te kijken of ze het had overleefd. Caine stak zijn hand weer uit en smeet Worm weg. Die werd halverwege zijn vlucht onzichtbaar, maar het water spatte zo dicht bij de rotsen op dat Diana zich afvroeg of hij met zijn hoofd op de stenen terecht was gekomen.

De boot dreef verder.

Diana vroeg zich af over welke afstand Caine iemand van twintig of vijfendertig of vijfenveertig kilo nog nauwkeurig kon gooien. Hij moest zijn grenzen ondertussen wel zo'n beetje bereikt hebben.

Diana en Caine keken elkaar aan.

'Pas op je hoofd,' waarschuwde hij.

Diana legde haar handen in haar nek en duwde haar armen langs haar slapen tegen elkaar.

Ze voelde hoe een onzichtbare reuzenhand haar stevig vastpakte en toen suisde ze door de lucht.

Ze schreeuwde niet. Zelfs niet toen de rotsen op haar af vlogen. Ze zou er met haar hoofd op terechtkomen, en dat zou ze nooit overleven. Maar toen kreeg de zwaartekracht de overhand en haar rechte lijn veranderde in een boog naar beneden.

De rotsen, het schuimende water, allemaal in dezelfde oogopslag, en toen de duik. Diep en koud terwijl het zoute water haar mond binnendrong.

Ze voelde een felle, scherpe pijn toen haar schouder tegen een rots stootte. Ze trapte met haar benen en haar knieën schraapten langs een bijna verticale, natte grindlaag.

Haar kleren verzwaarden haar, trokken strak om haar lijf, verstrikten haar armen en benen. Diana worstelde, en het verbaasde haar hoe woest ze spartelde, hoe graag ze aan de lichte, zonnige oppervlakte wilde komen die zich honderd miljoen kilometer boven haar bevond.

Ze kwam boven, werd door een klein golfje gegrepen en als een pop tegen een met korstmos bedekt rotsblok aan gesmeten. Stikkend grabbelde ze met beide handen in het rond. Haar nagels krasten over de rots. Haar voeten ploegden door de brokkelende kiezels onder haar.

Plotseling was ze met haar bovenlijf uit het water. Ze hing op een smalle rotsrichel naar lucht te happen.

Ze wachtte even om op adem te komen. Toen duwde ze zichzelf verder omhoog naar een drogere plek, zonder op alle schaafwonden en sneeën te letten. Daar bleef ze uitgeput liggen.

Caine was al bij de kust. Hij zakte doodmoe en nat, maar tegelijkertijd ook triomfantelijk in elkaar.

Diana hoorde stemmen die zijn naam riepen.

Ze knipperde het water uit haar ogen en probeerde de boot scherp in beeld te krijgen. Hij was al zo ver weg. Tyrell en Verf stonden rechtop in de boot en gilden: 'Nu ik! Nu ik!'

'Caine, je kunt ons hier niet zomaar achterlaten!'

'Kun je ze nog te pakken krijgen?' vroeg Diana met een schorre, raspende stem.

Caine schudde zijn hoofd. 'Te ver weg. En bovendien...'

Diana wist wat dat 'en bovendien' betekende. Tyrell en Verf hadden geen gave. Caine kon ze niet gebruiken. Het enige wat ze deden was zeuren en kostbaar eten opeten.

'Laten we maar gaan klimmen,' zei Caine. 'Ik kan helpen bij de zware gedeeltes. We halen het wel.'

'En daarboven is eten en zo?' vroeg Penny terwijl ze smachtend omhoogkeek.

'Laten we het hopen,' zei Diana. 'We kunnen nergens anders meer heen.'

Tweeëndertig

Astrid was naar buiten gegaan om de verbrande straten te bezoeken. Ze deed wat ze moest doen.

Kinderen schreeuwden naar haar. Wilden weten waarom ze dit had laten gebeuren. Wilden weten waar Sam was. Overstelpten haar met klachten en zorgen en bizarre theorieën tot ze vluchtte.

Daarna had ze zich schuilgehouden. Ze had geweigerd de deur open te doen als er geklopt werd. Ze was niet naar haar kantoor gegaan. Daar zou het precies hetzelfde liedje zijn.

Maar het had de hele dag aan haar geknaagd. Dat nutteloze gevoel. En ze voelde zich alleen nog maar nuttelozer omdat ze steeds beter besefte dat ze Sam nodig had. Niet omdat er gevaar was dat bestreden moest worden. Het gevaar was grotendeels geweken.

Ze had Sam nodig omdat er voor háár niemand respect had. Er was maar één iemand die op dit moment een menigte bange kinderen tot bedaren kon brengen en doen wat er gedaan moest worden.

Ze had graag willen geloven dat zij dat ook kon. En ze had het geprobeerd. Maar ze hadden niet geluisterd.

Sam was nog altijd nergens te bekennen. Dus het was nog steeds aan haar, ondanks alles. Ze werd misselijk als ze eraan dacht. Ze wilde het uitschreeuwen.

'We moeten naar buiten, Petey. Lopie lopie. Kom op,' zei Astrid.

Kleine Pete gaf geen antwoord en reageerde niet.

'Petey. Lopie lopie. Kom.'

275

Kleine Pete keek haar aan alsof ze er misschien was, maar misschien ook wel niet. Toen boog hij zich weer over zijn spelletje.

'Petey. Luisteren!'

Niets.

Astrid deed twee stappen, pakte Kleine Pete bij zijn schouders en schudde hem door elkaar.

De spelcomputer vloog over het tapijt.

Kleine Pete keek op. Nu wist hij zeker dat ze er was. Nu lette hij op.

'O nee, Petey, sorry, het spijt me zo,' riep Astrid terwijl ze hem tegen zich aan drukte. Ze had hem nog nooit, maar dan ook nooit door elkaar geschud. Het was zo plotseling gebeurd, alsof een of ander beest haar hoofd had overgenomen, en toen was ze opeens in beweging gekomen en had ze hem opeens vastgepakt.

'Aaah aaah aaah aaah!' begon Kleine Pete te krijsen.

'Nee, nee, nee, Petey, het spijt me zo, het was per ongeluk.'

Ze wilde haar armen om hem heen slaan, maar ze kon hem niet aanraken. Een of andere kracht zorgde ervoor dat haar armen geen lichamelijk contact met hem konden maken.

'Petey, nee, je moet me...'

'Aaah aaah aaah aaah!'

'Het ging per ongeluk! Ik had mezelf even niet meer in de hand, het is gewoon... Ik kan gewoon niet... Petey, hou op, hou op!'

Ze rende weg om zijn computer te pakken. Hij was warm. Vreemd. Ze droeg hem terug naar Kleine Pete, maar wankelde heel even. De kamer om haar heen leek te bewegen en krom te trekken.

Het uitzinnige gekrijs van Kleine Pete bracht haar terug naar de werkelijkheid.

'Aaah aaah aaah aaah!'

'Hou je mond!' schreeuwde Astrid, net zo in de war en overstuur als boos. 'Hou je mond! Hou je mond! Hier! Hier heb je dat stomme ding weer!'

Ze deed een stap achteruit, deinsde terug omdat ze zichzelf niet vertrouwde bij hem in de buurt. Want op dat moment haatte ze hem. Ze was als de dood dat het woedende ding in haar hoofd weer naar hem zou uithalen. Er zat nu zelfs een stemmetje in haar hoofd dat haar verdedigde. Het is een rotjoch. Hij doet het expres. Het was allemaal zijn schuld.

'Aaah aaah aaah aaah!'

'Ik doe alles voor je!' riep ze.

'Aaah aaah aaah aaah!'

'Ik geef je te eten en was je en pas op je en bescherm je. Hou op! Hou op! Ik kan er niet meer tegen. Ik kan er niet tegen!'

Kleine Pete hield niet op. Ze wist dat hij niet zou ophouden tot hij het genoeg vond, tot de grillige riedel in zijn hoofd was afgedraaid.

Astrid plofte neer op een keukenstoel. Ze zat met haar hoofd in haar handen en nam de lijst door met alle fouten die ze had gemaakt. Vóór de FAKZ waren dat er niet zoveel geweest. Ze had een keer een zevenenhalf gehaald terwijl ze eigenlijk een negen had moeten halen. Ze was een paar keer onopzettelijk heel gemeen tegen mensen geweest, en dat vond ze nog steeds heel erg. Ze had nooit een instrument leren bespelen... Ze zou willen dat haar Spaanse uitspraak beter was...

'Aaah aaah aaah aaah!'

Vóór de FAKZ was ze honderd keer vaker wel geslaagd dan dat iets haar niet was gelukt. Zelfs in de omgang met haar kleine broertje was ze beter geweest dan iedereen.

Maar sinds de FAKZ was het juist andersom. Het positieve was dat ze nog leefde, en haar broertje ook. Maar de lijst met mislukkingen was veel en veel te lang, hoewel ze ze nog allemaal kon herinneren, stuk voor stuk, tot in de kleinste pijnlijke details.

'Aaah aaah aaah aaah!'

Ze had zich voorgenomen om allerlei goede dingen te doen. Ze had weer willen beginnen met de therapie en lessen van Kleine Pete. Mislukt. Ze had de kerk willen opknappen en ervoor willen zorgen dat de kinderen op de een of andere manier op zondagochtend een dienst konden bijwonen. Mislukt. Ze had een grondwet voor de FAKZ willen schrijven, een regering willen vormen. Mislukt.

Ze had geprobeerd om Alberts economische systeem tegen te houden, omdat ze niet wilde dat alles om geld zou draaien. Zij had gefaald. En Alberts systeem werkte, wat minstens zo erg was. Hij had gelijk gehad en zij niet. *Albert* zorgde ervoor dat de kinderen in Perdido Beach te eten hadden, zij niet.

Ze had een manier willen vinden om Howards handeltje in drank en sigaretten op te doeken. Ze had met Zil willen praten, zodat hij zich als een normaal mens zou gaan gedragen. Mislukt en mislukt.

Zelfs haar relatie met Sam was stukgegaan. En nu was hij gevlucht, had hij haar in de steek gelaten. Hij had er vast genoeg van. Van haar en Kleine Pete en alles.

Iemand had van iemand anders gehoord dat Hunter had gezien dat Sam de stad uit was gelopen. De stad uit. Waarheen? Daar had de geruchtenmachine geen antwoord op. Maar de geruchtenmachine wist precies wie de schuldige was: Astrid.

Ze had dapper, sterk, slim en rechtvaardig willen zijn.

En nu verschool ze zich in haar huis, want ze wist dat iedereen antwoorden van haar zou verlangen als ze naar buiten ging, antwoorden die ze niet had. Ze was de voorzitter van de stadsraad in een stad die bijna geheel was afgebrand.

De stad was gered. Maar niet door Astrid.

Kleine Pete werd eindelijk stil. Zijn starende ogen richtten zich weer op de computer. Alsof er niets gebeurd was.

Ze vroeg zich af of hij zich haar uitbarsting überhaupt nog kon herinneren. Ze vroeg zich af of hij wist hoe bang ze was, hoe wanhopig en verslagen ze zich voelde. Ze wist dat het hem niets kon schelen.

Het kon niemand iets schelen.

'Goed, Petey,' zei ze met een bibberige stem. 'We moeten nog steeds naar buiten. Lopie lopie. Tijd om met al die vrienden van mij te gaan praten,' zei ze spottend.

Dit keer liep hij gedwee achter haar aan.

Ze was van plan geweest om nog een keer de plek van de brand te bekijken. Om het ziekenhuis in de kelder te bezoeken. Om bij

Albert langs te gaan en te vragen wanneer hij weer eten kon leveren. Maar eenmaal buiten was ze binnen een paar minuten omringd door kinderen, precies zoals ze had gedacht. Ze kwamen naar haar toe, steeds meer, tot er tientallen achter haar aan liepen terwijl ze terug naar het verbrande stadsdeel probeerde te gaan. Ze gilden, stelden vragen, riepen beledigingen, zeurden, smeekten. Dreigden.

'Waarom wil je niet met ons praten?'

'Waarom geef je geen antwoord?'

Omdat ze geen antwoorden had.

'Oké,' zei ze uiteindelijk. 'Oké! Oké!' Ze gaf een jongen een duw die in haar gezicht stond te schreeuwen dat zijn grote zus weg was, dat ze op bezoek was gegaan bij een vriendin. Die op Sherman Avenue woonde.

'Goed,' zei Astrid. 'We gaan een gemeentevergadering houden.'

'Wanneer?'

'Nu meteen.' Ze baande zich een weg door de menigte, die zich rondom haar verdrong terwijl ze vooropging naar de kerk.

O, Sam zou zich rot lachen als hij dit zou zien. Hij had al meerdere keren op het altaar gestaan en een poging gedaan een stel doodsbange kinderen te kalmeren. En zij, Astrid, had toegekeken en zijn optreden beoordeeld. En toen de druk eindelijk te groot werd had ze de raad opgericht en geprobeerd hem aan de kant te duwen.

Nou, Sam, zei ze in zichzelf terwijl ze het in elkaar gestorte altaar op stapte, je kunt deze baan meteen weer terugkrijgen als je wilt.

Het kruisbeeld waar Caine heel lang geleden een jongen die Cookie heette mee verpletterd had, was weer overeind gezet en weer gevallen en weer overeind gezet. Nu lag het op een stapel puin. Astrid vond het vreselijk om het daar zo te zien liggen. Ze overwoog of ze een aantal vrijwilligers zou vragen om het weer rechtop te zetten, maar dit was niet het juiste moment. Nee, dit was niet het juiste moment om te vragen of iemand iets voor haar wilde doen.

Edilio kwam samen met Albert binnen, maar ze haastten zich

geen van beiden naar voren om naast haar te gaan staan en hun solidariteit te tonen.

'Als jullie nou even gaan zitten en niet allemaal door elkaar heen praten, kunnen we een gemeentevergadering houden,' zei Astrid.

Er werd luidkeels en honend gereageerd. Ze werd overspoeld door een stortvloed aan boze woorden.

'Hé, het winkelcentrum is dicht, er is geen eten!'

'Niemand heeft water gehaald, we hebben dorst!'

'Pijn...'

'Ziek...'

'Bang...'

En telkens weer opnieuw: Waar is Sam? Waar is Sam? Sam hoort hierbij te zijn. Is hij dood?

'Voor zover ik weet gaat het prima met Sam,' zei Astrid rustig.

'Ja, en jou kunnen we echt vertrouwen, hè?'

'Ja,' zei Astrid zonder overtuigingskracht. 'Mij kun je vertrouwen.'

Dat leverde haar gelach en nog meer beledigingen op.

Iemand gilde: 'Laat haar uitpraten, zij is de enige die het überhaupt probeert.'

'Het enige wat Astrid doet is liegen en verder niets,' wierp een andere stem tegen.

Die stem kende Astrid. Het was Howard.

'Astrid kan alleen maar praten,' zei Howard. 'Bla bla bla. En het zijn bijna allemaal leugens.'

De groep kinderen was stil geworden en keek hoe Howard langzaam en stijf opstond en zich tot de menigte wendde.

'Ga zitten, Howard,' zei Astrid. Zelfs zij hoorde de verslagenheid in haar stem.

'Heb jij soms een of andere wet opgesteld waarin staat dat jij de grote baas bent? Jij was toch zo dol op wetten?'

Astrid onderdrukte de neiging om naar buiten te lopen. Net als Sam blijkbaar had gedaan. Gewoon, weg, de stad uit. Niemand zou haar missen.

'We moeten bedenken hoe we alles gaan organiseren en regelen, Howard,' zei Astrid. 'Er moet gegeten worden.'

'Zo is dat,' zei een stem.

'En hoe wou je daarvoor zorgen?' vroeg Howard op hoge toon.

'Goed, nou, morgen gaat iedereen gewoon weer aan het werk,' zei Astrid. 'Het zal even een paar dagen zwaar worden, maar daarna hebben we weer eten en water. De gewassen liggen nog steeds op de akkers. De vissen zwemmen nog in de zee.' Astrid voelde dat dat een kalmerend effect had. Het hielp om de kinderen erop te wijzen dat niet alles door de brand verloren was gegaan. Ja, misschien kon ze toch wel tot hen doordringen.

'Vertel ons eens over de zombie,' zei Howard.

Astrids gezicht en hals werden rood en iedereen kon zien dat ze zich schuldig voelde.

'En dan kun je daarna misschien uitleggen waarom Sam van jou niet met Zil mocht afrekenen voor Zil de hele stad in de fik zette.'

Astrid perste er een zuur lachje uit. 'Jij hoeft mij niet de les te lezen, Howard. Jij bent hier de treurige drugsdealer.'

Ze kon zien dat die belediging aankwam.

'Als mensen iets willen kopen, dan bied ik ze die mogelijkheid,' zei Howard. 'Net als Albert. Maar ik heb mezelf in elk geval nooit op een voetstuk geplaatst en gezegd dat ik belangrijk was. Orc en ik doen wat we moeten doen om rond te komen. Wij zijn niet degenen die helemaal perfect en geweldig willen zijn en overal boven staan.'

'Nee, jij staat helemaal onderaan,' zei Astrid.

Ergens wist ze dat er niemand zou ingrijpen zolang ze deze woordenwisseling met Howard op de man zou blijven spelen. Maar daar hadden ze niets aan. Dat zou niets opleveren.

'Ik dacht dat je iets uit ging leggen, Astrid,' zei Howard, alsof hij haar gedachten kon lezen. 'Let maar niet op mij. Ik ben maar gewoon Howard. Maar hoe zit dat met dat meisje dat dood was en nu niet meer? En hoe zit dat met de kinderen die zeggen dat ze Drake over straat hebben zien lopen? Heb je daar iets op te zeggen, Astrid?'

Ze overwoog of ze zou bluffen. Op een ander moment, een andere dag, had ze ongetwijfeld een manier gevonden om Howard onder een lading ijzige minachting te bedelven en hem de mond te snoeren. Maar ze leek het niet uit zichzelf te kunnen halen. Niet meer.

'Weet je, Howard,' begon Astrid op een wrange toon, 'ik heb de laatste tijd veel fouten gemaakt en...'

'En de Profetes?' zei een andere stem dwars door haar heen. 'Hoe zit het met Orsay?'

'Maria?' Astrid geloofde haar ogen niet. Maria Terrafino, met overslaande stem en een rood aangelopen gezicht van woede.

'Ik heb net mijn broertje gesproken. Mijn broertje, dat zijn hele leven nog nooit tegen me gelogen heeft,' zei Maria.

Ze liep over het middenpad van de kerk. De menigte ging voor haar opzij. Moeder Maria.

'Hij heeft het toegegeven, Astrid,' zei Maria. 'Hij heeft gelogen. Hij heeft gelogen omdat jij zei dat het moest.'

Astrid wilde het ontkennen. De ontkenning lag op het puntje van haar tong, maar ze kreeg de woorden er niet uit.

'Maria heeft gelijk, jongens,' zei Howard. 'Astrid heeft tegen ons allemaal gezegd dat we moesten liegen. Over Brittney en Orsay.'

'Orsay belazert de boel,' zei Astrid zwakjes.

'Dat zou kunnen,' zei Howard. 'Maar je weet het niet zeker. Niemand van ons weet het zeker.'

'Orsay belazert de boel niet. Ze heeft me iets verteld wat alleen ik weet,' zei Maria. 'En ze heeft voorspeld dat er een beproeving in het verschiet ligt.'

'Maria, dat is een stokoude truc,' zei Astrid. 'Dit is de FAKZ: er ligt altijd wel een beproeving in het verschiet, voor het geval je het nog niet doorhad. We zitten tot over onze oren in de beproevingen. Ze manipuleert je.'

'Ja, en jij niet,' zei Howard, en het sarcasme droop van zijn stem.

Iedereen keek naar Astrid. Ongelovig. Boos. Beschuldigend. Bang.

'Orsay zegt dat we eruit kunnen stappen als we vijftien worden,' zei Maria. 'Ze zei dat ik mijn last van me af moet gooien. Dat heeft mijn moeder tegen haar gezegd in haar droom. Dat ik mijn last van me af moet werpen.'

'Maria, je weet toch wel dat dat niet waar is,' zei Astrid.

'Nee. Nee, dat weet ik niet,' zei Maria zo zacht dat Astrid haar bijna niet kon verstaan. 'En jij ook niet.'

'Maria, de kinderen hebben je nodig,' zei Astrid smekend.

Opeens was dit geheel onverwacht een zaak van leven en dood geworden. Maria had het over zelfmoord, daar was Astrid van overtuigd. Als ze het logisch bekeek moest het dat haast wel zijn. Maar ze wist het pas echt zeker door haar geloof: het kon nooit goed zijn om de handdoek in de ring te gooien, om je over te geven en iets te accepteren wat op zijn minst aanvoelde als en leek op zelfmoord. Zo'n grap zou God nooit uithalen.

'Misschien niet,' zei Maria zacht. 'Misschien hebben die kinderen eigenlijk een uitweg nodig. Misschien staan hun vaders en moeders wel op ze te wachten en is het onze schuld dat ze niet herenigd worden.'

En daar was het dan: dat waar Astrid al bang voor was geweest toen ze voor het eerst over Orsays zogenaamde voorspellingen had gehoord.

Je kon een speld horen vallen in de kerk.

'De kleintjes zijn nog lang geen vijftien,' zei Astrid.

'En op deze afschuwelijke plek zullen ze dat nooit worden ook,' zei Maria. Haar stem stokte. Astrid herkende haar wanhoop: ze had hetzelfde gevoeld toen Kleine Pete door het lint was gegaan. Ze had zich heel vaak zo wanhopig gevoeld sinds het begin van de FAKZ.

'We zijn in de hel, Astrid,' zei Maria, en ze smeekte bijna om Astrid te overtuigen. 'Dit. Dít is de hel.'

Astrid kon zich wel voorstellen hoe Maria's leven eruitzag. Het eeuwige werk. De eeuwige verantwoordelijkheid. De onvoorstelbare stress. De depressies. De angst. Het was voor Maria allemaal nog veel erger dan voor wie dan ook.

Maar dit kon zo niet doorgaan. Dit moest ophouden. Zelfs als het betekende dat ze Maria moest kwetsen.

'Maria, jij bent van begin af aan een van de allerbelangrijkste, meest onmisbare mensen in de FAKZ geweest,' zei Astrid voorzichtig. 'Maar ik weet hoe zwaar het voor je is geweest.'

Astrid werd misselijk als ze dacht aan wat ze ging zeggen, wat ze moest zeggen. Aan het verraad dat ze ging plegen.

'Maria, luister eens, ik weet dat de medicijnen die je moet slikken op zijn. Ik weet dat je heel veel pillen slikt om de chaos in je hoofd onder controle te kunnen houden.'

Het was doodstil in de kerk. De kinderen staarden naar Maria en toen naar Astrid. Plotseling draaide het om de vraag wie ze zouden geloven. Astrid wist het antwoord op die vraag.

'Maria, ik weet dat je depressief bent en anorexia hebt. Iedereen ziet het aan je.'

De menigte hing aan haar lippen.

'Ik weet dat je met een aantal demonen worstelt, Maria.'

Maria stootte een ongelovig lachje uit. 'Wou je soms beweren dat ik gek ben?'

'Natuurlijk niet,' zei Astrid, maar op zo'n toon dat zelfs de jongste en domste kinderen in de kerk konden horen dat dat precies was wat ze insinueerde. 'Maar je hebt een aantal geestelijke... problemen... waardoor je misschien wat minder helder kunt nadenken.'

Maria kromp in elkaar alsof ze een klap had gekregen. Ze keek om zich heen, op zoek naar een vriendelijk gezicht, naar tekenen dat niet iedereen het met Astrid eens was.

Astrid zag dezelfde gezichten. Ze stonden ijzig en achterdochtig. Maar al die achterdocht was op Astrid gericht, niet op Maria.

'Ik denk dat je een tijdje thuis moet blijven,' zei Astrid. 'We vinden wel iemand anders die de crèche kan leiden terwijl jij weer een beetje tot jezelf komt.'

Howards mond hing open. 'Wil je Maria ontslaan? Wie is hier nou gek?'

Zelfs Edilio leek verbijsterd. 'Ik denk niet dat Astrid bedoelt dat Maria weg moet bij de crèche,' zei hij vlug, met een waarschuwende blik op Astrid.

'Dat is precies wat ik bedoel, Edilio. Maria is in Orsays leugens getrapt. Het is gevaarlijk. Gevaarlijk voor Maria als ze besluit om eruit te stappen. En gevaarlijk voor de kinderen als Maria naar Orsay blijft luisteren.'

Vol ontzetting sloeg Maria haar hand voor haar mond. De hand voelde aan haar lippen en ging vervolgens naar haar haar. Toen streek ze haar blouse glad. 'Denk je dat ik ooit een van mijn kinderen iets zou aandoen?'

'Maria,' zei Astrid, en ze wist een meedogenloze toon aan te slaan, 'je hebt grote mentale problemen, je bent depressief, je kunt de juiste medicijnen niet meer slikken en je zegt dat het misschien het beste voor deze kinderen is als ze zouden sterven en naar hun ouders zouden gaan.'

'Dat zei ik helemaal...' begon Maria. Ze haalde een paar keer gejaagd en oppervlakkig adem. 'Weet je wat? Ik ga weer aan het werk. Ik heb nog een heleboel te doen.'

'Nee, Maria,' zei Astrid dwingend. 'Ga naar húís.' Toen zei ze tegen Edilio: 'Ik wil dat je haar tegenhoudt als ze de crèche in probeert te gaan.'

Astrid had verwacht dat Edilio het met haar eens zou zijn, of in elk geval zou doen wat hem werd opgedragen. Maar toen ze hem aankeek, zag ze dat ze zich vergist had.

'Dat kan ik niet doen, Astrid,' zei Edilio. 'Jij zegt de hele tijd dat we wetten en dat soort dingen nodig hebben, en zal ik je eens wat vertellen? Je hebt gelijk. We hebben geen wet waarin staat dat ik het recht heb om Maria tegen te houden. En weet je wat we ook nodig hebben? We hebben wetten nodig om te voorkomen dat jij dit soort dingen nog een keer zult proberen.'

Maria liep onder luid applaus de kerk uit.

'Straks doet ze die kinderen wat aan,' zei Astrid schril.

'Ja, en Zil heeft de stad platgebrand omdat jij zei dat we hem niet mochten aanpakken,' kaatste Edilio terug.

'Ik ben de voorzitter van de raad,' zei Astrid verdedigend.

'Zullen we daarover stemmen?' vroeg Howard. 'We kunnen er nu over stemmen, als je wilt.'

Astrid verstijfde. Ze keek naar de zee van gezichten, maar er was niemand bij die aan haar kant leek te staan.

'Kom, Petey,' zei Astrid.

Met opgeheven hoofd liep ze door de menigte kinderen de kerk uit.

Nog een mislukking. De enige troost was dat dit haar laatste mislukking zou zijn als voorzitter van de stadsraad.

Drieëndertig

'Ik zie helemaal geen groot landgoed,' zei Diana. 'Ik zie alleen maar bomen.'

'Worm,' riep Caine.

'Succes met zoeken,' zei Diana. Worm was heel goed zichtbaar geweest tijdens de klim naar boven. Hij was één keer uitgegleden en toen had Caine hem gevangen.

Maar toen ze op de klif stonden zagen ze alleen een rij bomen, geen fantastische, verborgen Hollywoodvilla. Bomen, bomen en nog meer bomen.

Penny ging helemaal door het lint. Ze begon: 'Waar is het? Waar is het?' te gillen en rende het bos in.

'Worm!' schreeuwde Caine. Geen antwoord.

'Tja,' zei Diana. 'We vertrouwden Worm. En daar staan we dan.' Ze draaide zich om en zag de boot. Hij dreef steeds verder weg. Misschien wel naar de kerncentrale in de verte. Misschien zouden ze het wel overleven. Misschien waren ze wel beter af dan Diana.

'Schapen!' riep Penny's stem een eindje verderop.

Diana wisselde een blik met Caine. Was Penny gek geworden? Het was niet onwaarschijnlijk, maar zou ze ook waanbeelden van schapen hebben?

Ze liepen samen het bos in. Algauw zagen ze dat het uit slechts een smalle strook bomen bestond en dat daarachter een zonnig weiland lag. Het gras kwam tot aan hun knieën.

Penny stond aan de rand van het weiland. Ze staarde en wees en wankelde alsof ze elk moment kon omvallen.

'Ze zijn echt, toch?' vroeg Penny.

Diana hield haar hand boven haar ogen, en ja, ze waren echt. Drie vuilwitte wattenbolletjes met zwarte koppen; ze kon ze bijna aanraken. De schapen draaiden zich om en staarden hen met een domme blik aan.

Caine reageerde meteen. Hij hief zijn hand en plukte een van de schapen van de grond. Het dier vloog door de lucht en botste met een misselijkmakende klap tegen een grote boom. Het viel op de grond – er zaten rode vlekken op de witte vacht.

Ze vlogen er als tijgers op af. Worm, die opeens heel zichtbaar naast hen stond, rukte aan de wol in een wanhopige poging bij het vlees te komen. Maar met hun blote handen en broze nagels, en zelfs met hun stompe losse tanden konden ze niet bij het vlees.

'We hebben iets scherps nodig,' zei Caine.

Penny vond een rotsblok met een scherpe rand. Het was te zwaar voor haar, maar niet voor Caine. Het rotsblok ging de lucht in en kwam als een hakmes weer neer.

Het werd een bloederig zooitje. Maar het werkte wel. En alle vier scheurden en trokken ze brokken rauw schapenvlees los.

'Honger?'

Voor hen stonden twee kinderen die zomaar uit het niets te-voorschijn gekomen leken te zijn. De stem was van de langste jongen. Hij had een intelligente, spottende en behoedzame blik. Het gezicht van de andere jongen stond ondoorgrondelijk, uit-drukkingsloos.

Ze waren allebei in verband gewikkeld. Ze hadden verband om hun handen. De kleinste jongen had een bandana voor zijn mond en neus.

De stilte duurde voort terwijl Caine, Diana, Penny en Worm staarden en er naar hen gestaard werd.

'Zijn jullie als mummie verkleed of zo?' vroeg Diana. Ze veegde schapenbloed van haar mond, en besefte toen dat haar shirt ook helemaal doorweekt was en ze het met geen mogelijkheid schoon zou kunnen krijgen.

'We zijn melaatsen,' zei de lange jongen.

Diana's hart sloeg een paar slagen over.

'Ik ben Sanjit,' zei de lange jongen terwijl hij een hand uitstak die uit een paar met verband omwikkelde vingerstompjes leek te bestaan. 'En dit is Choo.'

'Achteruit!' snauwde Caine.

'O, maak je maar geen zorgen,' zei Sanjit. 'Het is niet altijd besmettelijk. Ja, soms wel, natuurlijk. Maar niet altijd.'

Hij liet zijn hand weer zakken.

'Hebben jullie lepra?' vroeg Caine boos.

'Net als op de zondagsschool, zeg maar?' vroeg Worm.

Sanjit knikte. 'Het is niet zo erg. Het doet geen pijn. Je voelt het eigenlijk nauwelijks als je vinger eraf valt.'

'Ik voelde het wel toen mijn piemel eraf viel, maar het deed niet echt héél erg zeer,' zei de jongen die Choo heette.

Penny slaakte een gilletje. Caine ging ongemakkelijk op zijn andere been staan. Worm verdween uit zicht terwijl hij langzaam achteruitdeinsde.

'Maar toch zijn mensen altijd bang voor lepra,' zei Sanjit. 'Best stom.'

'Wat doen jullie hier?' vroeg Caine wantrouwig. Hij had zijn stuk schaap neergelegd en hield zijn handen in de aanslag.

'Dat kan ik beter aan jou vragen,' zei Sanjit. Hij klonk niet boos, maar had duidelijk ook geen zin om zich door Caine te laten koeioneren. 'Wij wonen hier. Jullie zijn hier net.'

'En bovendien hebben jullie een van onze schapen vermoord,' zei Choo.

'Dit is de leprakolonie San Francisco de Sales,' zei Sanjit. 'Wisten jullie dat niet?'

Diana begon te lachen. 'Een leprakolonie? Zijn we in een leprakolonie? Hebben we daar ons leven voor gewaagd?'

'Hou je bek, Diana,' snauwde Caine.

'Willen jullie met ons mee naar het ziekenhuis?' bood Sanjit hoopvol aan. 'Alle volwassen patiënten en de verpleegsters en dokters zijn weg, die zijn op een dag zomaar verdwenen. We zijn helemaal alleen.'

'Wij hadden gehoord dat hier een of ander filmsterrenlandgoed zou zijn,' zei Diana.

Sanjits donkere ogen werden spleetjes. Hij keek even naar rechts, alsof hij probeerde te begrijpen wat ze bedoelde. Toen zei hij: 'O, ik weet al waarom je dat denkt. Todd Chance en Jennifer Brattle betalen voor dit eiland. Het is hun goede doel, om het zo maar te zeggen.'

Diana kon niet ophouden met giechelen. Een leprakolonie. Dus daar had Worm over gelezen. Een leprakolonie waar twee rijke filmsterren voor betaalden. Als een liefdadigheidsinstelling.

'Ik geloof dat Worm een paar details niet helemaal goed begrepen heeft,' wist ze uit te brengen tussen het droge, rauwe gelach door, dat niet van een huilbui te onderscheiden was.

'Jullie mogen de schapen wel hebben,' zei Choo.

Diana hield op met lachen. Caine kneep zijn ogen samen.

Sanjit zei snel: 'Maar we zouden het fijner vinden als jullie gewoon met ons mee zouden gaan. We zijn best eenzaam.'

Caine staarde naar Choo. Choo staarde terug en keek toen weg.

'Volgens mij wil hij niet dat we meegaan naar dat ziekenhuis,' zei Caine en hij wees naar Choo.

Diana zag angst in de ogen van de jongere jongen.

'Ik wil ze wel eens zien zonder die lappen,' zei Diana. De lachstuip was verdwenen. De jongens hadden allebei heldere ogen. De zichtbare delen van hun lichaam zagen er gezond uit. Hun haar was niet broos en droog, zoals het hare.

'Je hebt het gehoord,' zei Caine.

'Nee,' zei Sanjit. 'Het is niet goed voor onze lepra als we het verband eraf halen.'

Caine haalde diep adem. 'Ik tel tot drie en dan gooi ik dat liegende vriendje van je keihard tegen een boom. Net zoals ik met dit schaap heb gedaan.'

'Hij doet het, hoor,' waarschuwde Diana. 'Denk maar niet dat hij het niet zal doen.'

Sanjit liet zijn hoofd hangen.

'Sorry,' zei Choo. 'Ik heb het verpest.'

Sanjit begon het verband van zijn kerngezonde vingers af te wikkelen. 'Oké, betrapt. Mag ik jullie welkom heten op het San Francisco de Sales eiland?'

'Dank je,' zei Caine droog.

'En we hebben ook wel wat te eten. Hebben jullie zin om mee te gaan? Tenzij jullie het liever bij je schapensushi houden.'

De hele ochtend en het begin van de middag dwaalden de kinderen van Perdido Beach verloren en verward in een soort shocktoestand rond.

Maar Albert voelde zich niet verloren en ook niet verward. De hele dag kwamen er kinderen naar zijn kantoor in de McDonald's. Hij was aan een tafeltje gaan zitten in een hoek bij het raam, zodat hij uitzicht had op het plein en in de gaten kon houden wat er gebeurde.

'Hunter heeft een hert gebracht,' meldde iemand. 'En een paar vogels. Bij elkaar ongeveer vijfendertig kilo bruikbaar vlees.'

'Mooi,' zei Albert.

Quinn kwam ook langs. Hij zag er moe uit en rook naar vis. Hij plofte tegenover Albert op een stoel. 'We zijn weer gaan varen. We hebben niet zo'n goede vangst gehad omdat we zo laat begonnen zijn. Maar we hebben zo'n tweeëntwintig kilo schone vis, denk ik.'

'Goed gedaan,' zei Albert. Hij maakte een rekensommetje in zijn hoofd. 'We hebben ongeveer honderdzeventig gram vlees per persoon. Geen groenten.' Hij tikte nadenkend op tafel. 'Het is niet de moeite waard om de supermarkt te openen. We koken gewoon op het plein – we roosteren het vlees en maken een stoofpot van de vis. Eén berto per persoon.'

Quinn schudde zijn hoofd. 'Joh, wil je echt al die kinderen bij elkaar op het plein zetten? De freaks en de normalo's? Terwijl iedereen helemaal over de rooie is?'

Albert dacht er even over na. 'We hebben geen tijd om de supermarkt open te stellen en ons product moet verkocht worden.'

Quinn glimlachte zuinig. 'Product.' Hij schudde zijn hoofd. 'Gast, als er één iemand is over wie ik me geen zorgen hoef te maken als de FAKZ afgelopen is – en ook niet als hij blijft bestaan – ben jij het wel, Albert.'

Albert knikte instemmend en deed alsof het compliment gewoon een vaststaand feit was. 'Ik laat me niet afleiden.'

'Nee, dat is duidelijk,' zei Quinn op zo'n toon dat Albert zich afvroeg wat hij precies bedoelde.

'O, trouwens, een van mijn jongens denkt dat hij Sam heeft gezien. Op de rotsen bij de elektriciteitscentrale,' zei Quinn.

'Is Sam nog niet terug in de stad?'

Quinn schudde zijn hoofd. 'Ik hoor de hele tijd alleen maar: "Waar is Sam?"'

Albert trok aan zijn lip. 'Ik denk dat Sam is ingestort.'

'Nou ja, dat valt hem op zich nauwelijks kwalijk te nemen, of wel?' zei Quinn.

'Misschien niet,' zei Albert. 'Maar volgens mij zit hij eigenlijk vooral te mokken. Hij is boos omdat hij niet meer in zijn eentje de baas kan zijn.'

Quinn ging ongemakkelijk verzitten. 'Hij is de enige die recht op het gevaar af gaat terwijl de meesten van ons op hun reet blijven zitten of zich onder een tafel verstoppen.'

'Jawel, maar dat is toch ook zijn taak? Ik bedoel, hij krijgt twintig berto per week van de raad, dat is twee keer zoveel als wat de meeste mensen verdienen.'

Quinn keek alsof hij geen genoegen nam met die verklaring. 'Dat doet nog niets af aan het feit dat hij dood kan gaan. En jij weet ook wel dat hij eigenlijk meer zou moeten verdienen. Mijn mensen verdienen tien berto per week voor het vissen, en dat is ook zwaar werk, maar er zijn heel veel mensen die dat zouden kunnen. Er is maar één iemand die Sams baan kan doen.'

'Ja. Eentje maar. Maar we hebben juist meer mensen nodig die dat werk ook doen. Met minder macht.'

'Je wordt toch niet antifreak, hè?'

Dat wuifde Albert meteen weg. 'Ga nou niet doen alsof ik een of andere idioot ben.' Het irriteerde hem dat Quinn het voor Sam opnam. Hij had niets tegen Sam. Sam had hen beschermd tegen Caine en die griezel van een Drake en tegen Roedelleider, dat wist Albert heus wel. Maar de tijd van helden was op zijn retour. Dat hoopte hij in elk geval. Ze moesten een echte samenleving opbouwen, met wetten, regels en rechten.

Dit was tenslotte wel Perdido Beach, niet Sams Beach.

'Ik kwam ook nog een andere jongen tegen, en dat is de vierde al of zo, die zei dat hij tijdens de brand Drake Merwin heeft gezien,' zei Quinn.

Albert snoof. 'Kinderen verzinnen de gekste dingen.'

Quinn keek hem zo lang aan dat Albert zich bijna ongemakkelijk begon te voelen. Toen zei Quinn: 'Als het waar blijkt te zijn, kunnen we waarschijnlijk maar beter hopen dat Sam besluit terug te komen.'

'Orc kan Drake wel aan. En die hoeft er alleen een fles wodka voor te hebben,' zei Albert smalend.

Quinn zuchtte en stond op. 'Soms maak ik me zorgen om jou, gast.'

'Hé, ik geef de mensen wel te eten, hoor, voor het geval je het nog niet doorhad,' zei Albert. 'Astrid praat en Sam mokt, en ik zorg dat het werk gedaan wordt. Ik. En waarom? Omdat ik niet praat maar het gewoon doe.'

Quinn ging weer zitten. Hij leunde naar voren met zijn ellebogen op zijn knieën. 'Zeg, je kunt je die repetities op school toch nog wel herinneren? Multiple choice: A, B, C, D, E, of: Al het bovenstaande is waar.'

'Wat is daarmee?'

'Gast, soms is het antwoord: "Al het bovenstaande is waar." Jij bent hier nodig. En Astrid ook. En Sam. Al het bovenstaande is waar, Albert.'

Albert knipperde met zijn ogen.

'Niet lullig bedoeld of zo,' zei Quinn vlug. 'Maar het lijkt wel of

293

Astrid alleen maar loopt te zeuren dat we een systeem nodig hebben, jij zit je geld te tellen, en Sam doet net alsof we allemaal gewoon onze mond moeten houden en hem niet voor de voeten moeten lopen, zodat hij iedereen die hem lastigvalt kan roosteren. Jullie nemen niet echt met z'n drieën de leiding. Jullie werken niet samen, terwijl dat juist goed zou zijn voor alle gewone mensen zoals wij. Want, en ik zeg dit echt niet om jullie af te zeiken of zo, maar ja, hè hè: natuurlijk hebben we een systeem nodig, en we hebben jou en je berto's ook nodig, en soms hebben we Sam nodig om iemand er eens even flink van langs te geven.'

Albert zei niets. Er ging een heleboel door zijn hoofd, maar na een tijdje drong het tot hem door dat hij nog niets gezegd had en dat Quinn op een antwoord zat te wachten, een beetje in elkaar gekrompen, alsof hij verwachtte dat Albert naar hem zou uithalen.

Quinn stond weer op, schudde een beetje spijtig zijn hoofd en zei: 'Laat maar, ik snap het al. Ik hou me wel gewoon bij het vissen.'

Albert keek hem aan. 'Vanavond barbecue op het plein. Zeg het voort, goed?'

Vierendertig

7 uur, 2 minuten

Diana begon te huilen toen Sanjit de kom cornflakes voor haar neus zette. Hij goot er houdbare melk overheen uit een pak en de melk was zo wit en de cornflakes roken zo heerlijk, en ze maakten zo'n schitterend geluid terwijl ze door de blauwe kom klotsten.

Ze wilde haar vingers er al in steken, maar toen zag ze de lepel liggen. Hij was schoon. Glanzend.

Met trillende vingers stak ze de lepel in de cornflakes en bracht hem naar haar lippen. Op dat moment vergat ze heel even de wereld om zich heen. Caine en Penny schrokten hun eigen kommen naar binnen, net als Worm, die volledig zichtbaar was. Maar het enige wat zij merkte, het enige wat zij voelde, was het koele gekraak, de plotselinge suikersmaak, de schok waarmee het allemaal weer terugkwam.

Ja, dit was eten.

Diana's tranen gleden over haar gezicht de lepel op, zodat haar tweede hap een klein beetje zout smaakte.

Ze knipperde met haar ogen en zag dat Sanjit naar haar zat te kijken. Hij hield de grootverpakking cornflakes al klaar in zijn ene hand en het pak melk in de andere.

Penny lachte en sproeide cornflakes en melk in het rond.

'Eten,' zei Caine.

'Eten,' bevestigde Worm.

'Wat hebben jullie nog meer?' vroeg Caine.

'Jullie moeten het een beetje rustig aan doen,' zei Sanjit.

'Jij hoeft mij niet te vertellen wat ik moet doen.'

Sanjit hield voet bij stuk. 'Jullie zijn niet de eerste ondervoede mensen die ik zie.'

'Anderen uit Perdido Beach?' vroeg Caine fel.

Sanjit wisselde een blik met de jongere jongen, Virtue. Hij had tegen Diana gezegd dat dat zijn echte naam was.

'Dus het gaat niet zo goed op het vasteland,' zei Sanjit. Caine had zijn cornflakes op. 'Meer.'

'Als je uitgehongerd bent en je eet te veel in één keer, word je ziek,' zei Sanjit. 'Dan kots je het straks uiteindelijk allemaal weer uit.'

'Meer,' zei Caine met onverholen dreiging in zijn stem.

Sanjit vulde zijn kom bij, en daarna ook die van de anderen. 'Sorry dat we geen zoetere cornflakes hebben,' zei hij. 'Jennifer en Todd zijn nogal van de gezonde voeding. Ik denk dat ze niet met dikke kinderen gefotografeerd wilden worden.'

Diana hoorde zijn spottende toon. En terwijl ze de tweede kom naar binnen werkte, merkte ze dat ze buikkrampen kreeg. Ze dwong zichzelf te stoppen.

'Er is eten genoeg,' zei Sanjit vriendelijk tegen haar. 'Neem je tijd. Geef je lichaam even de tijd om eraan te wennen.'

Diana knikte. 'Wanneer heb jij uitgehongerde mensen gezien?'

'Toen ik klein was. Bedelaars. Misschien waren ze af en toe te ziek om te bedelen, of hadden ze gewoon pech, en dan leden ze behoorlijk honger.'

'Dank je wel voor het eten,' zei Diana. Ze veegde haar tranen weg en probeerde te glimlachen. Maar toen bedacht ze opeens weer dat haar tandvlees rood en opgezwollen was en dat haar glimlach er niet erg aantrekkelijk uitzag.

'Ik heb ook wel eens mensen met scheurbuik gezien,' zei Sanjit. 'Dat hebben jullie ook. Ik zal jullie wat vitaminetabletten geven. Dan zijn jullie over een paar dagen weer beter.'

'Scheurbuik,' zei Diana. Het klonk belachelijk. Scheurbuik was iets uit piratenfilms.

Caine keek onderzoekend de kamer rond. Ze zaten aan een massief houten tafel net achter de keuken. Op de lange banken was plaats voor dertig mensen.

'Niet verkeerd,' zei Caine terwijl hij met zijn lepel naar de kamer gebaarde.

'Dit is de personeelstafel,' zei Virtue. 'Maar we eten altijd hier omdat de gewone eettafel niet lekker zit. En in de officiële eetkamer...' Hij maakte zijn zin niet af, bang dat hij iets gezegd had wat hij niet had moeten zeggen.

'Dus jullie zijn zeg maar superrijk,' zei Penny.

'Onze ouders, ja,' zei Virtue.

'Onze stiefouders,' verbeterde Sanjit.

'Jennifer en Todd. "J-Todd,"' zei Caine. 'Zo werden ze toch genoemd?'

'Ik geloof dat ze zelf "Toddifer" leuker vonden,' zei Sanjit.

'Goed. Hoeveel eten hebben jullie?' vroeg Caine bot, want hij vond het maar niks dat Sanjit niet stond te bibberen van angst.

Het was alweer heel lang geleden dat iemand Caine onbevreesd tegemoet was getreden, besefte Diana. Sanjit had geen idee met wie hij te maken had.

Nou, daar zou hij snel genoeg achter komen.

'Choo? Hoeveel eten hebben we?'

Virtue haalde zijn schouders op. 'Ik heb het een keer uitgerekend, en toen was het genoeg om met z'n tweeën zo'n zes maanden van te leven,' zei hij.

'Zijn jullie maar met z'n tweeën?' vroeg Diana.

'Ik dacht dat J-Todd iets van tien kinderen hadden of zo,' zei Worm.

'Vijf,' zei Sanjit. 'Maar we waren niet allemaal op het eiland.'

Diana geloofde hem niet. Sanjit zei het en ze geloofde er meteen geen barst van. Maar ze hield haar mond.

'Diana,' zei Caine, 'heb je onze twee vrienden hier al gelezen?'

Diana zei tegen Sanjit: 'Ik moet even je hand vasthouden. Heel even maar.'

297

'Waarom?' vroeg Virtue, die zijn broer verdedigde.

'Ik kan voelen of je vreemde... mutaties hebt,' zei Diana.

'Zoals hij,' zei Sanjit terwijl hij naar Caine knikte.

'Laten we hopen van niet,' zei Diana. Haar maag kwam weer een beetje tot rust en nu wilde ze echt heel graag weten wat er nog meer achter de deuren van de voorraadkamer lag.

Sanjit stak zijn hand uit, met de handpalm naar boven, als een soort verzoenend gebaar. Een open hand. Vol vertrouwen. Maar zijn ogen zeiden iets anders.

Diana pakte zijn hand. Zijn hand bewoog niet. De hare trilde. Ze deed haar ogen dicht en concentreerde zich. Het was alweer een tijd geleden dat ze dit gedaan had. Ze probeerde te bedenken wat de laatste keer was geweest, maar haar herinneringen bestonden uit allerlei losse fragmenten en het was te vermoeiend om te proberen ze te ordenen.

Ze voelde dat het lukte. Ze kneep haar ogen stijf dicht, bang en opgelucht tegelijkertijd.

'Hij is een nul,' zei Diana. Toen zei ze tegen Sanjit: 'Sorry, zo bedoelde ik het niet.'

'Daar ging ik ook niet van uit,' zei Sanjit.

'Nu jij,' zei Diana tegen Virtue.

Virtue stak zijn hand uit alsof hij de hare wilde schudden, met zijn vingers een beetje naar binnen gekruld, alsof hij erover dacht om een vuist te maken. Diana pakte zijn hand. Ze voelde iets. Nog niet eens twee strepen. Ze vroeg zich af wat zijn gave was, en of hij zelf überhaupt wist dat hij die had.

De mutaties kwamen in verschillende sterktes voor, en ontwikkelden zich niet allemaal tegelijk. Sommige kinderen leken nooit een gave te krijgen. Anderen ontwikkelden gaven waar je niets aan had. Diana had maar twee mensen met vier strepen gelezen: Caine en Sam.

'Hij heeft er één,' zei ze tegen Caine.

Caine knikte. 'Nou, dat is zowel slecht als goed. Slecht omdat ik jullie misschien nog had kunnen gebruiken als jullie een sterke gave zouden hebben. Goed omdat ik me weinig zorgen over jullie hoef te maken nu ik weet dat jullie die niet hebben.'

'Wat een vaag verhaal,' zei Sanjit.

Worm en Penny staarden hem ongelovig aan.

'Ik bedoel, het klinkt goed, maar als je erover nadenkt slaat het eigenlijk nergens op,' zei Sanjit. 'Als ik die krachten zou hebben waar je het over had, zou ik een bedreiging vormen. Maar die heb ik niet, dus ik ben niet zo nuttig als ik had kunnen zijn als ik ze wél had. Nuttig en bedreigend zijn in dit geval dus hetzelfde.' Maar terwijl hij het zei liet hij een grote, onschuldig ogende glimlach zien.

Caine lachte terug. Maar hij leek op een haai die naar Nemo lachte.

Nee, dat was niet waar. Sanjit was niet te vergelijken met Nemo, daar was zijn glimlach te sluw voor. Alsof hij wist dat hij iets gevaarlijks deed.

Er waren maar weinig mensen die Caine aankonden. Diana kon hem aan. Maar ze wist al heel lang dat dat een van de redenen was waarom hij haar leuk vond: Caine had iemand nodig die zich niet liet intimideren.

Dat zou voor Sanjit niet werken. Ze vroeg zich af of ze hem op de een of andere manier zou kunnen waarschuwen dat hij niet te maken had met een doorsnee pestkop die zijn onderbroek omhoog zou trekken.

Ze zag de gevaarlijke flonkering in Caines ogen. Ze voelde hoe iedereen zijn adem inhield. Sanjit moest het ook merken. Maar hij bleef Caine aankijken en schonk hem nog steeds die aanstekelijke glimlach.

'Geef me nog eens iets te eten,' zei Caine uiteindelijk.

'Maar natuurlijk,' zei Sanjit. Virtue liep achter hem aan de kamer uit.

'Hij liegt ergens over,' zei Caine zacht tegen Diana.

'De meeste mensen liegen,' zei Diana.

'Maar jij niet. Niet tegen mij.'

'Natuurlijk niet.'

'Hij houdt iets achter,' zei Caine. Maar toen kwamen Sanjit en Virtue weer terug met een dienblad vol blikken perziken, een doos knäckebröd en grote potten jam en pindakaas. Onvoorstelbare delicatessen, veel en veel kostbaarder dan goud.

Wat Sanjit ook mocht achterhouden, dacht Diana, het was een stuk minder belangrijk dan wat hij hun wél gaf.

Ze aten en aten en aten. Het kon ze niet schelen dat ze maagkrampen kregen. Het kon ze niet schelen dat hun hoofden bonkten.

Het kon ze niet eens schelen dat ze uiteindelijk overmand werden door vermoeidheid en uitputting en hun ogen om de beurt dichtvielen.

Penny gleed van haar stoel alsof ze stomdronken was. Diana keek met een wazige blik naar Caine om te zien of hij zou reageren. Maar Caine legde alleen zijn hoofd op tafel.

Worm lag te snurken.

Diana keek naar Sanjit, maar ze kon hem nauwelijks nog scherp in beeld krijgen. Hij gaf haar een knipoog.

'O,' zei Diana, en toen sloeg ze haar armen over elkaar op de tafel en legde haar hoofd erop.

'Het wordt heel naar als ze straks wakker worden,' zei Virtue. 'Misschien moeten we ze vermoorden.'

Sanjit pakte zijn broer en trok hem tegen zich aan om hem even kort te omhelzen. 'Ja. Tuurlijk. Want wij zijn een stel koelbloedige moordenaars.'

'Misschien is Caine wel een koelbloedige moordenaar. Als hij wakker wordt...'

'Dat slaapmiddel dat ik ze gegeven heb, houdt ze als het goed is wel even onder zeil. En als ze wakker worden, zijn ze vastgebonden. En dan zijn wij weg,' zei Sanjit. 'Dat hoop ik tenminste. Als ik hun verhalen zo hoor, kunnen we beter eerst even de tijd nemen om een flinke voorraad eten in te pakken. En dat betekent dat we heel vaak naar boven en naar beneden en naar boven en weer naar beneden moeten klimmen.'

Virtue slikte. 'Dus je gaat het echt doen?'

Sanjits glimlach was verdwenen. 'Ik ga het proberen, Choo. Meer kan ik niet doen.'

Vijfendertig

Sam was eindelijk op de plek waarvan hij al die tijd al geweten had dat hij er terecht zou komen. Hij had er de hele dag over gedaan. De zon zakte al naar de nephorizon.

Het was griezelig stil in de kerncentrale van Perdido Beach. Vroeger had er een constant gebrul geklonken. Niet van de kernreactor zelf, maar van de gigantische turbines die ultraverhitte stoom in elektriciteit veranderden.

Alles was nog precies zoals hij het had achtergelaten. Een gat dat in de muur van de controlekamer was gebrand. Auto's die her en der door Caine of Dekka waren neergesmeten. Alle bewijzen van het gevecht dat hier nog maar een paar maanden geleden had plaatsgevonden.

Hij ging door de turbinehal naar binnen. De machines waren zo groot als huizen; in elkaar gedoken, opgekrulde metalen monsters die nu in enorme brokken schroot waren veranderd.

Ook de controlekamer lag er nog net zo bij als Caine en hij hem hadden achtergelaten. De deur was door Jack uit zijn hengsels geduwd. Opgedroogd bloed – voornamelijk van Brittney – vormde een bobbelige bruine korst op de gladde vloer.

De stokoude computers stonden uit. De alarmlichtjes en controlelampjes brandden niet, op een langzaam dovende plas licht na van een laatste nog functionerende noodlamp. Het zou niet lang meer duren voor de batterij op was.

Geen wonder dat Jack had geweigerd om hier weer naartoe te

gaan. Hij was niet bang voor de straling. Hij was bang voor spoken. Ergens diep vanbinnen deed het Jack pijn om machines te zien die er alleen nog maar nutteloos bij stonden, dacht Sam.

Sams voetstappen weergalmden zachtjes tijdens het lopen. Hij wist waar hij heen ging, waar hij naartoe moest.

Er lag een badge op een bureau, zo'n waarschuwingsbadge die van kleur veranderde als het stralingsniveau te hoog was. Sam raapte de badge op en keek ernaar, maar hij wist niet zeker of het hem wel iets kon schelen.

Veilig of niet, hij ging hoe dan ook naar de reactor.

De zon scheen door het gat dat Caine in de betonnen beschermingskoepel had gebrand. Maar het was zwak licht, van de zonsondergang die door de bergen werd weerkaatst.

Sam hief zijn hand en maakte een lichtbol. Er waren alleen maar schaduwen te zien.

Hij was op de plek. Hier had Drake aan Sam laten zien dat hij een kettingreactie in gang kon zetten en al het leven in de FAKZ kon vernietigen.

Hier had Drake zijn prijs genoemd.

Dit was de grond waarop Sam was gaan liggen en zich tot moes had laten slaan.

Sam zag de verpakking van de morfinespuit die Brianna in hem had gestoken. Ook hier was de vloer bedekt met een bobbelige, bruine, vieze laag.

Geluid! Hij draaide zich om, stak zijn handen in de lucht en liet felle lichtstralen wegschieten.

Gekraak. Hij vuurde nog een keer en liet de dodelijke straal langzaam van links naar rechts door de ruimte glijden – hij verbrandde alles wat hij tegenkwam.

Een ladder naar de loopbrug kletterde op de grond. Een computerbeeldscherm ontplofte als een doorgebrand peertje.

Sam dook in elkaar, klaar voor de aanval. Hij spitste zijn oren.

'Als hier iemand is, kun je het maar beter zeggen,' zei hij tegen de schaduwen. 'Want anders vermoord ik je.'

Geen antwoord.

Sam maakte een tweede lichtbol en gooide die een heel eind omhoog. De schaduwen die door de twee wedijverende lichtbronnen werden geworpen kruisten elkaar.

Nog een lichtje, en nog een, en nog een. Hij vormde ze met zijn gedachten en hing ze als Japanse lantaarns in de lucht. Niemand te zien.

Zijn lichtstralen hadden kabels doorgesneden en bedieningspanelen laten smelten. Maar er lagen geen lichamen op de grond.

'Vast een rat,' zei hij.

Hij trilde. Er was nog steeds te weinig licht, het was nog steeds te donker. En zelfs als het wel licht was geweest, had er overal iets verstopt kunnen zitten. Te veel hoeken en gaten, te veel vervelende apparaten waar iemand zich achter zou kunnen verschuilen.

'Een rat,' zei hij zonder enige overtuiging. 'Iets.'

Maar geen Drake.

Nee, Drake was in Perdido Beach, als hij überhaupt nog ergens anders was dan alleen in Sams doorgedraaide verbeelding.

Het was maar een fractie lichter in de reactorruimte dan toen hij binnen was gekomen. Hij had niets gevonden. Was niets wijzer geworden.

'Maar ik heb de boel wel tot puin geblazen,' zei hij.

En wat had hij daarmee bereikt? Niets.

Sam stak zijn hand in de hals van zijn T-shirt. Hij voelde aan de huid op zijn schouder. Hij liet zijn hand onder zijn shirt zakken en voelde aan zijn borst en buik. Liet zijn beide handen over zijn zij en rug glijden. Nieuwe wonden, de nog verse striemen van de zweep van Drake. Maar de herinnering aan zijn oude wonden was erger.

Hij was hier. Hij leefde. Hij was gewond, dat klopte, maar zijn huid hing niet in flarden langs zijn lijf.

En hij leefde nog heel erg.

'Nou,' zei Sam. 'Hebben we dat ook weer gehad.'

Hij had hier weer naartoe gemoeten omdat hij doodsbang was voor deze plek. Hij had deze plek weer de baas moeten worden. De plek waar hij om de dood had gesmeekt.

Maar waar hij niet dood was gegaan.

Een voor een doofde hij de Samzonnen weer, tot de ruimte alleen nog door zwakke, indirecte zonnestralen verlicht werd.

Hij bleef nog even staan, in de hoop dat hij voorgoed afscheid nam van deze plek.

Sam draaide zich om en ging op weg naar huis.

Brittney werd wakker op haar buik met haar gezicht in het zand. Eén afschuwelijk ogenblik lang dacht ze dat ze weer onder de grond lag.

De Heer mocht alles van haar vragen, maar dat niet, God, alsjeblieft niet. Dat niet.

Ze rolde zich op haar rug, knipperde met haar ogen en zag tot haar verbazing dat de zon nog aan de hemel stond.

Ze lag boven de vloedlijn, een paar meter bij het dunne kantachtige laagje van de branding vandaan. Er lag iets, een doorweekte bult zo groot als een mens, tussen haar en het water. Half in de branding, met de benen uitgestrekt op het droge, alsof hij de zee in was gerend en vervolgens was gestruikeld en verdronken.

Brittney kwam overeind. Ze veegde het vochtige zand van haar armen, maar het bleef aan de grijze modderlaag plakken die haar van top tot teen bedekte.

'Tanner?'

Haar broertje was niet in de buurt. Ze was alleen. En nu begon ze van angst te beven. Angst, voor de eerste keer sinds ze uit de grond was gekomen. Het was een duister monster dat je ziel opvrat, deze angst.

'Wat ben ik?' vroeg ze.

Ze kon haar ogen niet van het lichaam afhouden. Zonder dat ze er iets aan kon doen liepen haar voeten naar voren. Ze moest kijken wat het was, ook al wist ze diep vanbinnen dat dat wat ze zou zien haar kapot zou maken.

Brittney boog zich over het lichaam heen. Keek ernaar. Een shirt dat aan flarden was gescheurd. Opgezwollen, opengereten vlees. De striemen van een zweep.

Een afschuwelijk, dierlijk geluid kneep Brittneys keel dicht. Ze was hier geweest toen het gebeurde, op het zand, bewusteloos. Ze was hier geweest, had slechts een paar meter verderop gelegen toen de duivel deze arme jongen had geslagen.

'De duivel,' zei Tanner, die opeens naast haar stond.

'Ik heb hem niet tegengehouden, Tanner. Ik heb gefaald.'

Tanner zei niets en Brittney keek hem smekend aan. 'Wat gebeurt er met me, Tanner? Wat ben ik?'

'Jij bent Brittney. Een engel van de Heer.'

'Wat houd je voor me achter? Ik weet dat er iets is. Ik voel het. Ik weet dat je iets voor me verzwijgt.'

Tanner glimlachte niet. Hij gaf geen antwoord.

'Je bent niet echt, Tanner. Je bent dood en begraven. Ik verzin jou.'

Ze keek naar het vochtige zand. Er liepen twee verschillende voetsporen naar deze plek. Die van haar. En die van de arme jongen in de branding. Maar er was ook nog een derde rij voetstappen, niet die van haar en niet die van de jongen. En deze voetstappen vormden geen spoor vanaf het strand. Ze waren alleen maar hier. Alsof ze van iemand waren die zomaar tevoorschijn was gekomen en toen weer in rook was opgegaan.

Toen Tanner nog steeds niets zei, begon Brittney te smeken. 'Ik wil de waarheid horen, Tanner. Vertel me de waarheid.' Toen vroeg ze op een trillende fluistertoon: 'Heb ik dit gedaan?'

'Jij was hier om met de duivel te vechten,' zei Tanner.

'Hoe moet ik met een duivel vechten als ik niet weet wie of wat dat is, en als ik niets eens weet wat ik zelf ben?'

'Wees gewoon Brittney,' zei Tanner. 'Brittney was goed en dapper en trouw. Brittney vroeg haar verlosser om hulp toen ze voelde dat ze zwakker werd.'

'Brittney was… Je zei Brittney wás,' zei Brittney.

'Je wilde de waarheid horen.'

'Ik ben nog steeds dood, hè?' zei Brittney.

'De ziel van Brittney is in de hemel,' zei Tanner. 'Maar jij bent hier. En je zult je verzetten tegen de duivel.'

306

'Ik praat tegen een echo van mijn eigen geest,' zei Brittney, niet tegen Tanner maar tegen zichzelf. Ze knielde en legde haar hand op het natte, warrige haar van de dode jongen. 'God zegene je, arme jongen.'

Ze stond op. Draaide zich om naar de stad. Daar zou ze heen gaan. Ze wist dat de duivel daar ook heen zou gaan.

Maria zat in haar volgepropte kantoortje het rooster voor de volgende week te maken. John stond in de deuropening.

Op het plein werd eten bereid. Maria rook het, zelfs door de alomtegenwoordige stank van pis, poep, vingerverf, klei en viezigheid heen.

Verkoold, knapperig vlees. Ze zou er een stuk van naar binnen moeten werken, en wel in het openbaar. Anders zou iedereen haar aanstaren en wijzen en 'anorexia' fluisteren.

Gek. Labiel.

Maria draait door.

Geen Moeder Maria meer. Gekke Maria. Pillenslikkende Maria. Maria die veel te veel pillen slikt. Iedereen wist het nu, dankzij Astrid. Ze wisten het allemaal. Ze zagen voor zich hoe Maria koortsachtig naar Prozac en Zoloft zocht, als Gollum die achter de ring aan zat. Maria die haar vinger in haar keel stak om haar maaltijd uit te kotsen terwijl gewone mensen insecten moesten eten.

En nu dachten ze dat ze zich door een of andere bedrieger in de luren had laten leggen. Dat ze zich door Orsay voor schut liet zetten.

Ze dachten dat ze zelfmoordneigingen had. Of erger.

'Maria,' zei John. 'Ben je er klaar voor?'

Wat was hij toch lief, haar kleine broertje. Haar liegende kleine broertje, zo lief en zo bezorgd. Natuurlijk was hij dat. Hij had geen zin om in zijn eentje voor al die kinderen te moeten zorgen.

'Ruikt lekker, hè, dat eten?' vroeg John.

Het rook naar ranzig vet. Het rook walgelijk.

'Nou,' zei Maria.

'Maria.'

'Wat?' snauwde Maria. 'Wat moet je van me?'

'Ik… Luister, het spijt me dat ik heb gelogen. Over Orsay.'

'De Profetes, bedoel je.'

'Ik denk niet dat ze een profeet is,' zei John en hij liet zijn hoofd hangen.

'Hoezo, omdat ze het niet met Astrid eens is? Omdat ze denkt dat we hier niet gevangen hoeven te zitten?'

John kwam dichterbij. Hij legde zijn hand op Maria's arm. Ze schudde hem van zich af.

'Je hebt het beloofd, Maria,' zei John smekend.

'En jij hebt tegen mij gelogen,' kaatste Maria terug.

Haar broertje had tranen in zijn ogen. 'Over een uur ben je jarig, Maria. Je moet nu helemaal geen tijd aan dat rooster verspillen, je moet je voorbereiden. Je moet beloven dat je mij en die kinderen niet in de steek laat.'

'Dat heb ik al beloofd,' zei Maria. 'Wou je soms beweren dat ik een leugenaar ben?'

'Maria…' smeekte John, en hij wist niet meer wat hij moest zeggen.

'Zorg dat de kinderen klaarstaan om naar buiten te gaan,' zei Maria. 'Er wordt eten gekookt. We moeten zorgen dat de kleintjes ook wat krijgen.'

Zesendertig | 47 minuten

Er was rondverteld dat er een barbecue zou worden gehouden, maar dat was eigenlijk niet nodig geweest. De geur van het eten dat werd klaargemaakt was al genoeg. Albert had alles op zijn gebruikelijke doeltreffende manier georganiseerd.

Astrid zat op de trap van het stadhuis. Kleine Pete zat een paar treden hoger en speelde op zijn lege computer alsof zijn leven ervan afhing. Astrid slikte zenuwachtig. Ze streek de twee vellen papier glad die ze vasthield. Ze verfrommelde ze de hele tijd onbewust en als ze dan besefte wat ze deed vouwde ze ze gauw weer open. Ze haalde een pen uit haar achterzak, streepte een paar woorden door, schreef iets anders op, streepte dat weer door en begon vervolgens weer aan het hele verfrommel- en ontfrommelverhaal.

Albert stond vlak bij haar en keek met zijn armen over het elkaar naar het plein. Hij was zoals altijd de best geklede, schoonste, rustigste en meest geconcentreerde aanwezige. Daar benijdde Astrid Albert altijd om: hij stelde zichzelf een doel en leek daar vervolgens volstrekt niet meer aan te twijfelen. Astrid was bijna boos over de manier waarop hij naar haar toe was gekomen en haar had opgedragen om niet zo veel zelfmedelijden te hebben en zich te vermannen.

Maar het had wel geholpen. Ze had eindelijk gedaan wat ze moest doen, hoopte ze. Ze had het nog aan niemand laten zien. Misschien zouden ze wel zeggen dat ze gek was. Maar ze hoopte van niet, want zelfs na alle onzekerheid, na alle ellende die ze had moeten doorstaan, vond ze nog steeds dat ze gelijk had. De FAKZ had meer nodig dan Albert die geld verdiende en Sam die mensen op hun donder gaf. De FAKZ kon niet zonder wetten en regels.

Er kwamen steeds meer kinderen naar het plein, aangetrokken door de geur van gebraden vlees. Er was niet veel per persoon, dat had Albert heel duidelijk gemaakt, maar bij de brand waren veel kinderen hun toch al krappe voedselvoorraden kwijtgeraakt. En nu er ook nog eens niets van de velden kwam, begonnen bij het vooruitzicht dat er überhaupt weer iets te eten zou zijn de magen te rammelen en de monden te watertanden.

Albert had bewakers neergezet, vier van zijn eigen medewerkers, gewapend met honkbalknuppels, het standaard FAKZ-wapen. En er liepen ook twee soldaten van Edilio rond, plus Edilio zelf, met geweren over hun schouders.

Het rare was dat Astrid het helemaal niet raar meer vond. Een negenjarige jongen in lompen die een fles whisky deelde met een kaalgeschoren elfjarige die bij wijze van cape een olijfgroen laken had omgeslagen. Kinderen met ingevallen ogen. Kinderen met open zweren die niet behandeld en nauwelijks opgemerkt werden. Jongens die alleen een boxershort en legerkistjes aanhadden. Meisjes die de glitterende galajurken van hun moeders droegen, die ze met een grove schaar hadden ingekort. Een meisje had geprobeerd om met een tang haar eigen beugel te verwijderen, en nu kon ze haar mond niet meer dichtdoen door de scherpe draadjes die door haar voortanden staken.

En de wapens. Overal wapens. Messen, variërend van grote koksmessen die in riemen waren gestoken tot jachtmessen in bewerkte leren schedes. Breekijzers. Stukken pijp met handvatten van tape en touw. Sommige kinderen waren zelfs nog inventiever geweest. Astrid zag een zevenjarige jongen lopen met een houten tafelpoot waar hij grote glasscherven aan vastgeplakt had.

En het was allemaal normaal geworden.

Op dit plein hadden coyotes schreeuwende, weerloze kinderen

aangevallen. Sindsdien stonden veel mensen heel anders tegenover wapens. Maar tegelijkertijd droegen de meisjes poppen. Jongens propten actiefiguren in hun achterzakken. Verfomfaaide, gescheurde, beduimelde stripboeken staken nog altijd uit broeken of werden vastgeklemd door handen met nagels zo lang en vuil als van een wolf. Kinderen duwden kinderwagens voor zich uit met al hun schaarse bezittingen erin.

Onder de gunstigste omstandigheden liepen de kinderen van Perdido Beach er al bij als een stel zwervers. Maar nu, na de brand, was het nog veel erger. Veel van hen waren nog steeds zwart van het roet of grijs van de as.

Overal klonk gehoest. De griep die heerste zou zich door deze menigte nog veel sneller verspreiden, dacht Astrid somber. De door rook beschadigde longen waren extra kwetsbaar.

Maar ze leefden nog, zei Astrid tegen zichzelf. Tegen alle verwachtingen in was meer dan negentig procent van alle kinderen die vanaf het begin in de FAKZ gevangen hadden gezeten nog steeds in leven.

Maria kwam met de peuters de crèche uit en bracht ze naar het plein. Astrid keek haar onderzoekend aan. Maria leek weer in haar normale doen. Ze greep een klein meisje beet dat op het punt stond omver gereden te worden door een jongen op een skateboard.

Had ze Maria verkeerd ingeschat? Maria zou haar nooit vergeven. 'Nou ja, en wat dan nog?' mompelde Astrid moe. 'Ik was toch al nooit populair.'

Toen kwamen Zil en een stuk of zes van zijn bendeleden met veel bravoure aan de overkant het plein op. Astrid klemde haar tanden op elkaar. Zou de menigte zich tegen hen keren? Ze hoopte bijna van wel. Mensen leken te denken dat zij niet echt een hekel had aan de Leider van de Mensenclub, omdat Sam Zil van haar geen halt had mogen toeroepen. Maar dat was niet waar. Ze haatte Zil. Ze haatte alles wat hij had gedaan en alles wat hij probeerde te doen.

Edilio ging vlug tussen Zil en een paar jongens in staan die met hun stokken en messen in de aanslag op Zil af liepen.

Zils handlangers waren gewapend met messen en knuppels, net als de jongens die tegen hem wilden vechten. Edilio was gewapend met een machinegeweer.

Astrid haatte het dat het leven daar zo vaak op neerkwam: mijn wapen is groter dan jouw wapen.

Als Sam hier zou zijn, zou het allemaal om zijn handen draaien. Iedereen had wel eens gezien wat Sam kon doen, of ze hadden het in geuren en kleuren na horen vertellen. Niemand daagde Sam uit.

'Daarom is hij gevaarlijk,' mompelde Astrid tegen zichzelf.

Maar daarom had hij ook meerdere keren haar leven kunnen redden. En dat van Kleine Pete.

Ze haatte Sam omdat hij dit deed, omdat hij zich zomaar terugtrok. Verdween. Het was passieve agressie. Laag bij de grond.

Maar ergens was ze ook blij dat hij weg was. Als hij hier was, zou alles om hem draaien. Als Sam hier was, zou elk woord dat Astrid zei beoordeeld worden naar aanleiding van wat Sam zou zeggen of doen. De kinderen zouden naar zijn gezicht kijken en afwachten tot hij zou knikken of lachen of een spottende grimas zou trekken, of hun die koude, harde, waarschuwende blik zou toewerpen die hij sinds een paar maanden had.

Orc kwam de menigte in. Mensen gingen opzij om hem erlangs te laten. Astrid zag Dekka, die zoals altijd door de andere kinderen met rust gelaten werd, zodat het haast leek alsof er een krachtveld om haar heen ging. De enige die Astrid niet zag was Brianna. Brianna was niet iemand die je makkelijk over het hoofd zag. Blijkbaar was ze nog steeds te ziek om het huis uit te gaan.

'Het is tijd,' zei Albert over zijn schouder.

'Nu?' Dat had Astrid niet verwacht.

'Zodra we ze te eten hebben gegeven, gaat iedereen een andere kant op. Nu zijn ze nog hier, en ze houden zich koest vanwege het eten. Als het eten straks op is...'

'Oké.' Astrids hart klopte in haar keel. Ze kneep weer in de vellen papier en stond te snel op.

'Net als Mozes, hè?' zei Albert.

'Wat?'

'Net als Mozes die de berg af kwam met de tien geboden,' zei Albert.

'Die waren door God geschreven,' zei Astrid. 'Dit niet.' Ze struikelde even toen ze de trap af liep, maar wist haar evenwicht te bewaren. Er werd niet veel aandacht aan haar besteed toen ze de menigte in liep. Een paar kinderen zeiden hallo. Veel meer kinderen maakten lompe of vijandige opmerkingen. De meeste kinderen keken naar de kleine vuurtjes waarboven brokken vis en hertenvlees bruin werden aan van kleerhangers gemaakte spiesen.

Ze kwam bij de fontein, die zo dicht bij de kookvuurtjes stond dat het opviel toen ze erop klom en haar papieren openvouwde.

'Hallo allemaal,' begon ze.

'O, nee, we krijgen toch geen toespraak, hè,' riep een stem dwars door haar woorden heen.

'Ik... ik wil alleen een paar dingen zeggen. Voor jullie kunnen gaan eten,' zei Astrid.

Er klonk een luid gekreun. Een jongen raapte een kluit aarde op en gooide die zonder echt goed te mikken – en zonder al te veel overtuiging – richting Astrid. Orc maaide een paar kinderen opzij, deed twee stappen naar voren en maakte een zwaar, grommend geluid met zijn enge gezicht vlak voor de neus van de jongen. Daarna werd er geen aarde meer gegooid.

'Toe maar, Astrid,' baste Orc.

Astrid zag dat Edilio een glimlach probeerde te onderdrukken. Een miljoen jaar geleden, in hun vorige leven, had Astrid Orc bijles gegeven.

'Goed,' begon Astrid. Ze haalde diep adem en probeerde rustig te worden. 'Ik... Goed. Toen de FAKZ kwam, zijn al onze levens veranderd. En sindsdien hebben we alleen maar geprobeerd om te overleven, van dag tot dag. We hebben geluk gehad omdat sommige mensen heel hard gewerkt hebben en grote risico's genomen hebben om ervoor te zorgen dat we het allemaal zouden redden.'

'Mogen we nou eten?' riep een klein kind.

'En we hebben ons allemaal alleen maar beziggehouden met overleven en met wat we niet meer hebben. Nu is het tijd om aan de toekomst te gaan werken. Want we zullen hier nog wel even zitten. Misschien wel voor de rest van ons leven.'

Dat leverde haar een paar erg grove woorden op, maar Astrid ging stug door.

'We hebben regels en wetten en rechten en dat soort dingen nodig,' zei ze. 'Want we hebben een rechtssysteem en rust nodig.'

'Ik wil gewoon eten,' riep een stem.

Astrid ploeterde verder. 'Goed, ik heb een lijst met wetten opgesteld waar jullie straks allemaal over mogen stemmen. Ik heb het heel simpel gehouden.'

'Ja, omdat wij te dom zijn,' zei Howard, die plotseling recht voor haar stond.

'Nee, Howard. Als er iemand dom is geweest, dan ben ik dat wel. Ik bleef maar naar het volmaakte systeem zoeken, waarbij geen compromissen gesloten hoefden te worden.'

Nu keken iets meer kinderen geïnteresseerd op.

'Nou, er is dus geen volmaakt systeem. Dus ik heb een onvolmaakte serie wetten opgeschreven.

Regel één: we hebben allemaal het recht om vrij te zijn en te doen wat we willen, zolang we daarbij maar geen anderen schaden.'

Ze wachtte. Geen spottende opmerkingen, zelfs niet van Howard.

'Twee: niemand mag iemand anders pijn doen, behalve als het zelfverdediging is.'

Hier en daar werd tandenknarsend opgelet. Niet door iedereen. Maar door sommige kinderen wel, en toen ze verderging werden het er steeds meer.

'Drie. Niemand mag de bezittingen van iemand anders afpakken.'

'Niet dat iemand iets heeft wat het afpakken waard is,' zei Howard, maar er werd algauw 'sst' gezegd.

'Vier. We zijn allemaal gelijk en hebben allemaal dezelfde rechten. Freaks en normalo's.'

Astrid zag even een boze frons over Zils gezicht trekken. Hij keek om zich heen en leek de stemming onder de menigte te peilen. Ze vroeg zich af of hij nu in actie zou komen, of een ander moment zou afwachten.

'Vijf. Iedereen die een misdaad pleegt en bijvoorbeeld iets steelt of iemand pijn doet, zal aangeklaagd worden en daarna berecht worden door een jury van zes kinderen.'

Sommige kinderen op het plein verloren hun interesse weer en begonnen zijdelingse blikken op het eten te werpen. Maar anderen wachtten geduldig af. Respectvol zelfs.

'Zes: het is een misdaad om tegen de jury te liegen. Zeven: er kunnen allerlei verschillende straffen worden uitgedeeld. Misdadigers kunnen een boete krijgen, een maand of langer in de gevangenis worden opgesloten of voorgoed uit Perdido Beach worden verbannen.'

Dat vonden de meesten wel leuk. Er werd een beetje geklierd; kinderen wezen naar elkaar of gaven elkaar een veelal plagerige duw.

'Acht. Elke zes maanden kiezen we een nieuwe stadsraad. Maar de raad kan deze negen regels niet wijzigen.'

'Zijn we al klaar?' vroeg Howard.

'Nog één. De negende regel,' zei Astrid. 'En hier twijfel ik zelf het meest over. Ik vind het eigenlijk heel erg dat deze regel nodig is. Maar ik zie geen andere mogelijkheid.' Ze keek even naar Albert en knikte toen naar Quinn, die met een verwarde blik zijn wenkbrauwen fronste.

Toen had ze eindelijk ieders aandacht.

Astrid vouwde het papier op en stopte het in haar zak. 'Iedereen moet zich aan deze wetten houden. De normalo's en de freaks. De gewone burgers en de raadsleden. Behalve...'

'Behalve Sammie?' opperde Howard.

'Nee!' snauwde Astrid. Toen zei ze rustiger, omdat ze zich niet op de kast wilde laten jagen: 'Nee, niet behalve Sam. Behalve in noodgevallen. Als er een ernstige noodsituatie is, mag de raad alle andere regels vierentwintig uur lang opschorten. In dat geval kan de raad een of meerdere mensen aanwijzen die als stadsverdedigers mogen optreden.'

'Sammie,' zei Howard, en hij lachte cynisch.

Astrid negeerde hem en richtte zich tot Zil. 'En als je denkt dat deze regel iets met jou te maken heeft, Zil, dan vind ik dat helemaal niet erg.'

Op een luidere toon riep Astrid: 'Jullie krijgen allemaal nog de kans om te stemmen, maar op dit moment zullen deze regels tijdelijk de wet worden als een meerderheid van de raad ervoor is.'

'Ik ben voor,' zei Albert snel.

'Ik ook,' riep Edilio ergens in de menigte.

Howard rolde met zijn ogen. Hij keek naar Orc, die knikte. Howard slaakte een overdreven zucht. 'Ja joh, best.'

'Goed dan,' zei Astrid. 'Met mijn stem erbij zijn dat vier van de zeven stemmen. Goed. Dit zijn de wetten van Perdido Beach. De wetten van de FAKZ.'

'Mogen we nou gaan eten?' vroeg Howard.

'Nog één ding,' zei Astrid. 'Ik heb tegen mensen gelogen. En ik heb andere mensen laten liegen. Dat is niet tegen een van deze regels, maar daarom is het nog wel fout. En het heeft als gevolg dat jullie me voortaan niet echt meer zullen vertrouwen. Daarom stap ik uit de stadsraad. Met ingang van nu.'

Howard begon ironisch heel langzaam te klappen. Astrid lachte. Het deed haar niets. Ze had eerder zin om mee te doen. Alsof ze zichzelf eindelijk van een afstandje kon bekijken en zag hoe schril, bazig en enigszins belachelijk ze eigenlijk was.

Vreemd genoeg voelde ze zich er beter door.

'Goed, dan kunnen we nu gaan eten,' zei Astrid. Ze sprong van de fontein en voelde zich een stuk lichter toen ze neerkwam. Alsof ze net nog tweehonderd kilo had gewogen en nu zo licht en soepel als een turnster was geworden. Ze gaf Howard een schouderklopje en liep naar Albert, die langzaam zijn hoofd schudde.

'Beter,' zei Albert. 'Jij kunt er tenminste uit stappen.'

'Jep. Dus nu heb ik waarschijnlijk een nieuwe baan nodig, Albert,' zei Astrid. 'Heb jij nog vacatures?'

Zevenendertig

'Ik heb helemaal niet in mijn bed geplast,' zei Justin. 'In mijn huis, bedoel ik.'

Maria luisterde niet naar hem, maar keek naar Astrids optreden. Ze kreeg er een heel bitter gevoel van. Natuurlijk had Astrid weer een uitweg gevonden uit het graf dat ze voor zichzelf had gegraven. Slimme, mooie Astrid. Het was vast heel fijn om Astrid te zijn.

Het was vast heel fijn om zo veel zelfvertrouwen te hebben dat je zomaar even naar voren kon komen om een stel regels in te voeren en dan opgewekt weer weg kon lopen, met dat opgeheven, mooie blonde hoofdje van je.

'Mag ik naar Roger als we gegeten hebben?'

'Best,' zei Maria. Straks zou ze hier weg zijn. Ze was klaar met deze verschrikkelijke plek en deze verschrikkelijke mensen. Straks zou ze eruit zijn, bij haar moeder, en zou ze haar er alles over vertellen.

Astrid stond nu in de rij voor de barbecue. Samen met Kleine Pete. Kinderen gaven haar schouderklopjes. Grijnsden naar haar. Ze vonden haar aardiger dan vroeger. En waarom? Omdat ze had toegegeven dat ze het verpest had en toen was afgetreden. Maar eerst had ze hun nog snel even een stel nieuwe regels gegeven waar ze zich aan moesten houden.

Astrid had op haar eigen manier de poef genomen, dacht Maria.

Hoeveel minuten nog voor Maria zelf kon ontsnappen? Ze haalde het horloge van Francis uit haar zak. Nog een halfuur.

Na al het gepieker en de zorgen over straks leek de tijd nog steeds voorbij te razen.

John leidde de kinderen naar het begin van de rij voor het eten, maar hij keek naar haar. Naar haar. Hij verwachtte iets van haar. Net als iedereen.

Maria zou zelf natuurlijk ook in de rij moeten gaan staan, en laten zien dat Astrid een leugenaar was toen ze zei dat Maria anorexia had. Maar waarom zou Maria iets aan iemand moeten bewijzen?

Ze negeerde Johns wenkende hand, negeerde de kinderen om zich heen, en liep terug de crèche in.

Die was stil en verlaten.

Sinds het begin van de FAKZ had haar hele leven zich in dit gebouw afgespeeld. Haar hele leven. In dit vieze, stinkende, donkere hol. Ze staarde ernaar. Ze haatte het. Ze haatte zichzelf omdat ze zich leven erdoor liet bepalen.

Ze hoorde niet dat er iemand achter haar stond. Maar ze voelde het.

Haar nekharen gingen overeind staan.

Maria draaide zich om. Daar. Achter het matte, doorzichtige plastic dat over het grillige gat tussen de crèche en de doe-het-zelfzaak was gespannen. Een vorm. Een gedaante.

Maria kreeg een droge mond. Haar hart bonkte.

'Waar zijn ze, Maria?' vroeg Drake. 'Waar zijn die snotterige monstertjes?'

'Nee,' fluisterde Maria.

Drake keek met afstandelijke interesse naar de randen van het gat. 'Dat was een slimme zet van Sam, zoals-ie dit heeft gedaan. Gewoon recht door de muur. Ik zag 'm niet aankomen.'

'Jij bent dood,' zei Maria.

Drake sloeg zijn zweephand uit. Het plastic werd van boven naar beneden doormidden gereten.

Hij stapte erdoorheen, de ruimte in waar hij en de coyotes gedreigd hadden de kinderen te vermoorden.

Drake. Niemand anders. Niemand anders had die ogen. Niemand anders had die pythonarm met de kleur van opgedroogd bloed.

Hij was vies, dat was het enige verschil. Zijn gezicht zat onder de modder. Er zat modder in zijn haar. Modder op zijn kleren.

De zweep kronkelde en krulde alsof hij een eigen leven leidde.

'Ga weg,' fluisterde Maria.

Wat zou er gebeuren als ze hier in de FAKZ zou sterven? Nee. Ze moest ontsnappen. En ze moest de kinderen redden. Moest. Kon niet anders. Het was stom geweest om te denken dat het überhaupt anders had gekund.

'Ik denk dat ik maar even wacht tot de kiddo's weer terugkomen,' zei Drake. Hij grijnsde zijn wolvengrijns en Maria zag dat er modder tussen zijn tanden zat. 'Volgens mij moet ik maar eens afmaken waar ik aan begonnen ben.'

Maria plaste in haar broek. Ze voelde het, maar ze kon er niets aan doen.

'Wegwezen,' zei Drake. 'Ga ze halen. Breng ze hiernaartoe.'

Maria schudde langzaam haar hoofd. Haar spieren voelden slap en zwak.

'Nu!' brulde Drake.

De zweephand haalde uit. Het puntje trok een vurige streep over haar wang en ze rende de kamer uit.

Zil wist niet wat hij moest doen. Astrid had hem openlijk bedreigd. De Negende Wet? Ze had niet eens geprobéérd te doen alsof die niet om hem was ingevoerd. Ze had haar ijskoude blauwe ogen op hem gericht en hem bedreigd. Astrid! Dat verraderlijke freakvriendinnetje!

En nu? Astrid had hem de wet voorgeschreven en hem bedreigd en nu stond iedereen vis en hertenvlees te eten en zowaar over Astrids wetten te praten.

Gisteren had Zil een groot gedeelte van de stad platgebrand. Het was de bedoeling geweest om chaos te creëren. Maar nu stond Albert vlees uit te delen en Astrid deelde wetten uit, en het was net alsof Zil niets gedaan had, alsof hij niet iemand was die met angst en respect bejegend zou moeten worden.

Alsof hij niemand was.

Bedreigd! En als Sam besloot terug te komen...
'Leider, misschien kunnen we beter teruggaan naar onze straat,'
stelde Lance voor.

Zil staarde hem verbijsterd aan. Wilde Lance echt dat ze zich
stilletjes uit de voeten maakten? Dan was de situatie blijkbaar echt
zo erg als Zil had gevreesd, als zelfs Lance bang was.

'Nee,' protesteerde Turk, maar niet erg hard en ook niet erg over-
tuigend. 'Als we nu vluchten, gaan we eraan. Dan zitten we daar
gewoon te wachten tot Sam langskomt om ons van kant te maken.'

'Hij heeft gelijk,' zei een meisjesstem.

Zil draaide zich om en zag een donkerharig meisje staan, een
mooi meisje, maar hij kende haar niet. Niet van de Mensenclub.
Hij moest eigenlijk zeggen dat ze moest oprotten, dat ze niet moest
denken dat ze hem zomaar mocht aanspreken. Hij was de Leider.
Maar dit meisje had iets...

'Wie ben jij?' vroeg Zil terwijl hij zijn ogen achterdochtig samen-
kneep.

'Ik ben Nerezza,' zei ze.

'Rare naam,' merkte Turk op.

'Ja, dat is zo,' gaf Nerezza toe. Ze glimlachte. 'Hij komt uit Italië.
Het betekent "duisternis".'

Lisa stond achter Nerezza. Zil kon hen allebei zien. Het contrast
werkte niet in Lisa's voordeel. Hoe langer je naar Nerezza keek,
hoe knapper ze werd.

'Duisternis,' zei Zil.

'Dat hebben we gemeen,' zei Nerezza.

'Weet jij wat Zil betekent?' vroeg Zil stomverbaasd.

'Ik weet wie de Duisternis is,' zei Nerezza. 'En ik weet dat zijn
tijd eraan komt.'

Zil bedacht opeens dat hij moest blijven ademen. 'Ik begrijp het
niet.'

'Het gaat nu heel snel beginnen,' zei Nerezza. 'Stuur hem weg'
– ze knikte naar Lance – 'om jullie wapens te halen.'

'Wegwezen,' zei Zil tegen Lance.

Nerezza hield haar hoofd een beetje schuin en keek Zil onderzoekend aan. 'Ben je klaar om te doen wat er gedaan moet worden?'

'Wat moet er gedaan worden?' vroeg Zil.

'Er moet gemoord worden,' zei Nerezza. 'Er moeten kinderen vermoord worden. Een brand alleen is niet genoeg. Het vuur moet gevoed worden door hun lichamen.'

'Alleen die van de freaks,' zei Zil.

Nerezza lachte. 'Je mag jezelf alles wijsmaken, als jij daar gelukkig van wordt,' zei ze. 'Het spel draait om chaos en vernietiging, Zil. Speel om te winnen.'

Edilio zag Nerezza bij Zil staan. Hij kon niet horen waar ze het over hadden. Maar hij zag hun lichaamstaal.

Daar was iets aan de hand.

Zil was helemaal in haar ban. Nerezza flirtte een beetje.

Waar was Orsay? Hij had Nerezza nog nooit zonder Orsay gezien. Ze waren onafscheidelijk geweest.

Lance rende weg in de richting van Zils territorium.

Edilio keek even naar Astrid, maar die lette niet op. Haar broertje had een stuk vis in zijn ene hand en zijn spelcomputer in de andere.

Kleine Pete staarde hem aan alsof hij Edilio nog nooit had gezien en het hem verbaasde wat hij nu zag. Kleine Pete knipperde één keer met zijn ogen. Hij fronste zijn wenkbrauwen. Hij liet het laatste stukje vis vallen en richtte zich onmiddellijk weer op zijn spelletje.

Er klonk een gil. Hij sneed door het geklets en geroezemoes van de menigte etende kinderen.

Edilio keek met een ruk opzij.

Maria kwam de crèche uit gerend. Ze gilde een woord, een naam.

'Drake! Drake!'

Ze struikelde en viel met haar gezicht op het beton. Ze ging op haar knieën zitten en stak haar geschaafde, bloederige handpalmen in de lucht.

Edilio sprintte naar haar toe, waarbij hij de rondlopende kinderen niet al te zachtzinnig opzij duwde.

Er zat een felle rode striem op Maria's gezicht. Viltstift? Verf? Bloed.

'Drake! Hij is in de crèche!' gilde Maria toen Edilio bij haar was.

Hij vertraagde geen moment en rende haar voorbij, terwijl hij ondertussen zijn geweer naar voren zwaaide, klaar om te schieten. Er kwam iemand de crèche uit. Edilio minderde vaart, hief zijn geweer, richtte. Hij zou Drake één kans geven om zich over te geven. Hij zou tot drie tellen. En dan zou hij de trekker overhalen.

Brittney!

Edilio liet het geweer zakken en keek haar niet-begrijpend aan. Was Maria doorgedraaid? Had ze een dood meisje voor een dood monster aangezien?

'Is Drake daarbinnen?' vroeg Edilio.

Brittney trok verward haar wenkbrauwen op.

'Is Drake daarbinnen? Nou? Zeg op!'

'De duivel is daar niet,' zei Brittney. 'Maar hij is wel in de buurt. Ik voel hem.'

Edilio huiverde. Haar beugel zat nog steeds vol met modder en piepkleine brokjes grind.

Hij duwde haar opzij en bleef bij de ingang van de crèche staan. Hij hoorde twee van zijn soldaten aan komen rennen.

'Hier blijven tot ik je roep,' zei Edilio. Hij duwde de deur open en liet de loop van het geweer van links naar rechts zwiepen.

Niets. Leeg.

Maria had een geest gezien. Of waarschijnlijk draaide ze echt door, net als Astrid had gezegd. Te veel stress, te veel problemen, geen ontspanning.

Doorgedraaid.

Edilio ademde beverig uit. Hij liet zijn geweer zakken. Zijn vinger lag trillend om de trekker. Hij haakte hem voorzichtig los en legde zijn vinger langs de trekkerbeugel.

Toen zag hij de lap plastic, die recht doormidden was gesneden.

'Maria,' zei Nerezza. 'Er gaan hier binnenkort heel verschrikkelijke dingen gebeuren.'

Maria staarde langs haar heen. Haar ogen doorzochten de menigte. Ze zag Edilio de crèche uit komen. Hij keek alsof hij een spook had gezien.

'De duivel komt eraan,' zei Nerezza dringend. 'Iedereen zal branden. Iedereen zal vernietigd worden. Je moet de kinderen redden!'

Maria schudde hulpeloos haar hoofd. 'Ik heb nog maar... Ik heb bijna geen tijd meer.'

Nerezza legde haar hand op haar schouder. 'Maria. Straks ben je vrij. Dan word je liefdevol omhelsd door je moeder.'

'Alsjeblieft,' smeekte Maria.

'Maar je moet nog één laatste grote taak verrichten. Maria: je mag de kinderen niet achterlaten in de chaos die komen gaat!'

'Wat moet ik doen?'

'Neem ze mee naar de Profetes. Ze wacht op haar plek. Breng de kinderen daarnaartoe. Naar de klif boven het strand.'

Maria aarzelde. 'Maar... Daar heb ik geen eten voor ze. En geen luiers... en geen...'

'Alles wat je nodig hebt zal daar zijn. Vertrouw op de Profetes, Maria. Geloof in haar.'

Maria hoorde een afschuwelijk gejammer. Een schreeuw van angst die overging in een kreet van pijn. Vanaf de overkant van het plein, het gedeelte dat ze niet kon zien.

Kinderen begonnen in paniek te rennen.

'De FAKZ voor de normalo's!' schreeuwde Zil.

Er klonk een schot. Maria zag hoe de kleintjes doodsbang in elkaar kropen.

'Kinderen!' riep Maria bevelend. 'Allemaal met mij mee. Kom!'

Kinderen die hun ouders en grootouders hadden verloren, die hun vrienden, school en kerk hadden verloren. Die in de steek gelaten, verwaarloosd, uitgehongerd en getiranniseerd waren, en geleerd hadden om nog maar één stem te vertrouwen: die van Moeder Maria.

'Kom mee, kinderen!'

De kinderen renden naar haar toe. En Maria leidde hen als een wankelende herderin weg van het plein en naar het strand.

Brittney was naar het plein gekomen, niet omdat ze werd aangetrokken door de geur van het eten of door de menigte, maar door een kracht die ze niet begreep.

Nu zag ze de kinderen gillend wegrennen.

'Is het de duivel?' vroeg ze aan haar engelenbroertje.

'Ja,' antwoordde Tanner. 'Dat ben jij.'

Brittney zag de kinderen wegrennen. Vluchten. Voor haar? Ze zag Edilio, die met een doodsbang gezicht vanuit de crèche op haar afkwam. Hij staarde haar met grote ogen aan; ze zag het wit rond zijn irissen.

Ze begreep niet waarom hij bang voor haar zou zijn. Ze was een engel van de Heer. Ze was hiernaartoe gestuurd om met de duivel te vechten.

Maar nu merkte ze dat ze niet meer kon bewegen. Ze kon haar benen niet de kant op laten lopen die zij wilde, ze kon niet zien wat ze wilde zien. Het leek heel erg op dood zijn, dacht ze, terwijl de herinneringen aan koude aarde in haar oren en mond weer bovenkwamen.

Edilio richtte zijn geweer op haar.

Nee, wilde ze zeggen. Nee. Maar er kwam geen geluid uit haar mond.

'Drake,' zei Edilio.

Hij ging haar neerschieten. Zou het pijn doen? Zou ze doodgaan? Alweer?

Maar toen kwam er opeens een groep vluchtende kinderen tussen hen door. Edilio richtte zijn geweer op de lucht.

'Rennen,' zei Tanner dringend.

Ze rende. Maar het viel niet mee om te rennen nu haar arm zo lang werd en haar bewustzijn steeds kleiner, doordat een andere geest de hare opzij duwde.

Astrid zag en hoorde de paniek.

Zag de kleintjes vluchten, een paniekerige kluwen struikelende, jammerende peutertjes, samen met Maria en Maria's medewerkers die de baby's droegen terwijl ze van het plein naar het strand renden.

Te veel beelden om in één keer te kunnen verwerken.

Zil met een jachtgeweer in zijn handen dat hij op de lucht richtte.

Edilio die net de crèche uit kwam.

Nerezza die vredig glimlachte.

En Brittney, van achteren, omdat ze met haar rug naar Astrid toe stond.

Kleine Pete die als een bezetene op zijn computer aan het spelen was. Zijn vingers vlogen over de knopjes. Zo had ze hem nog nooit zien spelen.

En toen kwam Nerezza opeens in beweging – met snelle passen liep ze vastberaden op Astrid af. Ze had iets in haar hand: een koevoet.

Wilde Nerezza haar aanvallen?

Dit was gestoord!

Nerezza tilde de koevoet op en liet hem plotseling angstaanjagend hard neerkomen.

Kleine Pete tuimelde zonder geluid te maken naar voren en viel boven op zijn computer.

Nerezza boog zich voorover en trok Kleine Pete op zijn rug.

Astrid riep: 'Nee!', maar Nerezza leek haar niet te horen. Ze hief de koevoet weer en richtte nu het puntige uiteinde op Kleine Pete.

Astrid stak haar hand uit, maar te langzaam, te stuntelig. De koevoet sloeg hard op Astrids pols.

De pijn was overweldigend. Astrid schreeuwde het uit van pijn en woede. Maar Nerezza lette niet op haar en duwde haar met haar vrije hand opzij alsof Astrid maar een vervelende bijzaak was. Daarna richtte ze de koevoet opnieuw op Kleine Pete. Maar dit keer verloor Nerezza haar evenwicht en ze sloeg mis. De koevoet prikte in de aarde naast het hoofd van Kleine Pete.

Astrid stond alweer overeind en duwde Nerezza achteruit.

'Hou op!' schreeuwde Astrid.

Maar Nerezza was niet van plan om op te houden. Of zich te laten afleiden. Ze moest en zou Kleine Pete te pakken krijgen. Astrid stompte haar zo hard ze kon. Haar vuist raakte Nerezza's sleutelbeen, niet haar gezicht. De klap was niet hard genoeg om het donkerharige meisje te verwonden, maar het was wel weer genoeg om haar uit balans te brengen.

Nu draaide Nerezza zich eindelijk met ijzige woede om naar Astrid.

'Best. Wil jij eerst?' Nerezza haalde horizontaal uit met de koevoet en sloeg Astrid in haar maag. Astrid klapte dubbel maar stormde verblind door de pijn met haar hoofd naar voren als een stier op Nerezza af.

Ze raakte Nerezza vol in haar maag en gooide haar op haar rug. De koevoet vloog uit Nerezza's handen en belandde in het platgetrapte gras.

Nerezza draaide zich om en wrong zich vlug in allerlei bochten om hem te pakken te krijgen. Astrid stompte haar tegen haar achterhoofd. En nog een keer, en nog een keer, maar desondanks was Nerezza's hand nog maar enkele centimeters van de koevoet verwijderd.

Astrid wierp zichzelf op Nerezza's rug, zodat haar gewicht het meisje afremde. Astrid deed het enige wat ze kon bedenken: ze beet in Nerezza's oor.

Ze had nog nooit zoiets bevredigends gehoord als Nerezza's gil van pijn.

Astrid klemde haar kaken zo hard mogelijk op elkaar, schudde haar hoofd heen en weer zodat het oor uitscheurde, ze proefde de smaak van bloed in haar mond en bonkte ondertussen met haar vuisten op Nerezza's achterhoofd.

Nerezza's vingers sloten zich om de koevoet, maar ze kon haar arm niet ver genoeg naar achteren steken om Astrid te kunnen slaan. Ze prikte blindelings met het gebogen uiteinde van het stuk gereedschap in het rond en schampte Astrids voorhoofd, maar ze kreeg Astrid niet van haar rug.

327

Astrid vouwde haar vingers om Nerezza's keel en kneep. Ze liet het oor los, spuugde iets wriemeligs uit en legde al haar kracht in het dichtknijpen van Nerezza's luchtpijp.

Ze voelde de hartslag in Nerezza's hals.

En ze kneep.

Achtendertig

Sanjit en Virtue droegen Bowie op een geïmproviseerde stretcher die in feite niets meer was dan een strakgetrokken laken. 'Wat doen we?' vroeg Peace terwijl ze haar handen gespannen in elkaar vlocht.

'We vluchten,' zei Sanjit.

'Wat is dat?'

'Vluchten? O, dat is iets wat ik al een paar keer in mijn leven heb gedaan,' zei Sanjit. 'Het draait allemaal om vechten of vluchten. Je wilt toch niet vechten, of wel soms?'

'Ik ben bang,' jammerde Peace.

'Dat is nergens voor nodig,' zei Sanjit terwijl hij zijn best deed om de punten van het laken vast te blijven houden terwijl hij achterwaarts naar de klif liep. 'Kijk maar naar Choo. Die ziet er toch ook niet uit alsof hij bang is?'

Virtue keek eerlijk gezegd doodsbenauwd. Maar Sanjit wilde niet dat Peace overstuur zou raken. Het begon net pas eng te worden. En het allerengste moest nog komen.

'Niet?' vroeg Peace weifelend.

'Zijn we aan het weglopen?' vroeg Pixie. Ze had een plastic zak vol legosteentjes in haar hand – waarom was niet duidelijk, maar ze leek vastbesloten om ze mee te slepen.

'Nou, we hopen eigenlijk dat we gaan wegvlíégen,' zei Sanjit opgewekt.

'Gaan we in de helikopper?' vroeg Pixie.

Sanjit wisselde een blik met Virtue, die het net zo moeilijk had als hij en met wankele benen in het hoge gras over zijn eigen voeten struikelde.

'Waarom gaan we weg?' kreunde Bowie.

'Hij is wakker,' zei Sanjit.

'Zou je denken?' snauwde Virtue hijgend.

'Hoe voel je je, jochie?' vroeg Sanjit aan Bowie.

'Mijn hoofd doet pijn,' zei Bowie. 'Ik wil water.'

'Goeie timing,' mopperde Sanjit.

Ze waren bij de rand van de klif aangekomen. Het touw hing nog op dezelfde plek waar hij en Virtue het de vorige keer hadden laten hangen. 'Goed, Choo, jij gaat eerst. Ik laat de kinderen een voor een naar beneden zakken.'

'Ik ben bang,' zei Peace.

Sanjit legde Bowie voorzichtig op de grond en strekte zijn verkrampte vingers. 'Goed, even luisteren allemaal.'

En Sanjit was enigszins verbaasd toen ze dat ook daadwerkelijk deden. 'Luister: we zijn allemaal bang, oké? Dus daar hoef ik niet de hele tijd aan herinnerd te worden. Jullie zijn bang, ik ben bang, we zijn allemaal bang.'

'Ben jij ook bang?' vroeg Peace.

'Ik doe het in m'n broek,' zei Sanjit. 'Soms is het leven nou eenmaal zwaar en eng. We zijn allemaal al wel eens eerder bang geweest. Maar we staan hier mooi wel, of niet soms? We zijn er allemaal nog steeds.'

'Ik wil hier blijven,' zei Pixie. 'Ik wil mijn poppen niet hier laten.'

'Die gaan we een andere keer nog wel halen,' zei Sanjit.

Hij knielde en verspilde kostbare seconden – het was wachten op het moment waarop die enge mutant van een Caine met zijn koude ogen het huis uit zou komen. 'Jongens. We zijn een gezin, oké? En we blijven bij elkaar, goed?'

Daar leek niemand al te zeker van.

'En we overleven dit samen, goed?' drong Sanjit aan.

Lange stilte. Lange, starende blikken.

'Zo is dat,' zei Virtue uiteindelijk. 'Maak je maar geen zorgen, jongens. Het komt allemaal goed.'

Hij leek het bijna te geloven.

Sanjit zou willen dat hij het ook geloofde.

Astrid voelde de slagaders en de bloedvaten en de pezen in Nerezza's hals. Ze voelde hoe het bloed bonkte omdat het naar Nerezza's hersenen toe wilde. Voelde hoe de spieren trilden. Ze voelde hoe Nerezza's luchtpijp verkrampte. Haar hele lichaam schokte, een woeste stuiptrekking terwijl de organen om zuurstof schreeuwden en de zenuwen op hol sloegen terwijl Nerezza's hersenen paniekerige waarschuwingen uitzonden.

Astrid kneep. Haar vingers kromden naar binnen, alsof ze haar handen tot vuisten probeerde te ballen en Nerezza's nek eigenlijk alleen een soort van obstakel was, en als ze maar hard genoeg kneep...

'Nee!' stootte Astrid uit.

Ze liet los. Ze stond heel snel op, deinsde achteruit en staarde vol afgrijzen naar Nerezza terwijl het meisje hoestend naar adem hapte.

Ze waren bijna helemaal alleen op het plein. Maria had de kleintjes in hoog tempo meegenomen, en dat had tot een algehele paniek geleid waardoor bijna iedereen achter haar aan was gegaan. Iedereen stormde naar het strand. Astrid zag hun ruggen verdwijnen.

En toen zag ze het onmiskenbare silhouet dat achter hen aan slenterde.

Hij had bijna iedereen kunnen zijn, een willekeurige lange, dunne jongen. Als hij die zweep niet had gehad die rondkronkelde, zich ontspannen om zijn lichaam wikkelde en zich dan weer uitstrekte om knallend door de lucht te zwiepen.

Drake lachte.

Nerezza hijgde. Kleine Pete bewoog.

Schoten, één hard salvo.

De zon ging onder boven het water. Een rode zonsondergang.

Astrid stapte over Nerezza heen en draaide haar broertje om. Hij kreunde. Zijn ogen gingen knipperend open. Zijn hand tastte al naar zijn computer. Astrid pakte het ding op. Het voelde warm aan. Er liep een prettige tinteling door haar arm.

Astrid pakte met haar pijnlijke vuist de voorkant van Kleine Petes shirt vast.

'Wat is dat voor spel, Petey?' vroeg ze streng.

Ze zag hoe zijn ogen wazig werden. De sluier die Kleine Pete van de wereld om hem heen scheidde.

'Nee!' schreeuwde ze met haar gezicht heel dicht bij het zijne. 'Dit keer niet. Zeg het. Zeg het!'

Kleine Pete draaide zijn hoofd naar haar toe en keek haar aan. Met een heldere blik. Maar hij zei nog steeds niets.

Het was tijdsverspilling om aan Kleine Pete te vragen iets in woorden uit te drukken. Zíj was goed met woorden, hij niet. Astrid ging zachter praten. 'Petey. Laat het me zien. Ik weet dat je het kunt. Laat het me zien.'

De ogen van Kleine Pete werden groot. Ergens achter die wezenloze blik viel iets op z'n plek.

De grond onder Astrids voeten spleet open. De aarde vormde een mond. Ze gilde het uit en viel tollend naar beneden, door een tunnel van modder die verlicht werd door fluorescerend geschreeuw.

Diana deed één oog open. Ze zag een houten oppervlak. Een gemorste cornflake was het dichtstbijzijnde herkenbare voorwerp.

Waar was ze?

Ze deed het oog weer dicht en stelde zichzelf die vraag opnieuw. Waar was ze?

Ze had een verschrikkelijke droom gehad, vol gruwelijke details. Geweld. Honger. Wanhoop. In de droom had ze dingen gedaan die ze in het echte leven nooit, maar dan ook nooit zou doen.

Ze deed haar ogen weer open en probeerde overeind te komen. Ze viel een heel lang stuk naar achteren. Ze voelde de grond nauwelijks toen hij met een klap haar achterhoofd raakte.

Nu zag ze poten en benen. Tafelpoten, stoelpoten, de benen van een jongen in een rafelige spijkerbroek en verderop de gespreide benen vol littekens van een meisje in een korte broek. Zowel de benen van de jongen als die van het meisje waren vastgebonden met touw.

Er snurkte iemand. Iemand die te dichtbij was. Ze wist niet waar het gesnurk vandaan kwam. Worm. De naam schoot haar opeens weer te binnen. En daarmee ook het schokkende besef dat ze niet droomde, niet had gedroomd. Ze kon maar beter haar ogen sluiten en net doen alsof.

Maar het meisje, Penny, spande haar benen tegen de touwen. Diana hoorde gekreun.

Met onbeholpen handen pakte Diana de stoel en trok zichzelf overeind tot ze weer zat. De aandrang om weer te gaan liggen was bijna onweerstaanbaar. Maar Diana trok zich langzaam aan haar handen overeind en wankelde op haar slapende voeten tot ze op de stoel zat.

Caine sliep. Worm lag hard en onzichtbaar op de grond te snurken.

Penny knipperde met haar ogen. 'Ze hebben ons verdoofd,' zei ze. Ze gaapte.

'Ja,' bevestigde Diana.

'Ze hebben ons vastgebonden,' zei Penny. 'Hoe ben jij losgekomen?'

Diana wreef over haar polsen alsof ze het touw zogenaamd nog kon voelen. Waarom had Sanjit haar niet vastgebonden? 'Slechte knopen.'

Penny's hoofd wiebelde een beetje. Haar ogen stonden wazig. 'Caine vermoordt ze.'

Diana knikte. Ze probeerde na te denken. Dat viel niet mee met hersenen die nog steeds langzaam werkten door het spul dat Sanjit hun had gegeven, wat dat dan ook geweest mocht zijn.

'Zij hadden ons ook kunnen vermoorden,' zei Diana.

Penny knikte. 'Te schijterig,' zei ze.

Of misschien zijn het gewoon geen moordenaars, dacht Diana. Misschien waren het gewoon niet het soort mensen dat misbruik kon maken van het feit dat hun vijanden lagen te slapen. Misschien was Sanjit niet het soort jongen dat de keel kon doorsnijden van iemand die lag te slapen.

'Ze vluchten,' zei Diana. 'Ze proberen te ontsnappen.'

'Op dit eiland kun je je niet verstoppen,' zei Penny. 'Niet lang. We vinden ze wel. Maak me los.'

Penny had natuurlijk gelijk. Zelfs in haar verdoofde toestand wist Diana dat het waar was. Uiteindelijk zou Caine hen vinden. En hij was wél het type dat anderen vermoordde.

Haar ware liefde. Hij was niet het beest dat Drake was, maar iets ergers. Caine zou hen niet in een of andere psychotische woede-aanval vermoorden. Hij zou hen in koelen bloede vermoorden.

Diana waggelde de kamer uit, zwalkend alsof ze dronken was. Ze botste tegen de deurpost aan, liet de pijn even op zich inwerken en liep weer verder. Ramen. Grote ramen in een kamer die zo enorm was dat de meubels die hier en daar in groepjes bij elkaar stonden op poppenhuisspeelgoed leken.

'Hé, maak me eens los!' riep Penny verontwaardigd.

Ze zag Sanjit meteen. Hij stond en profil afgetekend tegen de rode lucht, op de rand van de klif. Er stond een klein meisje naast hem. Niet Virtue; een meisje dat Diana nog nooit had gezien.

Dat had Sanjit verzwegen: er waren nog andere kinderen op het eiland.

Sanjit sloeg heel vaak een touw om het meisje tot het een soort net vormde. Hij gaf haar een knuffel. Zakte door zijn knieën om haar recht aan te kunnen kijken.

Nee, Sanjit was geen moordenaarstype.

Toen liet hij het duidelijk doodsbange meisje uit het zicht zakken. Over de rand van de klif.

Uit de andere kamer klonk geschreeuw. Worm. Hij gilde: 'Ah ah ah ah! Haal ze van me af!'

Worm was wakker. Penny had haar gave gebruikt om Worm eens even een lekker shot angstadrenaline te geven.

Terwijl Diana toekeek klom Sanjit zelf over de rand, met zijn gezicht naar het huis. Zag hij hoe Diana hier naar hem stond te kijken?

Diana hoorde Penny de kamer in komen, minstens zo wankel als Diana zelf.

'Stomme heks,' gromde Penny. 'Waarom heb je me niet losgemaakt?'

'Zo te zien heeft Worm dat probleem al opgelost,' antwoordde Diana.

Ze moest Penny afleiden voor ze zag wat er gebeurde. Voor ze Sanjit zag.

Diana pakte een vaas van een salontafeltje. Heel fraai kristal. Zwaar.

'Kijk nou wat mooi,' zei Diana tegen Penny.

Penny keek haar aan alsof Diana gek geworden was. Toen richtten Penny's ogen zich op iets achter Diana. Buiten.

'Hé!' zei Penny. 'Ze proberen...'

Diana zwaaide met de vaas en raakte Penny op haar slaap. Ze wachtte niet af wat er gebeurde maar strompelde met de vaas nog in haar hand naar de keuken.

Caine lag nog te slapen. Maar dat zou misschien niet lang meer duren, niet lang genoeg. De hallucinaties van Penny konden de doden weer tot leven wekken. Ze zou Caine in zijn slaap angstaanjagende beelden laten zien en hem net zo wakker maken als ze bij Worm had gedaan.

Diana tilde de vaas hoog boven haar hoofd. In een wrang helder moment drong het tot haar door dat Sanjit dan misschien niet het type mocht zijn dat iemand in zijn slaap de hersenen in zou slaan, maar zij blijkbaar wel.

Maar voor ze de vaas op het hoofd van haar ware liefde kon laten neerkomen, barstte Diana's huid open. Er verschenen gapende rode monden op haar arm die met kartelige haaientanden begonnen te knauwen. De monden vraten haar levend op.

Diana gilde.

Ergens diep vanbinnen wist ze dat het Penny was. Ze wist dat het niet echt was, want ze zag de monden wel maar ze voelde ze niet, niet echt, maar ze gilde en gilde en haar vingers lieten de vaas glippen. Heel ver weg hoorde ze kristal aan diggelen vallen.

De rode monden kropen over haar armen, aten haar huid op, legden de spieren en pezen bloot, vraten zich een weg naar haar schouders.

En toen hielden ze op.

Penny stond grauwend in de deuropening. Er stroomde bloed langs de zijkant van haar gezicht. 'Pas maar op, Diana,' zei Penny. 'Ik kan jou gillend die klif af sturen.'

'Laat ze gaan,' fluisterde Diana. 'Het zijn aardige kinderen. Het zijn gewoon een stel aardige kinderen.'

'In tegenstelling tot ons, bedoel je,' zei Penny. 'Je bent een stomme idioot, Diana.'

'Laat ze gaan. Laat Caine slapen. Je weet wat hij zal doen als je hem wakker maakt.'

Penny schudde vol ongeloof haar hoofd. 'Onvoorstelbaar dat hij jou wel leuk vindt en mij niet. Jij bent niet eens mooi. Niet meer.'

Diana lachte. 'Is dat wat je wilt? Wil je hém?'

Penny's ogen verrieden alles. Verlangend en liefdevol keek ze naar Caine, die nog steeds buiten westen was. 'Hij is alles wat ik heb,' zei ze.

Penny stak een bevende hand uit en streelde zachtjes over Caines haar. 'Het spijt me dat ik dit moet doen, lieverd,' zei Penny.

Caine werd schreeuwend wakker.

Negenendertig

Astrid viel en terwijl ze viel wist ze dat het niet echt was, dat het allemaal een soort illusie was. Maar het was heel moeilijk om dat te blijven geloven terwijl haar kleren wapperden en haar haar recht omhoog woei en haar armen naar de wanden van een tunnel tastten die met geen mogelijkheid echt kon zijn maar toch bijzonder echt leek.

Na een tijdje begon het vallen op zweven te lijken. Ze hing in de lucht en de dingen vlogen niet meer voorbij, ze zweefden rond.

Symbolen, dacht Astrid.

Het was een opluchting om te merken dat haar hersenen het nog deden. Wat er ook gebeurde, welke machten haar deze heftige dagdroom ook bezorgden, haar hersenen gingen er niet aan kapot. Ze had haar verstand nog niet verloren. De woorden zaten nog allemaal op dezelfde plek.

Symbolen. Neonsymbolen die in een donker landschap waren opgesteld.

Het waren eigenlijk geen symbolen, besefte ze, het waren avatars: poppetjes uit een computerspel.

Er was een monsterlijk gezicht met lang donker haar dat in slangen veranderde. Donkere ogen en een mond waar vuur uit droop.

Er was een vrouwelijk wezen met oranje lichtbundels die als de stralen van een ondergaande zon uit haar hoofd spatten.

Een man met een opgeheven hand en een groene lichtbol. Deze avatar was heel ver weg, aan de rand van het duistere speelveld.

Eén avatar was niet mannelijk of vrouwelijk, maar van allebei de helft. IJzeren tanden en een zweep.

Nerezza. Orsay. Sam. Maar wie was de vierde avatar?

Deze vierde avatar leek te worstelen met twee manipulatoren, twee spelers. Eén speler werd weergegeven door een kist. De kist was dicht, op één kant na die zo fel straalde dat je er nauwelijks naar kon kijken. Als een speelgoedkist waar een zon in zat.

Petey, fluisterde Astrid.

De andere speler voelde ze meer dan dat ze hem zag. Ze probeerde haar ogen op hem te richten, om hem te zien, maar hij was altijd net buiten beeld. En ze besefte dat de lichtkist haar tegenhield en ervoor zorgde dat ze de tegenstander niet kon zien. Voor haar eigen bestwil. Om haar te beschermen.

Petey wilde niet dat ze naar de gaiaphage keek.

Astrids hoofd werd overspoeld door schimmige beelden van andere avatars. Donkere avatars. Dode avatars. Slachtoffers van het spel.

Ze stonden allemaal in keurige rijen, als pionnen die opgesteld waren voor de zielendodende leegte waar de gaiaphage uit bestond.

'Astrid!'

Iemand riep haar naam.

'Astrid! Word wakker!'

Het speelveld verdween.

Astrids ogen zagen het plein, zagen haar broertje dat net overeind kwam en Brianna die haar ruw door elkaar rammelde.

'Hé, wat heb jij?' vroeg Brianna verontwaardigd, eerder boos dan bezorgd.

Astrid luisterde niet naar Brianna en zocht naar Nerezza. Die was nergens te bekennen.

'Dat meisje. Er was hier een meisje,' zei Astrid.

'Wat is er aan de hand, Astrid? Ik heb net...' Ze hield net lang genoeg haar mond om tien, twaalf keer achter elkaar in een ontstellend hoog tempo te hoesten. 'Ik heb net Lance tegengehouden die bezig was een of ander kind tot moes te meppen. Iedereen rent als een gek heen en weer over het strand. Ik bedoel, jemig hé, neem ik even een dagje vrij om uit te zieken van die stomme griep en dan is het meteen één grote chaos overal!'

Astrid knipperde met haar ogen, keek om zich heen en probeerde de overdaad aan informatie te verwerken. 'Het is het spel,' zei ze. 'Het is de gaiaphage. Hij heeft contact gemaakt met Petey via zijn spel.'

'Sorry?'

Astrid wist dat ze te veel had gezegd. Brianna was niet de juiste persoon om de waarheid over Kleine Pete aan toe te vertrouwen.

'Heb jij Nerezza gezien?'

'Wie? Dat meisje dat altijd bij Orsay is?'

'Het is geen meisje,' zei Astrid. 'Niet echt.' Ze pakte Brianna's arm. 'Ga Sam zoeken. We hebben hem nodig. Ga hem zoeken!'

'Oké. Waar?'

'Dat weet ik niet,' huilde Astrid. Ze beet op haar lip. 'Overal!'

'Hé,' zei Brianna, en toen onderbrak ze zichzelf om te hoesten tot ze rood aanliep. Ze vloekte, hoestte nog wat meer en zei ten slotte: 'Hé, ik ben snel. Maar zelfs ik kan niet overal zoeken.'

'Ik moet even nadenken,' zei Astrid. Ze kneep haar ogen stijf dicht. Waar? Waar zou Sam heen gegaan zijn? Hij was gewond, boos, voelde zich nutteloos.

Nee, dat was niet helemaal waar.

'O, help, waar?' vroeg Astrid zich hardop af.

Ze had hem niet meer gezien sinds hij vertrokken was om een eind aan Zils praktijken en de brand te maken. Wat was er gebeurd dat hij was weggelopen? Had hij iets gedaan waar hij zich voor schaamde?

Nee, dat was het ook niet. Hij had de jongen gezien die met een zweep was afgeranseld.

'De elektriciteitscentrale,' zei Astrid.

'Waarom zou hij daar zijn?' vroeg Brianna fronsend.

'Omdat dat de plek is waar hij het bangst voor is,' zei Astrid.

Brianna keek bedenkelijk. Maar toen verdwenen haar fronsrimpels. 'Ja,' zei ze. 'Dat is echt iets voor Sam.'

'Je moet hem gaan halen, Brianna. Hij is Peteys beste pion.'

'Eeeehh... pardon?'

'Laat maar,' snauwde Astrid. 'Ga Sam halen. Nu!'

'Hoe?'

'Zeg, jij bent toch de Wind? Doe het nou maar gewoon!'

Daar dacht Brianna heel even over na. 'Ja, oké. Ik ben...'

Haar 'weg' ging verloren in het suizen van de wind.

Astrid gaf de spelcomputer aan haar broertje. Hij keek met een starende blik naar de grond. Hij voelde even aan de spelcomputer en liet hem toen vallen.

'Je moet blijven spelen, Petey.'

Haar broertje schudde zijn hoofd. 'Ik heb verloren.'

'Petey, luister naar me.' Astrid knielde voor hem neer, pakte hem vast, bedacht zich toen en liet hem weer los. 'Ik heb het spel gezien. Jij hebt me het spel laten zien. Ik zat erin. Maar het is echt, Petey. Het is echt.'

Kleine Pete keek langs haar heen. Het interesseerde hem niet. Misschien zag hij haar niet eens, laat staan dat hij haar hoorde.

'Petey. Hij probeert ons te vernietigen. Je moet spelen.'

Ze duwde de computer in zijn handen. 'Nerezza is de avatar van de gaiaphage. Jij hebt haar tot leven gewekt. Jij hebt haar een lichaam gegeven. Jij bent de enige met zo'n sterke gave. Hij gebruikt je, Petey, hij gebruikt je om mensen te vermoorden.'

Maar als het Kleine Pete iets kon schelen, of als hij het zelfs maar begreep, dan liet hij dat niet merken.

Ze gingen er allemaal vandoor. Het grootste gedeelte van de inwoners van Perdido Beach was op de vlucht geslagen en niemand wist eigenlijk precies waarom. Of misschien wisten ze wel allemaal waarom, maar had iedereen zijn eigen reden.

Zil vond het geweldig. Hier was dan eindelijk de algemene, blinde paniek die hij met de brand al had willen bereiken. Dit maakte een eind aan alle orde in de stad.

Op het strand struikelden kinderen in het zand. Sommigen renden schreeuwend het water in.

Drake – hij leefde. Drake haalde met zijn zweephand naar ze uit, alsof hij ze als vee de zee in dreef.

De meeste kinderen bleven op de weg en renden parallel aan het strand. Daar rende Zil ook, samen met Turk, op zoek naar freaks, en hij zag een jongen wiens enige mutantenkracht was dat hij heel helder kon gloeien. Totaal onschuldig, maar hij was een freak en net als met alle andere freaks moest er ook met hem worden afgerekend.

Turk bleef staan, hief zijn geweer, richtte en schoot. Hij miste, maar de jongen raakte in paniek en viel voorover met zijn gezicht op de stoep. Zil gaf hem een schop en rende door. Ondertussen schreeuwde hij het vol woeste vreugde uit.

'Rennen, freaks! Rennen!'

Er liepen helaas maar weinig freaks tussen de kinderen op de weg. Niet genoeg echte slachtoffers. Toch was dat op zich niet erg, want het ging er nu om dat ze angst zaaiden, angst en chaos.

Nerezza had gezegd dat het eraan kwam. Zil vroeg zich af of ze zelf ook een freak was. Hij zou het heel vervelend vinden om haar te moeten vermoorden, want ze was sexy en geheimzinnig en veel interessanter dan die saaie, fletse Lisa.

Een eindje verderop zag hij Lance lopen. Die goeie ouwe Lance. Zil zag dat hij wel zijn geweer en zijn knuppel kwijt was.

'Ik heb een wapen nodig!' riep Lance. 'Geef me iets!'

Turk had een stok met spijkers erin die hij naar Lance toe gooide. Ze renden weer verder, een roedel wolven die achter een doodsbange kudde vee aan zat.

De oudere kinderen liepen vooruit. Maar de dikkerds en de jonkies bleven achter, omdat ze uitgeput raakten of het met hun korte beentjes gewoon niet konden bijhouden.

Ze verdrongen zich allemaal op de kronkelende weg die naar het Kliftop liep.

Zil wees. 'Die jongen daar. Daar! Da's een freakvriendje!'

Lance was er als eerste en haalde uit met de spijkerstok. De jongen ontweek hem en sprintte van de weg af, waarna hij door de struiken de helling af rolde tot hij tegen een cactus tot stilstand kwam.

Zil lachte en wees naar hem. 'Die is voor jou, Turk!'

En daar ging Zil weer, samen met Lance, Lance als een blonde oorlogsgod, als Thor; hij sloeg nu naar iedereen, zonder nog onderscheid te maken tussen freaks en niet-freaks, ze mochten allemaal dood, iedereen die geweigerd had zich bij Zil aan te sluiten.

'Rennen!' gilde Zil. 'Ren dan, stelletje lafaards! Sluit je bij mij aan of ren voor je leven!'

Hij bleef heel even staan, buiten adem van het heuvel op rennen. Lance wachtte naast hem. En anderen kwamen ook tot stilstand, zo'n zes trouwe leden van de Mensenclub, stuk voor stuk menselijke helden, dacht Zil vol trots.

Toen betrok Lance' grijnzende gezicht. Hij wees. Naar de weg waarlangs ze net omhoog waren gerend.

Het was Dekka. Te voet, maar toch snel.

Ze kwam gestaag op hen af.

Er stond iemand naast Zil. Hij voelde haar. Nerezza. Hij keek naar haar. Haar keel was rood, alsof hij gekneusd was en binnenkort bont en blauw zou worden. Er liep een snee over haar voorhoofd. Haar ogen waren bloeddoorlopen en haar haar piekte alle kanten op.

'Wie heeft dat gedaan?' vroeg Zil woedend.

Nerezza negeerde hem. 'Je moet haar tegenhouden.'

'Wie?' Zil gebaarde met zijn kin naar Dekka. 'Haar? En hoe moet ik haar in vredesnaam tegenhouden?'

'Haar krachten reiken minder ver dan jouw geweer, Zil,' zei Nerezza.

Zil fronste zijn wenkbrauwen. 'Weet je het zeker?'

'Ja.'

'Hoe weet je dat? Ben je een freak?'

Nerezza lachte. 'Wat ik ben? Wat ben jíj, Zil? Ben jij de Leider? Of een lafaard die het niet durft op te nemen tegen een dikke, zwarte, lesbische freak? Want dit is het moment waarop je besluit wat je bent.'

Lance wierp Zil een nerveuze blik toe. Turk wilde iets zeggen maar leek niet op de juiste woorden te kunnen komen.

'Je moet haar tegenhouden,' zei Nerezza.

'Waarom?' vroeg Zil.

'Omdat we de zwaartekracht nodig zullen hebben, Léíder.'

Maria was aan het eind van de weg, bij het Kliftop. Enkele kleinere paadjes leidden naar de klif zelf.

Ze keek over haar schouder naar haar kinderen en zag dat zo ongeveer de hele bevolking van Perdido Beach achter haar aan kwam.

De kinderen namen de hele weg in beslag; sommigen renden, anderen snakten hijgend en puffend naar adem. Aan het eind van de menigte liep Zil met een stel van zijn bullebakken, die allemaal een wapen meesjouwden.

Nog verder weg werden de kinderen die het strand op waren gevlucht terug naar de weg geduwd.

Deze tweede groep vluchtte voor een ander gevaar. Vanaf de plek waar Maria stond kon ze Drake maar al te duidelijk zien terwijl hij over het zand de doodsbange kinderen voor zich uit dreef. Sommigen waren de zee in gelopen. Anderen probeerden over de golfbreker en de rotsen te klimmen waarmee het grote strand van Perdido werd gescheiden van het kleinere strand onder het Kliftop.

Precies zoals de Profetes had gezegd. De beproeving van het vuur. De duivel. En de rode zonsondergang waarin Maria haar last van zich af zou werpen.

Maria riep: 'Kom mee, kinderen, blijf bij mij!'

En dat deden ze.

Ze liepen achter haar aan over het verwilderde, vroeger zo keurig bijgehouden Kliftopterrein. Naar de klif. Helemaal naar de rand van de afgrond, met de blinde, ondoordringbare FAKZ-muur aan hun linkerhand, de grens van hun afgesloten wereld.

Beneden op het strand zat Orsay in kleermakerszit op de rots die haar preekstoel was geworden. Sommige kinderen hadden haar al bereikt en dromden angstig om haar heen. Anderen klauterden de rotsen af om naar haar toe te gaan.

De zon ging onder in een rode vlammenzee.

Orsay zat roerloos op haar rots, zo stil als een standbeeld. Haar ogen waren gesloten.

Onder haar stond Jill de Sirene er bang en verloren bij, een trillerig silhouet tegen de lichtshow in het westen.

'Gaan we naar het strand beneden, Moeder Maria?' vroeg een klein meisje.

'Ik hemme bappak nie bij me,' zei iemand anders.

Over een paar minuten was het zover, wist Maria. Haar vijftiende verjaardag. Haar verjaardag, op Moederdag.

Ze keek op haar horloge.

Ze wist dat ze zich zorgen hoorde te maken, bang hoorde te zijn. Maar voor het eerst in een heel, heel erg lange tijd was Maria heel rustig. De vragen van de kinderen drongen niet tot haar door. De bezorgde, angstige gezichtjes die naar haar opkeken waren ver weg. Eindelijk zou alles goed komen.

De Profetes verroerde zich niet. Ze zat daar zo kalm en onverstoord, zonder zich iets aan te trekken van alle heisa om zich heen, ongevoelig voor de kreten, smeekbedes en eisen.

De Profetes heeft gezien dat we allemaal een verschrikkelijke tijd vol zware beproevingen tegemoet gaan. Het is al bijna zover. En dan, Maria, dán komen de duivel en de engel. En in een rode zonsondergang zullen wij verlost worden.

Orsays voorspelling, zoals Nerezza hem aan Maria had verteld. Ja, dacht Maria. Orsay is echt de Profetes.

'Ik kan best naar beneden klimmen,' zei Justin dapper. 'Ik ben niet bang.'

'Dat hoeft niet,' zei Maria terwijl ze liefdevol door zijn haar woelde. 'We vliegen naar beneden.'

Veertig | 16 minuten

Sanjit wist zeker dat de afdaling naar het jacht, naar de Fly Boy Too, hem een jaar van zijn leven zou kosten. Hij had Bowie twee keer bijna laten vallen. Pixie had haar hoofd gestoten en was in huilen uitgebarsten. En Pixie kon een behoorlijke keel opzetten. Peace was rustig gebleven, maar had wel gezeurd. Wat op zich volkomen begrijpelijk was, gezien de omstandigheden.

En toen had hij ze op het jacht moeten krijgen. Dat was makkelijker dan de klif af komen, maar toch nog heel iets anders dan een dagje naar het strand.

Man, wat zou het lekker zijn om een dagje naar het strand te gaan, dacht Sanjit terwijl hij de kinderen samen met Virtue naar de helikopter op het achterdek dreef.

Een dagje naar het strand. Dat zou nog eens fijn zijn, in plaats van hier naar die opdoemende rotswand te kijken, in de wetenschap dat hij zich voorbereidde om hen daar allemaal tegenop te laten knallen. Ervan uitgaande dat hij de helikopter überhaupt de lucht in zou kunnen krijgen.

Hij zou waarschijnlijk niet ver genoeg komen om bang te hoeven zijn dat hij iedereen tegen de rotsen te pletter zou vliegen. Hij zou waarschijnlijk net genoeg hoogte maken om in zee te storten.

Het had geen zin om erover na te denken. Ze konden hier niet meer blijven. Zelfs niet als hij zijn zorgen om Bowie opzijzette. Hij had gezien waar Caine toe in staat was.

Hij moest de kinderen van het eiland af krijgen. Weg van Caine. Virtue zei dat er iets in- en inslechts aan Caine was. Sanjit had de blik in Caines ogen gezien toen hij hem van repliek had gediend. Sanjit vroeg zich af of Diana gelijk had, en of Virtue een of andere mutantengave had waarmee hij mensen kon beoordelen. Maar waarschijnlijk oordeelde hij gewoon nogal hard. Toch hadden Virtues bange voorgevoelens wel de spijker op zijn kop geslagen. Caine had op het punt gestaan om Sanjit tegen een muur te smijten. En iemand als Caine zou Pixie, Bowie en Peace nooit naast zich dulden, om over Choo nog maar te zwijgen. Hij zou nooit een slinkende voedselvoorraad met hen delen.

'Alsof het op het vasteland beter zal zijn,' mopperde Sanjit.

'Wat zei je?' vroeg Virtue afwezig. Hij was druk bezig om Bowie vast te snoeren in een van de achterstoelen van de helikopter. Er waren maar vier stoelen in totaal, een voor de piloot en drie voor passagiers. Maar het waren stoelen voor volwassenen, dus de kleintjes zouden met z'n drieën wel op de twee stoelen achterin passen.

Sanjit ging in de pilotenstoel zitten. Het leer was gekreukt en versleten. In de film was de stoel van stof geweest. Dat kon Sanjit zich nog heel goed herinneren. Maar dat was dan ook zo ongeveer het enige.

Hij likte langs zijn lippen – hij kon de beverige angst dat hij hen allemaal de dood in zou jagen niet langer onderdrukken.

'Weet je wat je moet doen?' vroeg Virtue.

'Nee! Nee, natuurlijk niet!' riep Sanjit. Toen draaide hij zich half om, voor de kleintjes, en zei: 'Ja, kom op zeg. Natuurlijk weet ik hoe ik een helikopter moet besturen. Echt wel.'

Virtue zat te bidden. Hij zat met gebogen hoofd en zijn ogen dicht te bidden.

'Ja, dat helpt vast,' zei Sanjit.

Virtue deed één oog open en zei: 'Ik doe wat ik kan.'

'Ik zat je niet te dissen, broertje,' zei Sanjit. 'Ik hoop gewoon op God of de goden of heiligen of wie je dan ook nog meer in de aanbieding hebt.'

Virtue deed zijn ogen weer dicht.

'Moeten we bidden?' vroeg Peace.

'Ja. Bidden. Bidden, allemaal!' riep Sanjit.

Hij drukte het gas in.

Sanjit kende geen speciale goden tot wie hij zou kunnen bidden. Hij was weliswaar als hindoe geboren, maar hij had niet bepaald de heilige boeken gelezen of zo. Maar nu fluisterde hij: 'Wie U ook bent: als U luistert, zou dit een mooi moment zijn om ons te helpen.'

De motor sloeg brullend aan.

'Wow!' riep Sanjit verbaasd uit. Hij had half verwacht en half gehoopt dat hij de helikopter niet eens aan de praat zou krijgen.

De motor maakte ontzagwekkend veel geluid. De hele helikopter schudde ervan.

'Eh... ik denk dat ik hieraan moet trekken,' gilde Sanjit.

'Dat dénk je?' Het geluid van Virtues stem ging verloren in het lawaai van de motor, zodat Sanjit moest liplezen.

Sanjit stak zijn arm uit en legde zijn hand op Virtues schouder.

'Ik hou van je, gast.'

Virtue legde zijn hand op zijn eigen hart en knikte.

'Goed,' zei Sanjit hardop, hoewel hij zelf de enige was die zijn stem kon horen. 'En nu we die ontroerende scène gehad hebben, is het tijd voor onze helden om in een vlammende vuurbal groots en meeslepend ten onder te gaan.'

Virtue fronste zijn wenkbrauwen en probeerde te verstaan wat hij zei.

'Ik zei,' schreeuwde Sanjit zo hard mogelijk, 'dat ik onoverwinnelijk ben! Tijd om te vliegen!'

Dekka zag hoe Zils bende zich in twee groepen opsplitste die links en rechts van de weg gingen staan. Een hinderlaag.

Ze aarzelde. Nu zou het fijn zijn om Brianna te zijn. De Wind was niet onkwetsbaar, maar ze was verdomd lastig neer te schieten als ze vierhonderdtachtig kilometer per uur ging.

Als Dekka doorliep zouden ze haar neerschieten.

Waar was Brianna? Ze was ongetwijfeld nog steeds te ziek om op haar benen te kunnen staan, anders zou ze hier wel zijn. Brianna was altijd van de partij als er ergens gevochten werd. Dekka miste haar, en hoopte tegelijkertijd dat ze veilig thuis zou blijven. Als Brianna ooit iets zou overkomen, wist Dekka niet hoe ze verder zou moeten leven.

Maar waar was Sam? Dat was de grote vraag. Waarom was het Dekka's taak om over deze weg te lopen? Ze wist niet eens of het wel nodig was. Misschien zou er niets gebeuren. Misschien zou Drake wel vanaf het strand naar boven stormen en het tegen Zil opnemen, en dan konden die twee elkaar mooi afmaken.

Dekka zou het helemaal niet erg vinden als dat zou gebeuren. Het liefst nu meteen. Nu meteen, voordat ze verder moest lopen over die weg naar het Kliftop.

'Ja, dat zou nog eens mooi zijn,' zei Dekka.

Zils gajes begon ongeduldig te worden. Ze bleven niet staan wachten. Ze kwamen van beide kanten van de weg op haar af. Knotsen. Knuppels. Breekijzers.

Geweren.

Ze kon ervandoor gaan. Blijven leven. Wegrennen. Brianna zoeken en zeggen: 'Wind, ik weet dat jij waarschijnlijk niet hetzelfde voor mij voelt, en misschien vind je het wel heel vies en heb je nu voor altijd een hekel aan me omdat ik het heb gezegd, maar ik hou van je.'

Haar lichaam tintelde van angst. Ze deed haar ogen even dicht en voelde in die tijdelijke duisternis hoe het zou zijn om dood te zijn. Ware het niet dat je de dood niet echt kon voelen, of wel?

Ze kon vluchten. Bij Brianna zijn.

Maar nee, dat zou nooit gebeuren. Ze zou de rest van haar leven op een afstandje van Brianna houden. Waarschijnlijk zou ze nooit vertellen wat ze voor haar voelde.

Vanuit haar ooghoek zag Dekka hoe Edilio van achteren op Drake af rende. Hij zat helemaal alleen achter Drake aan, de gek. Orc volgde een eind verderop, veel te langzaam.

Edilio had ervoor kunnen kiezen om rustig aan te doen en op Orc te wachten terwijl Drake onschuldige kinderen ervan langs gaf. Maar dat had Edilio niet gedaan.

Hij wachtte niet op Orc.

'En ik wacht niet op Sam,' besloot Dekka.

Ze begon weer te lopen.

Het eerste geweersalvo. Turk, die engerd. Het was zo hard dat de wereld leek te vergaan. Dekka zag de vlammen uit de loop slaan. Hete loden kogeltjes raakten het beton voor haar voeten. Sommige ketsten af en nestelden zich in haar benen.

Pijn. Straks zou het nog meer pijn doen.

Dekka kon Turk, Lance en Zil niet bereiken met haar krachten. Niet vanaf deze afstand.

Maar ze kon het hun wel heel moeilijk maken om te richten.

Dekka stak haar handen hoog in de lucht. De zwaartekracht viel weg.

Ze liep verder achter een muur van aarde en stof en wervelende cactussen.

Sam was net bij het verwrongen ijzeren toegangshek van de kerncentrale toen hij een windvlaag hoorde en een wazige streep zag.

De wazige streep hield op met trillen en veranderde in Brianna.

Ze hield iets vast. Twee ietsen.

Sam staarde naar de voorwerpen in haar handen. Toen staarde hij naar haar. En toen weer naar de voorwerpen in haar handen.

Hij wachtte tot haar voorovergebogen lijf uitgehoest was.

'Nee,' zei hij.

'Sam, ze hebben je nodig. En ze kunnen niet wachten tot je in je slakkentempo teruggewandeld bent.'

'Wie heeft me nodig?' vroeg Sam sceptisch.

'Astrid zei dat ik je moest gaan halen. Koste wat kost.'

Dat vond Sam leuk om te horen, of hij nou wilde of niet. 'Zo. Dus Astrid heeft me nodig.'

Brianna rolde met haar ogen. 'Ja, Sam, je bent nog steeds onmisbaar. Je bent een god voor ons nietige stervelingen. We kunnen

niet zonder je. Hierna bouwen we een tempel voor je. Tevreden?'
Sam knikte, niet om aan te geven dat hij het ermee eens was, maar omdat hij het begreep. 'Drake?'
'Volgens mij is Drake slechts een deel van het probleem,' zei Brianna. 'Astrid was bang. Sterker nog, ik geloof dat jouw vriendinnetje een behoorlijke rotdag achter de rug heeft.'
Brianna liet het skateboard voor Sam op de grond vallen. 'Wees maar niet bang, ik zorg wel dat je er niet af valt.'
'O nee? En waarom heb je die helm dan meegenomen?'
Brianna wierp hem de helm toe. 'Voor het geval je eraf valt.'

Edilio kwam maar moeizaam vooruit door het zand. Maar misschien was dat niet de reden dat hij Drake maar niet leek in te halen.

Misschien wilde hij Drake wel niet inhalen. Misschien was hij wel doodsbang voor Drake. Orc had ooit eens met Drake gevochten, en dat was onbeslist gebleven. Sam had ook met hem gevochten, en die had verloren.

Caine had Drake vermoord.

En toch liep hij daar. Hij leefde. Zoals Sam al had geweten. Zoals Sam al had gevreesd. De psychopaat leefde nog.

Edilio struikelde en viel voorover in het zand. De loop van zijn machinegeweer raakte de grond en vuurde BAM BAM BAM in het zand toen Edilio per ongeluk de trekker overhaalde.

Edilio bleef op zijn knieën zitten. Opstaan, zei hij tegen zichzelf. Opstaan. Dit is jouw taak. Opstaan.

Hij stond op. Rende verder. Zijn hart bonkte alsof het zich los probeerde te scheuren.

Drake was nu niet ver weg meer, nog maar een meter of dertig misschien, heel dichtbij. Hij sloeg een arme jongen die te langzaam was geweest.

Edilio had gezien wat die afschuwelijke zweep kon aanrichten. Het had iets kapotgemaakt in Sam, de pijn van die zweep.

Maar Edilio kwam dichterbij. De kunst was om dicht genoeg in de buurt te komen… maar niet té dicht in de buurt.

Drake had hem nog steeds niet gezien. Edilio zette het geweer tegen zijn schouder. Vijftien meter. Hij zou Drake vanaf hier kunnen raken, maar vlak achter hem renden nog minstens tien andere kinderen. Kogels kwamen niet altijd precies daar terecht waar je op mikte. Hij zou Drake kunnen doden. Maar hij zou ook de vluchtende kinderen kunnen doden.

Hij moest wachten tot de kinderen opzij gingen.

Hij hield Drake in het vizier. Het was lastig om goed te richten met een automatisch wapen. De terugslag zou gigantisch zijn. Je kon het eerste schot richten, maar daarna was het alsof je met een brandweerslang in de rondte spoot.

Hij moest Drake tegenhouden. Hij moest die kinderen de kans geven om te vluchten.

'Drake,' zei Edilio, maar zijn mond was zo droog als het zand. Er kwam een nauwelijks hoorbaar gerasp uit.

'Drake!' riep Edilio. 'Drake!'

Drake verstijfde. Hij draaide zich om, langzaam, zonder haast. Loom.

Drake liet zijn wrede glimlach zien. In zijn doodse blauwe ogen stond alleen geamuseerdheid te lezen. Zijn donkere, vieze haar zat vol klitten. Zijn huid leek besmeurd met modder. Er zat aarde tussen zijn tanden.

'Zo zo, Edilio,' zei Drake. 'Lang niet gezien, gastarbeider.'

'Drake,' zei Edilio, en zijn stem stokte opnieuw.

'Ja, Edilio?' vroeg Drake overdreven beleefd. 'Wilde je iets tegen me zeggen?'

Edilio's maag draaide zich om. Drake was dood. Dood.

'Je... je bent gearresteerd.'

Drake stootte een verbaasd lachje uit. 'Gearresteerd?'

'Inderdaad,' zei Edilio.

Drake deed een stap naar hem toe.

'Blijf staan. Blijf staan waar je staat!' waarschuwde Edilio.

Drake liep door. 'Maar ik kom me overgeven, Edilio. Sla me maar in de boeien, agent.'

'Blijf staan! Blijf staan of ik schiet!'

Achter Drake renden nog steeds kinderen weg. Waren ze al ver genoeg? Edilio moest ze zo veel mogelijk tijd geven.

Drake knikte begrijpend. 'Juist. Wat ben je toch een lieve jongen, Edilio. Dat je eerst die kiddo's weg laat rennen voor je me neermaait.'

Edilio vermoedde dat Drakes zweep zo'n drie, misschien drieenhalve meter ver kon reiken, en ze waren nog maar zeven meter van elkaar verwijderd. Edilio richtte op het midden van Drakes romp, het grootste oppervlak, want hij had gelezen dat dat het beste was.

Nog een stap. Nog een. Drake kwam dichterbij. Edilio deed weer een stap achteruit.

'O, dat is niet eerlijk,' zei Drake spottend. 'Zo kan ik er net niet bij.'

Drake kwam opeens angstaanjagend snel naar voren.

BAM!

Klik!

Het eerste salvo raakte Drake in zijn borst. Maar daarna kwamen er geen kogels meer.

Vast! Het geweer was vastgelopen. Er zat zand in het trekkermechanisme. Edilio trok de grendel naar achteren in een poging de...

Te laat.

Drake haalde uit, sloeg zijn zweep om Edilio's benen en plotseling lag Edilio happend naar adem op zijn rug terwijl Drake zich over hem heen boog.

De slangenhand krulde zich langzaam om Edilio's keel. Edilio begon wild te spartelen. Hij probeerde zijn geweer als knuppel te gebruiken, maar Drake weerde hem met zijn vrije hand moeiteloos af.

'Ik zou je graag een paar zweepslagen geven, Edilio, maar ik heb helaas geen tijd voor spelletjes,' zei Drake.

Edilio's hersenen maalden als een bezetene terwijl hij steeds minder lucht kreeg. Door zijn bloeddoorlopen ogen zag hij Drakes glimlach op slechts een paar centimeter van zijn gezicht; Drake die ervan genoot om Edilio van zo dichtbij te zien sterven.

Drake grijnsde. En toen, terwijl Edilio het bewustzijn verloor, terwijl hij in een zwart gat viel, zag hij ijzeren draadjes door Drakes met modder besmeurde tanden komen.

Eenenveertig

Sanjit was alles vergeten wat hij over het besturen van een helikopter geleerd dacht te hebben. Iets over een hendel die de stand van de rotorbladen veranderde. Iets over een invalshoek. Een *cyclic*. Voetpedalen. Een collective. Wat was wat? Hij probeerde de pedalen uit. De staart van de helikopter zwiepte met een ruk naar links. Hij haalde zijn voeten van de pedalen. De helikopter was bijna van het dek gedraaid.

'Nou, die doen het in elk geval!' schreeuwde Sanjit in een wanhopige poging de anderen gerust te stellen.

'Misschien moet je eerst omhoog voordat je probeert te draaien!' riep Virtue.

'Zou je denken?'

Nu schoot hem opeens weer iets te binnen. Je moest ergens aan draaien en dan zorgden de rotoren ervoor dat je opsteeg. Waar kon hij aan draaien?

Links. De collective. Of was het de cyclic? Deed er ook niet toe, het was het enige wat kon draaien.

Hij draaide eraan. Heel voorzichtig. En warempel, het gebrul van de motor werd harder en veranderde van toonhoogte. En de helikopter steeg op.

Toen begon hij te tollen. De helikopter zweefde richting de boeg, naar de bovenbouw van het schip, terwijl de staart de helikopter als een tol liet ronddraaien in de richting van de klok.

Als de octopus op de kermis.

Voetpedalen. Hij moest ze gebruiken...

De helikopter draaide niet meer met de klok mee. Hij haperde even. Toen begon hij tegen de klok in te draaien.

Sanjit was zich er vaag van bewust dat er meerdere stemmen aan het gillen waren. Vijf kinderen in de helikopter. Vijf gillende stemmen. Inclusief die van hemzelf.

Weer de voetpedalen. En de helikopter hield op met draaien. Hij zweefde nog steeds richting de bovenbouw van het jacht, maar nu achteruit.

Sanjit draaide de collective helemaal rond, zo ver hij kon, en de helikopter schoot omhoog. Het leek wel een attractie in Las Vegas waar Sanjit wel eens in geweest was. Alsof de helikopter aan een touwtje zat en iemand hem met een ruk naar de wolken trok.

Over de bovenbouw heen. Sanjit zag hem onder zijn voeten voorbijkomen.

TAK! TAK! TAK!

De rotoren hadden iets geraakt. Er vlogen stukken kabel en ijzeren stangen voorbij. De antenne van het jacht.

De helikopter steeg nog steeds en zweefde ook nog steeds achterwaarts richting de rotswand.

Dat andere ding. De hoeheethetookalweer de cyclic de hendel dat ding bij zijn rechterhand pak het pak het doe er iets mee iets iets duw het naar voren naar voren naar voren. Ze draaiden weer! Hij was de pedalen vergeten, die stomme pedalen en nu konden zijn voeten ze niet meer vinden en de helikopter was een halve slag gedraaid en nu de cyclic naar voren stond vloog hij recht op de rotswand af.

Ze waren nog maar dertig meter van de rotsen.

Vijftien meter.

Over een fractie van een seconde zouden ze allemaal dood zijn.

En hij kon niets meer doen om het te voorkomen.

Diana rende over het hoge gras van het gazon. Caine liep voor haar, sneller dan zij – ze moest hem inhalen.

Het geluid van de helikoptermotor klonk harder, dichterbij. Caine stopte bij de rand van de klif. Diana rende naar hem toe en bleef hijgend drie meter verderop staan.

In een flits begreep Diana wat Sanjit nog meer had verzwegen. In de diepte lag een wit jacht dat tegen de rotsen was geslagen. Daarboven tolde een zwoegende helikopter ongecontroleerd in het rond.

Caine kreeg een boosaardige grijns op zijn gezicht.

Penny kwam eraan gestrompeld. En Worm, tja, die was misschien ook wel in de buurt – dat wist je nooit.

Diana rende op Caine af. 'Niet doen!' riep ze.

Hij keek haar woedend aan. 'Hou je mond, Diana.'

Ze zagen hoe de helikopter weer terugdraaide en op de rotswand af suisde.

Caine hief zijn handen en de helikopter bleef hangen. Hij was zo dicht bij de klif dat de propeller een struikje dat tegen de rotsen aan groeide kapothakte.

'Caine, doe het niet,' smeekte Diana.

'Wat kan jou dat nou schelen?' vroeg Caine oprecht verbaasd.

'Kijk nou! Kijk nou eens naar ze. Er zijn jonge kinderen bij. Kleine kinderen.'

De ronde helikopter hing op een steenworp afstand in de lucht. Sanjit worstelde met de hendels. Virtue, die naast hem zat, klemde zijn handen om de onderkant van zijn stoel. Achterin zaten drie jongere kinderen te gillen. Ze hadden hun handen voor hun ogen geslagen – ze waren oud genoeg om te beseffen dat ze elk moment dood konden gaan.

'Daar had Sanjit dan aan moeten denken voor hij tegen me loog,' zei Caine.

Diana pakte zijn arm, bedacht zich en legde toen haar hand tegen zijn wang. 'Doe het niet, Caine. Ik smeek het je.'

'Ik doe het wel,' zei Penny, die aan de andere kant van Caine ging staan. 'Ik wil hem wel eens zien vliegen in een cockpit vol schorpioenen!'

Dat had ze niet moeten zeggen, wist Diana.

Caine snauwde: 'Jij doet helemaal niets, Penny. Ik beslis wat hier gebeurt.'

'Nee, je doet wat zij je opdraagt,' zei Penny. Ze spuugde Diana de woorden bijna toe. 'Die heks! Ik ben veel mooier.'

'Uitkijken, Penny!' waarschuwde Caine.

'Ik ben niet bang voor jou, Caine,' schreeuwde Penny. 'Ze wilde je vermoorden toen je bewusteloos was. Ze...'

Voor ze haar beschuldiging kon afmaken, vloog Penny door de lucht. Gillend bleef ze boven de rondwiekende rotorbladen hangen.

'Toe maar, Penny!' brulde Caine. 'Bedreig me maar met je gave! Leid me maar af!'

Penny krijste hysterisch en zwaaide woest met haar armen terwijl ze in paniek naar de zwiepende bladen onder zich keek.

'Laat ze gaan, Caine,' smeekte Diana.

'Waarom, Diana? Waarom verraad je me?'

'Jou verraden?' Diana lachte. 'Jou verraden? Sinds het begin van deze nachtmerrie heb ik elke seconde achter je gestaan!'

Caine keek haar aan. 'En toch haat je me.'

'Nee, gestoorde, stomme engerd, ik hou van je. Ik weet dat ik het niet zou moeten doen. Ik zou het niet moeten doen. Je bent gestoord, Caine, gestoord! Maar ik hou van je.'

Caine trok zijn wenkbrauw op. 'Dan hou je ook van wat ik doe. Van wie ik ben.'

Hij glimlachte en Diana wist dat ze de discussie verloren had. Ze zag het in zijn ogen.

Ze deed een stap terug en liep achteruit naar de klif. Ze tastte met haar voeten naar de rand terwijl ze hem strak bleef aankijken.

'Ik heb je altijd geholpen, Caine. Ik heb het allemaal gedaan. Ik heb je in leven gehouden en je ranzige, volgescheten lakens verschoond toen de Duisternis je in zijn greep hield. Ik heb Jack verraden voor jou. Ik heb iedereen verraden voor jou. Ik heb... God vergeef me, maar ik heb mensenvlees gegeten om bij jou te blijven, Caine!'

Er flikkerde iets in Caines koude blik.

'Maar als je dit doet ga ik bij je weg,' zei Diana.

Ze deed nog een stap naar achteren. Het was bedoeld als een dreigement, niet als een einde.

Maar het was één stap te veel.

Diana voelde de plotselinge angst toen ze besefte dat ze ging vallen. Haar armen maaiden door de lucht. Maar ze voelde dat ze al te ver was, te ver.

En zou het uiteindelijk ook niet beter zijn? dacht Diana. Zou het geen opluchting zijn?

Ze verzette zich niet langer en tuimelde achterwaarts de klif af.

Astrid rende en sleurde Kleine Pete met zich mee.

Ze had het niet kunnen weten, zei ze tegen zichzelf terwijl ze hijgde en trok, en haar hart bonkte uit angst voor wat ze te zien zou krijgen als ze bij het Kliftop was.

Ze had niet kunnen weten dat het spel echt was. Dat het echt was geworden toen de laatste batterij leeg was. En dat de tegenstander van Kleine Pete geen programma op een microchip was, maar de gaiaphage.

Hij had Kleine Pete te pakken gekregen. Het was niet de eerste keer. Op de een of andere manier, een manier die ze misschien wel nooit zou doorgronden, waren de twee machtigste wezens uit de FAKZ met elkaar verbonden.

De gaiaphage had Kleine Pete erin geluisd. Hij had Kleine Petes enorme kracht gebruikt om zijn eigen avatar tot leven te wekken: Nerezza.

Orsay was ook een keer in contact geweest met de geest van de gaiaphage. Het was als een virus: zodra je die rusteloze, kwaadaardige geest had aangeraakt, kreeg hij een soort macht over je. Alsof hij een haak in je hoofd had geslagen.

Sam had gezegd dat Lana de gaiaphage nog steeds voelde. Ze was nog steeds niet van hem verlost. Maar Lana had het geweten, was zich ervan bewust geweest. Misschien kon ze zich daardoor beter tegen hem verzetten. Of misschien had de gaiaphage haar gewoon niet meer nodig.

Ze waren bij de weg naar het Kliftop.

Maar de weg werd afgesloten door iets wat eruitzag als een tornado. Een tornado die Dekka heette.

Dekka liet de wervelwind voor haar uit vliegen en liep stevig door.
BENG!
Een steekvlam, nauwelijks zichtbaar door het wervelende puin.
'Pak haar! Pak de freak!' loeide Zil.
Dekka liep door, ze negeerde de pijn in haar benen, negeerde het bloed dat in haar schoenen klotste.
Er rende iemand achter haar aan. Zonder om te kijken gilde ze over haar schouder: 'Blijf daar, idioot!'
'Dekka!' Het was de stem van Astrid.
Ze kwam op een drafje naar Dekka toe, met haar kleine broertje achter zich aan gesleept.
'Dit is niet het juiste moment om me uit te kafferen, Astrid!' schreeuwde Dekka.
'Dekka. We moeten naar de klif.'
'Ik ga overal heen waar Zil heen gaat,' zei Dekka. 'Ik heb het recht om mezelf te verdedigen. Hij begon.'
'Luister nou,' zei Astrid dringend. 'Ik wil je niet tegenhouden. Ik wil juist dat je opschiet. We moeten erlangs. Nu!'
'Hè? Wat is er aan de hand?'
'Er wordt gemoord,' zei Astrid. 'We moeten erlangs. Je moet erlangs!'
Er kwam iemand van opzij op hen af rennen. Hij kwam te dicht bij het gewichtloze gebied en vloog de lucht in, waar hij een langzame koprol maakte.
Hij schoot terwijl hij opsteeg. De kogels knalden alle kanten op.
Maar nu sloten ze haar van achteren in. Ze liepen heel behoedzaam, ver buiten haar bereik. Ze zag hoe ze zich telkens achter struiken, heuveltjes en cactussen verscholen.
Er floot een kogel zo dicht langs haar oor dat ze dacht dat ze misschien wel geraakt was.
'Weg hier, Astrid!' zei Dekka. 'Ik doe wat ik kan.'
'Doe wat nodig is,' zei Astrid.

'Als ik Zil uitschakel, gaat de rest ervandoor.'

'Dan moet je hem uitschakelen,' zei Astrid.

'Ja, mevrouw,' zei Dekka. 'En nu wegwezen!'

De laatste keer dat Dekka Zil had gezien, had hij rechts van de weg gestaan, vlak voor haar, net buiten haar bereik.

Dekka liet haar handen zakken.

Honderden kilo's aarde en puin die op weg naar de hemel waren geweest, vielen naar beneden. Dekka deed haar ogen dicht, sloeg haar hand voor haar mond en rende recht de puinregen in.

Toen ze uit de zuil van vallende aarde kwam, botste ze bijna tegen Zil op. Ze rende hem praktisch omver.

Zil schrok en haalde uit met de loop van zijn geweer, maar ze was al te dichtbij. De loop raakte haar als een knuppel tegen de zijkant van haar hoofd, maar niet hard genoeg om haar buiten westen te slaan.

Zil probeerde achteruit te lopen om beter te kunnen mikken, maar Dekka stak haar hand uit, greep hem bij zijn oor en trok hem naar zich toe.

Nu lukte het hem om haar met de loop een stoot onder haar kin te geven, hard genoeg om haar tanden op elkaar te laten klappen. Ze trok haar hoofd terug en hij haalde de trekker over. De knal was als een bom die recht in haar gezicht afging.

Maar ze liet hem niet los. Ze trok hem nog dichter naar zich toe terwijl hij jammerde van pijn en angst.

Dekka richtte haar vrije hand op de grond en de zwaartekracht verdween.

Verstrengeld in een woeste, worstelende omhelzing vlogen Dekka en Zil omhoog. De aarde en het puin zweefden met hen mee. Ze waren het spartelende oog van een tornado. Zil rukte zich los, ten koste van een gescheurd, bloedend oor.

Dekka gaf hem een stomp. Haar knokkels raakten hem vol op zijn neus. Ze stompte hem nog een keer en miste, want door de eerste klap was ze weggedraaid van Zil. Zil probeerde het geweer te richten, maar hij had net zo veel moeite als zij met het bewegen en vechten zonder zwaartekracht.

Dekka's ogen gingen dicht, ze zaten vol met zand. Ze kon niet goed zien hoe hoog ze al waren. Wist niet zeker of het al hoog genoeg was.

Zil draaide zich om en gaf een triomfantelijke schreeuw. Hij hield de loop van het geweer op een paar centimeter van haar lijf. Dekka trapte woest van zich af. Haar laars raakte Zils dijbeen. Door de botsing vlogen ze bij elkaar vandaan; ze zweefden nu drie meter uit elkaar. Maar Zil hield zijn geweer nog steeds op haar gericht. En de afstand was nog niet zo groot dat Dekka hem kon laten vallen zonder zichzelf ook te laten vallen. Nog niet.

'Kijk eens naar beneden, slimmerik,' snauwde Dekka.

Zil kneep zijn eigen ogen ook samen en keek naar beneden.

'Als je me neerschiet, dan val je,' gilde Dekka.

'Vuile freak!' schreeuwde Zil.

Hij haalde de trekker over. De knal was oorverdovend. Dekka voelde de hagel langs haar hals suizen. Ze werd geraakt, het voelde alsof ze een klap kreeg.

Door de terugslag van het geweer vloog Zil nog anderhalve meter verder naar achteren.

'Ja. Ver genoeg,' zei Dekka.

Zil schreeuwde het uit van angst. Eén enkele klinker die tien seconden aanhield; tien seconden waarin Zil naar beneden viel en hard op de grond stortte.

Dekka veegde het stof uit één oog en tuurde naar beneden.

'Hoger dan ik dacht,' zei ze.

Tweeënveertig

Maria Terrafino keek op haar horloge. Nog een paar minuten. Het was zover. Nog heel even en dan was het zover.

'Ik wil alleen even zeggen dat ik van jullie hou,' zei Maria. 'Alice, ga eens weg bij die rand. Het is nog geen tijd. We moeten wachten, zodat jullie met me mee kunnen.'

'Waar gaan we heen?' vroeg Justin.

'Naar huis,' zei Maria. 'Echt naar huis. Naar onze vaders en moeders.'

'Hoe kan dat dan?' vroeg Justin.

'Ze wachten op ons,' zei Maria wijzend. 'Aan de andere kant van de muur. De Profetes heeft ons de juiste weg gewezen.'

'Mijn mama?' vroeg Alice.

'Ja, Alice,' zei Maria. 'Alle mama's. Van iedereen.'

'Mag Roger ook mee?' vroeg Justin.

'Dan moet hij wel opschieten,' zei Maria.

'Maar hij heeft pijn. Zijn longen zijn ziek.'

'Dan komt hij een andere keer wel,' zei Maria. Haar geduld begon op te raken. Hoe lang moest ze deze persoon nog zijn? Hoe lang moest ze nog Moeder Maria blijven?

Er kwamen nu steeds meer kinderen aan. Door de strijd die beneden woedde waren ze de heuvel op gedreven tot aan de FAKZ-muur. Door Drake. Door Zil. Slechte mensen, afschuwelijke mensen, die er niet voor terugdeinsden om anderen te verwonden en te vermoorden. Die er niet voor terug zouden deinzen om deze kinderen te verwonden of te vermoorden, tenzij Maria de kleintjes zou redden.

'Heel gauw,' suste Maria.

'Ik wil niet zonder Roger,' zei Justin.

'Het kan niet anders,' zei Maria.

Justin schudde beslist zijn hoofd. 'Ik ga hem halen.'

'Nee,' zei Maria.

'Jawel,' zei Justin koppig.

'Hou je mond! Ik zei NEE!' schreeuwde Maria. Ze pakte Justin bij zijn arm en trok hem ruw naar zich toe. De tranen sprongen hem in de ogen. Ze schudde hem hard door elkaar en bleef maar schreeuwen: 'NEE! NEE! Je doet wat ik zeg!'

Ze liet hem los en hij viel op de grond.

Maria deed een stap achteruit en keek vol afgrijzen naar beneden. Wat had ze gedaan?

Wat had ze gedaan?

Het zou goed komen, het zou allemaal goed komen, zodra het zover was. Dan zou ze hier weg zijn. Weg en weg en weg, en alle kinderen zouden met haar meegaan, dat deden ze altijd, en dan zouden ze vrij zijn.

Het was voor hun eigen bestwil.

'Maria!' Daar was John. Ze had geen flauw idee hoe hij erin geslaagd was om langs alle gevechten op de weg bij haar te komen. En toch was hij er.

'Kinderen,' zei John. 'Kom met mij mee.'

'Iedereen blijft hier,' zei Maria.

'Maria…' Johns stem stokte. 'Maria…'

Sanjit staarde telkens vol wezenloze angst naar de rotswand die slechts een paar centimeter van de rondwiekende rotorbladen verwijderd was, en dan weer vol afschuw naar het meisje, Penny, dat midden in de lucht boven diezelfde rotorbladen hing.

Caine stond boven op de klif; hij was niet bang om te vallen. Hij kón niet vallen, besefte Sanjit. Caine kon van de rand stappen en als de Road Runner gewoon midden in de lucht blijven hangen, miep miep, om vervolgens terug naar de grond te zoeven.

Dat gold niet voor Penny.

Dat andere meisje, Diana, leek Caine om iets te smeken. Wat zei ze? Dat hij het meisje moest laten vallen? De helikopter te pletter moest laten vliegen?

Sanjit dacht van niet. Hij had iets heel slechts gezien in Diana's donkere blik, maar geen moordlust.

De moordlust blonk in Caines ogen.

Sanjit had de cyclic weer helemaal naar achteren getrokken. De rotorbladen wilden wegvliegen van de klif, maar Caine wilde de helikopter niet loslaten.

Diana deed een pas naar achteren. Ze liep met aarzelende stappen naar de rand van de afgrond.

'Nee!' riep Sanjit, maar ze viel en viel.

Daarna ging alles razendsnel. Diana bleef midden in de lucht hangen.

De helikopter werd niet langer door Caine tegengehouden en schoot met een ruk naar achteren.

Penny viel. De rotorbladen schoven onder haar door.

Penny viel veilig langs de rotoren en Diana hing midden in de lucht en de helikopter raasde achteruit alsof hij aan het eind van een uitgerekt bungeejumpelastiek had gehangen.

Diana werd meer op het gras gegooid dan dat ze rustig omhoog werd getild. Ze rolde door, bleef op een hoopje liggen en keek nog net op tijd op om heel even een blik met Sanjit te kunnen wisselen voor hij al zijn aandacht weer op de helikopter moest richten.

De helikopter vloog naar achteren en verloor hoogte, alsof hij vast van plan was om zijn staartrotor recht door het dek van het jacht onder hen te rammen.

Dat andere ding, dat andere ding, omhoog omhoog draaien draaien en toen ging de helikopter de lucht in. Hij tolde wild om zijn as omdat Sanjit de voetpedalen weer even was vergeten, maar hij steeg in elk geval. Tolde en steeg en tolde steeds sneller en sneller en nu werd Sanjit wild door elkaar geschud terwijl hij uit alle macht naar de pedalen tastte.

Met de klok mee, langzamer, langzamer, stil, tegen de klok in, sneller, sneller, langzamer, stil.

De helikopter bleef in de lucht hangen. Maar hij was nu ver bij de rotswand vandaan. Hij hing boven zee. En twee keer zo hoog als de klif.

Sanjit trilde van de zenuwen en zijn tanden klapperden. Virtue zat nog steeds te bidden, het klonk als gebrabbel, maar niet in een taal die Sanjit verstond.

De kinderen achterin zaten te gillen.

Maar de helikopter was een paar seconden lang in elk geval niet aan het dalen en ook niet aan het tollen. Hij steeg.

'Eén ding tegelijk,' zei Sanjit tegen zichzelf. 'Niet verder omhoog.' Hij ontspande zijn klemmende hand en de draaihendel ging weer in het midden staan. Hij duwde de voetpedalen op hun plek. Hij kwam niet aan de cyclic.

De helikopter hing met zijn neus richting het vasteland. Niet precies richting Perdido Beach, maar wel richting het vasteland.

Virtue hield op met bidden. Hij keek Sanjit met grote ogen aan.

'Ik geloof dat ik een beetje in mijn broek heb gepoept.'

'Een beetje maar?' zei Sanjit. 'Dan heb jij stalen zenuwen, Choo.'

Hij richtte en duwde de cyclic naar voren.

De helikopter schoot brullend richting het vasteland.

Brittney staarde naar Edilio. Hij lag op zijn buik in het zand.

Hij was met een zweep geslagen. Zijn nek was ontveld en bloederig, alsof hij gewurgd was.

Tanner was bij haar; hij keek ook naar Edilio.

'Is hij dood?' vroeg Brittney bang.

Tanner gaf geen antwoord. Brittney knielde naast Edilio. Ze zag zandkorreltjes bewegen toen hij uitademde.

Hij leefde nog. Nog net. Bij de gratie Gods.

Brittney raakte zijn gezicht aan. Haar vingers lieten een spoor van modder achter.

Ze kwam overeind.

'De duivel,' zei Brittney. 'De boze.'

'Ja,' zei Tanner.

'Wat moet ik doen?' vroeg Brittney.

'Het goede,' zei Tanner. 'Je moet God dienen en je verzetten tegen het kwaad.'

Ze keek hem aan, en haar ogen werden wazig van de tranen. 'Ik weet niet hoe.'

Tanner keek langs haar heen en richtte zijn gloeiende ogen op de heuvel die achter Brittney opdoemde.

Ze draaide zich om. Ze zag Zil naar beneden storten. Zag Dekka langzaam neerdalen in een zuil van aarde. Zag Astrid met haar kleine broertje. Zag kinderen die nog steeds in paniek de heuvel op renden.

'Calvarië,' zei Tanner. 'Golgotha.'

'Nee,' zei Brittney.

'Je moet doen wat God wil,' zei Tanner.

Brittney bleef staan. Haar voeten voelden de warmte van het zand eronder niet. Haar huid voelde het lichte briesje vanaf de zee niet. Ze rook de zoute druppels niet.

'Ga de heuvel op, Brittney. Ga naar de plek des doods.'

'Goed,' zei Brittney.

Ze begon te lopen. Ze was alleen, alle anderen liepen al voor haar – zij was de laatste die de heuvel beklom.

Dekka kwam net weer terug op aarde. Astrid rende voor haar uit, terwijl ze Nemesis met zich meetrok.

Hoe wist ze dat ze hem zo moest noemen? Ze kende Kleine Pete al, van vroeger. Ze wist hoe hij heette. Maar toen ze hem zag, was in haar gedachten de naam Nemesis opgekomen. In een golf van pure woede.

Is híj de boze, Heer? Ze bleef staan, even helemaal in de war terwijl Astrid en Kleine Pete verder renden.

Haar arm trilde. Werd langer. Wat vreemd.

En haar beugel werd vloeibaar, tot er slechts nog een metalen laagje over haar scherpe tanden lag.

Zil lag kreunend op de grond; zijn benen staken in vreemde hoeken onder zijn lijf uit.

Brittney liep hem voorbij.

Ze zou de boze treffen als ze boven was. En dan zou de strijd losbarsten.

'Geef elkaar een hand,' zei Maria. De kinderen reageerden langzaam. Maar toen gaven ze elkaar allemaal een hand, met hun gezichtjes naar de ondergaande zon gekeerd. Maria's medewerkers, die de baby's droegen, gingen bij de anderen staan.

'Het is zover, kinderen,' zei Maria.

'Hou elkaar goed vast...'

'Bereid je voor, kinderen. We gaan springen. Je moet heel hoog springen om in de armen van je mama terecht te komen...'

Maria voelde dat het begon; het ging precies zoals ze had verwacht. Het was zover.

Vijftien jaar geleden, op dit tijdstip, precies op dit moment, was Maria Terrafino geboren...

Sam hoorde alleen maar een bulderende orkaan in zijn oren. Hij voelde alleen maar de wieltjes van het skateboard die als een bezetene ronddraaiden en alle botten in zijn lijf door elkaar rammelden. Dat, en Brianna's handen op zijn rug die hem duwden en hem telkens opnieuw vastpakten en rechtop zetten om hem een rit te bezorgen die de allerheftigste achtbaan waar Sam ooit in had gezeten opeens op een rustig ommetje deed lijken.

Omlaag over de weg vanaf de kerncentrale.

Over de snelweg, slalommend om verlaten en verongelukte auto's heen.

Toen een paar verschroeiende seconden waarin ze door de stad scheurden.

Een bocht die zo scherp was dat Sam van het skateboard af werd geworpen en opeens door de lucht vloog.

Brianna sprintte voor hem uit, pakte zijn trappelende voeten en zette ze weer op het skateboard. Als een zak beton. Sam kon niet geloven dat hij niet zijn beide benen gebroken had, zo hard was hij neergekomen. Maar Brianna's handen hielden hem op zijn plaats, duwden en leidden hem.

Vervolgens een wazige streep en toen kwamen ze opeens met een onverwachte, schrikbarende, misselijkmakende schok tot stilstand.

Hij wist vrij zeker dat hij de hele tijd gegild had.

'We zijn er,' zei Brianna.

De tijd stond stil voor Maria. De kinderen bevroren. De moleculen van de lucht leken op te houden met trillen. Ja, precies zoals de anderen het beschreven hadden. De poef. De grote één-vijf.

En daar, o God, haar moeder.

De moeder van Moeder Maria, dacht Maria. Misschien niet beeldschoon, misschien niet zo beeldschoon in werkelijkheid als ze in Maria's herinneringen was geworden. Maar zo lief en uitnodigend.

'Kom maar, lieverd,' zei haar moeder. 'Het is tijd om je last van je af te werpen.'

'Mama... Ik heb je zo gemist.'

Haar moeder spreidde haar armen, wachtte op een knuffel. Wachtte. Met open armen. Haar gezicht glimlachte door haar tranen heen.

'Mama... Ik ben bang...' zei Maria.

'Kom maar bij mij, meisje van me. Hou hun handjes goed vast en kom bij mij.'

'De kleintjes... mijn kinderen...'

'Al hun mama's zijn bij mij. Leid ze weg van die afschuwelijke plek, Maria. Bevrijd ze.'

Maria deed een stap naar voren.

Drieënveertig

0 minuten

Astrid gilde: 'Pak de kinderen! Pak de kinderen!'
Ze sprong naar voren en greep het kind beet dat het dichtst bij haar stond. Anderen staarden alleen maar. Kinderen keken met open mond verdwaasd toe hoe Maria als in een droom van de klif stapte.
 Maria verdween uit zicht. Ze probeerde nog steeds te lopen terwijl ze viel.
 Ze hield de kinderen stevig vast en sommigen vielen met haar mee. Een kettingreactie. De een trok de ander mee die de volgende meetrok.
 Als dominosteentjes vielen ze van de klif af.

Justin probeerde zich te verzetten toen Maria hem over de rand van de klif trok. Maar hij was niet sterk genoeg om zich los te trekken uit haar ijzeren greep.
 Hij viel.
 En het meisje dat zijn andere hand vasthield viel achter hem aan.
 Justin schreeuwde niet. Daarvoor ging het te snel.
 Er kwamen rotsen op hem af. Net zo snel als die keer dat hij een bal in zijn gezicht had gekregen. Maar hij wist dat de rotsen niet heel even pijn zouden doen en dan weer terug zouden stuiteren.
 Een monster van rots opende een gapende muil om hem op te vangen. Puntige stenen tanden die hem op gingen eten.

369

Astrid was niet sterk genoeg.

Het kind dat ze had vastgepakt werd uit haar handen getrokken.

Verdween over de rand.

Ze draaide zich om, met grote ogen van afgrijzen.

Daar was Brittney, die naar haar stond te staren. Maar haar gezicht veranderde, vervormde, een afschuwelijk masker van smeltend vlees.

En Sam!

Sam staarde ook.

Brianna, die als een wazige streep van de klif af sprong.

Maria voelde haar grip op de kinderen verzwakken. Ze vielen niet, ze vlogen. Ze vlogen vrij door de lucht.

Haar moeder stak haar armen uit en Maria vloog naar haar toe, eindelijk vrij.

Justin voelde de hand van Moeder Maria opeens verdwijnen. Het ene moment was hij er nog en hield ze hem stevig vast.

En toen was de hand opeens verdwenen.

Justin viel.

Maar achter hem viel iets nog sneller, een geruis, een windvlaag, een raket. Hij was halverwege de rotsen toen het snelle iets hem zo hard raakte dat hij geen lucht meer kreeg.

Hij vloog opzij. Als een honkbal waarmee net een homerun was geslagen. Nu rolde hij over het zand van het strand, rolde alsof hij nooit meer zou stoppen.

Hij belandde op het zand voor de anderen de grond raakten, die, zonder Brianna's snelheid, simpelweg naar de rotsen vielen.

'Kijk eens aan, daar zullen we Astrid hebben,' zei Brittney met de stem van Drake. 'En je hebt de Pebiel meegenomen.'

Brittney, die nu een arm had zo lang als een python, en geen beugel meer maar een haaienglimlach, grijnsde.

'Verrassing!' zei het ding dat Brittney niet was.

'Drake.' Astrid hapte naar adem.

'Jij bent de volgende, lekker ding. Jij en dat idiote broertje van je. Naar beneden. Springen maar!'

Drake haalde naar haar uit met zijn zweephand.

Astrid wankelde naar achteren.

Ze stak haar arm uit naar Kleine Pete en pakte zijn hand. Maar die gleed weg en in plaats daarvan hield ze opeens de spelcomputer vast. Ze staarde er niet-begrijpend naar.

Astrid deed een stap achteruit in de lucht, probeerde zich te herstellen en maaide als een bezetene met haar armen in een poging haar evenwicht te behouden. Maar ze voelde de waarheid: ze was al te ver.

En toen, net toen ze het opgaf, toen ze accepteerde dat ze doodging en aan God vroeg of hij haar broertje wilde redden, kreeg ze een harde duw in haar rug.

Ze schoot naar voren. Beide voeten op vaste grond.

'Geen dank,' zei Brianna.

Door de klap was de computer uit Astrids hand geschoten. Hij tolde door de lucht en kwam op een rots terecht. Kapot.

Drake trok zijn zweeparm terug.

'O, hier heb ik zo lang op gewacht,' zei Brianna.

'Nee, Wind,' zei Sam. 'Dit is mijn taak.'

Drake draaide zich om en zag Sam nu pas voor het eerst. Drakes modderige grijns verflauwde.

'Sam!' zei hij. 'Weet je zeker dat je klaar bent voor de volgende ronde?'

Zijn zweep knalde.

Sam hief zijn hand met de handpalm naar buiten. Er schoot een felgroene vuurbol uit. Maar door de zweepslag kon hij niet goed meer richten. In plaats van een gat in Drakes buik te branden, raakte hij Drakes voet.

Drake brulde het uit van woede. Hij probeerde een stap naar voren te doen, maar zijn voet was niet zomaar verbrand – hij was weg. Zijn gewicht steunde op een verkoold stompje.

Sam richtte en vuurde en Drake viel op zijn rug. Zijn beide voeten waren nu verdwenen.

Maar zijn benen begonnen meteen weer aan te groeien – Sam stond erbij en keek ernaar.

'Zie je nou?' zei Drake knarsetandend, eerder van boosheid en triomf dan van pijn. 'Ik kan niet gedood worden, Sam. Ik blijf altijd bij je.'

Sam hief zijn beide handen.

Groene lichtstralen brandden de aangegroeide voeten weg. Sam liet het licht langzaam over Drakes benen wandelen. Kuiten. Knieën. De zweephand kronkelde en knalde, maar Sam stond te ver weg.

Drake schreeuwde.

Zijn dijbenen verbrandden. Zijn heupen. Maar Drake leefde nog steeds en schreeuwde en lachte. 'Je kunt me niet vermoorden!'

'Tja, nou, we zullen nog wel eens zien of dat echt waar is,' zei Sam.

Maar toen riep een stem: 'Zingen, Jill! Zingen!'

Nerezza, met een gezicht dat niet meer uit vlees en bloed bestond, maar gemaakt leek van ontelbare krioelende cellen die een groen licht gaven, van hetzelfde soort als Sams dodelijke stralen.

'ziiiing, Sirene!' riep Nerezza. 'ziiiing!'

Jill wist welk lied ze moest zingen. Het lied dat ze van John had geleerd.

Ze was bang geworden voor Nerezza. Ze was bijna meteen vanaf het begin al bang voor haar geweest. Maar toen was het moment gekomen waarop Orsay tegen Nerezza had gezegd dat ze weg moest gaan.

Het was het laatste wat Orsay had gezegd. 'Ik kan dit niet meer,' waren haar woorden geweest.

'Hoe bedoel je?' had Nerezza gevraagd.

'Je... je moet weg, Nerezza. Ik kan dit niet meer.'

En toen had Nerezza iets verschrikkelijks met Orsay gedaan. Ze had haar handen om Orsays keel gelegd. En geknepen. Het had haast geleken alsof Orsay nauwelijks tegenstribbelde, alsof ze het aanvaardde.

Nerezza had haar naar de rots gedragen en naar boven gesleurd.

372

'Het komt wel goed met haar,' had Nerezza tegen Jill gelogen.
'En als jij precies doet wat ik zeg, komt het met jou ook allemaal
goed.'

Nu staarde Orsay door wezenloze, lege ogen. Ze had niet gezien
hoe Maria de kinderen naar de klif had gebracht.

Ze had niet gezien hoe Maria de kinderen over de rand had getrokken.

Had ze niet zien vallen.

Maar Jill wel.

En Jill zong.

Is 't wel eens nacht voor mij
weet ik geen raad
Wordt 't duister om mij heen
ik vrees geen kwaad
Nader tot U, o Heer
Nader tot U, o Heer
Nader tot U!

Sams dodelijke licht doofde uit.

Brianna bleef stokstijf staan.

Astrid verstarde midden in een snik.

De kinderen van Perdido Beach, allen die de stem van de Sirene
konden horen, bleven staan en draaiden zich om naar het kleine
meisje.

Op drie kinderen na.

Kleine Pete struikelde naar zijn spelcomputer.

Nerezza lachte en stak haar hand uit om Drake te helpen; al zijn
kwijtgeraakte lichaamsdelen groeiden in hoog tempo weer aan.

'Doorzingen, Sirene!' riep Nerezza triomfantelijk en uitzinnig
van vreugde.

Sam besefte op een vage, afstandelijke manier wat er gebeurde.

Zijn hersenen deden het nog, maar tien keer zo traag als normaal,
de radertjes draaiden als een windmolen in een heel zwak briesje.

Drake kon al bijna weer staan. Over een paar seconden zou hij naar Sam toe komen om af te maken waar hij aan begonnen was.

De herinnering aan de pijn borrelde langzaam omhoog bij Sam. Maar hij had geen kracht om te bewegen, in actie te komen, iets te doen. Hij kon alleen maar machteloos toekijken. Net als de vorige keer. Machteloos.

Maar toen zag Sam vanuit zijn ooghoeken iets heel raars. Er vloog iets heel snel over de zee.

Hij hoorde een heel zwak geflap-flap-flap.

Het geluid werd harder terwijl de helikopter over het water scheerde.

Hard.

Harder.

Hard genoeg.

Sam probeerde zijn handen te bewegen en merkte dat dat lukte.

'Nee!' riep Nerezza.

Sam vuurde één keer. De stralen raakten Nerezza in haar borst. Normaal gesproken zou iemand hier dood aan gaan, zouden de stralen dwars door elk levend wezen branden.

Maar Nerezza brandde niet. Ze keek Sam alleen maar aan met een blik vol koude haat. Er gloeide een groen licht in haar ogen, feller haast dan het vuur van Sam. En toen was ze verdwenen.

Drake keek hoe zijn voeten weer aangroeiden. Maar het ging niet snel genoeg.

'Goed, Drake,' zei Sam. 'Waar waren we?'

Hij voelde hoe Astrid naast hem kwam staan. 'Doe het,' zei ze grimmig.

'Ja, mevrouw,' zei Sam.

Sanjit had de kunst van het recht vooruit vliegen onder de knie.

De kunst van het sturen had hij bijna onder de knie. Dat moest met de pedalen. Als je het maar heel, heel zachtjes deed en heel, heel voorzichtig.

Maar hij wist niet zeker of hij wel wist hoe hij moest stoppen.

Nu schoten ze onvoorstelbaar snel richting het vasteland. En hij dacht dat hij misschien nog best een stukje door kon vliegen. Vooral omdat hij eigenlijk toch niet goed wist hoe hij moest stoppen. Niet echt.

Maar toen gilde Virtue: 'Stoppen!'

'Wat?'

Virtue boog zich naar hem toe, greep de cyclic vast en duwde hem hard naar links.

De helikopter helde plotseling met een ruk opzij, net op het moment dat Sanjit tot de ontdekking kwam dat de lucht voor hen eigenlijk geen lucht was. Als je er vanuit de juiste hoek naar keek leek hij zelfs akelig veel op een muur.

De helikopter vloog krijsend over de hoofden van een stel kinderen die zo te zien op de klif naar de zonsondergang stonden te kijken.

De helikopter boog nu helemaal opzij en het landingsgestel schuurde langs iets wat beslist geen lucht was.

Toen was hij weer los, maar hij helde nog steeds over en zakte snel richting de grond. Een leeg zwembad, tennisbanen en daken flitsten in een fractie van een seconde voorbij.

Sanjit duwde de cyclic rustig weer naar rechts, maar vergat helemaal op de voetpedalen te letten. De helikopter draaide om zijn as, minderde vaart, worstelde zich omhoog en bleef toen midden in de lucht hangen.

'Ik denk dat ik ga landen,' zei Sanjit.

De helikopter kwam met een klap neer. Er kwamen scheuren en sterren in het plastic raam. Sanjit had het gevoel dat er een drilboor door zijn ruggengraat ging.

Hij zette de motor uit.

Virtue staarde trillend voor zich uit en het zou kunnen zijn dat hij iets mompelde.

Sanjit draaide zich om.

'Gaat het, jongens? Bowie? Pixie? Peace?'

Zijn vraag werd beantwoord met drie bibberige knikjes.

Sanjit lachte en probeerde Virtue een high five te geven, maar hun handen misten. Sanjit lachte weer.

'Goed,' zei Sanjit. 'Wie wil er weer omhoog?'

Drake loeide van angst en pijn terwijl het groene licht zich mee-dogenloos een weg door zijn lichaam vrat.

Hij was van zijn voeten tot zijn middel al in rook opgegaan toen Brittneys stem uit zijn mond kwam.

Er was een metalen schittering te zien op zijn tanden.

Het pezige, wrede gezicht van de psychopaat smolt door zijn eigen innerlijke vuur en veranderde in Brittneys ronde, puisterige gezicht.

'Niet ophouden, Sam!' huilde Brittney. 'Je moet hem helemaal vernietigen, van top tot teen!'

'Dat kan ik niet,' zei Sam.

'Het moet!' zei Brittney tussen haar gegil door. 'Dood hem! Dood de boze!'

'Brittney...' zei Sam hulpeloos.

'Dood hem! Dood hem!' riep Brittney.

Sam schudde zijn hoofd en keek naar Astrid. Haar blik weer-spiegelde die van hem.

'Wind,' zei Sam. 'Touw. Kettingen. Veel. Wat je maar kunt vin-den. Nu!'

Astrid zag Kleine Pete. Hij was ongedeerd op zoek naar zijn spelle-tje. Hij keek overal, maar gelukkig niet bij de rand van de afgrond.

Ze dwong zichzelf om naar de klif te lopen. Ze moest kijken.

Ze boog zich over de rand.

Dekka lag op haar rug in een vieze brij van bloederig zand, met haar armen uitgestrekt naar de rotswand.

Het jongetje dat Justin heette kwam hinkend de branding uit met zijn handen tegen zijn maag gedrukt. Brianna had hem gered. En Dekka had de rest gered.

En waar Astrid verwacht had kleine, te pletter geslagen lichaam-pjes te zien, stonden de kinderen dicht tegen elkaar aan gekropen op de rotsen.

Astrid zwaaide heel even met betraande ogen naar Dekka.

Dekka zag haar niet en zwaaide niet terug. Ze liet langzaam haar armen zakken en bleef liggen waar ze lag, volkomen uitgeput.

Maria was nergens meer te bekennen. Ze was vijftien geworden en gepoeft. Astrid sloeg een kruis en bad geluidloos dat Maria op de een of andere manier gelijk had gehad en nu haar moeders armen om zich heen voelde.

'Petey?' riep ze.

'Hij is hier,' antwoordde iemand.

Kleine Pete was vlak bij de FAKZ-muur blijven staan en bukte zich.

'Petey,' riep Astrid.

Kleine Pete kwam overeind met zijn spelcomputer; de glasscherven dropen van het verbrijzelde scherm in zijn hand.

Zijn ogen vonden Astrid.

Kleine Pete jankte als een beest. Jankte als een krankzinnige, met een veel te lage stem.

'Aaaaaaaah!' Een schreeuw van verdriet, een krankzinnige, tragische schreeuw.

Hij boog zich achterover zodat zijn lichaam een C vormde en jankte als een beest.

Plotseling was de FAKZ-muur verdwenen.

Met open mond staarde Astrid naar een landschap vol satellietwagens en auto's, een motel, een heleboel mensen, gewone mensen, volwassenen, die achter een touw naar haar stonden te kijken.

Kleine Pete viel op zijn rug.

En in een flits was het allemaal weer weg.

De muur was terug.

En Kleine Pete was stil.

Vierenveertig
Drie dagen later

'Hoe gaat het?' vroeg Sam aan Howard.

Howard keek naar Orc voor een antwoord.

Orc haalde zijn schouders op. 'Goed, geloof ik.'

Howard en Orc waren verhuisd, overgeplaatst naar een nieuw onderkomen. Het was een van de weinige huizen in Perdido Beach met een kelder. De kelder had geen ramen. En ook geen elektriciteit natuurlijk, dus Sam had een van zijn eigen brandende lichtjes in de lucht gehangen.

De enige manier om de kelder in of uit te komen was via een trap in de keuken. Onder aan de trap hadden ze een serie smalle balken horizontaal en verticaal vastgespijkerd, zodat er een dicht rooster was ontstaan. Tussen de balken zat telkens maar zeven centimeter.

De deur boven aan de trap was verstevigd door Orc, die er een enorme kledingkast tegenaan had geschoven.

Twee keer per dag schoof Orc de kast opzij. Dan stampte hij de trap af en gluurde naar binnen. Daarna kwam hij weer naar boven en zette de versperring weer op zijn plek.

'Was het Brittney of Drake, de laatste keer dat je naar beneden ging?' vroeg Sam.

'Het meisje,' zei Orc.

'Heeft ze nog iets gezegd?'

Orc haalde zijn schouders op. 'Hetzelfde wat ze altijd zegt. Dood hem. Dood mij.'

'Oké,' zei Sam.

'Hoe lang kunnen we dit nog volhouden, denk je?' vroeg Howard aan Sam.

Het was geen ideale oplossing om het ondode ding op te sluiten in deze kelder en door Orc te laten bewaken. Maar de andere optie was om het te vernietigen. Hem. Haar. En dat voelde voor Sam net iets te veel als moord.

Astrid en Edilio hadden een paar lange dagen hun uiterste best gedaan om de ramp die de FAKZ had getroffen te doorgronden. Alle kinderen die rechtstreeks contact met de Duisternis hadden gehad, met de geest van de gaiaphage, waren ingezet als pionnen in een schaakwedstrijd.

Orsays gave was ondermijnd. Haar inlevingsvermogen en vriendelijkheid waren tegen haar gebruikt terwijl de gaiaphage haar dromen volstopte met beelden die uit haar eigen fantasie waren ontsproten. Ze had de kinderen een uitweg laten zien die hen schijnbaar naar de vrijheid, maar in werkelijkheid naar hun dood leidde.

De gaiaphage had Kleine Pete laten geloven dat hij een spelletje speelde. En vervolgens waren juist de krachten van Kleine Pete gebruikt om Nerezza te scheppen, de belangrijkste speler van de gaiaphage.

Nerezza had tegen Orsay gezegd wat ze moest doen en, toen de gelegenheid zich die laatste verschrikkelijke avond voordeed, Zil opgestookt om de anderen aan te vallen.

Lana weigerde nog steeds te erkennen dat de gaiaphage haar genezende krachten had afgetapt om Brittney en Drake weer tot leven te wekken.

Drake, de Zweephand, was op een bepaalde manier eigenlijk door Lana geschapen. De Duisternis had haar gebruikt om Drake zijn zweep te geven. En hij had haar gebruikt om Drake een tweede leven te geven. Het was niet zo vreemd dat Lana dat feit niet onder ogen wilde zien, dacht Sam.

Lana was dagenlang bezig geweest om alle gewonden te genezen. En toen was ze met Patrick de stad uit gelopen. Daarna had niemand haar meer gezien.

Sam en Astrid hadden openhartig over hun fouten gepraat. Astrid verweet zichzelf dat ze arrogant en oneerlijk was geweest, en niet snel genoeg in de gaten had gehad wat er aan de hand was. Sam wist maar al te goed hoe hij had gefaald. Hij was doodsbang geweest voor zijn eigen zwakheden en had in reactie daarop zijn vrienden niet meer vertrouwd. Hij was paranoïde geworden en was uiteindelijk zwelgend in zelfmedelijden weggerend. Hij had zijn post verlaten.

Maar de gaiaphage had Brittney onderschat. Hij had haar gave nodig gehad, haar onsterfelijkheid, in combinatie met Lana's genezende gave, om Drake weer uit de dood te laten herrijzen.

Brittney had zich uit alle macht tegen hem verzet. Ze wist niet waar ze tegen vocht, maar ze had desondanks weerstand geboden toen Drake het lichaam dat ze deelden wilde overnemen. Zelfs toen de gaiaphage haar verwarde geest allerlei visoenen van haar dode broertje had laten zien, hadden Brittneys geloof en wilskracht ervoor gezorgd dat de duivel die ze in haar binnenste voelde niet geheel naar buiten kon komen.

De gaiaphage had de kinderen van Perdido Beach willen breken. Hij had gewild dat ze het zouden opgeven, dat ze alle hoop zouden laten varen. Pas dan zouden de kinderen van de FAKZ zijn slaven kunnen worden.

Het was hem uiteindelijk niet gelukt. Maar het had maar een paar milliseconden gescheeld. Als Zil Dekka nog net iets langer had opgehouden, of als Drake niet was afgeremd door Edilio's heldenmoed, dan zouden de kinderen die met Maria van de klif af waren gesprongen, gestorven zijn.

Dat zou de doodssteek zijn geweest voor de kleine, worstelende gemeenschap van Perdido Beach.

Ze hadden het overleefd, maar slechts ternauwernood.

En misschien hadden ze wel meer gedaan dan alleen overleven – Astrids wetten werden toegepast. Alle kinderen die zich de dag na Maria's Grote Sprong – zoals Howard het had gedoopt – hadden verzameld, hadden vóór gestemd.

Sam vond het een heel naar idee dat Moeder Maria, na alles wat ze had gedaan, alleen nog herinnerd zou worden om haar laatste, krankzinnige daad. Sam hoopte dat ze echt nog in leven was, ergens, aan de andere kant.

Er zou geen graf op het plein komen voor Maria. Er was er nu wel een voor Orsay.

Ze zouden misschien wel nooit te weten komen of die korte blik op een wereld buiten de FAKZ-muur echt was of slechts een laatste truc van de Duisternis. De enige die daar misschien een antwoord op had, zei nog minder dan anders: Kleine Pete was in een haast comateuze toestand geraakt sinds hij zijn verbrijzelde spelcomputer had vastgehouden. Hij at, maar dat was het dan ook wel zo'n beetje.

God mocht weten wat er met het universum dat Kleine Pete had geschapen zou gebeuren als hij dood zou gaan. En als de anderen er ooit achter zouden komen hoe sterk Kleine Pete was, maar ook hoe kwetsbaar, hoe lang zou hij dan mogen blijven leven?

'Ik vroeg: hoe lang kunnen we dit nog volhouden, denk je?' herhaalde Howard.

'Ik weet het niet,' zei Sam. 'We moeten het maar van dag tot dag bekijken.'

'Net als alles,' zei Howard instemmend.

Van beneden kwam het zwakke geluid van Drakes stem. Een gedempt, woedend gejank.

'Dat doet-ie altijd als hij weer de overhand krijgt,' zei Howard. 'Dat en een boel gedreig. Dingen als: "Ik vermoord jullie allemaal!" en zo. Ik begin er al bijna aan gewend te raken.'

'Hij wil dat we bang zijn. Hij wil dat we het opgeven,' zei Sam.

Howard lachte zijn sluwe grijns. 'Tja, nou, dat willen we niet, hè?'

'Nee. Nee, dat willen we niet.'

Maar die gestoorde, gillende stem, hoe gedempt ook, liet nog altijd de rillingen over Sams rug lopen.

'Hebben jullie verder nog iets nodig?' vroeg Sam.

'Behalve een hamburger, een perziktaart, een bak ijs, een dvd-speler, een televisie, een telefoon, een computer en een enkeltje uit dit gekkenhuis, bedoel je?' antwoordde Howard.

Sam glimlachte bijna. 'Behalve dat, ja.'

Hij liep naar buiten. De straat was verlaten. De namaakzon stond hoog aan de hemel. Hij kromp in elkaar en begon te hoesten. De griep die nog steeds rondwaarde had hem eindelijk te pakken gekregen.

Maar hij leefde nog. En dat was het enige wat je van de FAKZ kon vragen.

De vertaling van het gedicht van E.A. Poe op p. 185 is ontleend aan Hendrik de Vries, afkomstig uit *Forum*, jaargang 2, Reflex, Utrecht 1980, zoals gepubliceerd op www.dbnl.org.